by Paul Klee

有意志的人们，
但愿你们好好保存和使用它，
没有意志的人们，
继续忍受缺少意志的痛苦吧。

读客彩条外国文学文库

熊猫君激发个人成长

修道院纪事

[葡] 若泽·萨拉马戈 著 范维信 译

JOSÉ SARAMAGO

MEMORIAL DO CONVENTO

河南文艺出版社
·郑州·

中文版权 © 2023读客文化股份有限公司
经授权，读客文化股份有限公司拥有本书的中文（简体）版权
豫著许可备字-2023-A-0066

图书在版编目（CIP）数据

修道院纪事 / （葡）若泽·萨拉马戈著；范维信译
. —— 郑州：河南文艺出版社，2023.9
（读客彩条外国文学文库）
ISBN 978-7-5559-1543-0

I. ①修… II. ①若… ②范… III. ①长篇小说 – 葡
萄牙 – 现代 IV. ①I552.45

中国国家版本CIP数据核字（2023）第093592号

著　　　者　［葡］若泽·萨拉马戈
译　　　者　范维信
责任编辑　王　宁
责任校对　李亚楠
特约编辑　张靖雯　王　品　夏文彦
策　　划　读客文化　021-33608320
版　　权　读客文化
封面设计　陈艳丽
出版发行　河南文艺出版社
印　　刷　河北中科印刷科技发展有限公司
开　　本　880mm×1230mm 1/32
印　　张　12
字　　数　325千
版　　次　2023年9月第1版　2023年9月第1次印刷
定　　价　79.90元

有个人正朝绞刑架走去。另一个人看到了，对他说：某某先生，真是岂有此理，你就这样去死呀？即将受绞刑的人回答说：不是我自己去，是他们叫我去的。

——曼努埃尔·维略神父

当我断言现实——这个漂浮不定的概念——对于存在的尽可能准确的了解，是我们与超越现实的事物的接触点以及通向那些事物的道路时，我知道我陷入了无从解释的境地。

——玛格丽特·尤瑟纳尔

目录

修道院纪事

1

　　王室名录上第五位叫唐·若昂的国王今天晚上要去妻子的卧房，唐娜·马利亚·安娜·若泽法从奥地利来到这里已经两年有余，为的是给葡萄牙王室生下王子，但至今尚未怀孕。宫廷内外早已议论纷纷，说王后可能没有生育能力，但这是仅限于关系亲密者之间的喁喁低语，以免隔墙有耳，遭到告发。要说过错在国王身上，那简直难以想象。这首先因为，无生育能力不是男人们的病症，而是女人们的缺陷，所以女人被抛弃的事屡见不鲜；其次，如果需要的话可以举出事实证据，因为本国王室的私生子多得很，现在在大街上就成群结队。况且，不是国王而是王后不知疲倦地向上苍乞子，这又有两个原因。第一个原因是，作为国王，尤其是葡萄牙国王，不会去乞求唯独他能给予的东西；第二个原因是，女人是天生的接受者，不论是在定期的九日敬礼还是在特殊场合的祈祷活动中都是如此。但是，不论国王如何坚持不懈，除了教规不允或身体欠安，每周两次精力旺盛地去履行国王和丈夫的责任，不论王后在例行祈祷之外如何耐心和诚惶诚恐，在丈夫离开她下床之后仍然忍耐着纹丝不动，以便不扰乱她生殖器官中共同液体的安宁，她由于缺少刺激和时间，加上极为虔诚的宗教信仰带来的道德上的顾忌，因而液体很少，而国王是尚不满二十二岁的青年男子，液体很多。至今，这些做法都未能使唐娜·马利亚·安娜的肚子鼓胀起来。不过，上帝是伟大的。

与上帝同样伟大的是国王正在建造的罗马圣伯多禄大教堂。这是一座安放在桌面上的微型建筑，既无地基，也无底座，桌面无须多么坚固便可承受其重量，各个构件还散装在箱子里，按照榫卯相接的古老方法分别放置，四个内侍在搬动这些部件时毕恭毕敬，轻手轻脚。大木箱内香气宜人，构件用在粗粗的大蜡烛下闪闪发光的红色天鹅绒分别包装，以免雕像的面部被廊柱的棱角磨损。工程进展很快。墙壁已经用合页接合，竖直的廊柱间架着一块门楣，上面用拉丁文镌刻着保禄五世博尔盖塞的名字和头衔，每次国王扫上一眼教皇称谓中那与他相同的序数词时都会很高兴，但他已经很久没有仔细阅读这个匾额了。对国王来说，谦逊是个缺点。内侍们垂首展开天鹅绒华贵的褶皱，将先知和圣徒的雕像放在手心里递给国王，国王再把雕像安放在屋顶适当的凹槽内。有时一位先知的肚皮朝下，一位圣徒头脚倒置，但谁也不会注意到这种无意的不恭之举。国王马上重整秩序，恢复圣物应有的尊严，将这些警觉的物品摆正并放到适当位置。雕像们从高高的基座向下望去，看到的不是圣伯多禄广场，而是葡萄牙国王和他的侍从们。它们看到的是高坛的地板和朝向王宫小教堂的围屏，第二天上午第一次弥撒时分，倘若还没有被天鹅绒包起来放回木箱，它们会看见国王与其侍从正虔诚地进行圣事，不过侍从中的贵族会与今天不同，因为本周已经结束，轮到另一些人侍奉国王。我们所在的高坛下方还有一个可以称作小教堂或者礼拜室的处所，也被围屏遮蔽着，但没有什么待安装的工事，王后独自在此进行圣事，但这地方的圣灵之气也没能促成怀孕。现在只剩下米开朗琪罗设计的穹顶，因为这个仿造的石制部件体积巨大，被单独放在一个大木箱里，作为最后封顶的部件，需要被格外小心地对待，届时众人将协助国王，轰然一声响动之后榫卯相接，大功告成。如果这巨大的声音在整个教堂回响，穿过一个个大厅和长长的走廊传到王后正在等待的房间或者厅堂，那么她就会知道，丈夫要来了。

且慢。眼下国王还在为过夜做准备。侍者们为他脱下衣服，穿上与此时仪式相应的晚装，衣衫从这个人手里传到那个人手里，个个毕恭毕敬，仿佛在传递圣女的遗物。此时还有其他仆人和侍者在场，他们有的打开抽屉，有的掀起帷幔，有的端着灯烛，有的把灯光捻得合适一些，有两个人一动不动地立定待命，另有两人与前者保持一致；还有一些人，他们既不知道该做什么，也不明白自己为什么身在此处。经过众人一番辛劳，国王终于准备停当，最后，一位贵族平整一下衣服上的褶皱，另一位理了理有精致刺绣的睡袍，一分钟也不会晚，国王将迈步走向王后的卧房。水罐正等着甘泉呢。

但是，唐·努诺·达·库尼亚进来了，他是主持宗教裁判所的主教，同行的还有一位年长的方济各会修士。他们在走过去说话之前要完成繁杂的礼仪，几次徐徐趋近，停顿又后退，这是走近国王的规矩，纵使主教事出紧急，修士胆战心惊，我们也必须认为这样做是必然之举，理所当然。唐·若昂五世和宗教裁判官走到一边，裁判官说，那位是圣若泽的安多尼修士，我对他谈过陛下因为王后未生子女而感到悲伤，请他为陛下向上帝乞求子嗣，他对我说陛下如果愿意必有子女，于是我问他这些隐晦的言辞是什么意思，因为谁都知道陛下确实希望有子女，这时他非常明确地回答说，如果陛下允诺在马夫拉建造一座修道院，上帝就会让他得到子嗣，说到这里，唐·努诺停住口，朝方济各会修士招手示意。

国王问道，主教阁下刚才说，如果我许诺在马夫拉建造修道院，就能有子女，这是真的吗；修士回答说，千真万确，陛下，但必须是方济各会的修道院；国王又问，你是怎么知道的；安多尼修士说，我知道，但不知道是如何知道的，真谛不过是借我之口传达，信仰无须回答更多，请陛下建造修道院吧，不久便会有子嗣，要是不肯修建，上帝会做出裁定。国王打手势让方济各会修士退下，随后问唐·努诺·达·库尼亚，这位修士品德高尚吗；主教回答说，在他所在的修会中没有比他品德更高尚的了。于是，第五位名叫唐·若昂的国王对这个诺言的功用心中有数了，便提高声音让在场的人都能听清，到了明天整座城市和整个王国也都会知道，我以国王的名义许诺，如果王后在一年之内为我生下一子，我将下令在马夫拉建造一座方济各会修道院；众人都说，愿上帝听到陛下的许诺；但没人明白究竟谁要接受考验，是上帝本身，是安多尼修士的品德，是国王的能力，还是王后不佳的生育能力。

唐娜·马利亚·安娜正在同其葡萄牙主侍女乌尼昂侯爵夫人说话。两个人已经谈过了当天的宗教活动，前往卡尔达依斯的加尔默罗会修道院敬奉无玷始胎圣母，以及第二天将在圣罗克教堂开始的圣方济各·沙勿略九日敬礼，王后与侯爵夫人之间的这种谈话总是滔滔不绝，如果提到圣徒们的名字，尤其是提到圣人圣女本人的殉教或者牺牲，即便他们一些人只不过是通过斋戒或者衣麻跣足来惩罚肉体，也难免伴随着伤心落泪。可是，国王宣告驾临，并且兴致勃勃，这是出于肉体义务和通过圣若泽的安多尼修士向上帝许下誓愿及其圣事的神秘结合的鼓舞。随同国王前来的两个侍者为他脱下外衣，侯爵夫人也为王后脱下外衣，衣衫在女人手中传递，因而还有另一位贵妇帮助，她是伯爵夫人，来自奥地利，其爵位不在前者之下。卧房成了会议场所，两位陛下互相行礼，没完没了的仪式，最后普通侍者们才从一扇门退出，而贵妇们走另一扇门，他们都会留在前厅等待，直到这一幕结束，国王在陪同下返回其卧房，他的父王在位时那里曾是他母后的卧房，女侍们则上前侍奉王后，将她严严实实地捂在羽绒被里，这条被子也来自奥地利，没有它王后就睡不着觉，不论冬夏。正是因为这条即使在寒冷的二月也让人窒息的被子，唐·若昂五世才不肯与王后共度整个夜晚，婚后的头一个月并非如此，虽说与从头到脚捂得严严实实，聚积着体味和分泌物的王后睡在一起，沐浴着两人的汗水非常不舒服，但当时的新鲜感尚能压倒这种不适。唐娜·马利亚·安娜并非出生于炎热的国度，无法忍受这里的气候，所以用这条华丽的大被子将全身裹住，像一只在路上遇到石头，正考虑朝哪个方向继续打洞的鼹鼠一样蜷缩成一团。

王后和国王都穿着曳地长袍，国王的衣服只有绣花镶边垂地，而王后的要长上一拃，以便把两只脚的脚尖盖得严严实实，不论是大脚趾还是其他脚趾都不会暴露出来，脚尖外露或许是最肆意的放荡。唐·若昂五世像舞会上绅士对贵妇做的那样拉着唐娜·马利亚·安娜的手朝床边走去，在各自沿自己那边的小小台阶上床之前，他们双膝跪倒，小心翼翼地祈祷一番，以免在未进行忏悔的情况下在性交时死去，以便让这次新的尝试开花结果，在这一点上，唐·若昂五世有双重理由抱有希望，相信上帝，也相信自身的活力，所以怀着双倍的虔诚向上帝乞求子嗣。至于唐娜·马利亚·安娜，人们相信，如果没有什么特殊原因或者什么不可告人的秘密，她也正在乞求同样的天赐。

他们已经躺下了。床是王后从奥地利来这里的时候从荷兰运来的，国王为专门定做这张床花了七万五千克鲁札多，因为葡萄牙没有如此精巧的工匠，要是有的话，他们无疑会赚得少一些。不经意地望过去，人们不会知道这件了不起的家具是木制的，它外边覆有金线绣花的华贵床围，更不用说上面罩住床顶的帷幔了，那甚至可以与教皇的华盖相媲美。这张床刚刚放在这里，挂上床围的时候，一切都是簇新的，还没有臭虫，但随着后来投入使用，人体散发出热量，便开始有臭虫入侵；然而，这些小虫子究竟是潜藏在宫殿内部，还是从外部城区而来的，人们不得而知，只是室内装饰和陈设得如此华贵，不能用点燃的布条靠近去烧那一群群臭虫，因此无计可施，只有每年向圣亚莱索支付五十列亚尔，看能否使王后和我们大家免受这害虫和奇痒之苦，但目前依然无济于事。在国王来的那些夜晚，由于床垫上有动静，臭虫的骚扰开始得晚一些，这种虫子喜好安静，喜欢睡着了的人。那边，国王的床上，另一些臭虫正等着吮吸国王的血呢，对它们来说，国王高贵的血液和城里其他人普通的血液没有好坏之分。

唐娜·马利亚·安娜把汗湿的冰冷的小手伸向国王，即便在被子里焐热了，那只手一伸到卧房那袭人的寒气中也会立刻变得冰凉，而国王已经履行了义务，正指望他令人心悦诚服的表现及充满创造性的努力取得预期的成果，此时他吻了吻伸过来的那只手，要是圣若泽的安多尼修士没有信口开河的话，他亲吻的不仅是王后，而且是未来的母亲。唐娜·马利亚·安娜拉了拉铃绳，国王的侍者从一边走进来，贵妇们从另一边走进来，室内气氛沉重，弥漫着各种气味，其中一种不难分辨，没有这种气味就不可能出现此时此刻期盼的奇迹，而另一种人们常常谈起的无玷始胎，迄今只发生过一次，仅仅为了让世人知道，上帝如果愿意，无须男人亦能玉成此事，然而不能没有女人。

尽管听告解神父一再安慰，唐娜·马利亚·安娜在这种情况下还是战战兢兢。国王及其侍者们离开了，侍奉她并且守护她安睡的贵妇们也睡下了，王后却认为应当下床做最后一次祈祷，但又不得不根据医生们的劝告保护受精卵，于是只好长时间地低声念诵，手中的念珠动得越来越慢，直到她在一声充满感激之情的万福玛利亚中昏昏入睡，至少对那位玛利亚来说一切如此简单，但愿圣子万福，而她心中想的却是自己的肚子，至少要生个儿子，上帝啊，至少要生个儿子。关于这下意识的骄傲，她从未在忏悔中提过，一则因为事情遥遥无期，二则由于并非有意如此，一旦冷静下来，她还是诚心实意地祝福圣母和她腹中的圣子。这都是唐娜·马利亚·安娜潜意识的迷宫，就像她一直做的那些梦一样千回百转，无从解释，当国王朝她的卧房走来，她看见自己撩起裙衣的前摆，蹚着黏黏的泥水，沿着屠宰场那边穿过王宫广场，而泥泞的路上散发着男人们发泄时的那种气味，此时她的夫兄唐·弗朗西斯科亲王，现在她住的正是他原来的卧房，他的幽灵就在她周围跳舞，脚踩着高跷，像一只黑色的鹳鸟。这个梦她也从未对听告解神父说过，况且，听告解神父又能做何回应呢，这种事可不曾出现在完美听告解指导手册中。让唐娜·马利亚·安娜安睡吧，在一堆羽绒之下谁也看不到她，此时臭虫开始从缝隙和织物的褶皱中爬出来，为了取得更快的速度，干脆从高高的床幔上掉下来。

这一夜唐·若昂五世也将做梦。他会看到从他的阴茎上长出了一棵耶西之树，浓密的树冠上居住着耶稣的先祖，耶稣本人，以及各王室的继承人，后来大树消失了，代之而起的是一座巨大的修道院，高高的圆柱，钟楼，穹顶，尖塔，从教堂敞开的大门可以看到圣若泽的安多尼修士，根据他的教服可以看出，这是一座方济各会修道院。如此秉性的国王实不多见，但葡萄牙却有不少这样的国王。

2

　　同样地，我们也有许多奇迹。谈论正在准备之中的这一奇迹为时尚早，其实也算不上多大的奇迹，只不过是神的恩惠，神怜悯而仁慈地屈尊看一眼一个无法生育的肚子，必定让它在适当时刻生下王子。不过，现在正是提及一些确有其事的奇迹的时候，由于它们都来自方济各修会热诚的乞求，所以国王的许愿大有希望。

　　请看一看圣母领报修道院的米格尔修士之死这桩著名案件吧。他是方济各第三修会的成员，被选为教省干事，应当顺便但又并非毫无目的地说一句，他的当选在圣马利亚·马达莱娜教区信徒中掀起了一场针对该修会和他本人的硝烟弥漫的战争，这必定是出于某种不可告人的嫉妒，而妒意如此强烈，以至于米格尔修士去世时诉讼仍在进行，若不是后来这场官司由于他的死亡而宣告结束，那么判决，上诉，最高法院合议庭审判，乃至无休无止的抗诉会，不知何时才能做出最后裁决。当然修士不是因心力交瘁而死，而是死于疾病，死于伤寒或斑疹伤寒，或是其他某种无名高烧，当时城内饮用水水源缺乏，加利西亚人毫不犹豫地用马槽里的水灌满水桶，于是因为这种病丧生的情况极为普遍，教省干事们也这样走进枉死城。但是，圣母领报修道院的米格尔修士太善良了，即使在死后还以德报怨，如果说他生前多有善举，那么死后仍然创造奇迹，第一件就是揭穿那些担心尸体会很快腐烂，主张草草丧葬的医生们的无稽之谈。他的遗体不仅没有腐烂，反而在整整三天的时间里令停放其尸体的耶稣圣母教堂充盈着最柔和的香气，他的遗体也没有僵硬，恰恰相反，其四肢还像他活着时一样柔韧，可被轻轻挪动。

其他的奇迹虽然次要但也不同寻常，闻名遐迩，广为谈论，致使全城居民前往观看并加以利用，因为确信在该教堂内盲人能够复明，跛子能够走路，人流巨大，拥挤不堪，在教堂前的台阶上争相进去者有的以老拳或匕首相向，一些人当场丧命，之后却没有奇迹眷顾，死而复生。或许奇迹原本可以出现的，前提是惊魂未定的人们不曾在三天后偷偷运走并且偷偷掩埋修士的遗体。哑巴和跛子们失去了治愈的指望，除非再有一位神佑圣徒降临，于是又在同一地点怀着获治的信念绝望地厮打起来，如果跛子们的手尚有余暇的话，就会高声呼喊着乞求众神，一直闹到神父们走出来为人群祝福，后来见没有更好的办法，双方才心满意足地散去。

但是，我们应当毫不羞耻地承认，这里是窃贼们的土地，眼睛看到什么，手就窃取什么，虽说有如此多的信众，但信仰并非总能得到回报，人们在抢劫教堂时表现出的厚颜无耻和心毒手狠更加厉害，去年在吉马良斯的另一座方济各会教堂发生的正是这种情况，圣方济各生前视巨额财富如粪土，永生之后任凭人们拿走他的一切，这之后修会便有赖于警觉的圣安多尼，他不甘心任人抢劫他的祭坛和教堂，吉马良斯见证了这一点，里斯本也必将见证。

在那座城市，总是有窃贼。一次他们爬到一扇窗户上，圣徒立刻轻捷地到那里去迎接，把他们吓了一跳，那个在梯子上爬得最高的贼失手掉了下来，当然，没有摔断任何一根骨头，却一下子瘫在地上再也不能动弹。他的同伙想把他带离此地，因为就算在窃贼之中也不乏慷慨无私的心灵，但未能做到，而这种事并非没有先例。正好五百年前，即一二一一年，当圣方济各还在周游世界的时候，圣嘉勒的妹妹伊内斯也遇到了这种情况，不过她遇到的不是偷窃，或者也可以说是偷窃，是人们想把她从上帝那里偷走。再说那个贼，他留在那里，仿佛上帝用手把他按在了地上，或者魔鬼从地狱里伸出爪子把他抓住了，这样一直到第二天上午，居民们才发现了他，因为他的身体已经正常，所以没费多大力气便把他带到圣徒的祭坛前，请圣徒治疗。奇迹的形式不同寻常，只见圣安多尼的雕像大汗淋漓，这一现象持续了如此长的时间，足以召来法官和书记官们见证这奇迹，包括证实木雕出了汗，以及贼在用以圣徒汗液濡湿的毛巾擦了脸之后才得以痊愈。就这样，那个贼获救了，恢复了健康，也忏悔了罪行。

然而，并非所有罪行都真相大白了。例如，在里斯本的那个奇迹名声不比前者小，但至今尚未查明是谁进行了劫掠，虽说有几个嫌疑人，可后来又解除了嫌疑，人们也没有弄清导向罪行的良好动机是为了让谁从中得益。这是发生在沙布雷加斯的方济各会修道院的案件，一个或数个小偷通过与圣安多尼礼拜堂相邻的另一间礼拜堂的天窗闯入，他或者他们来到主祭台，那里的三盏灯便沿着来路彻底消失，时间短得还不够念一句信经。把三盏灯从挂钩上摘下来，扛着它们在黑暗中小心翼翼地行走，冒着摔倒的危险，甚至真的摔倒并发出了声响，却又没有任何人过来查看这里为何喧闹，这的确是值得怀疑的奇迹，或者，如果说教堂的大钟和摇铃此时没有像往常唤醒修士们去做晨祷那样响起来，定是某位堕落的圣徒充当内应，参与了这个阴谋，窃贼才得以安然逃脱。即便窃贼发出更多的声响也不会被人听到，由此可以看出，劫掠者对教堂的习惯了如指掌。

修士们开始进入教堂时，里边一片漆黑。值班的修士已经准备心甘情愿地因无从解释的过错而受到惩罚，人们却发现并且以触觉和味觉证实并不是灯里的油干了，油洒得满地都是，而是灯不见了，那些银制的灯不见了。此渎圣行为还很新鲜，如果可以这样说的话，因为原先吊着被盗走的灯的金属链还在慢慢晃动，以其特殊的语言告诉人们，是刚才干的，是刚才干的。

一些修士立刻分成几个小队到附近道路上寻找，不过，即使抓住窃贼，也无法知道这些以仁慈为本的修士会拿他怎么办，不过他们连那个或者说那伙窃贼的影子都没有找到，对此我们不用感到奇怪，因为当时已经过了午夜，并且还是下弦月。修士们拖着滞重的脚步，气喘吁吁地在附近寻找了一阵子，最后摇着手返回了修道院。然而，另一些修士认为窃贼一定非常狡猾，可能就藏在教堂里面，于是将教堂从唱经班席位到圣器室整个儿搜查了一遍，在这吵吵嚷嚷的搜查之中，这个人踩到了那个人的凉鞋，那个人踩住了另一人教服的下摆，大家乱哄哄地掀起大木箱的盖子，搬动橱柜，摇晃祭坛帷幔，此时，一位以品德高尚且信仰坚定著称的老修士注意到，圣安多尼的祭坛依然摆满了银器，克重足，做工细，质地纯，窃贼却不曾染指。这位虔诚的老修士感到奇怪,如果我们在场的话也会感到奇怪,因为显而易见,窃贼是从那边的天窗钻进来到主祭台偷灯的,而圣安多尼礼拜堂位于二者之间,是必经之地。老修士心中顿时燃起义愤之火,他转身面向圣安多尼,像主人斥责对其职责漫不经心的奴仆那样呵斥道,你,圣徒,只管保护你自己的银器,任由别的银器被偷,恶有恶报,你的银器一件也不会留;怒气冲冲地说完这些话之后,老修士走上圣徒的祭坛,开始拿里边的东西,不止银器,连帐幔和装饰品都没放过,不仅洗劫这间礼拜堂,也不放过圣徒本身,取下了他头上戴的冠冕以及身上的十字架,若不是其他修士赶来劝说这些惩罚过重了,应当给受惩处的可怜的圣徒留下一点安慰,那么圣安多尼怀中的圣子也会被夺走。老修士考虑了一下众人的劝告才说,好吧,在把丢失的灯追回来之前,先留下圣子当担保吧。由于搜捕窃贼和后来惩罚圣徒费了很多时间,这时已是凌晨两点,修士们各自回去睡觉了,有几位还心怀忧虑,害怕圣安多尼会为遭受的侮辱报仇雪恨。

第二天十一点左右,一个学生来敲修道院的大门,应当马上说明,他很久以来一直想加入此修道院,经常拜访这里的修士们,之所以提供这一信息,首先是因为事实确实如此,而说出事实总是有用的,再者是为了帮助那些热衷于解密或者解谜的人。言归正传,学生来敲门,说他想见修道院院长。人们把他带到院长跟前,他吻了院长的手或者教服的饰带,全十是否吻了教服的下摆,这一点未被调查清楚,他宣称自己在城里听说那些灯在圣罗克上城区那边属耶稣会会士的科托维亚修道院里。院长对此不肯相信,首先是因为通报这个消息的人不足取信,一个学生,只是由于想当修士才未被视作无赖小人的一个学生，尽管想当修士的人当中也不乏无赖，再者，也不大可能到科托维亚去收回在沙布雷加斯被偷的东西，两地方位相对，距离遥远，两个教派素不来往，就距离而言，鸟直线飞行也有一里格，况且这边的人穿黑色教服，那边的穿褐色教服，当然这一点无关大局，因为不下口去咬，仅凭果皮难以知道水果的滋味。不过，慎重起见，他还是派人去调查这个消息，于是一位严肃认真的修士由那个学生陪同，从沙布雷加斯步行前往科托维亚，从圣十字门进了城，为了说清一件事的原委，有必要详述他们前往目的地的路线，二人在圣埃斯特凡尼亚教堂附近经过，后来又经过圣弥额尔教堂，再后来又经过圣伯多禄教堂走进与教堂同名的大门，再穿过叫里尼亚雷斯伯爵的拱门往下走向河边，再往右，穿过海门就到老佩洛里尼奥了，这些名字和地界已不复存在，只能从人们的记忆中追寻，严肃的修士和学生没有走商贾新街，此地至今高利贷依旧猖獗，而是改从罗西奥边上绕过，然后穿过圣罗克门，终于到了科托维亚，敲门进入修道院，被领去见修道院院长，修士说，跟我一起的这个学生到沙布雷加斯，说我们昨天晚上被盗的那几盏灯在这里；有这回事，人们告诉我说，凌晨两点左右有人使劲敲门，守门人从里边问他们有什么事，有个人回答说快快开门，他要送还一些东西，守门人过来告诉我这个奇怪的消息后，我打发他把门打开，就看见了那些灯，表面有凹痕，饰物也有些损坏，你们看，就在这里，如果少了什么东西也是放在这里时就已经没有了；你们看见叫门的人了吗；没有看见，神父们还到街上去找过，但没有看到任何人。

那些灯回到了沙布雷加斯，我们每个人愿意怎么想就怎么想吧。也许那个学生真的是游手好闲低级下流之辈，精心策划了这个计谋，以便进入修道院，穿上方济各会的教服，后来他也确实如愿以偿，所以才偷了灯，随后又交回去，非常希望在最终审判日他的善良意图能使这可耻的罪行得到恕免。也许是圣安多尼干的，因为他至今已创造了那么多各种各样的奇迹，却突然发现自己的银器被心怀神圣怒火的修士抢劫一空，圣徒完全知道此举是在威吓谁，如同特茹河上的船夫和水手们一般，当圣徒没有满足他们的愿望或者未曾报答他们的誓愿时，他们便将圣徒头朝下放到河水里。这倒不会使他多么不舒服，因为圣徒既然是圣徒，他的肺能像我们所有人那样呼吸空气，也能像鱼鳃那样在水中呼吸，水是鱼儿的天空嘛；但是，得知两只脚像卑微的小草一样露在外面的屈辱感，或者眼见被抢走银器并差点失去怀中圣子耶稣的惊愕，使圣安多尼大显神通，找回了被盗的东西。总之，如果那个学生不再做同样可疑的事，人们终究会解除对他的怀疑。

鉴于此等先例，方济各会的修士们非常善于改变，或者加速各种事物的自然秩序，甚至王后那无动于衷的子宫也要听从他们创造奇迹的惊人指令。早在一六二四年西班牙人菲利普为葡萄牙国王的时候，方济各会就想在马夫拉建造一座修道院，菲利普对这里修士们的事漠不关心，在占据王位的十六年时间里一直不肯同意。纵使如此，修士们也不曾放弃努力，尽力游说该镇高尚的资助人，但渴望建造修道院的阿拉比达总主教区似乎渐渐无能为力，锐气大减，就在昨天，人们还可以说，仅仅六年以前，即一七〇五年，王室法院驳回了新的申请。这种态度即使不是对教派的物质和精神利益的不恭，至少也相当大胆，宣称建造拟议中的修道院是不适宜的，因为本王国的修道院太多，已经不堪重负，从谨慎行事的原则出发，还有许多其他不适宜之处。大法官们当然知道从谨慎行事的原则出发有许多不适宜之处，但现在，既然圣若泽的安多尼修士说建了修道院国王就会有子嗣，他们只得噤若寒蝉，咽下坏念头。誓愿已经许下，王后将会分娩，备受磨难的方济各会将取得胜利。对指望永生者来说，百年等待算不上过分的磨难。

我们已经知道那个学生如何在最后时刻解除了偷灯的嫌疑。但现在人们不该说，修士们早已通过忏悔泄露出来的秘密得知王后已经怀孕，只是尚未告诉国王而已。同样地，人们不该说，由于唐娜·马利亚·安娜非常虔诚，她同意在相当一段时间内保持沉默，使精心挑选出来的安多尼这位品德高尚的修士得以抛出许诺的诱饵。现在人们也不该说，国王会算一算从许愿到王子出生过了多少个月，是否够月份。除了已经说的，不该再多说一句。

既然方济各会的修士们没有再干同样可疑的事，人们也就解除了对他们的怀疑。

3

  每年都有人由于一生吃得太多而死，所以犯中风病的事反复出现，一而再，再而三，而有时一次就能让人命丧黄泉，就算患者侥幸逃脱死神，也会半身不遂，口眼喝斜，如果嘴是歪向瘫痪的那一边还会失声，除多次放血之外无药可治。但是，并不因此就没有由于一生吃得太少而死并且死得更容易的人，他们用沙丁鱼和大米以及生菜果腹，于是这些人甚至被叫作生菜，只在陛下生日这天他们才能吃得上肉。但愿上帝令河里的鱼儿繁多，让我们为此唱响赞歌。但愿里斯本郊区的农民，不分男女，都赶着驴群把一筐筐生菜和其他蔬菜源源不断地运来。但愿不缺必不可少的大米。但是，与其他所有城市相比，里斯本更像一张半边食物有余半边食物不足的嘴，可以说没有中间过渡，只有下巴肥得流油者与脖子瘦得枯干者，肥头大耳者与骨瘦如柴者，臀部丰满者与屁股干瘪者，大腹便便者与肋骨分明者。对众生一视同仁的，除了每天升起的太阳，就只有四旬斋了。

街上举行了斋前狂欢节，有钱买鸡肉，羊肉和甜蛋糕，油煎饼的人，吃得肚子圆溜溜的，惯于为非作歹的人在大街小巷胡作非为，追赶路人往他们背后安尾巴，用灌肠的注射器往别人脸上喷水，把一片片葱头扔到别人身上，没完没了地喝酒，就算打嗝儿和呕吐也不肯罢休，锅盆被敲得当当作响，风笛被吹得高亢嘹亮，如果说没有更多人肚皮朝天地倒在广场上和街巷里，也只是因为这座城市太过肮脏，遍地是垃圾和粪便，癞皮狗和野猫乱窜，即使没有下雨也泥泞不堪。现在是补赎以往的放荡行为，克制灵魂以使肉身假装悔恨的时候了，这堕落邪恶的肉身，这桀骜不驯的肉身，这污秽不堪的肉身，这猪圈里的猪猡，猪圈就是里斯本。

赎罪队伍就要出来了。我们已经用斋戒惩罚过肉体，现在该用鞭子惩罚了。节制饮食能净化人的精神，忍受某些折磨则能刷净灵魂褶皱中的污秽。赎罪者们都是男人，走在游行队伍的前头，紧跟在后的是打旗幡的修士们，旗幡上是圣母和基督苦像。他们后面是织锦华盖下的主教，接着是肩舆上的圣徒像，再后面跟着由神父，教友会以及兄弟会组成的长长的队伍，他们都想着灵魂得救，一些人相信自己还没有丧失灵魂，另一些人在最终审判之前将一直心怀疑虑，或许其中还有人暗想，自创世起这便是疯狂的世界。游行队伍在一列列人群中间穿过，当队伍经过时，男男女女都匍匐在地，一些人抓自己的脸，另一些人揪自己的头发，所有人都打自己的嘴巴，而主教朝左右两边不停地画十字，一名辅祭摇晃着香炉。里斯本的气味难闻，腐烂发臭，焚香赋予这恶臭以意义，恶在肉体，芳香的是灵魂。

透过窗口往外望的只有女人，习俗就是这样。赎罪者们腿上锁着脚镣，或者肩上扛着沉重的铁块，用双臂撑住，有如被钉在十字架上，或者用鞭子抽打脊背，鞭梢上挂着带玻璃碎片的硬蜡球，这种自笞是游行中最精彩的节目，因为他们身上真的鲜血淋漓，并伴有高声吼叫，之所以吼叫，一则确实疼痛，二则显然出于快感，对于后者，假如不知道其中某些人的情人正站在窗边，那么我们便很难领会他们参加游行与其说是为了拯救灵魂，倒不如说是为了肉体已享受过的或者必将享受到的欢愉。

他们的高顶帽上或者鞭子上都绑着彩带，各人用各人的颜色，而被放在心上的女人在窗前为受罪的男人感到痛苦和怜悯，也许还有那种很久以后我们才懂得称之为施虐快感的情绪，如果说她很难在乱哄哄的赎罪者，打着各式旗幡的修士，惊恐与乞求的人群与嘈杂的应答祈祷声中，透过松松垮垮的伞盖和摇摇晃晃的圣徒像，从面容或身形辨认出哪一个是她的情夫，那么她至少可以通过彩带的颜色判断，粉色，绿色，黄色，紫丁香色，红色或者天蓝色，那一个就是她的男人和奴仆，正在为她猛烈地鞭笞自己，由于不能说话而像发情的公牛一样号叫，但是，如果其他女人和她本人认为赎罪者的胳膊抡得不够有力，或者从上面看不到鞭打出的累累伤口和流淌的鲜血，女人们就会齐声起哄，发出阵阵嘘声，这些魔怔的疯狂的女人要求胳膊用力抽打，她们想听见鞭子发出的噼里啪啦的声响，想看见血流遍全身有如救世主当年那样，只有在这时，她们圆裙子下的身体才会震颤，两条大腿随着刺激的鞭打节奏一紧一松。赎罪者来到心上人窗户下面的街道上了，女人俯视着他，或许与她一起俯视的还有她的母亲或堂姐妹，或者女仆，或者溺爱放任的祖母，或者心怀嫉妒的姑妈，但她们根据新近的体验或遥远的回忆都完全明白，眼前的事与上帝毫不相干，这是私通，上面的痉挛在回应下面的痉挛，男人跪在地上疯狂地抽打，由于疼痛而不断呻吟，女人则瞪视着倒在地上的她的男人，张开双唇以吮吸他的鲜血和其他东西。游行队伍停了足够长的时间才结束这场戏，主教向人们祝福，女人四体通泰，男人继续往前，如释重负，心里想着，此后无须这样用力鞭笞自己了，让其他男人为了其他女人的欢愉这样做吧。

虐待了皮肉，开始禁食，似乎要这样忍饥挨饿直到复活节，人们要压抑本性，等待圣母脸上的阴影得到清除，因为现在离耶稣受难和死亡的日子很近了。然而，或许是鱼类中的磷质激起了欲望，或许是四旬斋节期允许女人们独自前往教堂的习惯与每年其余的日子形成对照，在那些日子里，除了家门临街的平民百姓和在街上出卖色相者，女人们都关在家里，而那些出身高贵者更是自称足不出户，只去教堂，一生只去三次，洗礼，结婚，埋葬，其他时间去家中的小教堂就好。或许上述习惯表明了四旬斋多么令人无法忍受，四旬斋节期是预告死亡的日子，我们应当留心，虽然丈夫们关心或者佯装关心妻子们是否像她们所说的那样，除了尽宗教义务不做别的事，但女人们毕竟在一年当中只能自由这一次，尽管出于在公共场合的体面，她不曾独自行路，实则陪伴她的人也有着同样的欲望和满足这些欲望的需求，所以，妻子可以在两座教堂之间遇见一个男人，而陪伴她的女仆也照样行事，双方心照不宣，当妻子和女仆在下一个祭台前再次相遇的时候都明白，四旬斋并不存在，万幸的是自创世起这便是疯狂的世界。里斯本的街道上到处是穿同样衣服的女人，她们用面纱和长裙把自己裹得严严实实，只能从面纱打开的小缝隙里看到她们的眼睛或嘴唇在释放信号，这是偷偷调情和表达性欲的普遍手段。在这座城市的街道上，每个街角都有一座教堂，每个街区都有一座修道院，春风在头上吹拂，要是没有春风，还有一声声叹息在头上萦绕，那叹息来自忏悔室或者适合做其他种类告解的隐蔽地方，忏悔者倾吐奸情，在快感和地狱的边缘颤抖摇晃，在这实行节欲，哀悼死亡，祭台上空无一物，罪孽无处不在的日子里，无论是快感还是地狱都是甜蜜的。

然而，如果是白天，清白或者佯装清白的丈夫们就正在睡午觉，如果是夜晚，街上和广场上悄悄挤满了散发着洋葱和薰衣草气味的人群，通过教堂敞开的大门传出低低的祈祷声，如果是夜晚，他们会更加放心，因为过不了多久便能听见开门声，楼梯上响起脚步声，女主人边走边与她带去的女仆亲密地交谈，没有女仆的话带的就是女奴，透过缝隙可以看到蜡烛或者油灯摇曳的光，丈夫装作刚刚醒来，妻子装作是她刚刚把丈夫吵醒了，要是他问，怎么样，我们已经知道她会回答说，累死了，脚掌和膝盖都麻木了，但灵魂得到了安慰，她还说了那个神秘的数字，我去了七座教堂，口吻非常动情，这要么是因为非常虔诚，要么是因为非常不虔诚。

王后们享受不到这种轻松，尤其是在怀孕之后，丈夫在九个月的时间里不会靠近她们，当然，平民百姓也要遵守这个规矩，但他们总还有违反规矩的时候。而对唐娜·马利亚·安娜来说，行止审慎还有更多的理由，在奥地利成长教养的她虔诚得近乎狂热，加上与方济各会那份同谋的默契，这也表明或暗示了她腹中正在形成的婴儿既是葡萄牙国王的儿子，还是以一座修道院换来的上帝的儿子。

唐娜·马利亚·安娜很早就睡觉了，上床之前和侍候她的贵妇们一起低声祈祷了一番，用羽绒被子盖得严严实实之后又独自祈祷起来，没完没了地祈祷，贵妇们开始犯困，虽然她们不算童女，但还算聪明，勉强扛住了睡意，最后才退下去，只余灯架上的灯光和守夜的贵妇，她睡在一张矮榻上，不久便沉沉入睡，如果她想做梦那就做吧，她眼皮下面做的梦无关紧要，我们关心的是唐娜·马利亚·安娜似睡非睡时心头颤动的思绪，安息日她一定要去圣母教堂，修女们在向信徒展示之前，首先要为她打开耶稣的裹尸布，裹尸布上耶稣身体留下的痕迹清晰可见，这是基督教中唯一一块真正的耶稣裹尸布，亲爱的女士们，亲爱的先生们，既然所有其他的耶稣裹尸布也都是唯一真正的那一块，或许它在世界各个教堂的展示就不是同时进行的，但因为这一块就在葡萄牙，所以它是最真的，也确实是唯一的。唐娜·马利亚·安娜还清醒的时候，看见自己在那块最神圣的布前俯下身子，但没有来得及知道是否应该虔诚地亲吻它，因为她突然入睡，发现自己坐在一辆马车里，天已经黑了，她在持戟卫队的保卫下返回王宫，忽然间有个骑马的男人打猎归来，四个随从各骑骡子，挂在鞍桥上的网兜里有猎得的飞禽走兽，男人手持火枪朝马车飞奔而来，马蹄在石头上踏出火花，马鼻子里冒着热气，他像闪电一样冲开王后的卫队，来到马车的踏板前，颇费了一番气力才勒住坐骑，火把照亮了他的脸，原来是唐·弗朗西斯科亲王，他是从怎样的梦中之地而来，又为什么屡屡出现呢。因为马车和卫队在石板路上踩出嗒嗒声，亲王的马受惊跳起，可是，王后比较着一次次梦境，发现亲王每一次都离她更近了，他想做什么呢，她又想做什么呢。

　　四旬斋对一些人来说是梦，对另一些人来说是熬夜。复活节过去了，它唤醒了人们，但也把女人们重新送回了阴暗的房间和沉重的裙钗之中。家庭里又增加了一些戴绿帽子的丈夫，而他们对这个时节之外发生的不忠之事还是相当凶狠的。日子一天又一天地过去，终于到了我们谈一谈鸟儿的时候了，这时候我们听到，彩带和花儿装饰的鸟笼中的金丝雀在教堂里呖呖啼啭，歌声中充满疯狂的爱情，而修士却在讲道台上布道，讲述他认为最神圣的事情。基督升天节到了，鸟叫声飞上拱顶，祈祷声也许升上天空，也许升不上天空，如果没有鸟鸣的帮助，难以指望祈祷声能让上帝听到，或许我们还是缄口莫言为好。

4

这个人外表邋遢，手中的剑咔嗒作响，制服褴褛，虽然赤着脚，但仍然有着士兵的神态，他叫巴尔塔萨·马特乌斯，人称"七个太阳"。去年十月我们以一万一千人大举进攻时，他在赫雷斯·德·洛斯·卡巴莱罗斯战线作战，一粒子弹击碎了他的左手，只得从腕部把手截去，此后他无法继续服役，奉命离开军队，而在那次战斗中，我方二百人阵亡，活下来的人则被西班牙人从巴达霍斯派出的骑兵驱赶得四处奔逃。我们退到奥利文萨时，还带着在巴尔卡罗塔抢掠的战利品，但对此并没有多少兴奋之情，为了到达那里行军十里格，然后又急速撤退了十里格，结果只是让那么多人死在战场，而"七个太阳"巴尔塔萨把一只手留在了那里。要么由于吉星高照，要么因为身上的肩绷带起了不同寻常的作用，这个士兵的伤口没有生坏疽，为了止血而紧捆的绷带也没有使血管破裂，加上外科医生高超的技术，不需要用锯子锯断骨头，只是把关节拆开，在断处涂上一层收敛性草药，"七个太阳"的肌肉又非常好，两个月后便痊愈了。

从军饷里省下的钱很少，又想做副钩子代替手，"七个太阳"巴尔塔萨便在埃武拉行乞，以攒下必须付给铁匠和马鞍匠的工钱。冬天就这样过去了，他把乞讨到的钱留下一半，另一半的一半用于路费，其余用于吃饭和喝酒。春天到了，他已逐笔付清了账目，马鞍匠把钩子交给他，还交给他一副长钉，这是他突发奇想，要两只不同的左手而加订的。铁器用皮革精心包好，前者经锤打和淬火，非常结实，两条长短不同的皮带把它们与肘部和肩膀连接起来，更加牢固。"七个太阳"踏上旅程的时候，有消息说贝拉的军队按兵束甲，没来支援阿连特茹，因为该省的饥荒非常严重，当然饥饿在其他各省也普遍存在。军队打着赤脚，服装破烂，抢劫农民，拒绝前去打仗，不少人投奔敌方，另有许多人逃回家乡，走上邪路，以行劫糊口，强奸妇女，总之，他们是在向不欠他们分毫，同样处于绝望状态的人讨债。"七个太阳"残废了，沿着王家大道朝里斯本走去，他的左手一部分留在了西班牙，另一部分在葡萄牙，这是一场决定由谁登上西班牙王位的战争造成的，是奥地利的卡洛斯呢，还是法国的菲利普，其中没有葡萄牙人，不论是完整的还是缺了一只手的，健全的还是残废的，被称为士兵的人的命运就是把肢体或者生命留在旷野，能坐的不是王位，而是土地，仅此而已。"七个太阳"离开埃武拉，经过蒙特莫尔，不靠修士或者魔鬼引路，对于伸手乞讨的人来说，他有的已经足够。

他慢腾腾地走着。在里斯本，没有任何人等他，在马夫拉也一样，几年前他离开马夫拉加入国王陛下的步兵团，如果他的父母还记得他，也许认为他还活着，因为没有他死亡的消息，也许以为他死了，因为也没有他还活着的消息。无论如何，随着时间的推移，一切终将显形。现在是晴天，一直没有下雨，丛林中开满鲜花，鸟儿不停地啼鸣。"七个太阳"巴尔塔萨把铁制假肢装在旅行背袋里，因为在某些时刻，有时一连几个小时，他都感到手还长在胳膊末端，并不愿意错失那种以为自己还完整无缺的幸福感，正如卡洛斯或菲利普将完整无缺地坐上王位，事实上，战争结束之后他们两人都登上了宝座。对"七个太阳"来说，只要不看缺少肢体的部位，只要感到食指尖发痒，只要想象着用大拇指去搔痒，他就心满意足了。要是今夜做梦的话，他会在梦中看到自己肢体毫无残缺，他那疲惫不堪的头也可以枕在双手手心。

巴尔塔萨把铁制假肢收起来还有一个为自己打算的原因。他很快便发现了，装上铁制假肢，尤其是装上长钉之后，人们就不肯给他施舍，或者非常吝啬地施舍一点儿，尽管他们慑于那柄悬在腰间的剑而感到不得不送上几个小钱，当然，所有人都佩着剑，就连黑人也如此，但他们缺少那种一旦需要便能动手的气魄。也许一队旅人的数量没有多到可以抗衡对面站在中央的士兵所带来的恐惧，他挡住去路，向他们乞讨，因为他失去了一只手，侥幸保全了性命，也许独行的旅人担心乞讨会变成拦路抢劫，于是施舍总能落到那只余下的手中，万幸，巴尔塔萨还有一只右手。

过了佩贡埃斯，便是一片松林，沙地从这里开始，巴尔塔萨靠着牙齿的帮助把长钉安在断肢上，在必要时长钉可以充当匕首，而这个时代，匕首属于极易致对手于死命的违禁武器。可以说，"七个太阳"随身带着优待证，有着双重武装，长钉和剑，他走了一段路，躲到几棵树的阴影之中。后来，两个人过来想抢他的东西，尽管他一再高声说他身上没有钱，他们还是不肯罢休，他把其中一人杀死了，既然我们刚经历了一场战争，亲眼看见过狼藉的尸体，对这件事就无须详加描述了，但有一点应当提及，就是"七个太阳"之后用钩子换下了长钉，以便把死者拖到路边，也就是说两种假肢各有用途。那个没死的劫匪还在松林中跟踪了他半里格，后来不再坚持了，只是从远处咒骂了他几句，但看上去并不认为咒骂能伤害他或让他气急败坏。

"七个太阳"到达阿尔德加莱加的时候，天色已经黑下来了。他吃了几条煎沙丁鱼，喝了一碗酒，身上的钱所剩无几，只够勉强维持第二天的行程，无法投宿，于是他钻进一间仓库，躲在车子下边，裹着斗篷便睡了，安着长钉的左臂往外伸着。他睡得很安稳。他梦见了在赫雷斯·德·洛斯·卡巴莱罗斯的战斗，这一次葡萄牙人必将取胜，因为"七个太阳"巴尔塔萨冲在队伍前头，右手举着断下来的左手，威力无穷，西班牙人的盾牌和符咒都无法抵挡。醒来的时候，东方的天空还没有出现晨曦，他感到左手疼得厉害，这毫不奇怪，因为铁制的长钉一直压迫着那里。他解开皮带，由于强烈的幻觉，加上尚是夜晚，车下漆黑一片，他看不到两只手，但这并不意味着它们不在那里。他用左胳膊拉了拉旅行背袋，又裹在斗篷里蜷缩着睡着了。至少他已经摆脱了战争。身上确实少了点儿什么，但他毕竟还活在人世。

天刚刚放亮他就起来了。天空晴朗透亮，就连最后几颗暗淡的星星都能看得见。趁着好天气进入里斯本，至于在那里是住下来还是继续赶路，到时候再说。他把手伸进旅行背袋，拿出从阿连特茹来的一路上都没有穿的破皮靴，要是一直穿着的话只会更破，他设法让右手更灵巧一些，再让左臂残肢尽量帮忙，后者尚需摸索学习，终于把靴子穿到脚上了，否则两只脚就会经受起水疱和皲裂之苦，赤脚的苦楚他早在平民生活中就已习以为常，在军旅时期更是如此，艰苦的时候饭都吃不上，更不要说穿皮靴了。没有比士兵的生活更苦的了。

到达码头的时候，太阳快落山了。已经开始落潮，船老大高声喊叫说，潮头正好，马上开船，不然就晚了，去里斯本的快上船；"七个太阳"巴尔塔萨跑上甲板，旅行背袋中的铁器叮叮作响，一个爱开玩笑的人说，这个独手人把马掌放在袋子里背着，好省着点儿用呢；巴尔塔萨瞥了他一眼，右手从背袋里取出长钉，现在该看清楚了，那上面如果不是凝结的血迹，也是魔鬼的杰作。开玩笑的人赶紧移开视线，暗暗乞求圣克里斯多福庇护，该圣徒专门保佑旅途安全，别遇上坏人坏事，而从那里到里斯本那人再没开口。一个女人和丈夫一起恰好坐在"七个太阳"旁边，打开食品袋子准备吃饭，并请邻座一起吃，更多是出于礼貌而不是真心分享，但她非让士兵吃不可，并一再坚持，他才同意了。巴尔塔萨不喜欢当着别人的面吃饭，因为他只有右手，十分不便，面包会在手里打滑，面包上的配餐食物也会往下掉，但那女人巧妙地把配餐食物放在一大片面包上，这样他便可以巧妙地运用不同手指以及从衣袋中取出的小刀，舒舒服服地吃起来，并且吃得相当雅观。论年龄那女人足以当他的母亲，那男人足以当他的父亲，所以这绝不是什么特茹河上的调情，更不是默许下的移情别恋。仅仅是一点儿友爱，是对从战场归来的终身残疾者的怜悯。

船老大升起三角帆，风助潮势，推动木船前进。桨手们睡足了觉，喝够了酒，精力充沛，不慌不忙地划着桨。绕过地角之后，赶上了退潮海流，船轻快得像奔向天堂一样，太阳的余晖照得海面金光闪闪，两对海豚轮流在船前穿过，弓起深黑的油光闪亮的脊背，仿佛它们以为离天很近，想跃到天上去。里斯本就在遥远的对岸，好像浮在水面上，沿城垣向外延展。最高点是城堡和教堂的塔尖，俯瞰着融成一团的低矮房屋，隐隐约约能看见那些三角屋顶。船老大开口道，昨天发生的事很有趣，你们谁想听听；大家都说愿意听，因为这是消磨时间的好方法，而航程不算短；事情是这样的，船老大说，一支英国舰队来到那边，就是桑托斯海滩前面，运来的部队加上在这边等待的部队，要到加泰罗尼亚打仗，但同时还来了一艘运送一些罪犯的船，要把他们流放到巴尔巴达斯岛上去，船上还有五十来个妓女，她们想到岛上去改换门庭，在那里良家女子实际上跟风流荡妇差不多，但船长那鬼东西想，让她们在里斯本生活岂不更好，于是他下令把那些诱人的娘儿们卸到岸上，这样还能减轻船载的重量，我亲眼看到几个英国女人，长得蛮不错，腰肢还挺苗条。船老大美滋滋地笑了，仿佛正在策划一次肉欲航行，计划着他将收获的利润，而阿尔加维省的划桨手们哈哈大笑，"七个太阳"像阳光下的猫一样伸了伸懒腰，带食品袋的女人装作没听见，她丈夫不确定是应该觉得这故事有趣还是保持严肃，因为对这类故事他不可能当真，这也不是他能指望的，他来自偏远的潘加斯，那里的人们从生到死只是犁田浇水，当然这既有原义也有喻义。他想想原义，又想想喻义，又莫名其妙地把二者联系起来，然后问士兵，你多大岁数；巴尔塔萨回答说，二十六岁。

里斯本越来越近，只有一箭之地了，围墙和房屋显得更高了。

船在里贝拉靠岸，船老大放下船帆，掉转船头，以靠上码头，靠岸那边的桨手们一齐抬起桨，另一边的桨手们继续划动，再一转舵，一条缆绳就从人们头上抛过去，仿佛一下子把河两岸连接起来了。正值退潮，码头显得很高，巴尔塔萨帮助带食品袋的女人和她丈夫下了船，踩了那个开玩笑的人一脚，那家伙既没有喊，也没有叫，然后他才抬起腿，稳步跨上岸。

港口里小渔船和卡拉维拉快帆船横七竖八，正在卸鱼，监工们一边吼叫一边打骂，黑人搬运工们扛着大鱼篓，弯着腰来来往往，鱼篓不停地往下淌水，弄得他们浑身湿透，胳膊上和脸上满是鱼鳞。好像里斯本的所有居民都到鱼市来了。"七个太阳"嘴里的口水越来越多，似乎四年军旅生涯积累下来的饥饿现在正越过逆来顺受和自律的堤坝。他感到胃饿得缩成了一团，下意识地用眼睛搜寻带食品袋的女人，她到哪里去了呢，还有她那不声不响的丈夫，或许正望着来来往往的女人们，猜想她们是不是那些英国妓女，男人嘛，总还有做梦的权利。

巴尔塔萨口袋里的钱不多，只有几枚铜币，抖一抖，还不如旅行背袋里的铁器声音响亮，在一个不大熟悉的城市离船上岸，他必须决定下一步如何走，去马夫拉的话，拿锄头需要两只手，而他只有一只，看来是不行了，到皇宫去呢，看在他曾经流过血的分儿上，也许能得到一点儿救济。在埃武拉时有人对他说过这件事，但他也听说必须一再请求，请求好长时间，还要努力争取到保护人的帮助，即使这样，也常常是嗓子说哑了，甚至到死也没看见那钱币的颜色。在无计可施的情况下可以寻求教友会的救济，而在各修道院的门口总能得到一碗汤和一片面包。失去左手的人没什么好抱怨的，因为右手还在，可以向路人行乞，或者借助锋利的长钉强行索要。

"七个太阳"穿过鱼市。卖鱼女人们粗声大气地喊叫着以招徕买主，摇晃着戴金手镯的胳膊吸引注意，拍着胸脯发誓赌咒，胸前挂着十字架，项链，饰链，都是上等巴西黄金制品，耳朵上还吊着又长又重的耳环，这些都是表明女人富有的物件。奇特的是，在这肮脏的人群中她们个个干净整洁，仿佛在她们丰满的手上倒来倒去的鱼的气味到不了她们身上。巴尔塔萨在一家钻石店旁边的酒馆门口买了三条烤沙丁鱼，放在必不可少的一片面包上，一边吹气一边小口小口地咬，在前往王宫广场的路上就吃了个精光。他走进一爿门朝广场开的肉店，瞪大眼睛贪婪地看着那开了膛的牛和猪，大块大块的肉挂在满是钩子的铺子里。他暗暗向自己许下诺言，等有了钱要美美吃上一顿肉，当时他还不知道不久后的一天他要在这里干活，这倒不是因为有保护人帮忙，而是因为有旅行背袋里的那副钩子，可以用来拉下骨架，刷洗肠子和撕下肥肉，很是实用。墙面上镶着白瓷砖，要是去了那层血污，这地方还算干净，只要掌秤的人在分量上不欺人，这里就不会有人上当受骗，因为就品质和健康而言，那确实是好肉。

那边就是国王的宫殿。宫殿在，国王却不在，他正和唐·弗朗西斯科亲王以及其他兄弟一起，带着仆从，在亚泽坦打猎，同去的还有可敬的耶稣会神父若昂·塞科和路易斯·贡萨加，他们当然不是为了吃食或者祈祷，或许是国王想温习温习还是王太子时跟他们学习的算术和拉丁文。国王陛下还带上了王国武器库兵器大师若昂·德·拉腊为他造的新猎枪，这支枪镶金嵌银，堪称艺术品，即使在路上弄丢了，也会马上回到主人手中，因为长长的枪筒上以罗马圣伯多禄教堂门楣上那种漂亮的字体嵌着一行罗马字母,我属于国王,我主上帝保佑唐·若昂五世,全部大写,就像是从那里复制过来的,当然也有人说,枪只以枪口说话,使用的语言是火药和铅弹。但那只是一般的枪,就像"七个太阳"巴尔塔萨·马特乌斯使用过的那支一样,可现在他已经解除武装,站在王宫广场中间,望着面前熙攘的人世,托着肩舆的修士们,巡逻兵和商人们,望着人们扛着货物和木箱,这令他突然感到某种对战争的深深的怀念,要不是知道那里再也不需要他,他此时此刻便会返回阿连特茹,即使那里有死神在等待。

巴尔塔萨来到一条宽宽的街道,朝罗西奥方向走去,在此之前,他进了奥利维拉圣母教堂,参加了一场弥撒,跟一个对他有好感且没人陪伴的女人互相挑逗了一会儿,这种消遣司空见惯,因为女人们站在一边,男人们站在另一边,双方很快开始传情达意,摇摇手,挥挥手帕,努努嘴,眨眨眼,只要不把事情挑明,不曾约定幽会或者达成什么密约,就算不上罪孽,而巴尔塔萨从遥远的地方来,风尘仆仆,没有钱吃美味佳肴,没有钱买丝绸缎带,这调情自然就没有后续,于是他离开教堂,来到这条宽宽的街道,朝罗西奥走去。今天是女人的日子,那十几个从一条窄小的巷子出来的女人证明了这一点,一些黑人巡逻兵手持警棍在驱赶她们,你看,她们都是金发,个个长着一双水灵灵的眼睛,蓝色的,绿色的,灰色的;这些妇女是什么人呀,"七个太阳"问道;旁边的一个男人回答时他已经猜到,她们都是那艘轮船运来的英国女人,船长耍了个花招把她们放在这里,现在,除把她们送去巴尔巴达斯岛以外还有什么办法呢,不能让她们留在葡萄牙这块肥沃的土地上,这里对外国妓女来说太有利了，这项职业是对巴别塔的嘲讽，因为只要事先把价钱谈妥，人们就可以一声不响地走进各自的房间，然后默默地出来，全程无须开口。可是，船老大说过一共有五十来个女人，现在却不过十二个；其余的英国女人到哪里去了呢；那男人回答说，一些人被捉住了，但没有全被捉住，因为有些人藏起来了，藏得严严实实，说不定她们这时已经知道英国男人和葡萄牙男人有什么区别了。巴尔塔萨继续往前走，暗暗向圣本笃许愿，要是让一个英国女人来到他眼前，高挑身材，纤细腰肢，金发碧眼，即便一生只有一次，他也会向圣徒献上一支心形蜡烛。如果说在圣本笃的瞻礼日，人们都去敲教堂的大门，乞求有饭可吃，如果说那些想找个好丈夫的女人每周五都去做弥撒，那么一个士兵向圣本笃乞求得到一个英国女人又算得了什么呢，只要一次，免得到死也不知个中滋味。

"七个太阳"巴尔塔萨在各街区和广场转了整整一个下午，到本市方济各会修道院门口喝了一碗汤，打听到了哪些教友会最乐善好施，他记住了其中的三个，以备后续考察，奥利维拉圣母教堂教友会，他已经去过，圣母是甜点师的主保圣人，圣埃洛伊教友会，该圣徒是银饰匠的主保圣人，还有失落儿童教友会，这与他本人的状态倒有些相似之处，尽管他已对童年没有多少印象，但确实感到失落，也许有一天人们会找到他。

夜幕降临，"七个太阳"去找地方睡觉。在这之前他与一个叫若昂·埃尔瓦斯的人交上了朋友，此人也是个老兵，年龄比他大，经验比他丰富，现在以拉皮条为生，夜里都忙于工作，天气温和，橄榄园附近的艾斯贝兰萨修道院围墙边有些荒废已久的屋檐，那里可以栖身。巴尔塔萨成了他们临时的客人，新朋友总是个谈话的伙伴，尽管如此，以防万一，他托词让好胳膊休整一番，卸下旅行背袋，把钩子装在残肢上，不想让若昂·埃尔瓦斯和其他伙伴看到尖尖的长钉而目眩眼晕，正如我们所知，那个长钉可是件致命的武器。房檐下一共六个人，没有任何人想伤害他，他也没有伤害任何人。

还没睡着的时候，他们谈起了过去发生的犯罪案件。说的不是他们本人的罪行，每个人都了解自己，上帝了解所有人，也不是大人物们的罪行，就算知道谁是凶手，那些人也总能逃脱惩罚，面对司法机关对案件的调查，他们也依然肆无忌惮。他们谈的是那些小偷小摸，不起眼的打架斗殴，以及仅仅牵涉升斗小民的谋杀，他们对大人物不构成威胁，很快被关进利莫埃依罗监狱，虽说那里遍地屎尿，但至少每天有汤可喝。不久前那里释放了一百五十个轻罪罪犯，还有征召到那里准备前往印度但后来又不需要的几批人，一共有五百多，人太多，吃不饱，据说出现了一种病，会置所有人于死地，所以队伍便解散了，我便是其中的一个。另一个人说，这里凶杀案很多，死的人比战争中还多，到过战场的人都这么说，"七个太阳"，你觉得是这样吗；巴尔塔萨回答说，战争中死人，我见过，但不知道里斯本死人的情况，所以不能做比较，让若昂·埃尔瓦斯说吧，他既了解战场，也了解城市；然而，若昂·埃尔瓦斯只是耸了耸肩膀，一言未发。

谈话又回到头一个主题，有人讲了这样的案件，镀金匠想跟一个寡妇结婚，可对方不愿意，于是他捅了寡妇一刀，这个寡妇只因为不满足那个男人的欲望就受到这等惩罚并丧了命，而镀金匠则躲进了圣三位一体修道院，还有一个倒霉的女人，她规劝走上歧途的丈夫，丈夫一刀把她劈成了两半，更有一位教士，因为风流韵事，被结结实实砍了三刀，这一切都发生在四旬斋期间，大家都知道，这是热血沸腾脾气暴躁的时节。不过，八月也不是个好时候，去年八月人们发现了一个被肢解的女人的十四五块残肢，一直没有查清确切的数目，能确定的是她身体较柔软的部位如臀部和大腿遭受过残酷的鞭打，肉被残忍地从骨头上分离下来，抛掷在科托维亚，其中一半扔在塔罗卡伯爵的工事上，其余的丢在卡尔达依斯下边，但放得非常显眼，很容易发现，既没有埋到地下，也没有扔进海里，似乎是故意要让人们看见，引起众人恐慌。

这时若昂·埃尔瓦斯开口了，他说，死得太惨了，这么干的时候那个不幸的女人很可能还活着，怎么会有人对一具尸体如此残忍，况且，人们看到的都是最敏感而又不致人死命的部位，只有丧心病狂到了极点的家伙才干得出这种事来，在战场上也绝不会见到这等事，"七个太阳"，尽管我不知道你在战场上看到过什么；原先讲这个案子的人抓住了这个停顿，接着说道，后来，缺少的部位也陆续出现了，第二天在容格依拉发现了她的脑袋和一只手，在博阿维斯塔发现了一只脚，从手脚和脑袋来看她是个惹人怜爱且富有教养的人，从面孔来看年龄在十八岁到二十岁，装着脑袋的口袋里还有肠子和其他的内脏器官，还有胸部，被切得像分成两半的橙子，另外有个看样子才三四个月大的婴儿，是用缎带勒死的，在里斯本什么事都能发生，但这种案子前所未有。

若昂·埃尔瓦斯又补充了一些他知道的事情，国王下令贴出告示，发现凶手的人可以得到一千克鲁札多的赏赐，但是，差不多一年过去了，什么都没发现，不过人们很快就看出来了，这不是他们能解开的案子，凶手既不是鞋匠，也不是裁缝，这些人只会剪割皮料和布料，而切割那女人的凶手干得既艺术又科学，切了全身那么多部位，竟然没有在任何关节上出错，几乎每一根骨头都剔得准确无误，被召去检查的外科医生们都说，这事是深谙解剖学的人干的，他们只是没有承认，连他们也无法干得如此精细。修道院围墙后面传来修女们的唱诗声，她们根本不知道自己从什么当中解脱了出来，生个儿子，要为此付出多么沉重的代价，然后巴尔塔萨问道，后来也没有发现什么蛛丝马迹吗，比如说那女人究竟是谁；没有任何线索，既无法得知那女人的身份，也找不到凶手，一度她的头还被放在慈善堂门口，看是否有人认得出她，但毫无结果；那个花白胡子的人一直没有说话，现在开口了，他说，大概不是本地人，要是这附近有女人被杀，早就会发现少人了，并且传出闲言碎语，或许是哪个父亲把做了丢脸事的女儿杀了，打发人把她切成块，用骡子驮着或者藏在驮筐里送进城，扔在各处，说不定在他居住地的某处埋了一头猪，说是埋了女儿，以掩人耳目，还说女儿是得天花病死的，或者说浑身化脓，这样就不用揭开裹尸布，有人什么事都做得出来，包括还没被做的事。

这群人都愤愤不平，不再开口，也听不到那边修女们的一丝声音。"七个太阳"说，战争更有怜悯之心；战争还是个小孩子呢，若昂·埃尔瓦斯表示怀疑。这句话之后，也不再有什么可说，大家都进入了梦乡。

5

　　唐娜·马利亚·安娜今天不去参加宗教裁判所的火刑判决仪式。她正在为她的兄长奥地利皇帝约瑟服丧，这位皇帝患了名副其实的天花，没过多久就病发去世，年仅三十三岁，但她留在卧房不肯出门的原因并不在此，既然王后们所受教育的目的是应对巨大的打击，那么，要是一位王后在这般区区小事上表现脆弱，就国将不国了。尽管怀有身孕已经是第五个月了，王后仍然有恶心的反应，不过这也不足以让她放弃对宗教的虔诚，不足以让她错过在灵魂升天的肃穆仪式中的那种视觉，听觉和嗅觉感受，这个仪式的宗教气氛十分浓厚，游行队伍庄严堂皇地行进，判决书诵读得从容不迫，被判刑者垂头丧气，阵阵悲号，人肉在火舌中发出浓烈气味，牢狱之苦后身上残留的一点儿脂肪被烤成一滴滴落入红红炭火中的油。唐娜·马利亚·安娜之所以不去参加火刑判决仪式是因为，除了怀孕，医生还为她放血治疗了三次，再加上这几个月以来的潮热症状，令她元气大伤。放血治疗和她兄长的死讯一样，都拖延了很长时间，因为当时她刚怀孕不久，医生们想确保她万无一失。确实，王宫里空气不妙，国王刚才还打了一个响亮的嗝儿，为此他对在场人士表示歉意，也即刻得到了谅解，释放嗳气对灵魂总归有好处，但这只不过是他的想象，国王吃了泻药便立刻见效，原来仅仅是肠胃不适罢了。王宫里一片凄风苦雨，因为国王命令全王室服丧，命令大臣和军官们一样服丧，八天不得出门，穿孝服六个月，其中三个月穿长斗篷，三个月穿短斗篷，以示对联姻兄弟皇帝之死的巨大悲痛，这使王宫的气氛雪上加霜。

然而，今天是普天欢乐的日子，也许这个词不大贴切，因为人们的喜悦发自更深邃的地方，也许就发自灵魂，全城人都走出家门，拥到街道和广场上，从上城区拥下来，汇聚在罗西奥去观看处决犹太人和新教徒，以及异教徒和巫师，还有那些难以准确分类的案件，例如鸡奸，僭神，奸淫和煽惑妇女等及其他应判处流放或者火刑的大小案件。今天出场的罪人共一百零四个，其中五十一个男人，五十三个女人，大部分来自巴西，巴西是盛产钻石和残忍的沃土。在女人当中，有两个被判死刑，因为她们屡犯不改，也就是一再犯下异教罪，执拗地信奉异端，拒绝服从律法，即虽然经过多次规劝，她们仍然执迷不悟，即顽固坚持被她们认作真理的错误，只不过她们的真理在时间和地点上不对而已。上一次在里斯本烧人，差不多是两年以前了。今天，罗西奥挤满了人，因为既是礼拜日，又有火刑仪式举办而显得双倍热闹，人们永远不会知道里斯本居民究竟更喜欢什么，是更喜欢看这个呢，还是更喜欢看斗牛呢，只是斗牛流传了下来。女人们站在临广场的窗口，精心穿着，为了讨王后欢心，梳着日耳曼风格的发式，在脸颊和前胸搽上朱红脂粉，当已定的求婚者或可能的仰慕者拿着手帕，斗篷飞扬地在下边走过时，她们做出各种表情，并噘起嘴唇，以便显得小巧可爱，面朝大街往下望，女人们还暗暗自问，脸上的妆容是否还完好，嘴角的面靥是否亮眼，痘痘是否遮住了，而下边熙熙攘攘的队伍中那个神魂颠倒的人又是否看见了自己。天气太热了，围观者们不停地喝着习惯喝的柠檬水，装在陶罐中的水，吃着一块块西瓜，可不能因为那些罪人将要死去，就让大伙儿受苦。要是胃里需要什么解饥的东西，那里不乏羽扇豆，松仁，干奶酪饼以及枣椰。在宗教仪式结束之后，国王将率领他的亲王兄弟和公主姐妹们在宗教裁判所共进晚餐，既然已经没有什么不适，就要驾临宗教裁判所首席法官的晚宴，那里有一盘盘丰美的菜肴，鸡汤，山鹑肉，小牛排，肉酱馅饼，佐以糖和肉桂的羊肉馅饼，以及这类晚餐上必有的卡斯蒂利亚式的辅以藏红花及各种作料的主菜，最后是牛奶冻，油酥点心和应时鲜果。不过国王非常简朴，不喝葡萄酒，而懿行胜于言教，众人都追随懿行，绝不沾酒。

既然肉体已经填得满满当当，那么对灵魂更有益处的懿行今天就要在这里出现。宗教游行开始了，多明我会修士们举着圣多明我的旗帜走在前边，随后是宗教裁判所的法官们，他们排成一列长长的队伍，最后出现的是被判决的罪人，前面已经说过，一共是一百零四个，他们手上拿着大蜡烛，旁边是押送他们的人，还有一片祈祷声和呜呜低语声，从他们头上戴的圆檐帽和身上穿的悔罪服的区别可以看出哪个将被处死，哪个不被处死，当然还有另一个明白无误的信号，即那高举着的耶稣受难像，其背对着的女人们将在火堆里烧死，相对应的，那受苦受难的善良面孔所对着的那些人能逃过死刑，这是用象征的方式说明等待那些罪人的命运会是什么，另外还能通过服装解读，后者直观展示了所判的处罚，身穿带红色圣安德肋十字架的黄色悔罪服的人罪不至死，另一种悔罪服上面有火苗朝下的图案，即所谓逆火，表示该人已经忏悔，免受死刑，而那种灰色长袍，阴森森的灰色，上面的图案是罪人被魔鬼和火舌围绕，直指必死无疑，这说明身着此种长袍的那两个女人过不了一会儿就要被烧死。由方济各会总主教若昂·多斯·马尔蒂雷斯修士讲道，显然没有谁比他更能担起这项职责了，只要我们还记得，上帝褒赏了一位方济各会修士的品德，令王后怀了孕，因此应当利用他布道来拯救灵魂，正如王朝和方济各会都从那位修士那儿得了利，前者确保了王室的承续，后者则有许诺中的修道院。

平民百姓怒气冲冲地辱骂罪犯，女人们伏在窗沿尖叫，修士们滔滔不绝地高谈阔论，游行队伍像一条巨蛇，罗西奥广场容纳不下，绕了一个又一个圈，仿佛要延伸到四面八方，让全城都看到这有益的表演，走在队伍中间的那个人是西蒙·德·奥利维拉·索萨，他既无头衔，又无薪俸，却宣称自己是宗教裁判所在册的世俗神父，做弥撒，听忏悔，还宣讲布道，而与此同时他又自称是异教徒和犹太人，如此胡言乱语实属罕见，更混乱的是，他既叫特奥多罗·佩雷拉·德·索萨神父，又叫曼努埃尔·达·孔塞依森修士，或者叫曼努埃尔·达·格拉萨修士，还叫贝尔希奥尔·卡尔内罗或者曼努埃尔·伦卡斯特雷，谁知道他是不是还有别的名字，这些名字是不是真的，因为选择自己的名字，每天改换一百次名字，是每个人都有的权利，而名字本身并无意义。那一个是多明戈斯·阿方索·拉加雷罗，在波尔特尔出生，在那里居住，他妄称看到了显圣，自己成了圣徒，便用祝福，咒语，十字架以及其他类似的迷信手段为人治病，想一想吧，就好像他真是第一个如此行事的骗子。那个是圣若热岛的安多尼·特谢依拉·德·索萨神父，他的罪行是引诱妇女，这是他抚摩并侵犯妇女行为在教规上的标准用语，可以肯定该行为从在忏悔室里的谈话开始，最后在圣器室里偷偷摸摸地结束，直到他被抓，将被流放到安哥拉了却残生，而我，塞巴斯蒂安娜·马利亚·德·热苏斯，也算得上四分之一个新基督徒，我看到圣明显灵，获得天启，但他们在法庭上说我是假装的，我听到上帝的声音，但他们说那是魔鬼的伎俩，我知道我可以成为像所有男圣徒一样好的女圣徒，或者更好，因为我看不出我和圣徒们有什么区别，但他们斥责我说这是不可容忍的狂言，是骇人听闻的狂妄，是公然违抗上帝，于是我犯了渎神罪，是异教徒，并邪恶妄为，他们堵住我的嘴，于是我的狂言，我的异端邪说，我亵渎神明的话，无法再被听见，他们判处我当众受鞭刑，判处我流放安哥拉王国八年，我听到了宣读判决书，听到了对我的判决和对跟我一起在这个队伍里的人的判决，但没有听见他们提到我的女儿，她叫布里蒙达，她会在哪儿呢，布里蒙达，你在哪儿呢，要是你没有在我之后被囚禁起来的话，一定会来打听你的母亲的下落，要是你在人群之中，我就能看到你了，现在我还要我的眼睛，也只为看到你，他们堵上了我的嘴，没有捂上我的眼睛，即使眼睛看不见，我的心也能感觉到你，也一直在想着你，要是布里蒙达在人群之中，我的心会跳出胸膛，就算他们朝我吐唾沫，往我身上扔瓜皮和脏东西，啊，他们都大错特错了，只有我才知道，只要愿意，人人都可以成为圣徒，可我喊不出来，但胸膛给了我信号，它让我的心发出悲鸣，我就要看到布里蒙达了，我就要看见她了，啊，她就在那儿，布里蒙达，布里蒙达，布里蒙达，我的女儿，她已经看见我了，但不能说出来，不得不装作不认识我，甚至假装蔑视我，巫婆母亲，被判叛教的母亲，虽然仅仅是四分之一，她看见我了，她旁边站着的是巴尔托洛梅乌·洛伦索神父，布里蒙达，不要说话，你不要说话，只用你那双眼睛看吧，你的眼睛能看清一切，那个男人是谁呢，个子高高的，就站在布里蒙达旁边，不知道，啊，不知道，他是谁，从哪儿来，他们之间会发生什么，我的能力啊，从他破旧的衣服，他饱经风霜的脸以及他从腕部缺掉手的胳膊来看，他是一个士兵，永别了，布里蒙达，我再也看不到你了；布里蒙达对神父说，我母亲在那儿，然后她转过身，问那个站在她旁边的高个子男人，你叫什么名字；那个男人理所当然地做出回答，同时也就确认了这个女人有权问他这个问题，我叫巴尔塔萨·马特乌斯，人们也叫我"七个太阳"。

塞巴斯蒂安娜·马利亚·德·热苏斯走过去了，其他人也都走过去了，游行队伍绕完一个圈，被判处笞刑的受到了鞭打，那两个女人也被烧死了，头一个女人因为声称愿意在死前皈依基督，所以先绞死再烧，第二个女人临死之际依然冥顽不化，最终被活活烧死，而火堆前边，男人们和女人们一起跳起舞来，好热闹的舞会，国王离开了，他看过一切，吃过东西，在游行中走了路，乘六匹马拉着的篷车，由卫队护卫着，和亲王们返回了王宫，下午很快过去了，天气仍然闷热，太阳斜到了绞刑架那边，加尔默罗修道院巨大的影子落在罗西奥广场，被处死的女人落到尚未烧透的木柴上，躯体将慢慢碎裂乃至消失，到了晚上余下的灰烬就会四散飘走，即便是末日审判也无法把它们再聚拢到一起，人们将带着巩固后的信仰返回家中，鞋跟上还沾着黑色的尸体留下的黏黏的尘土和烟垢，或许还有在炭火中未蒸发的黏滞的血污。礼拜日属于上帝，这是再普通不过的真理，因为每天都属于上帝，而一天天就这样渐渐消耗着我们，除非火舌同样以那位上帝的名义把我们更快地耗尽，这是双重的残暴，我就是这样被烧死了，因为我出于自己的理智和意志不肯把骨与肉和支撑肉体的灵魂交给上述的上帝，肉体属于我自己，完全属于我自己，是我与我自己直接交媾的产物，是世界降临在我隐秘的面孔上的产物，正如外表所现，所以不为人知。然而，我们总归要死的。

要是有谁在场，一定会觉得布里蒙达说的那几句话冷漠无情，我母亲在那儿，没有一声叹息，没有一滴眼泪，甚至脸上没有一丝怜悯，而虽然人们那样恨她，辱骂她，嘲讽她，总还有人表示同情，而这个姑娘是她的女儿，从母亲望向她的样子就可以知道她是个受宠爱的女儿，但女儿只说了声，在那儿，就马上转向一个她从未见过的男人，问他，你叫什么名字，仿佛打听他的名字比她的母亲在监狱里遭受折磨和虐待之后又要遭受鞭笞之苦还重要，仿佛打听他的名字比塞巴斯蒂安娜·马利亚·德·热苏斯必将被流放到安哥拉一去不复返还重要，谁知道呢，安多尼·特谢依拉·德·索萨神父会不会在心灵和肉体上给她以安慰，毕竟他在这里有过不少相关经验，还好，虽说罪名已定，这个世界也还没有到那么不幸的地步。但是，布里蒙达回到家里便大哭起来，眼泪从眼睛里涌出来，像两道汩汩的泉水，要想再看到母亲只能是在上船的时候了，而且只能远远地望一眼，英国船长把妓女丢下船都比一个被判刑的母亲亲吻女儿要容易得多，母亲亲吻女儿，脸贴着脸，一个皮肤柔软，一个皮肤松弛，贴得这样近，相距那样远，我们身在何处，我们又是谁；巴尔托洛梅乌·洛伦索神父说，在上帝的意志面前，我们什么都不是，也许他知道我们是什么，顺服吧，布里蒙达，让上帝掌管上帝的领域，我们不要越过边界，只在这边崇拜，而我们执掌自己的疆域，人的疆域，一旦成功，上帝定会降临，而在那时，世界就被创造出来了。"七个太阳"巴尔塔萨·马特乌斯未发一言，只是盯着布里蒙达，她每次回望他一眼，他都感到胃里一阵发紧，因为他从来没有见过这样的眼睛，这双眼睛随着外界光线或者内心想法的变化而变化，时而浅灰，时而绿色，时而蓝色，时而是宛如夜幕一般的黑，时而是煤矸石碎片边缘那样明亮的白。不是因为得到邀请他才来到这所房子的，只是因为布里蒙达问他叫什么名字，他回答了，无须更好的理由。火刑仪式结束了，场地清扫干净，布里蒙达离开了，神父跟她一起，布里蒙达到家后让门开着，好让巴尔塔萨进来。他进了门，坐下以后，神父才把门关上，就着从缝隙射进来的最后一缕光线点上油灯，此时本市地势低洼部分已经完全黑下来，但落日的红色余晖还能照到这城市的高处，城堡防御墙那边传来士兵们的喊叫声，要是在别的场合，"七个太阳"一定会回忆起战争，但此时他只顾得上用眼睛盯着布里蒙达的眼睛，盯着她的身体，那身材高挑苗条，就像他下船来到里斯本那一天睁着眼睛梦见的英国女人一样。

布里蒙达从凳子上站起身，给壁炉点上火，把一只汤锅放在三腿炉架上，汤烧开之后她盛了两大碗递给两个男人，在做这一切的时候她都没有说话，几个小时之前她问过，你叫什么名字，这之后就一直没再开口，虽说神父先吃完了，但她还是等巴尔塔萨吃完以后才吃，为的是拿他用过的餐勺，这沉默的动作似乎是在回答另一个问题，你的嘴愿意用这个男人的嘴用过的餐勺吗，让这个男人把你的东西当作他的，又把他的东西给予你，让你的和他的这两个词失去意义吧，而布里蒙达在被问之前就已经做出了肯定的回答；现在我宣布你们结婚了。巴尔托洛梅乌·洛伦索神父等布里蒙达把锅里剩下的汤喝完，便为她祝福，这祝福不仅为她本人，还为她的汤和餐勺，为他们的凳子，为壁炉里的火光，为那盏油灯，为铺在地上的席子，为巴尔塔萨被截掉的那只手。神父说完就离开了。

两个人坐了一个小时，谁都没有说话。只有一次巴尔塔萨站起来往壁炉里渐渐弱下去的火上添了几块木柴，只有一次布里蒙达挑了挑火光渐小的油灯灯芯，屋里又亮了，这时候"七个太阳"才能张口，你为什么要问我的名字呢；布里蒙达回答说，因为我母亲想知道你的名字，也想让我知道；你又不能跟她说话，你是怎么知道的；我就是知道，但不清楚是怎么知道的，你不要问那些我不能回答的问题，像你之前那样做，跟我来这里，但不问为什么；那现在怎么办；要是你没有更好的地方可住，就留在这里吧；我必须去马夫拉，那里有我的家，有我的父母和妹妹；你走以前就留在这里吧，想什么时候走就什么时候走；你为什么想让我留下呢；因为需要；这条理由说服不了我；要是你不愿意留下，那就走吧，我不能强迫你；我无法离开这里，你把我迷住了；我没有迷惑你，我一句话都没有说，也没有碰你一下；你看了我的内心；我发誓再也不看你的内心；你发誓说不再看，你就已经看过了；你根本不知道你在说什么，我从没看过你的内心；要是我留下，在哪儿睡觉呢；跟我一起睡。

他们躺下了。布里蒙达还是个处女。你多大岁数了，巴尔塔萨问道；布里蒙达回答说，十九岁；但说完之后她就又长大了一些。流了一些血在席子上。布里蒙达用中指和食指尖蘸上血，先在自己胸前画个十字，然后在巴尔塔萨胸脯上画了个十字，正好在他的心脏上边。两个人都一丝不挂。附近一条街上传来争吵声，刀剑的撞击声，还有奔跑的脚步声。然后一片寂静。没有再流血。

早晨巴尔塔萨醒来，看见布里蒙达躺在他身边，正闭着眼睛吃面包。直到吃完以后她才睁开眼睛，这时候她的眼睛是灰色的；她说，我将永远不看你的内心。

6

　　把这片面包送到嘴里是个轻而易举的动作，在感到饥饿的时候更是妙不可言，它能向身体提供营养，也向农夫提供收益，或许某些善于在镰刀和牙齿之间插上一手的人，通过运输或者储藏能获利更多，这是常规。葡萄牙没有充足的小麦满足葡萄牙人对面包永不改变的食欲，似乎他们不会吃其他东西一样，于是住在这里的外国人对我们的需求深表同情，加上可以获得比南瓜种子更多的利润，便从他们本国或其他地方驶来满载着谷物的上百艘船的船队，现在就有些船正扬帆特茹河，经过贝伦塔时向该塔主管出示通关证件。这次从爱尔兰运来了三万多袋小麦，粮储得到了极大丰富，再也不会有人挨饿了，粮仓和私人仓库都装得满满的，人们出高价租赁储藏室，在城门上贴求租广告，这回运来小麦的那些人后悔莫及了，储存太多，不得不降低价格，并且据说还有一支同样载着小麦的荷兰船队即将到来，但后来人们又听说它在防波堤那边遭到一支法国船队抢劫，这样一来，本来要降下去的价格并没有下降，如果需要的话，还可以放火烧毁一两座粮仓，然后，在我们以为粮食够吃并尚有剩余的时候，他们四处宣扬由于小麦被烧现在粮食不够了。这都是外边的人传授，这里的人渐渐学会的市场秘密，尽管这里的人一般都很蠢笨，这里特指的是商人，他们从来不从其他国家订购商品，而是向这里的外国人购买，这些外国人靠我们的头脑简单获利，靠我们的头脑简单赚得盆满钵盈，他们买进时的花费我们一无所知，但卖出时的价钱我们一清二楚，因为我们再怎么抱怨也得如数付款，直到付出我们的身家性命。

但是，欢笑紧挨着眼泪，平静和焦急只有一步之遥，轻松与惊恐是近邻，每个人和每个国家的生活莫不如此，若昂·埃尔瓦斯告诉"七个太阳"巴尔塔萨说，要爆发战争了，已经迈出了精彩的一步，在两天两夜的时间里组成了里斯本舰队，船只从贝伦排到沙布雷加斯，与此同时，步兵和骑兵在陆地上摆开阵势，因为有消息说一支法国舰队正朝这里开来，意图征服我们，若果真如此，这里的所有贵族和所有平民都可能成为杜亚特·帕切科·佩雷拉式的英雄，里斯本则要成为另一个第乌战场，然而最后发现，入侵的舰队原来是鳕鱼船队，这里又正好非常缺少鳕鱼，很快就能从人们对它的好胃口看出这一点。大臣们苦笑着得知了这个消息，士兵们讪笑着放下了武器，解开了战马，平民百姓们则高声大笑，以此回敬这不小的烦扰。无论如何，与等待法国战舰却迎来鳕鱼船队相比，等待鳕鱼船队却迎来法国战舰才更丢脸。

"七个太阳"表示同意，但他用想象体验了一番等待战斗的士兵们的感受，知道心脏会怎样剧烈地跳动，会问自己将遭遇什么，还会活着吗，一个人直面着可能的死亡，而后却得知那些人正在新里贝拉卸载鳕鱼，可以想象这落差，要是法国人得知了这个乌龙，会加倍嘲笑我们。巴尔塔萨刚要再一次怀念战争，却想起了布里蒙达，渴望看清她的眼睛究竟是什么颜色，这是他脑海中的战争，他既想起了这种颜色，又想起了那种颜色，而即使那双眼睛就在他面前，他本人的眼睛也难以断定看到的是什么颜色。这样，他忘记了本会产生的怀念之情，对若昂·埃尔瓦斯回答说，应当有个正确的办法让我们知道是什么人来了，他们带来了什么，或者想来做什么，落在船桅上的海鸥就能知道，我们却不知道，尽管这对我们来说重要得多；老兵说，海鸥有翅膀，天使也有翅膀，但海鸥不会说话，天使呢，我一个也未曾见过。

巴尔托洛梅乌·洛伦索神父正穿过王宫广场，他刚刚从王宫出来，前去王宫是应"七个太阳"的一再请求，希望知道区区一只左手是不是有那份价值，让他得到一笔战争抚恤金，若昂·埃尔瓦斯对巴尔塔萨的经历并不完全了解，看见神父走过来，接着说道，那边走来的人是巴尔托洛梅乌·洛伦索神父，人们称他为飞行家，但是，飞行家的翅膀还没有长好，所以我们不能去侦察那些要进来的船队，看他们有什么企图，要做什么。"七个太阳"没来得及回答，因为神父在远处停住了脚步，朝他打了个手势让他过去，若昂·埃尔瓦斯则很是错愕，眼见朋友对王宫和教会十分熟稔，马上便想到一个游荡的老兵也许能从中得到什么好处。而若昂·埃尔瓦斯这会儿也得做点儿什么，他伸手求乞，第一个施主是贵族，当下便爽快地给了施舍，但是，由于他心不在焉，之后伸手的对象是一个路过的化缘修士，修士把手中的圣像递过去让他虔诚地吻了一下，这样一来若昂·埃尔瓦斯刚刚到手的施舍便被送了出去。这简直是如遭雷击；咒骂固然是罪孽，却能有效抚慰心情。

巴尔托洛梅乌·洛伦索神父告诉"七个太阳"，我已经和主管这类事务的各位大法官说过了，他们说会考虑你的情况，看你是否可以申请，到时候会给我答复；神父，什么时候给答复呢，巴尔塔萨如此问道，这是刚刚来到王宫所在地，对其行事习惯一无所知的人天真的好奇心；我无法告诉你，但如果拖得太久，也许我能跟陛下说一声，他很尊重我，并且保护我；你能跟国王说话，巴尔塔萨很惊讶；能跟国王说话，还认识被宗教裁判所判刑的布里蒙达的母亲，这位神父是个什么神父呀，最后这几句话"七个太阳"并没有大声说出口，只是他心里惴惴不安的念头。巴尔托洛梅乌·洛伦索没有答话，只是面对面直视着对方，这时两个人已经停下了脚步，神父个子矮一些，也显得年轻一些，但事实上并非如此，两个人年龄一样大，都是二十六岁，既然巴尔塔萨的年龄我们已经知道了，但两个人的人生轨迹截然不同，"七个太阳"的生活是劳动和战争，战争生活已经结束，劳动生活不得不重新开始，而巴尔托洛梅乌·洛伦索出生在巴西，年少时头一次来到葡萄牙，他善于学习，记忆力惊人，十五岁时便展露出天分，实际上的才华比天分显示得还要高，他能背诵维吉尔，贺拉斯，奥维德，昆图斯·库尔提乌斯，苏埃托尼乌斯，梅塞纳斯以及塞内加的全部作品，可以从前往后，从后往前，或者从指定的任意地方开始背诵，他能阐释已写就的所有神话，说明那些异教的古希腊和古罗马人杜撰这些神话的目的何在，还能说出从古代至同代所有诗集的作者的名字，这一时间可以上溯至一二〇〇年，如果有人向他说出一首诗，他能立即即兴作诗十首以回应，并为诗中包含的全部哲理展开阐发，辨析最难解的细节，他能解释亚里士多德的全部作品及其外延的部分，说明其复杂缠绕之处，列出大中小词项，他能解答圣经中的一切疑问，包括旧约和新约，能背诵四位福音书作者的全部福音书，从前往后，从后往前，连续背诵，跳跃背诵，同样，他能背诵圣保禄和圣哲罗姆的使徒书，能逐一说出每位先知所在的年代，他们各活了多少岁，同样，他能说出圣经中所有国王的情况，同样能往上和往下，往左和往右，背诵诗篇，雅歌，出埃及记以及所有的国王篇，甚至未被列入正典的两卷以斯拉书，终归不那么正统，但这里没有外人，所以说一下也无妨，对于这位拥有过人才智和记忆力的至高天才的出生和成长之地，我们一直只向其索要黄金和钻石，烟草和蔗糖，森林丰富的物产，更多的东西还有待发现，那里是另一个世界的土地，是明日之国，有无尽未来，更何况我们还向塔普亚人宣扬福音，光靠它我们都将得永生。

神父，我的那位朋友若昂·埃尔瓦斯刚才告诉我，你有个外号，叫飞行家，为什么给你起了这个名字呢，巴尔塔萨问道。巴尔托洛梅乌·洛伦索开始往前走，士兵跟在后边，两个人相距两步，他们走过里贝拉海军武器库，走过王宫，再往前到了雷莫拉雷斯，这个广场面朝着河，神父在一块石头上坐下，示意"七个太阳"坐在他旁边，仿佛刚刚才听到对方发问似的，这时才回答说，因为我飞行过；巴尔塔萨狐疑地说，对不起，只有鸟儿飞翔，天使飞翔，人只能在梦里做到，而梦中的东西并不可靠；你之前不在里斯本生活，我不曾见过你；我打了四年仗，我的家乡是马夫拉；是了，两年前我飞行过，头一次我做了一个气球，烧了，然后又造了一个，它飞到了王宫的一处屋顶上，最后造的一个从印度公司大楼的一扇窗户飞了出去，后来谁也没有再看见它；不过，是你本人飞行了呢，还是那些气球飞行了呢；是气球飞行了，这和我本人飞行是一样的；气球飞行不等于人飞行；人嘛，先是摔跤，然后会走，再后来会跑，总有一天会飞的，巴尔托洛梅乌·洛伦索回答说，但突然他双膝跪倒，因为我主圣体正从这里经过，到某个有身份的病人那里去，捧着圣体龛的神父走在六名辅祭撑着的伞盖下面，前面是号手，后面是身穿红色斗篷的修士们，手持烛台及供奉圣体必不可少的东西，某个灵魂已急不可耐，单等挣脱肉身的羁绊，乘着从海洋，从宇宙深处，从冥冥的天尽头吹来的风飞走。"七个太阳"也双膝跪倒，左臂的钩子垂向地面，右手在胸前画着十字。

巴尔托洛梅乌·洛伦索神父没有再坐下，而是慢慢朝河岸走去，巴尔塔萨跟在后头，河的一边有条船在卸大捆大捆的稻草，装卸工们扛着包快步穿过踏板以维持平衡，另一边来了两个黑人女奴，她们是来为主人们往河里倾倒便桶的，那里有这一天或这一周的屎和尿，在稻草的自然气味和粪便的天然气味中，神父说，我一直被朝臣和诗人们嘲笑，其中一位是托马斯·品托·布兰道，他把我的发明叫作随风逝，要不是有国王的支持，不知道我会是什么样子，但国王相信我的机器，同意我在阿威罗公爵在圣塞巴斯蒂昂·达·彼得雷拉的庄园进行试验，这样，那些攻讦我的人才算喘了口气，他们先前甚至咒我从城堡上起飞时摔断腿，虽说我根本没宣称过要这么做，他们还说我的这门技艺与其说与几何学有关，倒不如说属于宗教裁判所的审理范围；巴尔托洛梅乌·洛伦索神父，这些事情我不懂，我是乡下人，当了一阵子士兵，现在也不是了，我不相信有人能飞行，除非他长了翅膀，否认这一点的人大概也了解革责玛尼园的那一夜吧；你胳膊上这个钩子不是你本人发明的，必须有某个人有这种需要，产生了这个念头，否则皮革和钩子不会这样连接起来，你看到河里的船了吧，船也是这个道理，早年船上没有帆，后来发明了桨，再后来发明了舵，而作为陆生动物的人出于需要便成了水手，同样，人出于需要也能变成飞行家；给船装上帆的人站在水上，留在水上，而飞行是脱离大地到空中去，空中却没有支撑我们双脚的地面；我们要像鸟儿那样，既能在天上飞，又能落到地上；这么说来，你是为了飞行才结识布里蒙达的母亲的，因为她有奇妙的能力；我听说她能看到有人背着布翅膀飞行，当然自称能看到这个或那个的人不少，但人们告诉我的关于她的这件事与我要做的太相近了，于是有一天我秘密拜访了她，后来和她成了朋友；那么你从她那里了解到你想知道的东西了吗；没有，因为我了解到，她的知识，如果是真的，也是另一种知识，而我必须依靠自己的努力克服自身的无知，但愿我没有想错；依我看，那些认为这飞行技艺与其说与几何学有关倒不如说应当由宗教裁判所审理的人说得对，如果我是你，就会加倍小心，你看那些监禁，流放，还有火刑，都是用来对付这类不安分的行为的，当然，关于这些，神父比士兵懂得多；我小心行事，并且有人保护我；我们看吧。

两个人往回走，又来到了雷莫拉雷斯。"七个太阳"预备说话，又退缩了，神父发现了他欲言又止，你想说什么吗；我想知道，巴尔托洛梅乌·洛伦索神父，为什么布里蒙达早上总是在睁开眼睛以前吃面包呢；你和她睡觉了；我住在那里；小心，你们犯了姘居罪，最好还是结婚吧；她不愿意，我不知道自己是不是愿意，我总有一天要回家乡，而那时她要留在里斯本的话，结婚做什么呢，还是说刚才我问的问题吧；为什么布里蒙达早上在睁开眼睛以前吃东西；对；要是有一天你能明白的话，应当是通过她，而不是通过我；但你知道为什么；我知道；可你不肯告诉我；我只告诉你，这是个了不起的秘密，比起布里蒙达，飞行只不过是件简单的小事。

两个人边走边谈，来到科波·桑托门附近一家马车出租店的马厩。神父租了一头骡子，骑到鞍子上，我要去圣塞巴斯蒂昂·达·彼得雷拉看看我的机器，你想跟我一起去吗，骡子可以驮两个人；我跟你去，但步行就可以了，步兵总是步行；你是个普通人，既没有骡子的蹄，又没有鸟的翅膀；你的机器就被人们叫作大鸟吧，巴尔塔萨问道；神父回答说，是的，人们这么叫，是出于轻蔑。

他们一路往上到了圣罗克教堂，然后绕过泰帕斯高高的山丘，沿阿莱格里亚广场往下去到瓦尔韦德。"七个太阳"不费力地跟着骡子走，只是在平地上才落后一些，但到了坡地，不论是上坡还是下坡，他都能赶上。尽管从四月份开始就一直没有下雨，已经又过去了四个月，但瓦尔韦德之上的地方庄稼都长势旺盛，因为那里有许多终年不断的泉水被引过去浇灌本市郊区这大片的菜园。过了圣玛尔塔修道院，再往前就是圣乔安娜公主的修道院，他们一路行经大片油橄榄林，不过那里也种着蔬菜，但由于没有天然的泉水，就架起了高高的水车，围着水车转个不停的驴子蒙着眼罩，为的是让它们生成一直往前走的错觉，驴子不知道自己在转圈，正如驴子的主人同样不明白，即便真的一直往前走，最终也会回到原来的地方，因为世界就是个水车，人们在其上行走，拉动它，让它运转。虽然塞巴斯蒂安娜·马利亚·德·热苏斯无法在这里以其显灵法术帮助人们，但也不难看出，没有人世界就会停滞。

他们来到庄园大门口，没有公爵也没有男仆，因为他的财产都被收归王室所有，而将庄园归还给阿威罗家族的法律程序尚在进行之中，司法手续总是进展缓慢，直到问题解决公爵才会从西班牙返回，他现在长住西班牙，他在那里也有公爵头衔，但被称为巴尼奥斯公爵，我们刚才说到，他们到了大门口，神父跳下骡子，从口袋里掏出一把钥匙，像开自己家门一样打开了大门。骡子被牵进庄园，带到阴凉处，用绳拴住，那里有一篮子稻草和蚕豆荚让它吃，随后鞍子也被卸了下来，牛虻和苍蝇发现从城里来的美食活跃起来，骡子摇动粗粗的尾巴驱赶着。

宅邸的门窗都关着，庄园已经废弃，没有种庄稼。空旷的院子里，一边有座粮仓，或者是马厩，或者是酒窖，因为空无一物，所以难以确定它原本的用途，说是粮仓吧，没有粮囤，说是马厩吧，没有吊环，说是酒窖吧，没有酒桶。门上有把锁，锁的钥匙像阿拉伯文字一样花哨。神父拿下门闩，推开门，其实这座大宅邸并没有空置，里边有帆布，长木条，一团团铁丝，薄铁片，以及一捆捆藤条，这一切都按种类排列得井井有条，中间空地上有一个巨大的贝壳形状的东西，全身到处都有铁丝头往外戳着，像一个正在编制中的篮子，已经初具轮廓。

巴尔塔萨紧跟在神父后面走进屋里，好奇地四处张望，无法理解眼睛看到的一切，或许他原本指望看到一个人气球，一对巨大的麻雀翅膀，一口袋羽毛，因而对周围的一切才迷惑不解。这么说就是这个；巴尔托洛梅乌·洛伦索神父回答说，当然是这个；说完他打开一个大木箱，取出一卷纸然后摊开铺平，纸上画着一只鸟，大概就是大鸟了，这一点巴尔塔萨能看出来，因为一眼就能认出画的是只鸟，他相信了，只要把所有这些材料按顺序安在相应的部位并连接好，大鸟就能飞起来。在"七个太阳"眼里，这张纸上画的东西很像一只鸟，而知道这一点对他来说就已经足够，所以神父与其说是对"七个太阳"倒不如说是对自己解释起来，一开始语气冷静，后来越说越激动，你看到的这些是用来兜住风的帆，能根据需要移动，这是舵，用来掌握飞船的方向，不是随随便便就能掌握的，要靠舵手的手和科学，这是飞船的船身，从船头到船尾，形状像个海贝壳，上面安装着风管，在无风时可以使用风箱，因为海上无风的情况经常发生，这些是翅膀，没有翅膀飞船就不能保持平衡，这些球体我就不对你说了，这是我的秘密，只能告诉你，如果没有球体里面的东西，飞船就不能飞起来，但对这一点我还没有十足的把握，在这个铁丝做的顶棚上，我们将挂上几颗琥珀球，因为琥珀对太阳光线的热量反应灵敏，这正是我需要的，这是指南针，没有它就哪里都去不了，这些是滑轮，像海上的轮船一样，用来放开和收起帆。他沉默了一会儿，又接着说，一切都安装完毕，并且各个部件都调试好之后，我就可以飞行了。对于巴尔塔萨，看到这张图就会信服，无须再做解释，道理很简单，我们没看过鸟的内部，不知道是什么东西让鸟飞起来的，但它确实能飞，为什么呢，因为鸟长成了鸟的形状，没有比这更简单的了；你什么时候飞，他这样问；还不知道，神父回答说，我少个帮手，我一个人干不了这一切，有些活儿我干不了，没那么大力气。他又沉默下来，过了一会儿才问道，你愿意来帮助我吗。巴尔塔萨后退了一步，显出惊愕的神色，我什么都不懂，我是个乡下人，除了与土地打交道，人们只教给我杀人，再加上我现在这个样子，少了这只手；有那只手和这个钩子，你想做什么都能做，有些事情钩子能比完整的手做得更好，在抓住一根铁丝或者一块铁片的时候，钩子感觉不到疼痛，并且不会被割伤，也不怕烧，我告诉你，上帝就只有一只手，可他创造了世界。

巴尔塔萨吓得后退了一步，飞快地在胸前画个十字，以防止魔鬼抓到做坏事的空子，你在说什么呢，巴尔托洛梅乌·洛伦索神父，什么地方写过上帝只有一只手呢；谁也没有说过，也没有被写在书上，只是我说上帝没有左手，因为他选中的人都在他的右边，拉着他的右手，从来没有人提到过上帝的左手，圣经不曾提到过，教堂里的权威神学家们也不曾提到过，上帝左边没有人，空着，虚无，什么都没有，所以上帝只有一只手。神父深吸了口气，总结说，上帝没有左手。

"七个太阳"聚精会神地听完这番话。他看了看那张图和地上摆放着的材料，还有那个未成形的大贝壳，微微一笑，稍稍抬起两只胳膊说，既然上帝只有一只手依然创造了世界，我这个缺一只手的人也可以捆绑帆布和铁丝，让机器飞起来。

7

但是，每件事都有其时机。巴尔托洛梅乌·洛伦索神父暂时还没有钱购买磁铁，他认为要使他的大鸟飞起来，磁铁必不可少，而且，这些磁铁必须从国外购买，眼下，通过神父的努力，"七个太阳"到王宫广场的那家肉店去干活，扛运各种肉，半扇牛，十几只乳猪，捆成对的两只羊，从这个钩子运到那个钩子，一块粗布披在身上，遮住他的头和背部，上面留下一片片血迹，这是个肮脏营生，但偶尔能有一些额外的收获，一只猪脚，一块下水，要是上帝愿意并且店主高兴，他还能得到一些用皱皱巴巴的生菜叶包起来的碎肉，牛臀肉或者外股肉，于是，布里蒙达和巴尔塔萨能比寻常人吃得好一些，寻常人买的肉并没有巴尔塔萨的份儿，但将肉切开再分装的手艺总能带来些好处。

唐娜·马利亚·安娜的时机渐渐到来。她的肚子已经鼓得不能再鼓，皮肤已经绷得不能更紧，整个腹部隆起成一个巨大的穹顶，像印度航线上的大黑船，像巴西航线上的船队，国王不时差人询问这位王子航行的情况，是否已在远方出现，是否有好风相助，或者是否遭到了袭击。我们的船队就遭到了袭击，不久前法国人在群岛那边夺取了我们的六艘商船和一艘战舰，就我们的航线和我们组织的护航队来看，遇到类似乃至更加严重的情况也是正常的，目前上述法国人似乎正在伯南布哥和巴伊亚的入口处等待我们其余的船只，或许还在觊觎必将从里约热内卢出发的船队。在有地方可发现的时候我们发现了那么多地方，现在，其他人拿起斗牛的红布在无辜的公牛面前晃动，而公牛却失去了当年顶撞的技巧，只能偶尔赢上一招。这些坏消息也传到了唐娜·马利亚·安娜的耳朵里，事件总是发生在一两个月以前，那时她肚子里的王子还只是一块果冻，一只蝌蚪，一个长着大脑袋的小东西，不可思议的是，在肚子的内部形成男人和女人的过程与外部世界毫无干涉，但他们终归还是要面对这个世界，不论是作为国王还是士兵，修士还是杀人犯，巴尔巴达斯岛上的英国女人还是在罗西奥广场上被判刑的女人，总会是其中某一种人，绝不可能是所有人，更不能哪一种也不是。这是因为，说到底，我们可以逃避一切，但不能逃避我们自己。

不过，葡萄牙的航海事业并非全都糟糕到了这种地步。几天前，人们期待已久的去往澳门的大黑船回来了，二十个月之前它从这里起航，当时"七个太阳"还在战场上，虽然这一航程耗时甚久，但这条船一路顺利，澳门比果阿远得多，那里是中国，是洪福齐天之地，有着无与伦比的财富和资源，各种产品极其便宜，并且气候宜人，生活在那里的人们完全不知道疾病为何物，所以那里没有医生，每个人都是因年老或应天意寿终，而天意从来不会做出永久的保证。大黑船在中国装载的一切货物都非常贵重，途经巴西时又做了些交易，装上了蔗糖和烟草，还有大量黄金，为此船在里约热内卢和巴伊亚停留了两个半月，再返回这里时路上又花了五十六天，在如此漫长而危险的航程中没有一个人死去，没有一个人病倒，这一奇迹必定有其原因，似乎船上每天为航行做弥撒敬礼圣母起了作用，领航人并不熟悉这条路线，竟然没有走错，这简直令人难以置信，所以后来人们就把好生意称作中国生意。然而并非一切都完美无缺，有消息传来，伯南布哥人和累西腓人之间燃起战火，每天都有战斗，有的血流成河，甚至到了放火焚烧森林，糟蹋了所有蔗糖和烟草的地步，这对国王来说是巨大的损失。

这样或那样的消息在合适的时候会传到唐娜·马利亚·安娜那里，但她深陷怀孕导致的麻木萎靡，对一切都无动于衷，告诉她或者瞒着她并没有什么差别，甚至她对发现自己怀上了孩子的那个荣耀时刻，也只留下依稀一点儿印象，如同一缕难以察觉的微风，虽说微风也曾是一场骄傲之风暴，一开始，她感觉自己像是那种站在大黑船船首的人，视野有限，不像手持望远镜的桅楼瞭望员，可以看得更远更深。一个孕妇，不论她是王后还是平民，在其生活中都会有某个时刻感到自己无所不知，这种感觉只可意会不可言传，但是，之后随着肚子越来越鼓，以及身体产生其他难受的变化，她脑子里只能念着分娩那一件事，这些念头也并非纯然的欢喜，王后时常因不祥的征兆而惊恐不安，面对这样的情形，方济各会来帮忙了，他们可不愿失去许诺中的修道院。方济各会在该教省的全体会众都忙碌起来，做弥撒，九日敬礼，进行祈祷，每个修士和整个修会既明说也暗想，发愿王子在最好的时刻顺利降生，不要有任何可见或不可见的缺陷，最好是男孩，这样，即使有点儿小毛病，也有可以开脱的理由，是上帝特殊的旨意，令他与众不同。最重要的是，诞下一个王子能让国王更加高兴。

唐·若昂五世将不得不为有了个女儿而高兴。一个人无法得到一切，许多次我们乞求的是这个，得到的却是那个，这就是祈祷的奥秘所在，我们怀着自己的愿望把祈祷抛向空中，但祈祷词选择自己的道路，有时它们落到了后面，被之后出发的其他祈祷词超过了，另一种情况也不罕见，即一些祈祷相互交配，生出了变种的或混血的祈祷词，它们既不是父亲也不是母亲的样子，而原来的祈祷词已经停在半路上，面红耳赤地争吵论辩，这就解释了为什么乞求得到一个男孩，却生下一个女孩，看，来的这个女孩健康强壮，肺气充足，这可以从她的哭叫声中听出来。不过，整个王国幸福异常，这不仅因为王室生下了继承人并下令张灯结彩庆祝三天，还因为人们的祈祷在自然力量上产生了间接效应，甚至能够终结严重的旱灾，就比如说这一次，干旱已持续八个月之久，祈祷完成后便下起雨来，这只能是祈祷的缘故，不可能是别的原因，公主的降生已经被认定为王国繁荣昌盛的吉兆，雨下得这样大，只能是上帝的旨意，他终于从被我们反复祈求的烦扰中解脱出来了。农民们冒着雨下地了，田垄像婴儿离开母体一般出现在潮湿的土地上，但它们不会像婴儿那样哭叫，感到被铁犁划开时便轻轻地叹息，就这样躺在一边，湿润的表面闪闪发亮，任凭更多的雨水落入胸怀，不过现在雨下得小了，慢了，像空气中难以触到的微尘，因而犁沟的形状不曾改变，泥土翻覆以拥抱最后的丰收。这种分娩非常简单，不过要是缺乏先决条件，即力量和种子，也是做不到的。所有的男人都是国王，所有的女人都是王后，王子们是所有人劳作的结果。

但是，我们也不应当忽视差别，相当多的差别。公主的洗礼在圣母日举行，这个日期和场合便显得尤其矛盾了，因为王后圆圆的肚子已经变得平坦，人们也不难看出，并非所有的王子都一样，通过那位王子或这位公主命名和洗礼时的显赫和隆重程度便可以看得一清二楚，这一次，整个王宫和王宫小教堂以帷幔和黄金器皿装饰一新，王室成员身穿华贵的礼服，各人的面孔和身段在繁复的褶边和豪奢的饰物下面已经无法辨认。王后的随从人等前往教堂，他们穿过日耳曼大厅，随后而来的是身着长长的拖地披风的卡达瓦尔公爵，他在织锦华盖下缓缓前行，举起权杖的手表明他是享有最高爵位的贵族和国务顾问，而公爵双臂托起的正是麻纱襁褓中的公主，襁褓用绦缎裹住，下边垂着流苏，华盖后面跟着委任的教养夫人，即圣克鲁斯伯爵遗媪，然后是王宫里所有的贵妇，有的相貌美丽，有的倒也平常，最后是六位侯爵夫人和公爵之子，他们带着各有象征意义的布条，盐，圣油以及其余所有与洗礼仪式有关的物件，总之，每个人手中都有东西可拿。

七位主教为她命名洗礼，他们站在主祭台的台阶上，像七个黄金白银的太阳，从此她被称作马利亚·沙勿略·弗朗西斯卡·利奥诺·芭芭拉，并且名字前面立刻冠上了唐娜的头衔，尽管她还那么小，还被抱在怀里，还在流口水，但已经是唐娜，而她以后长大了又会有什么呢，一开始先给公主戴上了一个镶满宝石的十字架，来自她的教父及叔父唐·弗朗西斯科亲王，价值五千克鲁札多，还是那位唐·弗朗西斯科亲王，送给他教女的母亲，也就是王后，一顶羽状宝石头饰，说我这是为了献殷勤，另外，还送了一对精美的钻石耳坠，是的，价值相当高，要价高达二万五千克鲁札多，堪称艺术品，不过是法国制造。

这一天，国王以其陛下之尊不是在百叶窗后面而是公开露面，不是在自己的王座而是在王后的上座出席，以示对她非常尊重。这样，幸福的母亲就在幸福的父亲身旁，虽然前者坐得稍低一点儿。当晚张灯结彩，"七个太阳"和布里蒙达从城堡那边下来观看彩灯和饰物，观看挂着帘幔的王宫，观看工匠们受命搭起的拱门。他比平常更加疲累，或许是为了庆祝降生和洗礼而举行的一场场宴会让他扛了太多的肉。他把肉拉出来，拖过去，挂起来，用的都是左手，所以左手很疼。现在钩子安放在肩头的旅行背袋里。布里蒙达拉着他的右手。

就在前几个月，圣若泽的安多尼修士归天了。除非在国王的梦中出现，他将再也不能来提醒国王所许的愿，不过我们尽可以放心，不要借给穷人钱，不要欠富人债，也不要向修士许愿，唐·若昂五世是位言而有信的国王。我们必定会有修道院。

8

　　巴尔塔萨睡在木床的右侧，从第一夜开始他就睡在这边，因为他那只完整的胳膊在这边，这样，当他把身体转向布里蒙达的时候就能用这只胳膊搂住她，让手指从她的后颈摸到腰部，如果眠中的热气和梦中的情景煽起了两人的感觉，或者准备睡下的时候已经有了清楚的欲望，那么他的手指就继续往下，这对夫妇的结合仅凭自身的意愿，没有在教堂立下神圣的誓约，是非法的，也就不大讲究什么规矩礼仪，如果他乐意，她也就乐意，如果她想要，他也想要。也许在这里进行过更为神秘的圣礼，用处女膜破裂后的血进行的仪式，在油灯昏黄的光线里，两个人仰面躺在床上休息，像从母亲腹中刚生下的时候那样一丝不挂，这是他们违反的第一条礼仪，然后布里蒙达从两腿间的床上蘸起新鲜的血，在空中和对方身上画了十字，这就是他们的圣事，如果说这种说法乃至这种行为不算异端的话。从那时起一个月又一个月过去了，现在已经是第二年，屋顶上传来雨声，疾风吹过河面和防波堤，虽说已近拂晓，但夜色似乎尚浓。别人可能误认为还是黑夜，但巴尔塔萨不会，他总是在同一时间醒来，太阳升起之前很久便醒来，这是士兵睡不踏实养成的习惯，醒来后便警觉地望着黑暗慢慢从物和人上边退却，直到感受到白天的气息，感受到从房屋缝隙透进来的头一缕微弱的灰白光线，他才能大感快慰地让胸腔随呼吸起伏，一声轻轻的响动，布里蒙达醒了，接着是另一声响动，而这响动将持续下去，不会弄错，是布里蒙达在吃面包了，吃完以后才睁开眼睛，转身面向巴尔塔萨，头靠在他肩上，左手放在他失去的手的地方，胳膊挨着胳膊，手腕挨着手腕，这就是生活，尽其所能弥补失去的东西。但今天会不一样。巴尔塔萨不止一次问布里蒙达，为什么每天早晨在睁眼之前吃东西，他已经问过巴尔托洛梅乌·洛伦索神父其中有什么奥妙，布里蒙达有一次回答说是从小养成的习惯，而神父说这是个极大的秘密，与这个秘密相比，飞行是小事一桩。今天就要水落石出。

布里蒙达醒来以后便伸手去摸装面包的小口袋，小口袋往常挂在床头，这次她却发现不在了。她又在地上和床上摸索，把手伸到枕头底下，这时听见巴尔塔萨说，不用再找了，你找不到的；她用紧握的拳头遮住眼睛，恳求说，巴尔塔萨，把面包给我吧，看在你所有亲人灵魂的分儿上，把面包给我吧；你必须先告诉我这里有什么秘密；我不能告诉你，她大声说，并且猛地转身，要起身下床，但“七个太阳”伸出那只健全的胳膊，抱住她的腰，她拼命挣扎，而他抬起右腿压住她，腾出右手试图把她的拳头从眼睛上方拉开，但她又叫喊起来，非常惊恐，你不能对我做这件事；这声音中有某种凄厉令巴尔塔萨吓了一跳，他把她放开了，甚至后悔刚才对她如此无礼，我不想弄痛你的，只是想知道那个秘密；把面包给我，然后我把一切都告诉你；你发誓；如果你不相信我，誓言又有什么用呢；好，给你，吃吧，巴尔塔萨说着从他当作枕头的旅行背袋里掏出了那只小口袋。

布里蒙达用前臂遮着脸，终于吃到了面包。她细嚼慢咽。吃完后她深深地叹了口气，才睁开眼睛。房间里灰白的光线在视线的远处微染蓝色，如果巴尔塔萨学过如何诗意地观察这景象，就会想到这样的表述，然而，与其去想那些适宜在王宫前厅或者修道院谈话室展开的高雅情趣，他感到自己的血在烧，因为布里蒙达转过身面向他了，她黑色的眼睛里突然闪过一道绿光，现在那些秘密还有什么重要，倒不如再学学他已经懂得的，布里蒙达的身体，至于那秘密就下次再说吧，因为这女人已经答应了，她会履行诺言的，而她说话了，还记得头一次跟我睡觉时你对我说的话吗，你说我看到了你的内心；我还记得；你当时并不明白你在说什么，而当我告诉你我绝不会看你的内心，你也没有明白我在说什么。巴尔塔萨来不及回答，他还在琢磨这些话和在这个房间里听到的其他令人难以置信的话是什么意思；我能看到人的身体内部。

"七个太阳"从床上坐起来，将信将疑，惴惴不安，你在跟我开玩笑，没有人能看见人体的内部；我就能看见；我不相信；你先是想知道，没得到答案时就不停地追问，现在你知道了却又说不相信，这样也好，不过以后不要再拿走我的面包了；除非你现在能说出我身体内有什么，我才会相信；要是不禁食，我就看不到，并且我说过，绝不看你的内部；我再说一遍，你在跟我开玩笑；我再说一遍，这千真万确；我怎能相信呢；明天我醒了以后不吃东西，然后我们一起出去，我会告诉你我看到了什么，但我绝不看你，你也不要到我前面去，你愿意这样吗；愿意，巴尔塔萨回答说，但你要跟我解释一下这个秘密，告诉我你这能力是怎么来的，如果你没骗我的话；明天你就知道我说的是实话了；难道你不怕宗教裁判所吗，很多人没做什么都被判了重罚；我的能力不属于异教，也不是巫术，我的眼睛是肉眼；可是你母亲因为能显灵和得到天启而被鞭打和流放，你是跟她学的吧；不是一回事，我只能看到世界上有的东西，看不见世界以外的东西，比如说天堂和地狱我就看不见，我不念咒语，也不施法术，只是能看见；但是，你用你的血画十字，然后用这血在我的胸腔上画十字，这难道不是巫术；处女的贞血是洗礼的圣水，你把我弄破的时候我就知道它是圣水，感到它流出来时我就猜到该怎么做了；你的这种能力是怎么回事呢；我看得见人体内的东西，有时候看得见地底下有什么，看得见皮肤下有什么，有时候看得见衣服下面有什么，但只有在禁食时才看得见，并且随月相周期变化每隔七天会失去这种能力，但很快就恢复了，但愿我没有这种能力；为什么呢；因为隐藏在皮肤下边的东西总归不太好看；灵魂呢，你看见过灵魂吗；从来没有看见过；或许灵魂根本不在身体里边；不知道，我从来没有看见过；也许因为灵魂就不可见；也许，现在放开我吧，把你压在我身上的腿收回去，我想起床了。

那一整天，巴尔塔萨都在怀疑是否有过那场谈话，或者那是他梦中的谈话，又或者不过是他进入了布里蒙达的梦。他望向那些挂在大铁钩上尚未肢解的大牲畜，竭力瞪大眼睛，但看到的仅仅是肉，不透明的，剥了皮的，青紫色的肉，而随着一块块的肉被堆到案板上或者扔到秤盘里，他体会到布里蒙达的能力与其说是恩赐倒不如说是诅咒，因为这些动物的内部看上去确实不悦目，同样，买肉的人的内部也不会悦目，卖肉的人，切肉的人，运送肉的人也一样，最末一种即巴尔塔萨的职业。还有，在战场上他就已经见过了此刻所见，要想查看肉体内有什么，总是需要一把切肉刀或者一枚炮弹，一把短斧或者一柄剑，一把餐刀或者一粒子弹，如此这般撕裂那脆弱的皮肤，以更疼痛的方式破坏其完璧，骨头与脏腑都暴露在外，这种血可不能用来施祝福，因为它不属于生，而属于死。尽管巴尔塔萨思绪混乱，但如果他能够加以整理，去粗存精，就会是这个样子，甚至不需要去问，"七个太阳"，你在想什么呢；因为他会用他所以为的实话回答，什么都没想；但他已经想过了这一切，并且还想起了他自己的骨头，裂开的肉中惨淡的白色，当时人们把他运到了后方，那只手掉下来了，被外科医生一脚踢到了旁边，下一位；之后被抬进来的人状况更糟糕，可怜人，即使能活命，两条腿也保不住了。可有个人还想探究那些秘密，这所为何来呢，本来，只要清晨醒来后能感觉到那个逐渐现形的女人，或者还在沉睡，或者已经清醒，感觉到她仍然在身边就足够了，谁知道呢，到了明天，同样的时间是否会把她领向某张别的床，或者是另一张这样的简易木床，或者是一张细工镶金还有垂花穗边的床，给予和带离，送走和换来，这种事司空见惯，而向她提出这样的问题只能是疯狂或者鬼迷心窍，布里蒙达，你为什么闭着眼睛吃面包呢，如果不这样吃你就是瞎子，那就不要吃吧，免得你看见那么多东西，因为像你那样看见太多东西是最悲哀的事，那超出了我们感官的承受能力；那你呢，巴尔塔萨，你在想什么；什么都没想，我什么都没想，我甚至不知道自己是不是曾经想过什么事；喂，"七个太阳"，把那半扇腌肉拉到这里来。

他没有睡觉，她也没有睡。天亮了，两个人都没有起床，巴尔塔萨只起身吃了一点儿冷掉的猪油渣，喝了一小陶罐葡萄酒，然后又躺下了，布里蒙达闭着眼睛，一声不响，延长禁食的时间以使眼睛的柳叶刀更加锋利，等两个人之后到日光下时，她的目光便会锋利无比了，因为今天是要看透，而不是瞧，其他人虽然有眼睛，但只能瞧一瞧，可以说在另一种意义上他们是盲人。上午过去了，该吃晚饭了，我们不要忘记，中午这顿饭叫晚饭；布里蒙达终于起床了，但始终低垂着眼皮，巴尔塔萨吃了第二顿饭，她没有吃，为的是能看得见，而他即使禁食也还是看不见，然后两个人离开家门，这一天非常安宁，不像做这种事的日子，布里蒙达走在前头，巴尔塔萨跟在后面，这样她就看不见他，而他又能听到她说话，知道她看到了什么。

她跟他说，坐在那个大门台阶上的女人肚子里怀着个男孩儿，但脐带在孩子脖子上绕了两圈，这孩子也许能活也许会死，我不能断定，我们脚下的这块地，上面是红土，下边是白沙，然后是黑沙，再往下是砂石，最下面是花岗岩，花岗岩中有一个充满水的大洞，里面有个比我还大的鱼骨架，而正从这里经过的那个老人像我一样，胃里空空如也，但与我不一样的是，他正在丧失视力，那个瞧着我的年轻男人患了性病，下体腐烂了，像根漏水的管子一样在滴出脓液，穿着破衣烂衫，但还在微笑，他身为一个男人的虚荣让他这样瞧人，让他这样微笑，巴尔塔萨，但愿你没有这种虚荣，你靠近我的时候总是能够保持干净，朝那边走去的那个修士肠子里有一条虫，他必须吃两三个人的饭才能养活它，不过即使没有那条虫，他也会吞下两三个人的饭，现在看看那些跪在圣克里斯品圣坛前面的男男女女，你能看见的是他们在胸前画十字，你能听到的是他们为了赎罪捶打自己胸膛的声音，互相打耳光以及打自己耳光的声音，而我看到的是一只只装着粪便和肠虫的袋子，还有，那儿有一个瘤子即将扼断那个男人的喉咙，但他还不知道，明天就知道了，那时就太晚了，其实今天也晚了，因为已经无药可救；你一直在解释我的眼睛看不见的东西，我又怎么能相信你说的这一切都是真的呢，巴尔塔萨问道；布里蒙达回答说，用你的长钉在那个地方挖一个坑，你会挖出一枚银币；巴尔塔萨挖了坑，找到了钱币，布里蒙达，你弄错了，这钱币是金的；这不是更好吗，我只是不应当瞎猜的，因为我一直分不清白银和黄金，并且至少有一点我说对了，是钱币，是有价值的东西，既然我说对了，你又得了利，你还要什么呢，以及要是王后从这里经过，我还能告诉你她又怀孕了，只是说怀的是男是女还为时过早，我母亲说过，关于女人的子宫，最糟糕的就是刚刚胀满一次马上就会再来一次，一直如此反复下去，现在我还要告诉你，月相开始变化了，因为我感到眼睛热辣辣的，看到一些黄色阴影在眼前经过，像一群虱子在走动，迈着爪子在走动，咬我的眼睛，巴尔塔萨，看在你善良的灵魂的分儿上，求你领我回家吧，让我吃点儿东西，和我一起躺下，因为在这里我走在你前面，不能看到你，而我又不想看见你的内部，只想瞧瞧你，瞧瞧你那长着络腮胡子的黝黑的脸庞，那双疲倦的眼睛，那张忧伤的嘴，即使你躺在我身边想要我的时候也是这样的表情，带我回家吧，我跟在你后边，但我会垂着眼睛，因为我发了誓，绝不看你的内部，以后也不看，要是看了就让我受惩罚吧。

现在让我们抬起眼睛，正是看唐·弗朗西斯科亲王射击的时间，他在他位于特茹河边的王宫窗前，朝攀在船的横桁上的水手们开枪，只为了证明他是个好枪手，若是射中了，他们就会掉到甲板上，个个流血，这个和那个丧了命，若是子弹没击中目标，他们也免不了摔断一只胳膊，亲王则喜不自禁地鼓起掌来，仆人们给他的武器重新装上火药，说不定这个仆人就是那个水手的兄弟，但如此远的距离，即使是骨血相连的亲人的惨呼，都不可能听得到。又是一枪，又是一声惨叫和一人摔落，而水手长不敢让水手们下来，免得激怒亲王殿下，另外还因为，尽管有伤有亡，毕竟不能不操纵那条船，而我们说他不敢，也不过是远观之人的天真想法，因为最为可能的是，那个简单的人性的念头根本就没有在他的脑海出现过，那个婊子养的在那里朝我的水手们开枪，这些水手原本即将出海，去发现已经被发现的印度，去寻找已经被找到的巴西，但他只能让他们待在这里，血洗甲板；关于这件事我们再没有更多的话可说，继续下去也只会是令人厌倦的重复，归根结底，既然水手在防波堤外也必将死在法国劫船者的枪弹之下，还不如让他在这里中弹，或者负伤或者死亡，毕竟他还留在故土，既然说到法国劫船者，那么让我们的眼睛朝更远的地方望一望，望向里约热内卢，敌人的一支舰队一枪未放就闯入那里，因为那里的葡萄牙人正在午睡，管理海域和管理陆地的官员们都在睡，法国人随心所欲地下锚登岸，就像在自己的土地上一样，证据就是总督马上正式下令，任何人不得转移或藏匿家中的物品，他这样做理由充分，至少担惊受怕就是理由，如此一来法国人把遇到的一切都尽数抢走，至于那些无法运到船上的东西，就摆在广场中央拍卖，不乏有人去那里购买一小时前刚被抢走的东西，普天之下屈辱莫此为甚，他们还放火烧毁金库，借助犹太人的告密前往森林挖出某些要人埋藏的黄金，而法国人不过两三千，我们的人有一万之众，但总督帮了他们的忙，更不用说，葡萄牙方面多次出现逃兵，虽然事实并非总如表面所见，例如贝拉军团的那些士兵，我们说他们叛逃投敌，实际上他们并不是当了逃兵，只不过去了有饭吃的地方，另外一些人则逃回家中，如果这也算叛变，那么一直有叛变也合情合理，谁要想让士兵卖命，那么至少在他们还活着的时候必须给他们吃的和穿的，而不是让他们赤着脚四处游荡，没有训练也没有纪律，否则士兵会更乐于把枪瞄准自己的长官而不是去杀伤对面的卡斯蒂利亚人。现在，若是想嘲笑我们目之所见，这块土地上这类事情可谓应有尽有，那么我们想想前面提过的那三十艘法国船的事吧，有人说在佩尼谢望见了这些船，还有不少人说在阿尔加维附近望见了，那就更近了，小心起见，特茹河各岗楼都部署了驻防，整个海军部队在直到圣阿波罗尼亚的水域戒备，仿佛那些船只能够从圣塔伦或者坦科斯顺流而来，因为这些法国人无所不能，而可怜巴巴的我们缺少船只，就向正在那里的一些英国和荷兰船求援，这样，船队沿防波堤一线摆开，等待必将在假定地点出现的敌人，与不久前发生的著名的鳕鱼入侵事件类似，人们后来得知，这一次来船装载的原来是在波尔图购买的葡萄酒，所谓的法国战船到头来不过是进行贸易的英国商船，他们在路上势必会把我们嘲笑一番，我们轻而易举地成了外国人的笑料，不过我们也有一些自产自销的绝妙笑料，最好说明一下，以下笑料无须用布里蒙达的眼睛去看，光天化日之下人们就已经看得一清二楚，这里要说的是某位教士，他经常光顾善于干那种事的女人们家里，更好的是她们也任他为所欲为，既满足他胃口的欲望，又满足他肉体的欲望，他尽职尽责地做弥撒，一有机会便顺手牵羊，并且一再这样做，终于有一天，有一个受此欺侮的女人，他从她那里拿走的要比给她的多得多，那个女人告发并要求下令逮捕他，法警和巡警奉该区治安法官的命令实行抓捕，来到该教士与其他清白无辜的女人一起居住的房子，他们闯了进去，却没有专心搜查，也就没有找到钻进了床下面的教士，于是，他们又去了另一所他可能藏身的房子，这位教士便抓住时机逃了出来，赤身裸体，像箭一样冲下台阶，拳打脚踢扫清道路，打得黑人巡逻兵鬼哭狼嚎，但他们还是尽其所能地追赶这位好色的拳击手教士，他已经跑到了火枪手大街，此时正是上午八点，这一天开始得不错，阵阵开怀大笑透过每一扇门和每一扇窗此起彼伏，街上，一丝不挂的教士像只兔子似的奔跑，两条大腿间的巨物硬邦邦地挺着，黑人巡逻兵在后面紧追不舍，愿上帝保佑他，天赋异禀的男子汉就不该在圣坛前为上帝效劳，而该在床上为女人们效力，对于这精彩场面，居住此地的可怜的女士们毫无思想准备，大为震惊，同样目瞪口呆的还有正在圣母无玷始胎旧堂祈祷的无辜女士们，她们看到教士气喘吁吁地闯进来，像亚当一样天真无邪，实则身负重重罪孽，教堂的摇铃在响，教士在第一声时登场，第二声时躲藏，第三声后就彻底消失，神父们用魔术手法帮他藏起来，让他从屋顶上逃走了，而此时他已经衣冠楚楚，这一事件不值得大惊小怪，要知道沙布雷加斯的方济各会修士们还用篮子拉女人们上去到单人小室里享乐呢，而这位教士至少是用自己的双脚走到需要他的圣器的女人们的房子里去的，一切都合乎常规，一切都在罪孽和赎罪之间来回摆动，赎罪并不限于四旬斋游行中在街上刺激的鞭笞，在里斯本下城区居住的女士们和圣母无玷始胎旧堂虔诚的女信徒们用目光享受了如此漂亮的神父之后，必定有许多坏想法要忏悔，巡逻兵们穷追不舍，她们想着，抓住他，抓住他，她们想要抓住他的愿望却是因为一件我不能提及的事，为此她们要念十遍天主经，十遍圣母颂，向圣安多尼神父敬奉十枚列亚尔，要像行匍匐礼要求的那样双臂交叉，肚子朝下伏在地上一整个小时，肚子朝上的仰卧属于天堂般享受的姿势，并应谨记，须敞开的是思想，而不是裙子，下一次罪孽之时再撩开裙子。

每个人都用自己的眼睛看能看见或者可以看的东西，或者看见希望看到的那一部分，除非机缘巧合，譬如像巴尔塔萨这样，因为在肉店干活，他跟年轻的搬运工和切肉工们一起来到广场，看到了唐·努诺·达·库尼亚枢机主教的到来，后者为从国王手中接受礼帽而来，教皇特使陪同在侧，乘坐的驮轿以深红色天鹅绒为帷幔，饰以金丝绦带，两旁的镶板上嵌有枢机主教牧徽，另外有一辆轿式马车，车中空无一人，以示尊敬，掌马侍从和内侍也有一辆篷车，在有需要时负责拉起主教服后摆的神父同样有一辆，这时又有两辆卡斯蒂利亚轿式马车到了，从里面走出各小教堂主教和随从人员，而驮轿前面还有十二名身着制服的仆役，这浩浩荡荡的一大群人都是为枢机主教一个人效劳的，我们险些忘了，走在最前头的还有手持白银权杖的侍从，及时提醒这里幸福的人民，他们将有幸目睹这一盛典，赶快到街上去看全体贵族大游行，贵族们要先去枢机主教下榻处恭请，然后陪同他前往王宫，但巴尔塔萨既不能跟进去，也不能用他那双眼睛看到里面，但我们知道布里蒙达的能力，可以设想，如果有她在，我们就能看见枢机主教在两排卫士中间拾级而上，进入最里面那间会见厅，国王从华盖下出来迎接，枢机主教给国王施圣水，然后去相邻的会见厅，国王跪在一个天鹅绒软垫上，枢机主教跪在后面另一个同样的软垫上，在装饰精美的祭台前面，王宫神父以全套仪式举行大弥撒，做完弥撒，教皇特使拿出任命主教的教皇敕书，移交给国王，国王再递还给他请他朗读，这是礼仪规定，并不是因为国王不懂拉丁文，读完之后，国王从特使手中接过枢机主教礼帽，戴到枢机主教头上，枢机主教浑身上下都流露出基督徒的谦恭，这是自然，对这个可怜的人来说，成为上帝的亲密助手确实是极为沉重的负担，但隆重的礼仪尚未结束，枢机主教先去更衣，现在他回来了，身穿一身红衣，这符合他尊贵的身份，再次进到会见厅同华盖下的国王谈话，一连两次摘下枢机主教礼帽，接着重新戴上，国王也两次摘下自己的帽子又重新戴上，第三次，国王向前迈四步去迎接他，最后两人都戴上帽子，一个坐在上边一点，另一个坐在下边一点，简单交谈几句，说完以后就到了告别的时候，脱帽，戴帽，但枢机主教还要前往王后的会见厅，把刚才的礼仪分毫不差地重复一遍，最后枢机主教才去到王宫小教堂，那里要唱赞主颂，上帝无奈，只得忍受这些创造发明。

回到家里，巴尔塔萨把看到的事情告诉了布里蒙达，因为已经宣布会有灯火，晚饭后两个人走下山坡，到了罗西奥广场，不过或许这一次火炬本来就不多，也或许是被风给吹灭了，这无关紧要，紧要的是枢机主教已经有了他的礼帽，睡觉时他必定把礼帽放在枕畔，兴许夜半醒来时会趁无人在侧便起身赏玩一番，我们不要苛责这位红衣王子，因为我们都是人，都免不了虚荣，一顶在罗马专门制作，特别授予的枢机主教礼帽，既然这不是为测试大人物的谦恭品格而设计的恶意把戏，那么完全可以说他们的谦恭真实可信，因为真正的谦恭就是为穷人洗脚，枢机主教过去这样做了，今后还要这样做，国王和王后过去这样做了，今后还要这样做，而巴尔塔萨的鞋底已经破烂不堪，脚也很肮脏，这就满足了让枢机主教或者国王有一天跪在他面前，用麻纱布，白银盆以及玫瑰香露为他洗脚的第一个条件，同时他也满足了第二个条件，因为他将比以往任何时候都贫穷，但他还有第三个需要满足的条件，即他必须因品德高尚被他们选中。他请求的津贴还杳无消息，他的保护人巴尔托洛梅乌·洛伦索神父的一再请求也没起什么作用，过不了多久他就会被肉店老板以随便什么借口扫地出门，不过还有修道院大门口的汤和教友会的施舍，在里斯本饿死并不容易，这里的人民已习惯缺衣少食。这时候唐·佩德罗王子降生了，因为是第二个孩子，所以只有四位主教为他施洗，但他的优越之处在于其中一位是枢机主教，后者在他姐姐受洗的时候还没有得到任命，与此同时，传来消息说坎普·马约尔被包围了，敌方许多士兵丧生，我方阵亡的很少，不过也许明天就会说我们的许多士兵阵亡，敌方士兵丧生的很少，或者说双方的伤亡不相上下，这种情况会发生在世界末日，清点各方死亡人数后便可得出最末一种结论。巴尔塔萨向布里蒙达讲述他在战争中经历的事情，她握着巴尔塔萨左臂上的钩子，仿佛握着的是他的真手，这也是他的感受，他记忆中的皮肤感受到了布里蒙达的皮肤。

国王前往马夫拉选择待建修道院的地址。就建在这座叫维拉的山的顶上吧，从这里可以望见大海，充足的甘泉可以浇灌未来的果园和菜地，就耕种而言，方济各会修士们不会不如阿尔科巴萨的熙笃会修士们的，虽然阿西西的圣方济各有一块荒地就够了，但他是圣徒，而且已经死了。让我们祷告吧。

9

　　"七个太阳"的旅行背袋里多了一件铁器，也就是阿威罗公爵庄园的钥匙，巴尔托洛梅乌·洛伦索神父之前提及的磁铁运到了，但还缺少他未曾言明的秘密物质，总归可以着手建造飞行机器了，并且雇用巴尔塔萨做飞行家的右手的合同开始生效，因为不需要左手，就连上帝也没有左手，神父就是这么说的，他研究过这个敏感问题，对此一定非常了解。因为科斯塔·多·卡斯特罗离圣塞巴斯蒂昂·达·彼得雷拉庄园很远，每天来来回回不方便，布里蒙达决定放弃这个家，跟"七个太阳"到随便什么地方去住。损失倒不算大，一个屋顶，三堵摇摇欲坠的墙，至于第四堵墙，因为是从前建造的城堡的城墙，所以非常坚固，已经屹立不倒好几个世纪，但不会有人从那里经过后说，看，这里有一所空房子，而是说，别住在里面，用不了一年的时间墙壁就会倒塌，屋顶就会掉下来，这里只会剩下一些破碎的泥砖瓦片，或者一个土堆，但就在这里，塞巴斯蒂安娜·马利亚·德·热苏斯曾经住过，也就在这里，布里蒙达第一次睁开眼睛看见了这奇妙的世界，因为出生之时她处于禁食状态。

家中东西很少，全部打包后，布里蒙达头顶一个包袱，余下的东西捆成一捆，巴尔塔萨用肩扛，一趟就运完了。路上不时休息一下，两个人都沉默不语，也不必说什么，生活在变化，说一个字也是多余，而生活中的我们自身也在变化，言辞更为多余。就行李而言，女人和男人带上他们仅有的东西，或者男人带着女人的东西，女人带着男人的东西，总是不觉得重的，因此不必走回头路，免得浪费时间，一趟就够了。

他们在仓库的一个角落打开了简易木床和席子，床脚边放上矮凳，矮凳前面再放上大木箱，就好像在一片新领域上划出了界限，地面上的界限划好之后又把几块布挂在一根铁丝上，让这里成为一个真正的家，在不想见到外人的时候他们可以在里面独自相处。巴尔托洛梅乌·洛伦索神父来这里的时候，要是布里蒙达没有洗衣服或做饭的活计，不用去池塘打水或者不忙于烧火，又或者不想帮助巴尔塔萨，给他递锤子或者钳子，铁丝或者藤条，那么她就可以像家庭主妇一样躲进这个私密空间，有时候即便是最企盼冒险奇遇的女人也会渴望这样一个地方，尽管最后这里的历险并不如企盼的那样激动人心。挂起来的那几块布也用于忏悔，听告解神父坐在外边，忏悔者们坐在里边，一次一位，这里边正是两位忏悔者经常放纵淫欲的所在，并且他们是姘居，用这个词并非言过其实，但巴尔托洛梅乌·洛伦索神父总是轻易地宽恕他们，因为他眼前摆着更大的罪孽，那就是他本人的骄傲和野心，至今能升天的只有耶稣，圣母，以及几位天选圣徒，而他却妄图未来某日升天，与这些散放在这里，巴尔塔萨正费力组装的部件一起升上天空，而这会儿，轮到布里蒙达在挂布里边忏悔，她用高得足以让"七个太阳"听见的声音说，我没有需要忏悔的罪孽。

为了履行参与弥撒的义务，附近少不了教堂，比如离此处最近的就有奥古斯丁修会赤足修士们的教堂，但如果巴尔托洛梅乌·洛伦索神父，正如经常发生的那样，忙于他的神父职责，或者比寻常更多地忙于为王宫效劳，即便他无须每天来这里，但如果神父没有前来点燃他们身上基督徒的灵魂之火，毫无疑问，手执铁器工作的巴尔塔萨和烧火做饭的布里蒙达身上都有基督徒的灵魂，那么激情之火也会把他们推到简易木床上，并且往往使他们忘记参加圣餐仪式，忘记悔过，这就让人们理所当然地产生怀疑，怀疑这两个人究竟有没有所谓的基督徒的灵魂。他们或者待在仓库里面，或者出来晒晒太阳，周围是一大片废弃的庄园，果树回到了野生的状态，路上长满了杂草藤蔓，原来是菜园的地方长出一片片稗草和仙人掌，但巴尔塔萨已经用镰刀砍掉了大部分，布里蒙达用铁锹把根刨出来放在太阳底下晒干，在适当的时候，这块土地将回报他们的劳作。并且也不是没有闲暇时光，比如说当巴尔塔萨感到很痒的时候便把头倚在布里蒙达怀里，让她捉虱子，我们不应当为飞行器的爱好者和建造者身上有虱子这一状况大惊小怪，当然那个时代不用飞行器这个词，正如当时用讲和而不用停战一样。没有人为布里蒙达捉虱子。巴尔塔萨已经尽其所能，如果说他的手和手指能捉住虱子，但他仍然缺少另一只手来挽住布里蒙达那浓密的沉甸甸的蜂蜜色头发，刚刚把头发拨开，它马上就回到原处，遮盖住了猎物。万物都能生活。

工作并不总是一帆风顺。要说感觉不到缺少左手，那不是实话。上帝没有左手能够生活，那是因为他是上帝，而人需要有两只手，一只手洗另一只手，两只手洗脸，不知道多少次，布里蒙达不得不来替他洗去手背上的脏东西，否则就无法洗净，这是战争带来的灾难，也是其中微不足道的灾难，因为许多其他士兵失去了两只胳膊或者两条腿或者男人特有的部位，并且没有布里蒙达这样的人的帮助，或者因为受的伤而失去了得到这种帮助的可能。连接铁片或者拧紧藤条，钩子非常得力，在帆布上打眼儿，长钉准确无误，但是，这些东西在缺少人的皮肤抚摩时会不听使唤，因为接触到的不是曾经习惯的人类，它们担忧这意味着世界陷入了混乱。所以布里蒙达会前来帮助，只要她一到，那些物件便停止捣乱；还好，你来了，巴尔塔萨说；也或许这是那些物件的感受，这一点不好确认。

有时候布里蒙达起得比往日早，在吃每天早晨的面包之前，她摸索着墙壁往前走，小心避免睁眼看到巴尔塔萨，然后撩开布帘去检查已经完成的工作，寻找是否有些地方连接得不牢固，或者某个铁部件内有气泡，检查完毕之后，她才开始进食，一点一点地变成跟别人一样的盲人，只能看到眼前的东西。她第一次这样做以后，巴尔塔萨告诉巴尔托洛梅乌·洛伦索神父，这块铁片不能用，里边有一道裂缝；你怎么知道的；布里蒙达看见的；神父转过身对她微微一笑，看看这个人，再看看那个人，然后说，你是"七个太阳"，因为能看到明处的东西，而你是"七个月亮"，能看到暗处的东西；这样一来，这个至今一直随母姓叫作布里蒙达·德·热苏斯的人成了"七个月亮"，这是名副其实的命名，不是随随便便的绰号，因为这是神父赐予的名字。这一夜太阳和月亮互相搂着睡着了，群星在天空缓缓转动，月亮，你在哪里，太阳，你要到哪里去。

有需要时，巴尔托洛梅乌·洛伦索神父来这里演练他写的布道词，因为这里的墙壁能产生很好的回音，既让每个词都显得圆润，又不至于因为回响过大，声音重叠而使字义含混不清。预言家发表演说的旷野或者广场就是那样，那里没有墙壁，或者附近没有墙壁，因此不受声学规律的影响，声音的传播在于说话的器官，而不是听众的耳朵或者反馈回声的墙壁。但是，这些神圣的布道需要华丽的雄辩，配以肉感的天使，迷人的圣徒，教服飘舞，臂膀浑圆，臀部耐人寻味，胸脯丰满，两眼熠熠生辉，真是享福者受难，受难者享福，说明条条大路通向的不是罗马，而是肉体。神父竭尽全力措辞修饰，何况身旁就有现成的听众，不过，也许是由于大鸟在场的震慑效果，也许是因为听众只专注于自己的漠然态度，也许是缺少教会里的氛围，他的语词并没有飞升，也没有回响，而是杂乱无章地绞成一团，似乎与这位大名鼎鼎的教会演说家的声名不符，人们甚至拿他与当年在宗教裁判所，现在与上帝在一起的安多尼·维埃拉神父相提并论呢。巴尔托洛梅乌·洛伦索神父曾在这里演练过的布道词后来用在萨尔瓦特拉·迪马古什的布道仪式上，当时有国王和宫廷人员在场，现在在这里演练的是应多明我会修士们的要求为圣若瑟瞻礼准备的布道，可以想见他飞行家和怪人的名声不至于太不利，甚至圣多明我的信徒们都请他做布道，更不必说国王，还非常年轻，喜欢玩具，所以他支持神父这样做，所以他尽情和修道院的修女们消遣，让她们一个接一个地或者几个同时怀上身孕，这样等到他的故事告一段落，史官记录的他的儿女要以十为单位计数了，可怜的王后，若不是她的听告解神父，即耶稣会会士安多尼·斯蒂耶夫神父教她忍气吞声，若不是经常梦见把打死的水手挂在骡子前鞍上的唐·弗朗西斯科亲王，她会怎样呢，而若是要求他布道的多明我会修士们闯进这里，看到这只大鸟，这个断肢人，这位巫女，看到这个布道人正在雕琢词句，很可能是在掩饰即使布里蒙达整整一年不进食也看不到的思想，那么巴尔托洛梅乌·洛伦索神父会怎样呢。

　　巴尔托洛梅乌·洛伦索神父念完布道词，并不在意能产生怎样的教化效果，只是心不在焉地问道，怎么样，喜欢吗；其他人回答说，当然啦，先生，当然喜欢；但这不过是随口说出的话，心里并不明白听到的内容，既然心里不明白，那么嘴里说出来的也就算不上谎话，而是等于没有说。巴尔塔萨开始敲打铁器，布里蒙达把没有用的碎藤条扫到院子里，从他们那卖力的样子来看，似乎这两项工作很紧迫，但是，神父仿佛再也无法压抑他的担心，突然说，这样我永远飞不起来；他语气疲惫，打了个非常颓丧的手势，巴尔塔萨马上意识到现在做的事是白费力气，也就放下了手中的锤子，但是，为了不让对方把这一举动理解为放弃，他说，我们得在这里建个铁匠炉，把这些铁部件回火锻造一下，不然的话，光大鸟的重量就会把它们压弯；神父回答说，我不管它们弯曲不弯曲，问题是大鸟应该飞起来，而如果没有以太，它是飞不起来的；什么是以太呀，布里蒙达问道；就是让星星悬在天空的东西；那么怎样才能把它弄到这里呢，巴尔塔萨问；通过炼金术，而我不懂炼金术，但是，不论发生什么情况，你们千万不要把这件事说出去；那我们应该做什么呢；我尽快启程前往荷兰，那里有许多有学问的人，我将在那里学会把空中的以太提炼出来的技艺，把它装进圆球体，因为如果机器没有以太就永远飞不起来；这以太有什么功能呢，布里蒙达问；这是一种基本原理，它对人和生物乃至非生命体产生吸引，使他们一旦摆脱在地球上的重量，就能向太阳飞升；神父，请你用我能听懂的话说说吧；为了让机器飞向空中，必须让太阳吸引固定在铁丝棚顶上的琥珀，琥珀会吸引我们填充在圆球体内的以太，以太会吸引下面的磁铁，而磁铁呢，会吸引构成飞船骨架的铁片，这样我们便能借助风力或者在没有风的情况下借助风箱升到空中，但是，我再说一遍，没有以太我们将一事无成。布里蒙达说，既然太阳吸引琥珀，琥珀吸引以太，以太吸引磁铁，磁铁吸引铁片，那么这机器就会被拉着不停地朝太阳飞去。她停顿了一下，像自言自语地问道，不知道太阳里边会是什么样子。神父说，我们不到太阳里去，为了避免出现这种情况，我们给机器上面装上帆，可以随意把帆张开或者合上，这样我们愿意在什么高度停住就可以在什么高度停住。他也停顿了一下，最后总结说，至于太阳里边是什么样子，我们先努力让机器升空吧，其他的自然就知道了，只要我们坚定信念，同时又不至于违拗上帝的意志。

但这是个多事之秋。圣莫妮卡修道院的修女们怒气冲天地走出修道院，抗议国王的一道道命令，根据这些命令，她们在修道院里只能和父母，子女，兄弟姊妹，以及两代以内的旁系血亲谈话，国王陛下想以此结束由于贵族或者非贵族常去修道院，让修女们在比念诵圣母颂更短的时间里怀孕的丑闻，如果唐·若昂五世这样做了，那也只有他这样做是对的，随便哪个若昂或者若泽是万万不能的。格拉萨教区主教火速前往，试图让她们平静下来，并遵从国王的意志，否则她们将被逐出教门，但她们没有收敛，被激怒的她们发起暴动，三百名投身天主教的女性因为被迫与世隔绝而怒不可遏，暴动一次接着　次，现在人们会看到她们如何用女人纤弱的双手奋力推开大门，修女们已经出来了，强行带着修道院女院长来到街上，高举着十字架游行，直到与格拉萨的修士们形成对峙，他们恳求修女们看在耶稣受难的分儿上停止暴动，如此我们举行了一场修士修女的神圣研讨会，双方各自陈述其理由，并由该区刑事法官跑去面见国王，询问要不要中止执行该命令，就在这样的来来去去以及辩论中，很快一个上午过去了，这天为了早早开始，清晨便发动抗议了，法官来了又去，去了又来，法官没有回来的时候修女们就待在那里等着，年长的老老实实坐在地上，而年轻的则精神振奋，异常活跃，沐浴着这个令人心猿意马的季节的温暖阳光，欢快地看着从这里经过并出于好奇停下脚步的人，这不是平时每天都能享受到的福利，跟看得上眼的人交谈几句，被禁止的访客得到消息后赶来了，利用这个机会加强联系，做些约定，调调情，定下时间，交换暗语，用手指或小手绢打手势，时间就这样过去，到中午了，因为肉体毕竟还需要食物，她们就在那里从旅行背袋里掏出甜食吃起来，正如上战场的人是要随身带着馅饼的，这次示威以接到王宫的撤销令而告终，一切重新按原来的道德标准执行，于是修女们兴高采烈地唱着歌胜利返回莫妮卡修道院，另外，值得她们欣慰的是，教区主教打发人送来赦免她们的命令，当然他没有亲自前来，否则可能被流弹所伤，因为修女暴动比战争更加可怕。有多少次，为了让遗产分割有利于长子和其他兄弟，这些女人被强行关进修道院，永久禁闭，就这样囚禁着她们，甚至不允许她们和什么人隔着栏杆握握手，偷偷会会面，不允许她们进行舒心的接触和甜蜜的爱抚，即便这些行为携带着来自地狱的诱惑，那也是一种至福。归根结底，因为太阳吸引琥珀，尘世吸引肉体，所以总会有人受益，当然总是那些生来就拥有一切的人占据只余残羹剩饭者的好处。

另一件预料中的令人不快的事是火刑判决仪式，这不是教会的观点，教会将其看作加强信仰的方式，也不是国王的看法，由于判决名单上有巴西榨糖厂厂主，国王借此没收其财产，这是从那些遭受鞭笞或者被流放或者在火堆里被烧焦的人的立场出发的，去看看吧，虽然这一次只有一个女人被判死刑，很快就能完成她的画像，并将其悬挂在圣多明我教堂，挂在那些被烤煳，被烧焦，灰烬都被清除的人的画像旁边，虽然看上去不太可能，但如此酷刑对一些人来说算不上威慑，或许人们喜欢受皮肉之苦，又或者相对于保护肉身，人们更看重精神信仰，显然上帝在创造亚当和厄娃的时候，并不知道他就这样被卷进了多少麻烦。比如，对以下事例如何解释呢，这位宣称入教的修女原来是犹太教徒，被判处在修道院终身监禁，还有那个安哥拉黑人妇女的案子，她从里约热内卢来，被指控信仰犹太教，这个阿尔加维商人则是因为说过，每个人依照自己的信仰得到救赎，因为各种信仰一律平等，不论是耶稣还是穆罕默德，不论是福音书还是卡巴拉，不论是甜蜜还是苦涩，不论是罪孽还是美德，都是平等的，这个卡帕里卡的黑白混血儿名叫曼努埃尔·马特乌斯，但并非"七个太阳"的亲戚，外号叫萨拉马戈，没有人知道他的祖辈传承，他受惩罚是因为他成了一名杰出的巫师，另外还有三个姑娘和他罪名一样，如何解释所有这些人呢，如何解释这次火刑判决仪式中的一百三十个在案人呢，他们当中有许多人很快将与布里蒙达的母亲做伴，谁知道她是不是还活在世上呢。

"七个太阳"和"七个月亮"，既然两个名字这么好听，最好还是用吧，他们没有从圣塞巴斯蒂昂·达·彼得雷拉去罗西奥广场看火刑判决仪式，但前去观看这一盛事的人不少，从目击者的记忆里，从不曾被火灾和地震销毁的官方记载里，我们得以知道发生了什么，什么人被烧死，什么人受了惩罚，安哥拉黑人妇女，卡帕里卡的黑白混血男人，犹太修女，未获许可做弥撒，听忏悔和布道的冒名教徒，那个来自阿拉约洛斯的双亲皆有新教血统的法官，一共是一百三十七人，宗教裁判所尽其所能地把网撒到全世界，捕到满满一网又一网的人，这样就出色地践行了耶稣的美好训教，耶稣曾对彼得说，我要叫你们得人如得鱼一样[1]。

让巴尔塔萨和布里蒙达极度伤心的是，没有一张网能撒到星星那里把以太捕来，正是以太令星星悬在空中的，这个信息来自巴尔托洛梅乌·洛伦索神父，他近日就要启程，归期不定。大鸟起初像正在竖起的城堡，现在却成了一座倒塌了的塔，成了半途而废的巴别塔，绳索，帆布，铁丝，铁片，横七竖八地散落着，甚至不能打开大木箱看看图纸以获得安慰，因为神父已经把图纸装进行李，明天就要离开，他将走海路，此行并不比一般旅程更危险，因为葡萄牙终于和法国媾和了，针对这次媾和，行政法官，加上法警，为此举行了庄严的游行大加宣扬，人人骑高头大马，后面是一队号手，吹着长长的铜角，再后边是肩上扛着银质权杖的王宫守门人，最后是身着大衣的威风凛凛的七名军事统领，他们当中的最后一位手里拿着一纸文书，那就是媾和公告，这项公告首先在王宫广场宣读，宣读者站在陛下和殿下们所在的窗户下面，从窗口可以看到，广场上人山人海，王室卫队摆开阵列，在这里宣读公告后，接着在大教堂前面再次宣读，第三次是在罗西奥广场旁边的医院前方，终于和法国媾和了，与其他国家的和平条约也指日可待；但是，任何条约都不能恢复我失去的左手，巴尔塔萨说；不要这么说，你和我有三

---

[1] 该说法源自《马太福音》。

只手呢，布里蒙达安慰道。

巴尔托洛梅乌·洛伦索神父祝福了这个士兵和这个目光超群的女人，他们吻了吻神父的手，但最后时刻三个人紧紧拥抱在一起，因为友情盖过了尊敬；神父说，再见吧，布里蒙达，再见吧，巴尔塔萨，希望你们互相照顾，也照看好大鸟，总有一天我会带着要找的东西回来，我要找的既不是黄金，也不是钻石，而是上帝呼吸的气体，将我留给你们的钥匙保管好，你们去马夫拉之后，要记得偶尔来这里看看机器的状况，你们可以随便进出，不用担心，国王把这座庄园托付给我了，他知道庄园里有什么；说完，神父骑上骡子出发了。

巴尔托洛梅乌·洛伦索神父已经上了船，既然最近飞不上天，现在我们干什么呢，要不去看斗牛吧，看斗牛非常开心；马夫拉从来没有过斗牛，巴尔塔萨说；而我们的钱不够看全部四天的，因为王宫广场的租金今年刚涨了价，那就最后一天去吧，那是闭幕的一场，广场四周搭着的木制看台一直延伸到河边，在那里除了远处锚泊的船的桅杆什么也看不到，"七个太阳"和布里蒙达找到了好座位，这倒不是因为他们来得比其他人早，而是由于"七个太阳"胳膊上安着的那个铁钩子像从印度运来，布置在圣吉昂堡垒上的重炮一样，很容易就打开了一条路，某人感觉被谁拍了拍后背，回过头来，仿佛炮口正瞄准着他的脸。广场四周竖着一圈旗杆，旗杆顶上的小旗和从上到下布满旗杆的三角旗在微风中飘展，斗牛栏入口处修起了一座木门，木门漆成白色大理石模样，门柱漆得与阿拉比达的石头无异，中楣和飞檐都镀成金色。主旗杆的底座由四个巨大雕像组成，漆得花花绿绿的，其中不乏金色，旗帜是马口铁做成的，两面都刻着银色原野上圣安多尼的光辉肖像，服饰也镀成金色，头顶上饰以各色羽毛，画得栩栩如生，呼之欲出，衬托着旗帜上的主角。看台和屋顶上人头攒动，重要人物们坐在特定位置，陛下和殿下们从王宫的窗台上观看，现在喷水工们还在给广场洒水，八十个人身着摩尔人的服装，披风上绣着里斯本市政厅的盾号，急于看到公牛出场的百姓们已经等得不耐烦了，舞蹈队已经退场，现在轮到喷水工们离场了，广场上干干净净，散发着潮湿泥土的新鲜气味，仿佛这个世界刚刚被创造出来一样，观众们热切等待着即将上演的冲击场面，很快这里就要鲜血淋漓，屎尿横流，那是公牛和马匹的产物，但要是有谁吓得拉了屎，但愿裤衩帮他一把，以免在里斯本市民和唐·若昂五世面前出丑。

第一头公牛进场了，第二头进场了，第三头进场了，市政厅用重金从卡斯蒂利亚雇来的十八名斗牛士步行入场，骑手们驰进场内，把矛插入牛背，步行的斗牛士们把饰有彩色剪纸的标枪刺了进去，那位被公牛撕下斗篷受到侮辱的骑手策马冲过去，一剑刺中公牛，以此报复，洗刷污点，维护声名。第四头公牛进场了，接着是第五头，第六头，就这样进来了十头，十二头，十五头，二十头，整个广场上遭到血洗，贵妇们笑着，轻声喊叫着，不停地鼓掌，窗口仿佛是一株株盛开的鲜花，而下面的公牛一头接一头地死去，由六匹马拉着的矮轮车拖走，只有王室成员和享有尊贵爵位的人物才能乘六套马车，如果说这不能证明公牛具有王室地位或者显要的封号，也能表明它们的重量了，还是让那六匹马来说吧，看这一匹匹马高大英俊，鞍具耀眼，深红色的绣花天鹅绒马衣上垂着仿银流苏，护头和护脖也是同一种颜色，而那头身上插着标枪，被矛刺得遍体伤口的公牛被拉出场外，肠子拖了一地，心醉神迷的男人抚摩着令人心醉神迷的女人，女人们则毫不掩饰地紧紧依偎着他们，布里蒙达也不例外，她又怎会不这样呢，她紧紧搂着巴尔塔萨，而他感到广场上横流的血都涌上了他的头，从公牛身体两侧刺开的口子里泉水般喷出的血中，流出的是活生生的死神，使他头晕眼花，但一个场面在他脑海里定了格，使他的双眼涌出了泪水，那头公牛耷拉着脑袋，张着嘴，粗粗的舌头伸到外面，它再不能大口大口地吃原野上的草了，或许只能到公牛的另一个世界那虚无缥缈的草原上吃草，当然我们不会知道它是在地狱还是在天堂。

如果还有公理，那里必定是天堂，因为受过这些折磨之后就不可能再下地狱了，比如说火衣的折磨，即一件厚厚的斗篷，分为几层，每层里都塞满各类鞭炮，斗篷的两个角上有火捻，点着之后火衣开始燃烧，鞭炮爆炸，整个场地火光闪闪，响成一片，如同烤活牛一般，被激怒的公牛疯狂地奔跑，嚎叫，在唐·若昂五世和他的臣民们为这悲惨的死亡欢呼喝彩时，公牛甚至无法自卫，也无法在拼杀中迎向死亡。空气中弥漫着焦肉的气味，但这种气味并不会刺激到这些观众的鼻子，他们早已通过火刑仪式习惯了焦煳气味，而最后，公牛还要成为某人的盘中餐，这是对这头牛最后的利用，正如对烧死的犹太人最后的利用就是没收其遗产。

现在，几个彩绘陶人被带进来放在了场地中央，陶人比真人还大，举着双臂呈朗诵状，这是个什么节目呀，从来没有见过这种场面的人这样问，大概是杀戮看腻了，让眼睛休息休息，既然是陶土做的人像，再糟糕也不过是变成一堆碎瓦片，之后再清扫出去就行了，那这场盛会就虎头蛇尾了，就这样了，那些心有疑虑的人说，而性情粗暴的人抗议，再来一场火衣折磨吧，让我们再和国王一起笑一笑，我们一起笑的机会不多，这时牛栏里冲出两头公牛，吃惊地看到场上空无一人，只有那几位，举着双臂，没有腿，身子下半部圆鼓鼓的，浑身如同恶魔一般花花绿绿，我们受了那么多侮辱，就向这几个家伙报仇雪恨吧，两头公牛猛冲过去，一声闷响，把矮胖子顶了个粉碎，从里面蹿出几十只吓破了胆的兔子，像射出去的箭一样四散奔逃，但也逃不过斗牛士和跳到场内的人们手持棍棒的追打，一只眼睛盯着逃跑的兔子，另一只望着可能会追过来的公牛，场上观众高声大笑，不能自制，突然欢呼声变了调，因为另外两个泥人被撞成了碎片，忽地几群鸽子拍着翅膀飞出来，因为猛然看到阳光而晕头转向，不知道该往哪边飞，甚至飞不起来，撞到木制看台的高处，落到急切地等待着的人手里，他们倒也不是垂涎填料烤鸽肉这道大餐，而是为了读到鸽子脖子上挂着的纸条上所写的四行诗，例如，我曾陷牢笼，而今幸逃生，愿君施援手，是我今生福；我的羽毛领我来，心中惊诧又惶恐，若问缘何惧高飞，越高只会摔更惨；此刻我平心静气，如果死亡不可避免，如果这是上帝的旨意，但愿死于好人之手。我东奔西跑，眼睁睁地看到有人为了追逐我而被公牛撞死，鸽子同样渴望飞奔起来，但不是所有的鸽子，因为有一些已经在空中飞旋，逃过了人们的手和呼喊的旋涡，拍动翅膀往上飞，再往上，丰收了高处的阳光，飞离场地，消失在远方的屋顶上空，像金鸟一样快活。

第二天凌晨，天还没有亮，巴尔塔萨和布里蒙达便离开里斯本，前往马夫拉，没有什么行李，只带了一包衣服和旅行背袋里的一点儿食物。

10

浪子返家了，带着女人回来了，如果说不算两手空空，那是因为一只手留在了战场上，另一只手则拉着布里蒙达，至于他是富了还是穷了，这种事无须询问，因为每个人都知道自己拥有什么，却不知道其价值。巴尔塔萨把门推开，面前就站着他的母亲，玛尔塔·马利亚，她紧紧抱住儿子，力气像男人那么大，这是真心实意的力量。巴尔塔萨的胳膊上装着钩子，女人的肩上搭着的是扭曲的铁家伙，而不是沿着怀抱里女人的肩线微曲而成的贝壳状的手指和手掌，这画面真让人伤心欲绝。父亲不在家，到地里干活去了；巴尔塔萨有个妹妹，唯一的妹妹，已经结了婚，有两个儿子，她丈夫叫阿尔瓦罗·佩德雷罗，即阿尔瓦罗石匠，名字和职业紧紧相连，这事不算稀奇，但是什么缘由并且是在什么时候，某个人会被称作"七个太阳"呢，尽管这只是个绰号。布里蒙达没有跨过门槛，她在等她该说话的场合，而老妇没有看见她，因为她比儿子矮小，况且屋里很暗。巴尔塔萨挪动一下身子，为的是让她看见布里蒙达，他是这么打算的，但玛尔塔·马利亚首先看到的是她尚未见过的东西，也许肩头冰凉的不适感已经提醒她那是铁器而不是手，不过，她还是发现了门口的人影，可怜的女人，既为那只残废的胳膊心疼，又为那另一个女人的出现而不得平静，这时候布里蒙达往一旁躲了躲，让每件事都顺其自然，在外边听到里边的抽泣和询问；我亲爱的儿子，这是怎么回事，谁把你弄成这样子；天渐渐黑下来，巴尔塔萨到门口叫她，进来吧；屋里点上了一盏油灯，玛尔塔·马利亚还在轻轻抽泣；亲爱的妈妈，这是我女人，她叫布里蒙达·德·热苏斯。

说出这是谁，叫什么名字，大概就足够了，至于她为人如何，要等以后的生活来说明，因为现在怎样与过去怎样是两码事，过去怎样和将来怎样也是两码事，但是，还有一个习惯，就是询问其父母是谁，在什么地方出生，年纪多大，了解这些，就会觉得了解了很多，有时甚至是了解了一切。太阳收起最后一缕光线时，巴尔塔萨的父亲回来了，他叫若昂·弗朗西斯科，是曼努埃尔和雅辛塔的儿子，就在马夫拉出生，也一直在这里生活，住在掩映于圣安德肋教堂和子爵府的阴影下的这所房子里，要再多了解一些的话，还可以说，他像儿子一样高，但由于年龄的关系，再加上往家里背一捆捆木柴的重压，现在微微驼背了。巴尔塔萨解开并取下父亲背上的木柴，老人望了他一会儿才说，啊，男子汉；他马上发现儿子少了一只手，但没有直接提这件事，只是说，得放宽心，毕竟上了战场；然后他看到了布里蒙达，知道这是他儿子的女人，伸出手让她吻了吻，不一会儿，婆婆和儿媳便去张罗晚饭，巴尔塔萨说着战斗中的情况，说起他的断手，以及他不在家的这些年的情况，但对于在里斯本待了将近两年而几乎音讯全无，他只字未提，直到几周前，家里才收到第一封也是最后一封信，那是巴尔托洛梅乌·洛伦索神父应"七个太阳"的请求所写，信中说他还活着，不久就要回家，啊，孩子们多么冷酷，明明还好好地活着却默不作声，让父母以为他们已不在人世。他没有说什么时候与布里蒙达结的婚，是当兵期间还是之后，在哪里结的婚，怎样结的婚，但是，老人们要么是忘了问，要么是突然看到姑娘奇怪的外表而觉得还是不问为好，浅棕色的头发，不，这样的形容是不准确的，应该说是蜂蜜色，那双明亮的眼睛在光线照拂时是绿色，是灰色，或者是蓝色，在暗处或者被阴影晕染时，就突然变得非常暗，呈现出大地的褐色，浊水的棕色，或者煤炭的黑色，因此在本该开始谈话的时候，大家都沉默了下来；我没有见过父亲，大概我出生的时候他已经死了，我母亲被流放到安哥拉八年，现在已经过了两年，不知道她现在是不是还活着，一点儿消息也没有；我和布里蒙达就在马夫拉住下来，先看能不能找到个住处；不用找了，这里住得下四个人，以前还住过更多的人呢，你的母亲为什么被流放呢；因为有人向宗教裁判所告发她；爸爸，布里蒙达既不是犹太教徒，也不是新教徒，牵涉宗教裁判所，监禁，以及流放这类事的，都是因为有幻觉，懂天启，她母亲就说自己有幻觉，还能听见声音；没有哪个女人没有幻觉，不懂天启，或者听不见声音，我们一天到晚都能听见，并不是只有女巫才能听见；我母亲不是女巫，我也不是；你也有幻觉吗；妈妈，我只有所有女人都有的幻觉；你就当我的女儿吧；好的，妈妈；你要发誓自己既不是犹太教徒，也不是新教徒；爸爸，我发誓；那么，欢迎你来到"七个太阳"的家里；她也叫"七个月亮"；谁给她起的这个名字呢；是为我们主持婚礼的神父起的；想象力这么丰富的神父，可不是圣器室随随便便就能结出来的果子；听到这句话大家都笑了，有的听懂了暗示，有的似懂非懂。布里蒙达看了看巴尔塔萨，两个人都从对方的眼睛里看到了同样的想法，大鸟散了架，凌乱地摊在地上，巴尔托洛梅乌·洛伦索神父骑着骡子走出庄园大门，踏上了前往荷兰的路。如果能说这是一句谎言，布里蒙达没有新教徒血统的谎言就在空气中震颤，我们知道这两个人对此并不在意，为了保住更重要的真理，有时就得说谎。

父亲说，我把我们原来在维拉的那块地卖了，价钱还不错，一万三千五百列亚尔，但往后我们会需要那块地的；那为什么把它卖了呢；是国王要，不单单要我们那块，还要别的土地；国王为什么要那些土地呢；他下令要在那里建造一座修道院，你在里斯本没有听说过吗；没有，爸爸，我没有听说；教区长说因为国王许了个愿，要是生下儿子就建修道院，现在你妹夫可以挣一笔钱了，到时候会需要许多石匠。吃了豆食和圆白菜以后，女人们起身站到一边，若昂·弗朗西斯科走过去从腌缸里取一块腌猪肉切成四片，分放在四片面包上发给大家。他警惕地望着布里蒙达，但她接过那一份以后便不声不响地吃起来。她不是犹太教徒，公公心里想。玛尔塔·马利亚也惴惴不安地望着她，随后严厉地瞥了丈夫一眼，似乎在怪罪他的提防心。布里蒙达吃完以后微微一笑，只是若昂·弗朗西斯科想不到这一点，她即便是犹太教徒也会吃下那片腌猪肉，因为她有另一个要守护的真相。

巴尔塔萨说，我必须找个工作，布里蒙达也要去干活，我们不能吃闲饭；布里蒙达不用着急，我想让她在家里待一段时间，我想了解这个新女儿；好吧，妈妈，但我要立马找个工作；你这样缺了一只手，能干什么活呢；爸爸，我有这个钩子，习惯了以后是个好帮手；是吗，挖坑不行，收割不行，砍柴不行；我能照看牲口；对，这你能做；我还可以当车夫，钩子足以拉缰绳，另一只手管其他的事情；孩子，你回来了，我很高兴；爸爸，我本该早点回来。

这天夜里巴尔塔萨梦见他赶着一对同轭牛去耕整座维拉山上的田地，布里蒙达跟在他后面，往地上插鸟的羽毛，后来这些羽毛开始晃动，仿佛要飞起来，能带着土地飞起来，这时候巴尔托洛梅乌·洛伦索神父出现了，手里拿着图纸指出他们做错的地方，让我们重新开始吧，话音刚落，尚待耕种的土地又出现了，布里蒙达坐在地上说，来跟我一块儿睡觉吧，我已经吃过面包了。此时还是深夜，一片漆黑，巴尔塔萨醒了，把身边那个沉睡中的身体拉近自己，布里蒙达像一个难以猜透的谜，身体又温暖又凉爽，她嘟囔着叫了一声他的名字，他也叫了一声她的名字，他们两个睡在厨房里，地上铺着两条对折起来的毯子，他们紧紧地搂住对方，尽量不发出声响，以免吵醒睡在隔壁屋里的父母。

第二天就有人前来祝贺他们的到来并且结识布里蒙达这位新的家庭成员，他们是巴尔塔萨的妹妹伊内斯·安东尼亚和她的丈夫，他的名字其实是阿尔瓦罗·迪约戈。他们带着两个儿子，一个四岁，另一个两岁，其中只有长子后来长大成人，因为小的三个月以后就得天花死了。但是，上帝，或者决定人寿命长短的神祇，非常注意穷人和富人之间的平衡，在必要时还从王室家中取出砝码放到天平上，证据就是，为了抵消这个孩子的死亡，唐·佩德罗王子也将在同样的年龄死去，而只要上帝愿意，任何死因都不无可能，所以这位葡萄牙王位继承人是因为断了母乳而死，只有娇生惯养的王室的孩子们才会出这种事，伊内斯·安东尼亚的儿子病死之时，已经在吃面包和家里任何可吃的东西了。数量持平之后，葬礼如何上帝就不管了，所以在马夫拉只不过把小天使埋葬了事，跟其他死者没有两样，人们几乎注意不到有这件事，但在里斯本却完全是另外一回事，另一场盛大的仪式，装着王子的小棺材由国务顾问们抬出卧房，所有贵族都前来送葬，国王及其兄弟们也来了，如果说国王前来是出于作为一名父亲的悲痛，更主要的悲痛还是出于失去了他的长子和王位的第一顺位继承人，按照礼仪的要求，一行人来到小教堂院内，众人都戴着帽子，棺材放到用于运送的棺材架上时，这位国王和父亲脱帽致意，接着再次脱帽致意后便返回王宫，礼仪就是这样不顾人性。之后王子独自前往圣维森特大教堂，有一支由显赫人物组成的队伍陪同，只是其中没有父亲也没有母亲，枢机主教走在前头，随后是骑马的持权杖者，王宫官职人员，以及有爵位者，接着是小教堂的教士和辅祭，咏礼司铎不在其列，他们先行前往圣维森特教堂的墓园去等候遗体，人人手持点燃的火炬，而王宫卫队在中尉率领下排成两列走在后面，最后才是棺材现身，棺材上覆盖着非常华丽的大红帷幔，与围着王室轿式马车的帷幔一模一样，棺材后面是卡达瓦尔老公爵，因为他是王后的总管，如果王后有一颗母亲的心，肯定是在为儿子的死亡失声痛哭，作为王后的掌马官，米纳斯侯爵也在其中，从他脸上的泪痕而非他的爵位可以看出，他对王室多么忠诚，遵从古老的习俗，这些帷幔，骡子身上的鞍具以及饰物，都要留给圣维森特大教堂的修士们，而同样属于这些修士的还有赶骡子的马夫们，对他们付出的服务，报酬为一万两千列亚尔，这与其他任何形式的租赁都没有区别，对此我们不要少见多怪，这些男人当然不是骡子，但即便是人，也可以出租。总之，这一切组成了宏大庄严的场面，送葬队伍经过的街道两旁一直有士兵以及各个修会的修士们，其中也包括将迎接因断奶而死的王子的隐修会的托钵修士，这些修士有充分的理由享受这项特权，正如将在马夫拉镇建造的修道院是他们应得的奖赏，不到一年以前马夫拉这里埋葬了一个小男孩，人们甚至不清楚他的名字，但他的送葬队伍却是完整的，有他的父母，外祖父母，舅舅舅妈，以及其他亲戚，如果唐·佩德罗王子上天之后得知这些差别，肯定会很不高兴。

　　王后毕竟是个生育能力极强的女人，国王已经让她怀上了另一个王子，这位王子后来真的成了国王，就这位国王可以写出另一部纪事和另一些激动人心的情节，如果有人充满好奇，想知道上帝会在什么时候让一个平民百姓家里生出孩子，以便与这位王室出生的孩子构成平衡，那么可以说，终归是会平衡的，但不是通过这里的这些寂寂无名的男人和看得见幻觉的女人，伊内斯·安东尼亚也不想自己有其他子女死去，而布里蒙达怀疑自己有避免怀孕生子的神奇能力。我们还是来谈谈这些成人吧，"七个太阳"一定会不厌其烦地讲述他的军旅生涯，军队生活中的小小片段，他的手怎样受了伤，又怎样被锯下，说着他伸出胳膊上的铁器给别人看，最后人们还要听到那些老生常谈的抱怨，他说道，灾难总是落到穷人头上，其实这话也不全对，有不少上将和上尉也战死了或者残废了，上帝既补偿穷人也抑制富人；不过一个小时之后，所有人便丧失了新鲜感，只有小男孩们依旧入神地睁大了眼睛，当舅舅用钩子把他们举起来的时候，个个吓得颤抖不已，这只不过是开心一下，对这种玩法最感兴趣的是最小的外甥，玩吧，趁着还有时间尽情玩吧，他只剩三个月的时间了。

回来的头几天巴尔塔萨帮着父亲在地里干活，这是家附近的另一块地，他还得从头学起，固然他没有忘记原来的技巧，但现在怎能照搬呢。事实证明梦中的事不可靠，如果说梦中他能耕种维拉山上的地，那么在白天他只要看一眼那具犁就会意识到，一只左手有多么重要的价值。他完全能干的活儿只有当车夫，但没有车和两头牛就没有车夫可做，现在父亲这两头牛可以用，要么我用，要么你用，以后你会有属于你的牛；如果我死得早，也许你能攒点钱，凑起来买两头牛和一辆车；爸爸，但愿上帝没有听到你这句话。巴尔塔萨也要到妹夫上工的地方干活去了，在那里，塞尔韦拉新镇子爵的庄园正在修建新围墙，可不要把地理位置弄混了，子爵领地在那边，但子爵庄园在这里，而现在，既然我们在南方，却按照北方的发音，把子爵和子爵领地写成字爵和字爵领地，势必会遭到别人耻笑，我们甚至都不像是那个把许多新世界带给旧世界的文明国度，虽然实际上整个世界都处于完全相同的年龄段，如果说这确实是耻辱，那么我们把它写成止辱也不会更加耻辱了。巴尔塔萨不能为这道围墙垒石头，看来还不如少一只脚好，无论如何，一个人靠一只脚站立跟靠一根木头站立并没有什么分别，这是他头一次产生这种念头，但是，想到和布里蒙达躺在一起，趴在她身上干起事来时该有多么别扭，他又觉得不对了，还是少一只手好一点儿，失去的是左手，还是非常幸运的。阿尔瓦罗·迪约戈从脚手架上下来了，在一道篱笆后面吃伊内斯·安东尼亚送来的晚饭，说等修道院的工程开始，石匠们就不会没活可干了，他就不再需要离开镇子，到周边去找工作了，几周几周地在外面，不论一个人生性多么喜欢在外游荡，只要家里有他尊重的妻子和钟爱的孩子们，家的滋味就和面包一样，不是每时每刻都要吃，但若是一天吃不上就会想念。

"七个太阳"巴尔塔萨爬到附近的维拉山顶上闲逛，从那里可以看到掩映在河谷深处的整个马夫拉镇。他在跟大外甥差不多大的时候，曾在这里玩过，但没玩多久，因为他很早便开始在地里干农活了。海离这里很远，但看来很近，海岸线银光闪闪，就像是从太阳出鞘的一柄剑，当太阳落到地平线最后消失时，剑就又插入了剑鞘。这是一位作家为上战场的人发明的比喻，不是巴尔塔萨的创造，但由于某种原因，他想起了他藏在父母家中的那柄剑，他从来没有把它拔出过剑鞘，或许已经生了锈，这几天找时间把它在石头上磨一磨，涂上橄榄油，谁也不知道明天会出什么事。

这里曾是一片庄稼地，现在荒芜了。虽然界标依然清晰可见，但那些树篱，围栏以及沟渠已经不再有划分地产的功用。现在这一切都属于同一个主人，即国王陛下，他还没有付钱，但他信用良好，会付钱的，应当公正地评论他。若昂·弗朗西斯科正在等待他应得的一份，可惜这些钱不全是他的，否则他就成富人了，现在，卖地文书上的金额已经达到了三十五万八千五百列亚尔，随着时间的推移，这个数字还会增加，最终将超过一千五百万列亚尔，是超出头脑简单的平民百姓理解范围的天文数字，所以我们换算为十五康多和十万列亚尔，一笔大钱。至于这宗交易合算不合算，那就要视情况而定了，因为钱并不总是具有同样价值，与此相反，人的价值却永远不变，要么拥有一切，要么一文不名。那修道院该是个大家伙吧，巴尔塔萨问妹夫；妹夫回答说，起初说规格是配备十三个修士，后来增加到四十个，现在济贫院和圣灵教堂的方济各会修士们都在说要有八十个；这里将汇聚世界上全部的权力，巴尔塔萨总结道。这时伊内斯·安东尼亚走了，之后阿尔瓦罗·迪约戈就能自由自在地谈起男人之间的话题。修士来了以后要调戏女人，这是他们的习惯，特别是方济各会的修士们，要是有一天让我抓住哪个人占我老婆的便宜，我就狠狠地揍他一顿，打断他的骨头；说着，石匠举起锤子把伊内斯·安东尼亚刚才坐的那块石头打碎了。太阳要落山了，山谷里的马夫拉像一口黑咕隆咚的井。巴尔塔萨开始往下走，望了望界定地段那边的石碑，石碑雪白，它们还未见识过世间的寒冷，不曾忍受过真正的酷热，见到日光尚且惊愕不已。这些石头是修道院的头几块基石，是经葡萄牙人的手雕琢的葡萄牙石头，雕刻它们的人受国王的指派，当时还无须请米兰的卡尔沃家族的人来管理聚集在这里的泥瓦匠和石匠。巴尔塔萨到家时，听到厨房里有人在低声说话，一会儿是母亲的声音，一会儿是布里蒙达的声音，她们在热切地交谈，刚刚认识就有那么多话可说，这就是女人之间没完没了的伟大交谈，男人们觉得这对话琐碎无用，他们想象不到正是这交谈保证了世界在其轨道上运转，要不是有女人们之间的交谈，男人们早就会失去对家和这个星球的感觉；妈妈，为我祝福吧；上帝保佑你，我的儿子；布里蒙达没有说话，巴尔塔萨也没有对她说什么，两个人只是互相望了一眼，望这一眼便是家。

把一个男人和一个女人结合起来有许多方式，但本书既非媒妁目录也非姻缘指导手册，这里仅记录下其中两种。第一种是他和她离得很近，我既不知道你是谁也不认识你，在一次火刑判决仪式上，站在场外，当然站在场外，正在看受惩罚的人走过，突然女人转过脸问男人，你叫什么名字，这不是天启，也不是出自她自己的意志的发问，而是来自生身母亲的意念中的命令，母亲走在游行队伍之中，她有天启，有幻觉，就算她的天启如宗教裁判所判定的那样，是伪装出来的，这些也不是伪装的，绝对不是，灵感和天启告诉她，这个残疾的士兵注定成为她女儿的男人，就这样他们两人结合了。另一种方式是他和她离得很远，我既不知道你是谁也不认识你，各自在其宫廷，他在里斯本，她在维也纳，他十九岁，她二十五岁，通过两国使节来往协定而结了婚，新郎新娘先在不乏褒扬美化的画像上看到对方，他玉树临风，身材健美，肤色微暗，她体态丰满，有奥地利人典型的白皙皮肤，不论他们是否互相爱慕，生下来就注定了要这样结婚，没有别的可能，但他后来寻花问柳，而她呢，可怜的女人，很正派，不能也不会抬眼望别的男人，当然梦中的事不算在内。

在若昂的战争中，巴尔塔萨失去了那只手，在宗教裁判所的战争中，布里蒙达失去了母亲；若昂并没有取胜，因为媾和之后一切都和以前一模一样，宗教裁判所没有取胜，因为每处死一个女巫就有十个女巫出生，出生的男巫还不计算在内，肯定也不少。每一方都有自己的账目，明细，以及日志，在一张纸的这一面登记死者，在另一面计算活人，交税和收税也有不同的方式，一方是用血换来的钱，一方是血统带来的钱，但有的人更喜欢祈祷，王后就是这种人，这个善于生育的虔诚女人就是为了诞生子嗣才来到世上，她一共生了六个孩子，至于祈祷的次数那就要以百万计了，现在她去了耶稣会士见习处，现在她到了圣保禄教区教堂，现在她去参加圣方济各·沙勿略九日敬礼，现在她去了圣母圣坛敬礼圣母，现在她到了本笃会的圣若望隐修院，她还去道成肉身教区教堂，去马维拉的圣母感孕修道院，去萨乌德的圣本笃修道院，圣光圣母教堂，圣三位一体教堂，格拉萨的圣母教堂，圣罗克教堂，复活主日教堂，王室圣母院，圣母神慰教堂，阿尔坎塔拉的圣伯多禄教堂，洛雷托的圣母教堂，善导修道院，而当王后准备离开王宫去教堂祈祷时，会有咚咚的鼓声和悠扬的笛声响起，这当然不是她在敲鼓吹笛，堂堂王后怎能敲鼓吹笛呢，这真是荒唐的想法，持戟卫队分列两旁，街道很脏，尽管多次下命令让人们打扫清洁，但总是那么脏，于是脚夫们扛着宽宽的木板在王后前头走，她下篷车时脚夫们便把木板放在地上，王后踩在木板上，脚夫们忙着把后边的木板搬到前边，活像穿梭一样，这样一来，她永远在干净地方，他们永远在垃圾当中，我们的王后就像在水上行走的我主耶稣一样，以这种神奇的方式前往圣三位一体修道院，熙笃会修女院，圣心修道院，圣亚尔伯修道院，感恩圣母修道院，我们要感恩圣母，到圣加大利纳教堂，圣保禄修女修道院，奥古斯丁修会赤足修士的朝拜圣体修道院，加尔默罗山的圣母修道院，殉道者圣母教堂，我们都是殉道者，到圣乔安娜公主的修道院，救世主修道院，莫妮卡修道院，当时就叫这个名字，到德萨格拉沃的王室修道院，科门达德拉斯的修道院，但是，我们知道她不敢到什么地方去，那就是奥迪维拉斯的修道院，大家能够猜到其中的原因，她是个悲伤的受了欺骗的王后，只有在祈祷中才能免于受骗，她天天时时祈祷，有时候有缘由，有时候没有特定的缘由，为了恣意轻浮的丈夫，为了远方的亲属，为了这块不属于她的土地，为了有一半甚至不到一半属于她的儿女们，在天上的唐·佩德罗王子曾这样怨怼，为了葡萄牙帝国，为了即将出现的瘟疫，为了已经结束的战争，为了另一场可能开始的战争，为了公主的大姑子和小姑子们，为了亲王的伯伯和叔叔们，还为了唐·弗朗西斯科，向耶稣，向圣母，向圣若瑟祈祷，为了肉体的痛苦，为了想象中的两条大腿间似有若无的欢愉，为了难以达到的永福，为了觊觎她灵魂的地狱，为了作为王后的抑郁，为了身为女人的悲伤，为了二者交织在一起的悲哀，为了逝去的生命，为了走来的死亡。

现在，唐娜·马利亚·安娜有另一些更为紧迫的理由祈祷了。最近国王一直患病，经常因肠胃胀气而突然昏厥，我们知道他原先就有这毛病，但现在骤然加重，失去知觉持续的时间比往常的昏迷要久，眼见如此伟大的国王没有知觉，这是教人们要谦逊卑顺的最好课程，如果我们已不在世上，而死后又什么都带不走，那么担任印度、非洲以及巴西之主又有何用处呢。按照习惯同时也是出于谨慎，马上有人来给他施涂油礼，国王陛下总不能像战场上的区区士兵那样，没有进行忏悔就死，因为战场上可找不到神父，或者说神父也不想出现在战场上，但有时也出现状况，例如他在塞图巴尔透过御所的窗户观看斗牛，在没有先兆的情况下突然陷入深度昏迷，医生跑过去诊脉，放血治疗，听告解神父带着圣油来了，但谁也不知道唐·若昂五世自上一次忏悔以来犯下了什么罪孽，而且上一次就在昨天，在过去的二十四小时里，他会有什么不好的想法，做下什么邪恶的举动呢，况且，斗牛场上的公牛们死去之时，国王翻白眼晕厥过去，这是很不相宜的情况，另外，也不知道他是不是就会死去，如果真的死了，也不是死于受伤，这里伤口指的是那种开在牲畜身上的口子，无论如何，它们有时还能向对手报仇雪恨，例如，就在刚才，唐·恩里克·德·阿尔梅达便被马抛到空中摔了下来，断了两根肋骨，被抬下场了。终于，国王睁开了眼睛，逃过这一劫，没有一命呜呼，但依然双腿无力，两手颤抖，脸色苍白，不再像那个随便玩弄修女的花花公子了，也不全是修女，可以换成别的词，比如就在去年，一个法国女人生下了他种下的儿子，如果他那些被禁闭或者自由逍遥的情妇们现在看到他，决然认不出这个萎靡不振，骨瘦如柴的小个子男人竟然就是那个不知疲倦的风流国王。唐·若昂五世到亚泽坦去了，看草药和那里的清新空气能不能治好他的忧郁病，这是医生们对国王的诊断，国王陛下极有可能是受到情绪创伤的折磨，而情绪创伤往往造成肠功能障碍，胃胀气，胆汁阻塞，这些都是忧郁病的并发症状，没错，国王得的就是这种病，你看，他的生殖器官没有问题，尽管他纵欲过度，有患梅毒的危险，如果患了梅毒，可以涂合生花汁，这是治疗口腔和牙龈以及睾丸及其上部部位溃疡的特效药。

唐娜·马利亚·安娜留在里斯本祈祷，后来又到贝伦继续祈祷。据说她正为唐·若昂五世不肯把王国的统治权托付给她而生气，确实，丈夫不信任妻子是不对的，但这只是一时的，不久以后王后便成了摄政王，而国王在亚泽坦那可心的地方治疗，由阿拉比达的方济各会修士陪护，海上涛声依旧，海水颜色不改，空气中的海腥味依旧那般扑朔迷离，丛林散发出和以前一模一样的气味，唐·弗朗西斯科亲王独自留在里斯本，向王后大献殷勤，开始筹划阴谋诡计，估算他哥哥何时死亡，预计他本人的寿命几何；既然陛下患的这种忧郁病如此严重而且无药可治，如果上帝想让他早早结束地上的生命，以便早早升上天国，那么，作为他近亲家族的第一个弟弟，王后陛下您的小叔子，以及您的美貌和品德的忠诚仰慕者，我就可以，恕我冒昧，我就可以登上王位，顺便爬上您的床，我们堂堂正正地按教会仪式结婚，至于我男性的品质和能力，我担保绝不比我哥哥差，当然不会；岂有此理，小叔子和嫂子之间说这些话太不应该了，国王还活着，靠我祈祷的力量，如果上帝听到我的祈祷，为了王国伟大的荣耀，国王不会死，再说，我注定要为他生六个儿女，现在还差三个呢；但是，王后陛下您几乎天天夜里梦见我，这我知道得一清二楚；不错，我是梦见了，那是女人的脆弱，一直深藏在我心中，就连忏悔时也没有对神父说过，如果有人猜到，那是从脸上看出来的，梦总是反映在脸上；那么，我哥哥一死我们就结婚；如果这样做符合王国的利益，如果不冒犯上帝，如果无损于我的名声，那我们就结婚；我希望他死去，我想当国王，想和王后陛下一起睡觉，我已经厌倦了只当亲王；我也厌倦了当王后，可我不能当别的，只能这样，所以我要祈祷丈夫得救，以免陷入更坏的命运；王后陛下的意思是，我会是个比我哥哥更坏的丈夫；所有的男人都坏，区别仅在于坏的方式不同；在得出这一敏锐而又悲观的结论之后，王宫里的谈话结束了，这类王后与唐·弗朗西斯科亲王的谈话是第一次，以后又有许多次，亲王尽可能地攀上王后，在她现在所在的贝伦，然后在她待了好长时间的贝拉斯，后来在里斯本，那时她终于成为摄政王，之后还在她的寝宫和庄园继续谈，这样，唐·弗朗西斯科让王后感到腻烦了，她的梦不再像原先那么美妙，那么勾人心魂，那么刺激肉体，现在亲王在梦中出现时只会说他想当国王，他会得到多少好处，这样的梦也无须再做，坦率地说，我已经是王后了。国王病情非常严重时，唐娜·马利亚·安娜的梦死了，之后国王会痊愈，但王后的梦却不会再复活。

11

除女人们的交谈之外，梦也保证世界在其轨道上运行。而梦也是散发着光晕的月亮，所以人们头脑中的天堂才光芒四射，前提是人们头脑中的不是仅属于他自己的唯一的天堂。巴尔托洛梅乌·洛伦索神父从荷兰回来了，至于他是否带回了提炼以太的秘密，之后我们就将揭晓，或者这秘密与古代炼金术风马牛不相及，也许只用一句话就能将以太充满飞行机器中的圆球体，至少，上帝只不过说了几句话，而这区区几句话创造了一切，巴伊亚的贝伦神学院就是这样教他的，而在科英布拉神学院的教会法规系，学术论证和深入研究进一步肯定了这一点，这些认识都发生在神父的头几个气球升空之前，而现在他从荷兰回来了，准备重返科英布拉，一个人可以成为伟大的飞行家，但对他来说更有利的是成为学士，硕士，乃至博士，到了那个时候，即便不能飞行他也会受人敬重。

巴尔托洛梅乌·洛伦索到了圣塞巴斯蒂昂·达·彼得雷拉庄园，从他离开这里算起已经过去了整整三年，仓库里一片破败景象，当年不值得整理的材料凌乱地散在地上，谁也猜想不到这里曾经发生过什么。大房子里有一些麻雀贴着地飞来蹦去，它们是从房顶上的一个窟窿里钻进来的，有两块瓦碎了，这种微不足道的鸟儿永远不能飞得比庄园里那棵最大的白蜡树更高，麻雀是地上的鸟，腐殖土上的鸟，粪堆上的鸟，麦田里的鸟，观察它们死后的样子人们就能发现，它们注定飞不高，因为它们的翅膀脆弱，骨头纤细，相反，我这只大鸟必将飞到目力尽头，请看看那结实无比的贝壳形骨架吧，它必定把我送上天空，然而天长日久，铁部件生了锈，这是坏迹象，似乎巴尔塔萨没有照他的一再吩咐经常来这里，但也确实来过，这里有一些赤足留下的脚印，不过他没有带布里蒙达一起来，或许布里蒙达已经死了，他在这张木床上睡过觉，毯子拽到了后面，就像刚刚起床不久的样子，我来这张床上躺一会儿，也盖上这条毯子，我，巴尔托洛梅乌·洛伦索神父，从荷兰回来了，到那里去是为了调查欧洲其他地方的人们是否已经会用翅膀飞行，他们对该科学的研究是否比我先进，毕竟我来自一个航海家之国，我在兹沃勒，埃德以及奈凯尔克，跟随一些德高望重的学者和炼金术士进行学习研究，他们能在曲颈瓶里制造出太阳，而后却都离奇地消失，先是变得干枯，枯成一把打蔫的稻草，接着便噼里啪啦地燃烧起来，这是所有人在弥留时刻都祈求的死亡，自燃起来，只留一撮灰烬，而等待我的却是这个还不会飞的飞行机器，这是圆球体，我一定要给它们充满天上的以太，听一听那些懂得其中关窍的人的话吧，他们望着天空，说道，天上的以太；我当然知道天上的以太是什么，就像上帝说话那样简单直接，要有光，于是就有了光，这只是说话的一种方式，而现在已经是夜里了，我点上了布里蒙达留下的这盏油灯，我又熄灭了这个小太阳，点燃还是熄灭都取决于我，这里指的是这盏油灯而不是布里蒙达，没有人能在这唯一的尘世生命中得到其所希冀的一切，除非在梦中，大家晚安吧。

几周之后，巴尔托洛梅乌·洛伦索神父携带着全部必要的合同，官方许可文书以及登记注册材料，启程前往科英布拉，这座城市极为著名，有许多资深学者，如果科英布拉有炼金术士，那就无须去兹沃勒，现在，飞行家正骑着一头租来的骡子慢腾腾地走着，对于一个不懂骑术又没有多少财产的神职人员来说，骑头骡子也就够了，而等他到了此行目的地再返回的时候，他会与另外一个人共骑一匹马，那个人很可能已经完成了博士学业，以那样的身份，长途旅行最好是乘轿子，仿佛在海浪上轻轻摇晃，其实，只要骑在前面的那个人不那般没节制地放屁就好了。他先去马夫拉镇，一路无事，只不过遇上了一些那一带的居民，当然我们不会在路上停下来问，你是谁，你在做什么，你有什么痛苦吗；如果说巴尔托洛梅乌·洛伦索神父曾停下过几次，也是稍稍一停便走，不超出有人请他祝福的那么点儿时间，虽然遇见的许多人试图将自己拗进我们正在讲述的这个故事，但他们也只能看到与神父的简单相遇是一种启示，因为他要去的是科英布拉，要不是"七个太阳"巴尔塔萨和"七个月亮"布里蒙达在马夫拉镇，他必须去看看的话，本来可以不走这条路。要说明天只属于上帝，要说人们若想知道上帝给他们带来了什么就只能等待每一天的到来，要说只有死亡是确定无疑的而哪一天死亡则不能确定，这些都不是事实，看不懂未来给我们发出的信号的人才这样说，比如从里斯本来的道路上出现了一位神父，如果得到某人请求便会祝福那人，然后继续朝马夫拉走去，这就是说受到祝福的人也必将前往马夫拉，在王宫修道院工地上干活，最后死在那里，也许是因为从脚手架上摔下来，也许是因为染上瘟疫，也许是因为被捅了一刀，也许是被圣布鲁诺的雕像压死。

现在说这些事故还为时尚早。巴尔托洛梅乌·洛伦索在路上拐过最后一个弯，开始往下朝河谷走的时候，碰见了一大批聚在一起的群众，说是群众或许言过其实，总之有几百个吧，起初他不明白出了什么事，因为那群人都朝一边跑，耳边传来号声，莫非是什么节日，莫非发生了战争，但随后听到了火药爆炸声，泥土和碎石冲天而起，一共爆炸了二十次，接着又响起号声，这次的号声不同了，人们推着手推车或者拿着铁锹朝被炸开翻起的地段走去，在山上装满土，倒在那边对着马夫拉的那面山坡上，与此同时，还有一些人扛着锄头下到深坑里隐匿了身形，另一些人往坑里投下篮子，然后把装满土的篮子提上来，篮子之后被运到远处倒空，倒出的土将手推车装满，还有一些人推着满满当当的手推车，把土填到筑堤上，一百个人和一百只蚂蚁没有区别，把东西从这里搬到那里是因为没有力气搬得更远，于是另一个人来了，这样接力搬运，一如往常，最后结束于一个坑，对蚂蚁来说那里是生的去处，对人来说则是死的去处，所以说，两者之间没有任何区别。

巴尔托洛梅乌·洛伦索神父用脚跟点了点骡子，好继续往前走，骡子是那种听到炮声也处变不惊的老练牲口，非纯种生物都是如此，它们遭遇得太多了，混血使他们变得不易受惊吓，在这个世界上这是动物和人求得生存的最好方式。路上泥泞不堪，表明地下的泉水由于地壳运动而被堵塞，在无处可流的地方冒了出来，或者分化为非常细小的水流，直到最后分成了单个的水原子，于是

111

山上依然干燥，巴尔托洛梅乌·洛伦索神父骑着骡子沿着这条路慢慢往下走，到了镇上，向教区长打听"七个太阳"家住在哪里。这位教区长做成了一桩好买卖，因为维拉山上的一些土地属他所有，要么因为土地本身非常值钱，要么因为其主人非常有身份，对他的土地估价很高，十四万列亚尔，与付给若昂·弗朗西斯科的一万三千五百列亚尔相比真是天上地下。教区长对建造如此大型的修道院尤为欣慰，确定有八十名修士，而且修道院就在家门口，本镇的洗礼，婚礼以及葬礼必定增加，每次圣事都将有他的一份物质和精神福利，他的钱柜和永福的希望与各种仪式和俸给的数量成正比；啊，巴尔托洛梅乌·洛伦索神父，非常荣幸我能在自己家里迎接你，"七个太阳"一家人就住在离这儿很近的地方，他们在维拉山上边有一块地，和我的那几块地挨着，只是比我的要小一些，老弗朗西斯科和家人现在是靠耕种一块租来的地为生，他们的儿子巴尔塔萨四年前从那场残废战争中回来了，我是说残废着从战场回来了，还带回来一个女人，依我看他们不曾在圣堂举行婚礼，再说她的名字也不像基督教徒的；布里蒙达，巴尔托洛梅乌·洛伦索神父说；你认识她吗；我为他们举行的婚礼；啊，这么说他们早就正式结婚了；我在里斯本为他们举行的婚礼；飞行家说了一番感谢的话，当然那里的人们不知道他这个称谓，而教区长溢于言表的欢迎只与王室对神父的推崇有关，神父离开教区长家去找"七个太阳"，他非常高兴，因为在上帝面前撒了谎，同时又知道上帝并不介意，一个人应当自己了解，在什么时候谎言刚出口便得到宽恕。

来开门的是布里蒙达。黄昏时分，天色渐渐暗下来，但她立即认出了神父，后者正从骡子上下来，四年的时间还不算太长，她吻了吻神父的手，要不是周围有好奇的邻居们，她会以另一种方式表示欢迎，因为他们两个人，不，等巴尔塔萨也在的时候，应当说他们三个人，心中都被同样的想法占据，在那么多的夜晚中，至少有一个夜晚他们都做过同一个梦，看到飞行机器拍动翅膀，太阳骤然光芒耀眼，琥珀吸引以太，以太吸引磁铁，磁铁吸引铁片，各种东西都互相吸引，问题在于把所有东西按正确次序排列，否则秩序就会被打破；巴尔托洛梅乌神父先生，这是我婆婆；原来玛尔塔·马利亚没听见敲门声而布里蒙达就去开门，但又听不到说话声，于是便走过来了，现在看见一个陌生神父正在打听巴尔塔萨，在这个年代有客人这样造访可不符合习惯，但也有一些例外，在任何年代都会有例外，正如一个神父从里斯本来到马夫拉看望一个残废的士兵，看望一个有幻觉的女人，也许是所有幻觉中最糟糕的那种，因为她能看到存在的一切，这一点玛尔塔·马利亚已经悄悄知道了，有一次她诉苦说肚子里长了肿瘤，布里蒙达说没有这回事，事实却是有的，于是她们两个人心里都明白了；去吃面包吧，布里蒙达，去吃面包吧。

夜晚有些凉意，巴尔托洛梅乌·洛伦索神父坐在火炉旁边，这时巴尔塔萨和父亲回来了。他们看见了门口拴在橄榄树下尚未卸下鞍具的骡子；是谁来了，若昂·弗朗西斯科问道；巴尔塔萨没有回答，但已经猜到是神父，神职人员役使的骡子总是显出某种基督徒般的驯顺品格，而俗民骑乘的马匹则尚有野性，这也许是臆想出来的，既然是神父骑的骡子，并且看样子从远方来，又不可能是教皇特使或教廷大使，那么就只能是巴尔托洛梅乌·洛伦索了，事实也确实如此。如果有人觉得奇怪，天已经黑了，怎么"七个太阳"

巴尔塔萨还看得这样清楚呢，那么就可以回答，圣徒们的光辉不是信徒痛苦不安的心灵中无用的幻影，也不是油画上玄虚的宗教宣传，再说，他和布里蒙达一起睡了那么长时间，几乎每天晚上都有肉体接触，于是巴尔塔萨身上开始出现双重视力的心灵之光，虽说不能看得更深更透，但足以让他有这样的观察力。若昂·弗朗西斯科去给牲口卸鞍具，回来时听到神父正对巴尔塔萨和布里蒙达说他要去跟教区长一起吃晚饭，已经得到了邀请，也会在那家过夜，这首先是因为"七个太阳"家的房子不宽敞，再者，如果说一个远道而来的神父完全可以舒舒服服地享受教区长的款待，就连子爵府也不会拒绝未来的教规学博士留宿，他却偏偏住在比伯利恒的马厩好不了多少的地方，马夫拉的人必定因此议论纷纷，玛尔塔·马利亚说，要是我们事先知道神父阁下要来，至少可以提前杀好公鸡，家里别的东西都不足以招待您；就是吃你们现有的东西我也会非常喜欢，但我不留在这里也不在这里吃饭对大家更好，至于公鸡，玛尔塔·马利亚太太，留着它打鸣吧，从锅里救出来的公鸡嗓子里唱出的歌儿更好听，这样对母鸡也公平些。听了这番话，若昂·弗朗西斯科开怀大笑，玛尔塔·马利亚没能笑出来是因为突然感到肚子一阵尖锐的疼痛，布里蒙达和巴尔塔萨只是微微一笑，用不着大笑，他们深知神父说话总是出人意料，从下面的另一些话里也可以看出来，明天，太阳出来前一个小时，你们把骡子备好鞍给我送到教区长那儿去吧，你们俩一起，在我启程去科英布拉以前我们必须谈一谈，好了，若昂·弗朗西斯科先生，玛尔塔·马利亚太太，我在这里为你们祝福，如果在上帝看来这祝福有些用处的话，我们往往以为神父是判定祝福效用的法官，而那实则是一个过强假设，我再说一遍，请你们不要忘记，太阳出来前一个小时；神父说完便出了门，巴尔塔萨去送他，手里拿着一盏不太亮的油灯，仿佛这灯在对黑夜说，我是光；在不长的路上两个人谁也没有说话，然后，巴尔塔萨摸黑回来了，他的脚知道自己踩在什么地方，他走进厨房后，布里蒙达问，怎么样，巴尔托洛梅乌神父说他想怎么办了吗；他什么也没有说，我们明天会知道的；若昂·弗朗西斯科想起了什么，笑了笑说，那关于公鸡的笑话真有趣。至于玛尔塔·马利亚，她在猜想某个秘密，说，到时候了，吃晚饭吧；两个男人在桌子旁坐下，女人们坐在另一旁，这是所有家庭的习惯。

每个人在能睡着的时候都睡着了，每个人都做着只有自己知道的梦，梦和人一样，偶尔相似，但绝不会完全相同，说我看见了一个人，说我梦见了水在流，两种说法同样不够严谨，不足以让我们知道是什么人或者流的是什么水，梦中流动的水只是做梦的人的水，如果不知道做梦的人是谁，我们就无法知道这流水意味着什么，这样，我们从做梦的人想到梦到的东西，从梦到的东西想到做梦的人，就会问，弗朗西斯科·贡萨尔维斯神父，是不是有一天未来的人们将会可怜我们呢，因为我们所知的是如此有限且拙劣，巴尔托洛梅乌·洛伦索神父在回卧室就寝之前就是这样说的；弗朗西斯科·贡萨尔维斯神父尽职尽责地回答，一切知识都在上帝那里；是啊，飞行家回答说，但是上帝的知识像一条河，河水流向大海，上帝是源泉，而人们是海洋，如果不是这样的话，他就无须创造万物了；依我们看，不管是说了还是听了这番话，无论是谁都会睡不着觉。

凌晨，巴尔塔萨和布里蒙达把备好鞍的骡子牵来了，但巴尔托洛梅乌·洛伦索神父无须他们叫，刚听到骡子的蹄掌走在石路上的响声便立刻打开门走了出来，他已经跟教区长辞行了，留马夫拉教区区长在屋里继续思索，既然上帝是泉水，人们是海洋，那么这普天之下还有多少待他发现的知识，过去所学的知识他几乎忘光了，为数不多的例外是，由于不断使用，他还记得做弥撒和举行圣事的拉丁文，以及女管家那两条大腿之间的道路，昨夜由于家里来了客人，她只得睡在楼梯下的隔间里。巴尔塔萨牵着骡子，布里蒙达离开他们几步远，垂着眼皮，把头巾拉到前边；早安，他们说；早安，神父说，说完又问道，布里蒙达还没有吃东西吧；她躲在宽大的衣服里回答说，还没有吃；终归巴尔塔萨和巴尔托洛梅乌神父还是有过交谈；告诉布里蒙达不要吃东西；果然两个人睡下以后他凑到布里蒙达耳边说了这句话，声音很低，为的是不让老人们听见，这样可以保守秘密。

他们沿着漆黑的街道往上走，一直走到维拉山顶，这不是通向帕斯村的道路，神父要往北去必须经过帕斯村，但他们似乎不得不避开人烟，虽然说一路上经过的棚屋里都有人睡觉或者已经醒了，那都是建得非常简陋的房舍，住户大部分是挖路工，他们颇有力气但从没吃饱，过几个月，甚或过上几年以后，我们再到这一带走走，那时会看到由木板建起的城市，比马夫拉还要大，只要活着就能看到这一点和其他变化，而现在，这些简陋的住处足以让手持丁字镐和锄头，因长时间劳动而疲乏不堪的人们松快松快他们的骨头，过不了多久，这里就会响起号声，军队也会驻扎进来，不过来这里不是要作战，而是要看守这一群粗鄙的工人，或者在不有辱军服的情况下帮他们一把，实际上，很难区分看守者和被看守者，两者都衣衫褴褛。天空灰蒙蒙的，大海那边的天空呈珍珠色，但对面的山顶上一种如血的殷红正在溶解弥散，随后变得生机勃勃，天很快就要亮了，金黄与湛蓝夹杂，现在正是美好的时节。但布里蒙达什么都没看，她垂着眼皮，还不能吃装在口袋里的那块面包；他们想让我做什么呢。

是神父而不是巴尔塔萨想让她做点儿什么，巴尔塔萨和布里蒙达一样几乎一无所知。往下能隐约看到基坑的暗影，以及暗影中的黑色轮廓，想必那就是教堂。那里的平地上慢慢聚集起一群群的人，他们点着篝火，加热头天的剩饭，一天就这样开始了，过一会儿就要喝那些大木盆里的汤，把粗面包泡在汤里，除了布里蒙达，她的进食时间还要再等。巴尔托洛梅乌·洛伦索神父说，在这个世界，我有你，布里蒙达，还有你，巴尔塔萨，我的父母在巴西，我的兄弟们在葡萄牙，所以说我有父母兄弟，但做这件事兄弟和父母都没有用，只能靠朋友，你们注意听，我在荷兰知道了什么是以太，以太不是人们惯常以为的或者学校讲授的那种东西，无法通过炼金术得到，要想得到就必须到它所在的地方去取，也就是说天上，那么我们就必须飞行，而现在我们还飞不起来，但是，以太这种东西，现在请你们非常注意，注意我下边的话，以太这种东西在升到空中支撑星辰和供上帝呼吸之前，存在于男人和女人体内；这么说就是灵魂了，巴尔塔萨得出结论；不对，起初我也认为是灵魂，认为以太是由死亡从人体中释放出来尚未经过末日审判的灵魂形成的，但是，以太不是由死人的灵魂构成的，而是由，请注意听，而是由活人的意志构成的。

下面，人们开始往壕沟里走，那里面模糊一片，什么也看不见。神父说，我们体内存在着意志和灵魂，人一死灵魂便离开，到审判灵魂的地方去，至于究竟在哪里，谁也不知道，但意志要么在人活着的时候脱离人体，要么在死亡时与人体分开，它就是以太，所以说，支撑着星辰的是人的意志，上帝呼吸的是人的意志；那么，我该做什么呢，布里蒙达问道，但心里已经猜到了回答；看人们身体中的意志；我从来没有看到过意志，正如我从来没有看到过灵魂；你看不到灵魂是因为灵魂是看不见的，没有看到过意志是因为你没有设法去看；意志是什么样的呢；是一团密云；一团密云是什么样的呢；看到以后你就会认出来的，你试着看看巴尔塔萨吧，这就是为什么我们要来这里；不行，我已经发过誓不看他的内部；那么就看我吧。

布里蒙达抬起头，看向神父，只看到了以往看到的东西，与外表相比，人们的内部更加相似，只有生了病的人才有不同，她又看了看说，我没有看见。神父笑了笑，或许我已经没有意志了，但你再仔细看看；看到了，我看到了，在腹腔上方有一团密云。神父画个十字，感谢上帝，现在我可以飞翔了。他从旅行背袋里掏出一个小玻璃瓶，瓶底装着一块黄色琥珀；这种琥珀又称电子，它吸引以太，你到人多的地方时把它带在身边，比如宗教游行，火刑判决仪式，或者这里的修道院工地，只要看到密云要从人们体内逸出，总会有这种事发生，你就拿着打开的小瓶靠近他们，意志就收进去了；要是装满了呢；瓶子里装一个意志就满了，但意志有个无法解开的秘密，能盛下一个意志的地方，也能盛得下一百万个意志，即一等于无穷无尽；那我们做什么呢，巴尔塔萨问；我先去科英布拉，到时候我从那里捎信来，接到信以后你们就去里斯本，你造那个机器，你收集意志，到飞行那一天时，我们三个人再见，让我来拥抱你，布里蒙达，还请不要在这么近的地方看我，让我来拥抱你，巴尔塔萨，后会有期。神父骑上骡子朝山坡下走去。太阳从山顶冒出来了。吃面包吧，巴尔塔萨说；布里蒙达回答说，现在还不吃，我先看看那些人的意志。

12

　　做完弥撒回来，人们坐在厨房屋檐下面。天上出着太阳，中途下了场小雨，秋天来得早，伊内斯·安东尼亚对儿子说，别待在那儿，会把你淋湿的；但孩子装作没有听见，即便是那个时候孩子们就已经会这样，但还不像现在一样明目张胆地顶撞大人，而伊内斯·安东尼亚说了一次便不再坚持了，三个月前小儿子死了，现在何必要训斥这个儿子呢，让他在那儿玩吧，你看他玩得那样开心，赤脚站在院子的水坑里，但愿圣母保佑他不得天花，那个病已经置他弟弟于死地。阿尔瓦罗·迪约戈说，他们已经答应让我到王宫修道院工地干活；刚才他们俩谈论的正是这个话题，只是做母亲的一直想着死去的儿子，于是两人各有各的心思，还好，心理负担不会太重，不至于像玛尔塔·马利亚的痛苦那样无法忍受，她肚子中那顽固的刺痛，好似人们所说的利剑刺穿了圣母心脏的痛苦，为什么痛的是心脏呢，孩子是在肚子里孕育的，肚子是生命的熔炉，而劳动为生命提供养料，所以阿尔瓦罗·迪约戈才这样高兴，这么大的修道院是一项需要许多人干许多年的工程，会石匠手艺的人便可以挣得面包，日薪三百列亚尔，繁忙时多干点儿，能有五百列亚尔；喂，巴尔塔萨，你怎么决定返回里斯本呢，这可不对，因为这里不会缺活儿干的；有那么多人可以挑选，他们不会要残疾人吧；你有这个钩子，别人干的活儿你差不多都能干；要是你这么说不单为安慰我，那我确实可以干，但我们必须回里斯本去，对吧，布里蒙达；布里蒙达一直没有说话，这时候点了点头。若昂·弗朗西斯科老人坐在一边，埋头编一根皮缰绳，听到了他们在说话，但没太注意他们究竟说了些什么，他知道儿子要走，就在这几周，为此心里不大痛快，因为打仗在外边待了那么多年，现在又要走，这一去再回来时可别连右手也没有了，他太爱儿子，竟然想到了这种事。布里蒙达站起来，穿过院子到地里去了，沿着山坡上橄榄树的树荫往上走，橄榄林一直延伸到山上的工程界桩，因为刚才的雨水，休耕地土壤松软，她的木屐陷进土里，就算光着脚踩在尖尖的石头上，她也不会觉得有什么，既然她今天上午干了那件惊心动魄的事，这点儿疼痛又算得上什么呢，她没有吃东西便去领受圣餐，装作像往常一样起床前就已经吃了面包，这是往常的习惯，也是她必须做的事，但今天没有吃，起床后她一直低垂着眼睛，在家里显出一副悔悟和虔诚的神态，带着同样的表情走进教堂参加圣事，仿佛上帝就在她面前一样匍匐在地，听布道时也没有抬头，看样子从讲道台上如雨点般降下来的来自地狱的种种威胁吓破了她的胆，直到最后去领圣饼，她终于睁开眼看了。这些年来，自从显露出自己的这种天赋开始，她总是怀着负罪的心情吃圣饼，因为她的胃里已经有了食物，但今天，她没有告诉巴尔塔萨便决定空着肚子去教堂，不是为了迎接上帝，而是为了看上帝，如果上帝真的存在的话。

　　她坐在一棵橄榄树凸起的根部上，从这里可以看到大海和地平线相接的地方氤氲成一团，肯定是那里在下大雨，这时候布里蒙达泪水盈眶，肩膀随着一声深深的抽泣颤抖起来，巴尔塔萨走过来，但她没有听见，他摸了摸她的脑袋，你在领圣饼时看到了什么；她终于没有再对他隐瞒下去，毕竟两个人每天夜里都在一起睡觉，互为怀抱，或者说，六年来，即便不是天天夜里，也一直过着夫妻生活，怎能隐瞒得了呢；我看见了一团密云，她回答说。巴尔塔萨坐到没有犁过的地上，那里有些枯萎的野草，现在被雨水打湿了，不过这些平民不娇气，随便什么地方都能坐下或者躺下，当然对一个男人来说，把头偎在女人的大腿上会更好，我敢打赌说，大洪水淹没整个世界前，这就是男人的最后姿势。布里蒙达说，我本指望看到被钉在十字架上的耶稣，或者光荣复活的耶稣，但看到的却是一团密云；不要再想你看到的东西了；想，怎能不想呢，如果圣饼里的东西就是人身体里的东西，那宗教到底是什么呢，要是巴尔托洛梅乌·洛伦索神父在这里就好了，或许他能解释这个奥秘；也许他也解释不了，也许并不是一切都可以解释，谁知道呢；话音刚落，雨突然下大了，这表示刚才说得对还是不对呢，现在天空乌云密布，一个男人和一个女人在一棵树下，怀中没有孩子，这应该不是那场面的再现吧，地点不同，时间也不同，甚至也不是这棵树，但我们可以说，雨水能给皮肤和土地带来同样的温柔抚慰，但假如过量也能成为灭顶之灾，不过从创世起我们逐渐习惯了这一切，和风可以帮助磨粮食，但恶风能撕碎风车上的叶片；生与死之间，布里蒙达说，生与死之间有一团密云。

巴尔托洛梅乌·洛伦索神父在科英布拉安顿好之后马上就写信回来，只简单地说他到了而且很好，但现在又来了一封信，这封信让他们去里斯本，越早越好，一旦研究工作稍微轻松一点儿他便去看望他们，再说，他还有要在王宫履行的宗教义务，那时他可以前来对他们进行的伟大工程提供指导；现在请你们告诉我，我们那意志的事进展如何；问话的语气清白无辜，似乎问的是他们自己的意志，但事实上问的是别人的意志，是那些失去意志的人们的意志，而且提问时并不指望得到回答，就如同在战斗中，上尉亲自高喊或者命令军号替他发话，前进；他并不会站在那里等待士兵们相互商量然后给出回答，我们前进；我们不前进；我们不会去的；士兵们必须毫不迟疑地冲上前去，否则会被送上军事法庭；下周就启程，巴尔塔萨宣布；到头来还是过了两个月，因为在马夫拉开始流传一个消息，后来教区长在布道时证实，说国王将到这里来为工程奠基，国王要用御手放上第一块石头。起初说是在十月的某日，虽然有六百人干活，虽然进行了多次爆炸，空中每天时时刻刻响声不断，但还是来不及把地基挖到应有的深度，于是改在十一月份，十一月中旬，再往后就不行了，那时就是冬天了，总不能让国王在泥水及膝的地上走。但愿陛下驾临，让马夫拉镇开始它光荣的日子，让它的居民把双手举到空中，让他们凡夫俗子的眼睛看一看这位国王有多么伟大的成就，国王是至高无上的君主，因为他我们才能提前享受这天堂的前厅，而不必留在天国居住，天国越晚去越好，活着时就有这样的享受好过死后才能体会；等看过庆典活动以后就启程，巴尔塔萨下了决心。

阿尔瓦罗·迪约戈已经被雇用，这段时间在切割从彼鲁宾海鲁运来的石头，这些大石头是用套上轭的十对乃至二十对牛拉来的，另一些工人则用石工锤切另一种粗石，这种石头将用作地基，地基深近六米，米是我们今天的概念，在当时一切都以拃丈量，他们还用拃来量人的身高，不论是大人物还是小人物，例如"七个太阳"巴尔塔萨比唐·若昂五世长得高，但他不是国王，而阿尔瓦罗·迪约戈身材不算瘦弱，工作对象是巨大的石块，正在那儿用锤子敲打石头，粗磨石面，但他以后要干的活儿比现在这种活儿高级，在帮忙把石块垒起来以后他将成为石雕工匠，依照铅垂线垒起这堵直直的墙已经是王室级别的工作，不是那种与木板和钉子打交道的活计，就像那些木工们所做的一样，他们正在造那个木头教堂，国王到来时，那个教堂里将举行祝福和开工仪式。那个教堂由又高又粗的桅杆支撑，桅杆按地基形状排列，它们标界出未来修道院的周长，屋顶由船帆制成，粗麻布衬里上绘有十字架，不错，这是一座临时性的木制建筑，但它以恢宏的气势预告，石头修道院将在此处兴建，为了观看这些准备工作，马夫拉居民撇下了手头的急事和田地里的活计，与现在刚刚开始建造，未来将在维拉山顶矗立起来的巨大工程相比，他们所有的活计都显得微不足道。有的人有更好的理由，比如巴尔塔萨和布里蒙达，他们要带外甥去看他父亲，正是晚饭时间，伊内斯·安东尼亚送来了一锅炒甘蓝和腌肉，要是老人们也来的话，就是全家都在这里了，如果我们不知道这是因为国王许下生出子嗣的愿望才有的这项工程，大概会以为这人群是朝圣的信徒会聚起来的，是众人在还愿，每个人还各自的愿；但谁都不能把我的小儿子还回来，伊内斯·安东尼亚心里想，她几乎对在一块块巨石中间玩耍的这个儿子产生了怨恨。

几天以前马夫拉出了一桩奇迹，海上来的一场风暴将木制教堂掀翻在地，桅杆，木板，横梁，托梁，以及帆布，一片狼藉，好像操纵风暴的巨人阿达马斯托在作怪，若果真是阿达马斯托从他的好望角远道而来，摧毁了我们的工程，但称它为奇迹，难免会引起某种愤懑情绪，但它还能叫别的名字吗，既然国王来到了马夫拉，在得知这一情况之后，立即开始发放金币，他发放金币和我们讲述这个过程一样从容不迫，因为工程监管们在两天之内让一切得到了重建，于是发放的金币成倍增加，多发放金币比多发放面包要好得多。国王是位有先见之明的君主，不论到什么地方都随身带着盛金币的大箱子，以防出现这样或者那样的风暴。

奠基仪式之日终于到了，唐·若昂五世下榻在子爵府，各门口由马夫拉卫队长率领一队士兵把守，巴尔塔萨不想失去机会，前去找军人说话，但毫无用处，谁也不认识他，谁也不知道他想做什么，在和平时期谈论战争，真是不识时务；伙计，不要挡门了，过一会儿国王就要出来了；听了这句话，巴尔塔萨朝维拉山上走去，布里蒙达和他一起，他们的运气还不错，走到教堂里面了，并非人人都能进来的，教堂里面让人眼花缭乱，整个天花板交错排列着红黄两色塔夫绸，色调明亮，对比强烈，侧面悬挂着豪华的拉斯绸缎，按照真正的教堂样式留出了必要的门窗，一切都完全相符，甚至门窗上都挂着深红色的缎帘，并饰以金银丝带和流苏。国王到来以后，头一眼便会看到正面的三扇人门，上面是一幅圣伯多禄和圣若望在耶路撒冷圣殿门口为向其行乞的叫花子治病的画，意指这里将见证其他许多奇迹的发生，但任何奇迹都不会如同上面说的金币那样叮当作响，而在这幅画之上，还有另一幅画，是圣安多尼的肖像，这座修道院就是因为国王特殊的誓愿而供奉给他的，这一点若不得到说明，恐怕会被遗忘，毕竟是六年前的事了。教堂里边，前面已经说过，装饰得非常豪华，绝不像后天就要拆除的木棚。在福音书那边，也就是面对祭台的人左手那一边，不说主祭台是因为只有一个祭台，愿这些详细说明不算冒犯失礼，如果有人在意我们是谁的话，不妨当我们是一群浑然无知的人便好，这样不厌其烦地描写细枝末节，是因为在宗教信仰及其知识体系之后迎来的是无信仰的时代，有着完全不同的知识体系，谁能知道将来读这本书的是什么人呢，接着说福音书那边，六级台阶上有一条以贵重的白色绸缎包裹的长椅，长椅上方立有华盖，相对地，在使徒书信那一边，有另一条长椅，这条长椅下只有三级台阶而不是六级，并且没有华盖，这样，前者显得稍高一些，再一次重复这些细节，使人们对个中差别一目了然，后者是身份较低的人的座位。这里放着宗主教唐·托马斯·德·阿尔梅达要穿的祭祀法衣和举行圣事要使用的许多银器，这一切都表明正在走进来的君主伟大得无与伦比。教堂内应有尽有，十字架左边为音乐家们搭起了唱诗台，唱诗台覆盖着深红色的锦缎，上面的管风琴会在适当的时候奏响，那边还有专为总主教区的咏礼司铎们准备的长凳，右边则是观礼台，唐·若昂五世正朝那里走去，他将在那里观看整个仪式，贵族和其他显要则坐在下面的凳子上。地板上撒了一层灯芯草和香蒲，其上再铺以绿色的布，由此可以看出，葡萄牙人对红绿两色的喜好由来已久，成立共和国以后国旗也是这两种颜色。

第一天举行了祭十字架仪式，木十字架非常大，有五米高，活像个巨人，阿达马斯托之类，也许像上帝那样大，众人匍匐在十字架前，尤其是国王，还流下了许多虔敬的泪水，祭祀仪式结束以后，四位司铎把十字架抬起来，每人抬一个角，然后将它立在特意准备的一块石头上，不过这块石头不是阿尔瓦罗·迪约戈切割的，中间有一个洞，十字架的底脚就插在里面，尽管十字架是神的象征，但要是没有支撑也是站不住的，这与人相反，人即使没有腿也能站直，关键在于想不想站直。管风琴奏出悠扬的乐曲，乐师们吹起笛子，唱诗班唱起赞美诗来，因为教堂里面容纳不下而没有进去或者身上太脏而不能进去的人们，以及那些来自镇上及附近地区未获准进去的人们，满足于留在圣殿外边，听听唱响的赞美诗和圣诗的回音，第一天就这样结束了。

啊，第二天，海上来的一阵狂风摇撼着整座木制建筑物，人们又受了一次惊吓，但狂风终于过去了，啊，第二天，人们再一次高声欢庆，备受恩宠的一七一七年的十一月十七日，场地上举行的盛典更加壮观，早晨七点，寒气袭人，附近各教区的主教率领全体教士以及众多百姓已经聚集到这里，寒气袭人这个表述很可能正是出自这个历史背景，从此进入口语和书面语，为人们所使用。八点半，国王驾到，他已经吃过清早的巧克力，是子爵亲手奉上的，这时游行队伍排好了，前头是六十四名阿拉比达的方济各会修士，之后是当地教士，宗主教十字架，六位身披绛紫色斗篷的随侍，然后是乐师，穿白色法衣的小教堂神父，不计其数的各修会修士，有一块空地是为跟在后面的人们留下的，他们是身穿白色或绣纹法衣的咏礼司铎，每位司铎前头都有出身高贵的随侍，身后有专人为其提着法衣衣裾，他们后面是宗主教，身穿珍贵的祭祀法衣，头戴昂贵的宗主教法冠，上面镶有巴西宝石，然后是国王和王室成员，本地法官和市议员，如果计数的人没有出错的话，总共有三千多人，这一切都只是为了区区一块石头，为了这块石头，全天下的权势会聚一堂，鼓号声响彻云霄，还有骑兵和步兵，还有日耳曼卫队，许许多多平民百姓，马夫拉镇从来没有见识过如此壮观的人山人海，但教堂里容纳不下这么多人，大人物们进去了，小人物们当中只有那些走在前面和善于见缝插针者才得以进入，在此之前士兵们已经举手敬礼并持枪礼毕，上午还没有结束，狂风已经停止，只剩下这个季节特有的清凉微风撩动旗帜和女人们的裙子，但人们心中燃烧着纯洁的信仰，灵魂沸腾若狂，如果有人筋疲力尽，意志要脱离躯体，有布里蒙达在此，这些意志不会走失，也不会升上星际。

先向主基石进行祭拜，接着是辅基石和一个水苍玉瓮，这三件东西最后都要埋进地基的，现在用肩舆抬着开始游行，玉瓮里装着当时的钱，金币，银币，铜币，还装着几枚勋章，金质，银质，铜质，另有写着还愿书的羊皮纸，游行队伍转了整整一圈让人们观看，所到之处人们都双膝跪下，总有需要下跪的原因，一会儿是十字架，一会儿是宗主教，一会儿是国王，一会儿是众修士，一会儿是咏礼司铎，干脆他们就一直跪着，我们完全可以说，许多人都长跪不起。国王，宗主教，以及几名辅祭终于向放置三件石器的地方走去了，他们沿着一个两米多宽，有三十级的木制阶梯往下，三十级的阶梯或许象征犹大得到的三十枚银币。宗主教在几位咏礼司铎的帮助下捧着主基石，另外几位咏礼司铎捧着辅基石和水苍玉瓮，后面是国王和熙笃修道会会长，作为主布施者，他捧钱币。

国王就这样下了三十级阶梯，来到了大地里边，看上去像要与世界告别，要不是有祝福，无袖法衣和祈祷护佑，倒真像是下地狱的样子，要是这坑里的高墙倒塌了可怎么得了；啊，陛下无须害怕，我们用巴西的优质木材保障支撑强度，这里有一条裹着深红色天鹅绒的长凳，在正式场合和国家礼仪中这种颜色用得极多，随着时间的推移我们会看到，剧院的幕布也用这种红色，长凳上放着一个装满圣水的银桶，还有两把绿色的欧石南扎成的小扫帚，扫帚把上缠着绸缎和银线绳，而我，一切工作的主宰，将这桶石灰倒进去，陛下用这把银铲，抱歉刚才口误，说成了石匠的银匙，好像石匠还能有银匙一样，陛下用这把铲子把石灰推一推，不过在这之前要先把扫帚在圣水里蘸湿，在石灰上洒一洒，现在，你们帮把手，让我们把主基石放下去，不过最后要由陛下用手摸一摸这基石，好，请再摸一下，让所有的人都看见，陛下可以上去了，小心不要掉下来，这座修道院剩下的部分让我们来建吧，现在可以放下其他石头了，主基石两头各放一块，贵族们再拿来十二块，从有使徒们以来十二就是个幸运数字，再用银制篮子盛来几桶石灰，将主基石和其他石头之间的缝隙填满，本地子爵学着石匠助手的样子把石灰桶顶在头上以示虔诚，因为没赶上当年帮助耶稣扛十字架，他负责把石灰倒出来，有一天他也会被石灰掩埋，而此举的效果不错，可是，先生，这不是生石灰，而是熟石灰，没有生命；和意志一样，布里蒙达会这样说。

第二天，国王启程返回王宫后，没有风的帮助那教堂便倒下了，不过上帝下了场雨助了一臂之力，木板和桅杆放到了一边，王室不再需要，但能派上别的用场，例如做脚手架，或者行军床，或者船上的寝舱，或者饭桌，或者木屐底，还有那些布类，塔夫绸，缎子，船帆，每一样东西重新用于原来的用途，白银送回金库，贵族们回去过贵族生活，管风琴去演奏其他乐曲，唱诗班去唱别的歌曲，士兵们到别的仪式里去放光彩，只有方济各会修士们留了下来，瞪大眼睛，警惕地观察周围情况，留下来的还有那块凿了孔的石头，以及立于其上的那五米高的木制十字架。人们又下到被淋湿的坑里，因为并非所有地方都挖到了要求的深度，陛下没有全看，只是在上篷车回王宫时，委婉地说，现在你们要从速办这件事，这是我六年前许下的愿，我可不想被方济各会修士们继续纠缠下去，所以我们的修道院工程不会因为缺钱耽误，需要多少尽管花。在里斯本，会计官会对国王说，但愿陛下知道马夫拉修道院开工仪式花了多少钱，说个整数吧，是二十万克鲁札多；国王回答说，记在账本上；他这样说是因为他们的工程才刚刚开始，总有一天我们会想要知道，它究竟总共花了多少钱，而我们谁也算不出究竟花了多少钱，既无发票又无收据，也没有进口登记册，至于死亡和痛苦就更不用提了，因为那不值钱。

一周以后，天晴了，"七个太阳"巴尔塔萨和"七个月亮"布里蒙达启程前往里斯本，生活当中每个人都有自己的事做，这些人留在这里垒墙，而我们要用藤条，铁丝，以及铁片编织，还要收集意志，有了它就能带这一切东西飞起来，人天生是没有翅膀的天使，天生没有翅膀却让翅膀生长出来，这是最壮丽的事，在头脑中我们做到了这样的事，既然我们已经成功地让头脑生长，也一定能长出翅膀，再见吧，妈妈，再见吧，爸爸。他们只说了声再见，没有再多说一句话，一方也想不出有什么可说，即使说出来另一方也不懂，但是，一段时间以后，总会忍不住想，某些话原本是可以说出来的，或者甚至假想已经说了出来，假想中说话的场景可能变得比真实情况更加真实，不管用那些话替代真实情况有多难，比如玛尔塔·马利亚说，再见吧，可我再也见不到你们了；确实，再没有比这更真的话了，修道院的墙垒出地面还不到一米，玛尔塔·马利亚就入土了。于是，若昂·弗朗西斯科一下子苍老了两倍，坐在厨房屋檐下，目光虚无，就像现在这样，看着儿子巴尔塔萨和女儿布里蒙达离去，因为儿媳这个称呼不够亲切，可当时身边还有玛尔塔·马利亚，不错，那时她已经精神恍惚，一只脚已经踏到了彼岸，两只手在肚子上叉着，那里曾经孕育了生命，现在孕育的却是死亡。儿女们都是从她的肚子里生出来的，有几个出生以后夭折了，活了两个，现在这一个不会出生，这一个就是她的死亡；看不见他们了，我们回屋里去吧，若昂·弗朗西斯科说。

　　时值十二月，昼短夜长，阴天的时候天黑得更早，所以巴尔塔萨和布里蒙达要在路上过夜，住在莫雷莱纳的一间草棚里，他们说从马夫拉来，到里斯本去，房主看他们都是正派人，借给了他们一条毯子御寒，人与人之间的信赖可以达到这种程度。我们已经知道，这两个人的灵魂，肉体和意志都相爱着，但是，他们躺下以后意志和灵魂从旁观看他们肉体的欢愉，或者紧附在肉体上参与这欢愉，难以知道它们的哪一部分参与哪一部分的欢愉，难以知道当布里蒙达撩起裙子，巴尔塔萨脱下裤衩时，灵魂失去了什么或者得到了什么，难以知道当两个人喘着粗气呻吟时，意志得到了什么或者失去了什么，难以知道当巴尔塔萨在布里蒙达里面，布里蒙达让他安置，两个人都憩息时，肉体成了胜利者还是战败者。这是世界上最好的气味，翻腾过的稻草的气味，毛毯下两具肉体的气味，在槽里反刍的牛的气味，从草棚缝隙钻进来的寒冷的气味，或许还有月亮的气味，人尽皆知月夜有一种不同的气味，甚至连分不清日夜的盲人也会说，有月光；人们以为这是圣路济亚创造的奇迹，实际上只不过是用鼻子吸气的问题；不错，先生们，今夜月光皎洁。

早晨，太阳还没有出来他们就起床了。布里蒙达已经吃过面包。她把毛毯折起来，此时她只是一个重复着亘古以来同一做法的女人，双臂张开又合上，下颏压住已折好的部分，然后两只手往下，到其身体中间折最后一折，要是有人看到，根本不会想到她有奇异的视觉，而如果她这一夜离开本身的躯体，就能看到在巴尔塔萨身子下面的自己，确实能看到，可以说布里蒙达能看到自己的眼睛在看。房主进来的时候能看到毛毯折得整整齐齐，这是表示感谢的做法，而他是个爱开玩笑的人，会问那几头牛，告诉我，昨天晚上这里是做弥撒了吗；牛会毫不意外地转过那没有戴笼头的脑袋，男人们总是有话可说，有时候能够猜对，现在的情况就是如此，两个在这里睡觉的人做爱和做弥撒没有任何区别，如果有的话，那就是弥撒败了。

布里蒙达和巴尔塔萨已经在前往里斯本的路上了，绕过竖着风车的山丘，天空阴着，太阳偶尔出来一下马上又藏起来，刮的是南风，恐怕要下大雨；巴尔塔萨说，要是下起雨来我们没有地方可躲，他抬头望望天上的云，黑蒙蒙一片，像一块黑色的板子盖在头顶，他接着说，既然意志是密云，谁知道它们是不是附在这些云上呢，这些云这么黑，这么厚，人们看不见它们后边的太阳了；布里蒙达回答说，但愿你能看到你身体里面的密云；或者看到你的；或者看到我的，要是你能看到就会明白，与人身体里面的云相比，天上的云太少；可你从来没有看到过我的云，也没有看到过你的；没有人能看到自己的意志，而我也发过誓绝对不看你的内部，不过，"七个太阳"巴尔塔萨，当你把手伸给我，当你靠在我身上的时候，我母亲没有弄错，我不需要看你的内部；如果我比你先死，我请求你看我的内部；你死的时候意志就离开你的肉体走了；谁知道呢。

一路上没有下雨。只是巨大的黑色屋顶向南延伸，笼罩着里斯本，压着远处地平线上的一座座山丘，仿佛只要一伸手就能触到它表层的水珠，有时候大自然是个好伙伴，男人往前走，女人也往前走，这些云对那些云说，等他们到了家，我们就可以下雨了。巴尔塔萨和布里蒙达到了庄园，走进仓库，终于下雨了，有几块房瓦破了，水从那里滴下来，但细细的水线滴得小心翼翼，并在喁喁低语，我在这里，你们终于回来了。巴尔塔萨走近贝壳形的飞行器，用手动一动，铁板和铁丝发出吱吱的响声，难以知道它们想说什么。

13

铁丝和铁片生了锈，帆布发了霉，藤条干得散了架，干了半截的工程无须多久就会变成废墟。巴尔塔萨围着飞行机器转了两圈，眼前的一切都让他感到失落，他用左臂上的钩子猛地拉了拉金属架子，让铁部件与铁部件碰撞，看看还结不结实，很不结实；依我看最好把它全部拆开，然后重新开始；拆开是应当拆开，布里蒙达回答说，可是，在巴尔托洛梅乌·洛伦索神父回来以前就从头开始，会不会白费力气；我们本可以在马夫拉多待一段时间的；既然神父说让我们马上来，那他大概也快来了，谁知道呢，也许在我们等着看庆祝活动的时候他来过这里了；没来过，没有留下一点儿来过这儿的痕迹；上帝保佑，但愿如此；对，上帝保佑。

在不到一周的时间里，机器已经不再是机器，或者说完全脱离了之前的形态，摆在那里的材料可以有一千种用途，人们使用的原材料不多，问题在于如何组织，排列和连接它们，请看一把锄头，请看一把刨子，它们都是用铁和木头做的，但用锄头做的事用刨子做不了。布里蒙达说，在巴尔托洛梅乌·洛伦索神父还没有来的时候，我们修一个铁匠炉吧；我们怎么做风箱呢；你去一趟铁匠铺，看看风箱是什么样子，如果第一回没有做出来，第二次就能做成，如果第二次还做不成，第三次就能做好，没有人指望我们有什么别的办法；不用这么费事，用神父给我们留下的钱买一个风箱算了；一定会有人奇怪，"七个太阳"巴尔塔萨既不是铁匠，又不是锻工，他为什么买风箱呢，最好还是你自己做一个，就算要尝试一百次。

巴尔塔萨不是单独干活。尽管这种活计不需要双重视力，但布里蒙达的目光更锐利，画线时更准确，在检查物体各部件比例时不会犯错到一团糟的地步。她把手指在带油垢色的灯油里蘸一蘸，在墙上画出各个部件，皮带所需的长度，出风口，用木头做的风箱基座，以及活动接头，现在只缺一个踏板，风箱差不多就能做成了。在远处的一个角落，他们用形状规则的石块垒了四堵墙，差不多到人的胯部那样高，里外都用铁丝固定，然后在里面的正方形空间填上土和碎石。如此一来，阿威罗公爵庄园里的几堵矮墙拆毁了，虽然这个庄园不像马夫拉的修道院那样完全属于国王陛下，但这项工程像陛下的修道院一样是由王宫授权建造的，也许国王早已忘记了这件事，否则唐·若昂五世可能会差人来询问巴尔托洛梅乌·洛伦索神父，是否还是希望在某一天飞上天空，或者这仅仅是让这些人用梦想消磨时间的诡计，而本可以让这几个人去做更有用处的工作，神父传扬上帝的教义，布里蒙达探测水源，巴尔塔萨接受施与以帮助给他施舍的人打开天堂之门，至于飞行这种事，显然只有天使和魔鬼能飞，前者无人不知无人不晓，甚至有人发誓见证过这

135

神迹，后者则见之于堂堂圣经，那上面不是写着吗，魔鬼把耶稣带到教堂顶上，他一定是从空中把耶稣带上去的，因为他们没有爬梯子，他对耶稣说，从这里跳下去吧；耶稣没有跳，他没有要成为第一个飞行的人的想法；总有一天人类的子孙们会飞起来的，巴尔托洛梅乌·洛伦索神父来到这里，看见做好的铁匠炉和淬火的水槽时这样说道；现在只差风箱了，风会在对的时间吹起来的，正如灵感已经造访了这个地方。

布里蒙达，至今你收集了多少意志，那天晚上吃晚饭时神父问道；不少于三十个，她回答说；太少了，他接着问，男人的多还是女人的多呢；多数是男人的，好像女人的意志不大肯脱离肉体，这是为什么呢。神父没有回答这个问题，但巴尔塔萨对布里蒙达说，我的密云在你的密云上面的时候，有时你的差一点儿就附到我的上了；我看这一定是你的肉体比我更空虚，更缺少意志，布里蒙达回答说；巴尔托洛梅乌·洛伦索神父听了这段露骨的对话并没有感到难堪，莫非他在荷兰的时候也曾经历过意志薄弱的时刻，甚至就在现在，在葡萄牙，依然意志薄弱，而宗教裁判所没有注意到，或者佯装不知，因为这弱点并没有伴随着难以宽恕的罪孽出现。

现在我们来严肃地谈一谈，巴尔托洛梅乌·洛伦索神父说，我会尽可能多来这里，但工程只能靠你们两个人才能不断向前推进，你们建成了铁匠炉，这很好，我会想办法为它弄来风箱，就不用费力气做了，但我们一定要非常仔细地检查，确保这个机器配套的风箱足够大，我会给你画一幅草图，这样，在不刮风的时候，我们开动风箱依然能飞起来，你呢，布里蒙达，你要记住，我们需要至少两千个意志，两千个想游离出来的意志，要么是因为灵魂不与之般配，要么是由于肉体不能使之称心，仅仅靠你现有的这三十来个意志，珀伽索斯都飞不起来，而它还是一匹有双翼的神马呢，你们想想，我们脚下踩着的大地有多大，大地把人体往下拉，即使太阳要大得多，但太阳也不能把大地拉过去，如此，我们要在大气中飞行，就必须协调好如下四者的力量，太阳，琥珀，磁铁以及意志，而这其中意志是最重要的，没有意志，我们就无法脱离大地，布里蒙达，你要想收集意志，就到圣体游行队伍中去，那里人山人海，必定有不少意志游离出来，因为在这类游行当中，你们应当了解这一点，在这类游行当中灵魂和肉体都变得虚弱了，虚弱到连意志都稳不住的程度，但在斗牛的时候不是这样，火刑判决仪式也不是这样，这种时候人们激动又疯狂，意志密云更密，比灵魂更密更黑，仿若身在战场，在那里，普遍的黑暗占据着人们的心灵。

巴尔塔萨问道，那飞行机器呢，我该怎么做；就像我们已经开始做的那样，还是我的草图上的那只大鸟，这是它的各个组成部分，我也会把这另一份图纸留给你，上面有各个部件的比例说明，你要像造船一样从下往上建造，用藤条把铁片缠起来，你可以想象是在把羽毛贴在骨头上，我已经说过，只要可以我就会来这里，你到这个地方去买铁片，你需要的藤条到树林里去找，到肉店去购买制造机器的风箱要用的皮子，我会告诉你怎样鞣制和剪裁皮革，布里蒙达画的这些图用于制作铁匠炉的风箱很好，但用来飞行就不够了，我把这些钱留给你，买一头驴，没有驴你怎么运输必要的材料呢，另外，还要买一些大篮子，在里面填满稻草和麦秆，用来盖住篮子里带回的东西，你们一定要记住，这整个工程要绝对保密，就是亲戚朋友们也不能知道，除我们三个人之外再没有什么朋友可言，要是有人来这里窥探，你们就说奉国王的命令看守这座庄园，对国王负责的是我，巴尔托洛梅乌·洛伦索·德·古斯曼神父；德什么，布里蒙达和巴尔塔萨异口同声；德·古斯曼，在巴西培养我的一位神父姓古斯曼，这个姓说明我受惠于他；巴尔托洛梅乌·洛伦索这个名字就够长的了，布里蒙达说，称呼德·古斯曼我不习惯；你用不着那样称呼我，对你和巴尔塔萨来说我永远是巴尔托洛梅乌·洛伦索，但王室和学界必须称呼我为巴尔托洛梅乌·洛伦索·德·古斯曼，因为像我这样将成为教规学博士的人必须有一个与显赫身份相符的名字；亚当没有其他名字，巴尔塔萨说；上帝没有任何名字呢，神父回应道，因为上帝实际上是不可命名的，在天堂里亚当也不会与另一个男人相混淆；那么厄娃呢，她只叫厄娃，布里蒙达说；厄娃仍然只叫厄娃，我认为世界上仅有一个女人，只是外表变化无穷而已，所以她可以和任何名字搭配，你是布里蒙达，告诉我，你需要后面的德·热苏斯也就是德·耶稣吗；我是基督教徒；有谁怀疑这一点呢，巴尔托洛梅乌·洛伦索安抚道，才接着说，你懂我的意思了，但是，要是有人说他属于耶稣，不论这是指信仰还是指姓名，那他只不过是个虚伪的人，所以，你就是你自己，叫布里蒙达，要是有人问你的名字，你就这样回答。

神父回科英布拉学习了，他已经是学士，已经是硕士，用不了多久就是博士了，巴尔塔萨用铁匠炉把铁烧红，在水中淬火，布里蒙达则刮从肉店买回来的皮子，或者两个人一起砍藤条或者在铁砧上打铁，她用钳子夹住铁片，他用锤子敲打，两个人必须非常默契才不至于哪一下打错，她把红红的铁片放到铁砧上，他一锤打下去，力量和方向都准确无误，两个人无须言语就达成了完美的和谐。就这样，冬天过去了，就这样，春天来到了，神父到里斯本来过几次，来的时候会把几颗黄色琥珀圆球放进大木箱，也不说是从哪里带来的，他询问意志搜集的情况，从各个角度查看飞行机器，这机器越来越大，也越来越成形了，超过了巴尔塔萨拆毁的那一个，最后他提出些指示和建议，就返回科英布拉，重新去研究教皇诏令和诏令制定者们的著作了，现在他已经不再是学生，已经开始用拉丁文授课了，全部教会律书，古老的和新颁布的所有教皇律令，罗马法典和正典的记录书，诸如此类，但没有哪一本上写着，你能飞行。

　　六月到了。里斯本流传着令人不快的消息，说今年的圣体游行中不会有远古巨人的塑像，没有森林蛇神，也没有喷烟吐火的巨龙，模拟斗牛表演不会出场，不会有传统的里斯本舞蹈，不敲非洲鼓也不吹笛号，大卫国王不来到华盖前表演舞蹈。人们不禁要问，这算得上什么宗教游行啊，既然亚鲁达的滑稽演员们不到街上敲起震耳欲聋的铃鼓，既然禁止弗里埃拉的女人们去跳她们的恰空舞，既然没有剑舞表演，既然没有狂欢彩车，既然不演奏风笛，不敲击长鼓，既然乔装的森林之神和宁芙仙女们不来嬉耍玩闹，以掩饰另一种纵情消遣的游戏，既然不许跳雷托尔塔舞，既然圣伯多禄的大黑船不在男人们强壮的肩膀上航行，那这算得上什么宗教游行呢，这多么让我们扫兴啊，即便给我们留下了菜农彩车，我们还是无法听见蛇神发出的咝咝声了，啊，亲爱的表哥，蛇神吹着口哨经过的时候，我的头发根都竖起来了，哎呀，我也说不清怎么会觉得浑身抖作一团。

　　人们来到王宫广场看节日的准备情况，先生，还算不错，这柱廊有六十一根立柱和十四个立墩，高度在八米以上，整个范围长度超过六百米，仅拱门就有四座，塑像，圆形浮雕，金字塔，以及其他装饰物不计其数。人们开始欣赏这种新安排，不仅这里，请看看各个街道吧，各处都搭起了篷子，支撑篷子的木杆上以绸缎和黄金装饰起来，从篷顶上悬挂下来的圆形浮雕镀成金黄色，一面是金光普照的圣事场景，另一面是主教的徽记，还有的是市议会的徽记；窗户，快看我这里的窗户；这样说的人没有言过其实，带金线流苏的暗红绸缎窗帘和檐帘赏心悦目；我们从来没见过这样的景象；人们有点儿满足了，取消了一种节日，补偿给他们另一种，确定孰优孰劣实在不易，或者打个平手，金匠们已经不无理由地说，他们将让所有街道光彩夺目，也许出于同样的原因，新街拱门的一百四十九根柱子都包上了绸缎，这也许能让店主做笔好买卖，今天还不错，明天会差一点儿。人们经过这里，走到街的尽头然后再返回来，但他们甚至不用手指尖摸一摸那些华丽的布匹，而只要看着这些和拱门下边各商铺装饰的绸缎就能大饱眼福，似乎我们生活在路不拾遗的王国，但每个店铺都有黑奴站在门口，一只手持棍棒，另一只手握佩剑，如果有人胆大妄为，背上就会挨一棍子，假如有人更加明目张胆，巡警马上赶来，他们不用戴头盔和面罩，也不用手持盾牌，但是，只要地方法官说一声，站住，送到利莫埃依罗监狱，那么除俯首听命并且错过宗教游行之外别无他法，或许正因如此，在圣体游行节日里没有发生很多偷窃案件。

同样，也没有发生偷窃意志的事件。正值新月，布里蒙达不论是禁食还是吃饭都不比其他所有人看见得更多，她因此内心平静，高兴而满足地让那些意志自己决定其去向，不管是留在肉体之中还是离开，都悉听尊便，反正我可以休息休息，但突然又心神不定，一个想法出现在脑际，从圣体，也就是从上帝的肉体里，能看到另一种什么样的密云呢，她低声对巴尔塔萨说；巴尔塔萨也压低声音，悄悄回答说，一定会这样，他的一个意志就能让大鸟飞起来；布里蒙达又说，谁知道呢，也许我们看到的一切就是上帝的密云。

这是一个残疾人和一个有神奇视觉的人的对话，因为他缺了点儿什么，她多了点儿什么，人们肯定能原谅他们不知分寸地说出一些超乎寻常经验的怪话，夜幕已经降临，他们在罗西奥广场和王宫广场之间的街上溜达，融入熙熙攘攘的人群，这些人和他们俩一样今天不打算再上床睡觉，要踩着铺在地上的血红色沙土和野草散步，红沙和野草是里斯本郊区农民们运来的，使这座平常日子肮脏得难以复加的城市显得空前干净。窗户后面，贵妇们已经梳好发式，那是一座座巨大的浮夸而造作的建筑，过不了多久她们就要来到窗前展示，但谁也不想第一个现身，当然，第一个出来必定会吸引窗下或者街上路人的目光，但这种惬意来得快失去得也快，因为对面房子也打开了窗户，里边冒出的贵妇既是邻居更是对手，她马上会把正欣赏着我的那些人的目光吸引过去，嫉妒之火炙烤着我，况且她丑陋不堪而我美若天仙，她长着一张大嘴而我的嘴小巧若花蕾，不等她开口我就喊出来，来一首谐趣诗吧。在这场竞赛中，住在较低楼层的贵妇们更有优势，善于讨好女人的男子们那低能的脑袋里刚刚冒出点儿韵律灵感，开始编造蹩脚的谐趣诗，不料楼的高处飞下另一首牵强夸张的诗歌，并且声音很大，就是为了让大家都听得清清楚楚，然后头一位诗人用他拼凑出来的叠句诗作为回应，其他人马上气急败坏，冷冷地望着那个已经受到贵妇垂青的竞争者，怀疑她和他事先早已以另一种方式约定好了叠句诗和谐趣诗。这种事只能怀疑，不可明说，因为在这种事上人人都亏心。

夜晚燥热。人们四处游荡，开始弹唱，小伙子们互相追逐，这是从开天辟地以来就有的瘟疫，无药可治，他们拉住过往的女人们的裙子，与这些女人同行的男子踢他们一脚或者朝他们后颈猛击一拳，他们跑到前边，还回过头来做个鬼脸或猥亵动作，然后又开始另一轮奔跑和追逐。临时组织了一场模拟斗牛，把两根羊犄角，还不是同一头羊上的，不太对称，和砍下的一截龙舌兰，统统钉在一块宽木板上，木板正面有个柄，后面紧贴胸脯，像盾牌一样护在年轻人身前，这就是扮好的公牛，公牛贵气十足威风凛凛地朝前顶过去，斗牛士用木扎枪刺到龙舌兰上，这时扮斗牛的便学着牛声号叫，但如果扎枪手没有扎准，刺在装扮者的手上，他马上失去了贵族风度，于是又开始追逐奔跑，扰乱了街上的诗人们，诗人们请求对方重复之前的谐趣诗，向上边喊话，你们刚才说的什么；女人们嬉笑着回答，云中千鸟绵绵意；就这样，夜晚慢慢逝去，屋外是调情，消遣，以及磕磕绊绊的奔跑，屋里是靡靡之音和一杯杯热巧克力，破晓时分，军队开始集合，士兵们为盛大的圣事穿上整齐的制服，充当游行队伍的两翼。

整个里斯本没有一个人睡觉。对诗结束了，贵妇们回到屋里补好褪了色的脂粉，不一会儿就返回窗前，再次为脸上白里透红的妆容扬扬自得。芸芸众生，白人，黑人，各色混血儿，这些人，那些人，其他人，统统都排列在晨曦初露天色尚昏暗的街道两旁，唯有面对着大河和青天的王宫广场在阴影中仍呈蓝色，后来，王宫和主教堂那边突然出现火红的颜色，原来是太阳冲出了远方的大地，用光明之风吹散了薄薄的雾霭。这时候游行开始了。队伍由二十四行会各自的旗帜带领，头一个是木工旗，上面是木工行业的主保圣人圣若瑟，后面还有徽记和巨大的标牌，标牌是由金丝刺绣锦缎做成的庇护该行业的圣徒像，巨大无比，需要四个人抬，还有另外四人准备替换，以轮流休息，天公作美，没有刮风，但用黄金和绸缎做的锦绳和挂在杆子闪闪发光的两端的金丝穗随着人们步子的节奏不停地摇晃。随后过来的是圣乔治的全身像，展现了恰如其分的庄严，鼓手步行，号手骑马，前者敲，后者吹，嗒嗒咚，嗒嗒咚，嗒嗒啦嗒啦，嗒，嗒嗒，巴尔塔萨不在王宫广场的观众之中，但听到远方的号声后打了个寒战，仿佛置身于战场，看到敌人排着战斗队形向他们进攻，我们也要出击，这时候他感到手上尖锐的疼痛，有好长时间没有疼了，也许因为今天既没有安上长钉，也没有安上钩子，肉体产生了这样或那样的回忆和幻觉，布里蒙达，要不是有你在右边，我用这只胳膊搂着谁呀，有了你，我才能用这只好手紧紧搂着你的肩膀，搂着你的腰，人们不习惯看到这种姿势，他们还不习惯于看到男人和女人公然这样在一起。旗帜过去了，鼓声和号声也远去了，现在过来的是圣乔治的执旗官，圣乔治是纹章官，盔甲骑士，他身穿铁甲，足蹬铁靴，头戴铁盔，并放下了护眼罩，作为战斗中的圣徒助手，他必须高举旗帜，手执标枪，到前面去看巨龙是出来了还是在睡觉，今天倒无须有这样的担心，它既没有出来，也不在睡觉，正为再也不能来参加圣体游行而唉声叹气，不应当这样对待巨龙，也不应当这样对待蛇和巨人，这是个悲哀的世界，美好的东西就如此被夺去了，当然，有一些美好的东西势必保留下来，或者有些东西太美好了，宗教游行的改革者们不敢贸然放弃，不然人们就有得抱怨了，比如说这些马吧，这些马是养在马厩里的，难道能把它们随便丢到牧场上不管，让它们忍饥挨饿，可怜巴巴地能吃到什么就吃点儿什么吗，请看走过来的那四十六匹马，有黑色的，灰色的，身上有漂亮的马披，如果上帝不肯承认这些牲畜比看它们走过的人穿得还好，那就算我有罪，这还是圣体游行的日子呢，每个人都把家里有的最好的衣服穿在身上了，为了来看我主而特意穿这样好的衣服，上帝造出我们的时候我们赤身露体，但只有穿上衣服我们才能到上帝面前，对于这样的上帝，或者说代表了这个上帝的宗教，人们怎能理解得了呢，当然，我们没有几个能在一丝不挂时也赏心悦目，看看那些没有化妆的人的脸就知道了，让我们来设想一下，要是我们脱下圣乔治的银制甲胄，摘下他饰有羽毛的头盔，那么正在走过来的这位圣徒的肉体是什么样子呢，是个用合页连起来的木偶，男人应该长毛发的地方没有一根毛，一个人可以成为圣徒，但也应该有其他人有的一切，如果一个圣徒不懂得人的力量以及往往是内生于这力量的软弱之处，那么就难以想象他的圣洁了，好吧，可是怎样向骑着白马走来的圣乔治解释这一点呢，也不知道这匹马是否名副其实，它一直在王宫马厩里生活，有专门的仆人负责照料并遛马，这匹马只供圣徒乘坐，从来没有让魔鬼，甚至也没有让人骑过，可怜的牲畜，到死都不算生活过，但愿上帝谅解这一点，因为它死后会被剥下皮，并变成一张鼓皮，当鼓被敲响，那颗愤慨的心也将被唤醒，到那时，那颗心就已经很苍老了，无论如何，这世上的一切，到最后都能平衡，都将抵消，已经发生的事说明了这一点，例如马夫拉的那个男孩和佩德罗王子之死，今天，这得到了进一步证明，那就是为圣乔治当持盾侍从的孩子，他骑着一匹黑马走来了，手里拿着标枪，头盔上饰着羽毛，今天晚上，不知有多少站在街道两旁从士兵肩膀上方看宗教游行的母亲会梦见骑在那匹马上的是她的儿子，儿子成了圣乔治在地上的侍从，也许成了在天上的侍从，就凭这点，生这个儿子也完全值得，现在，圣乔治又过来了，这一次是在王宫济贫院下属的王宫教堂教友会高举的大旗上，为第一个壮观场面收尾的是雄赳赳的鼓手和号手们，他们身穿天鹅绒服装，帽子上饰着白色羽毛，现在有个间歇，但非常短暂，因为各教友会数以千计的男男女女正在走出王宫小教堂，他们根据所属的教友会和性别排列，这里不准厄娃们和亚当们相互混杂，请看，走在队伍中的有安多尼·马利亚，西蒙·努内斯，曼努埃尔·卡埃塔诺，若泽·贝尔纳多，安娜·达·孔塞森，有安多尼·达·贝雅，还有不那么重要的若泽·多斯·桑托斯，布拉斯·弗朗西斯科，佩德罗·盖因，马利亚·卡尔达斯，名字非常多，颜色也不少，有红色，蓝色，白色，黑色，以及猩红色斗篷，有灰色无袖法衣，有栗色教士服披肩，披肩还有蓝色和绛紫色的，有白色和红色的，黄色的，猩红色的，绿色的，以及黑色的，而正在走过的教友就有几个黑人，不幸的是，即使在宗教游行当中，这种四海之内皆兄弟的情谊也无法让他们去到我主耶稣基督身边，但是，还有希望，只要上帝某一天乔装成黑人，在教堂里宣布说，每个白人等于半个黑人，现在你们设法进入天堂吧；这样一来，有一天，这座海滨公园的沙滩上就会挤满来晒黑脊背以求进入天堂的人，今天看来这个主意荒唐可笑，不过，也有人不去海滩，那就让他们待在家里往身上涂油吧，涂各种各样的油，等到他们走出家门的时候，邻居都认不出他们是谁了，这些家伙到这里来干什么呢；颜色问题是教友会面临的严峻挑战，这暂且不说，反正各教友会正在往外走，能认出来的有，圣母圣条教友会，耶稣和圣母教友会，圣母圣咏教友会，圣本笃教友会，他们要斋戒，但都不瘦，圣母恩典教友会，圣克里斯品教友会，来自圣塞巴斯蒂昂·达·彼得雷拉的圣母教友会，巴尔塔萨和布里蒙达就住在这个地区，圣伯多禄和圣保禄的朝圣之路教友会，还有一个朝圣之路教友会，不过是从阿勒克里姆来的，圣母救助教友会，耶稣教友会，圣母纪念教友会，圣母健康教友会，如果没有健康，玫瑰圣母怎能保持童贞，而瑟维拉又能指望传承什么美德呢，后面是来自奥利维拉的圣母教堂教友会，曾有一天该会向巴尔塔萨施舍过饭食，然后是圣安多尼所属的方济各会在圣玛尔塔的修女会，来自阿尔坎塔拉的佛兰德寂静圣母教友会，玫瑰经教友会，救世主教友会，圣安多尼教友会，圣母裁决教友会，埃及的圣马利亚教友会，如果巴尔塔萨这会儿是国王卫队士兵就有权加入该会，可惜没有残疾人教友会，现在走来的是慈悲教友会，这个他倒可以加入，又是一个圣母裁决教友会，不过这一个属于加尔默罗修道院，而上一个属于方济各第三修道会，似乎祈祷词不够长，已经念完一遍了，于是大家又从头念起，后面又是救世主教友会，但属于圣三位一体修道院，而上一个属于圣保禄修道院，然后是善后教友会，可惜王室法官没有为巴尔塔萨迅速善后，接着是圣路济亚教友会，圣母善终教友会，如果说的确有善终这么一回事的话，被遗忘者的耶稣教友会，从这个名字来看人们难以发现，丢下被遗忘者们，给他们一个不受欢迎的耶稣，这样的宗教堕落到了何种地步，毕竟要是耶稣名副其实的话就不会有那么多人被遗忘了，圣母感孕教堂灵魂教友会，但愿是晴天，不要下雨，本市的圣母教友会，圣母救助灵魂教友会，圣母慈悲教友会，木匠主保圣若瑟教友会，援救教友会，慈悲教友会，圣加大利纳教友会，失落孩童教友会，既有被丢失的，也有被遗忘的，或者没被找到，或者未被记住，就算被记住了，也没有什么意义，圣母净化教友会，另一个圣加大利纳教友会，上一个是书商教友会，这一个是铺路工人教友会，圣安娜教友会，圣安利日教友会，安利日是金匠们的有钱的小主保圣人，圣弥额尔和圣灵教友会，圣玛弟亚教友会，圣母和圣咏教友会，圣茹什塔教友会，圣鲁菲娜教友会，殉道者灵魂教友会，圣伤教友会，本市的方济各圣母教友会，圣母悲伤教友会，仿佛我们的悲伤还不够似的，现在只差灵魂拯救教友会了，灵魂拯救总是在后边，有时候来得太迟，如果希望尚余，也寄托在圣体上，看，圣体从那边来了，被描画在一面旗帜上，在前开路的是施洗约翰，他扮作男孩模样，赤身露体，四个天使一路上撒着鲜花，难以想象在别的地方会有更多的天使在平民百姓的街道上巡游，你只需伸出一根手指就可以看出他们是真真正正的天使，不错，他们确实飞不起来，所以说能飞翔并不足以证明天使的身份，如果巴尔托洛梅乌·洛伦索·德·古斯曼神父，或者简单地称其为洛伦索，如果他某天真的飞了起来，那么也不会因为有这点技艺就成为天使，成为天使还要求有其他品质，但是，进行这些研究还为时过早，现在尚未收集到足够的意志，宗教游行仍在进行之中，已经能感到上午的炎热逐渐逼近了，现在是一七一九年六月八日，现在走过来的是什么队伍呢，是各宗教团体，但人们开始心不在焉，修士们走过来，人们连看也不看一眼，对辨认不同的修会也毫无兴致，布里蒙达望向天空，巴尔塔萨则看着布里蒙达，她怀疑这时候是新月时间，她看到加尔默罗修道院上方出现了一轮蛾眉新月，像一片弧形刀锋，像一把尖利的弯刀，替她的眼睛剖开所有人的躯壳，就在这时，第一个宗教团体走过去了，他们是什么人，我没有看见，没有留意，是修士们吧，来自方济各第三修会，方济各会加布遣小兄弟会，还有上帝的圣若望修道院的修士们，方济各会修士们，加尔默罗会修士们，多明我会修士们，熙笃会修士们，圣罗克和圣安唐的耶稣会会士们，太多的名词，太多的颜色，搅得人头昏脑涨，记忆错乱，该吃随身带的干粮或者买来的食物了，人们一边吃一边谈论刚刚经过的队伍，金色十字架，花边袖子，白色披巾，长袍，高筒袜，带扣饰的鞋子，尖顶帽，女人们的头巾，圆摆裙，各色的斗篷，蕾丝绣花衣领，短外衣，只有原野上的百合花不会纺线织布，所以才一丝不挂，如果上帝当初想让我们也这样，他就会造出百合花一样的男人们了，幸运的是，女人们确实像百合花，却是穿着衣服的百合花，布里蒙达就是，不管有没有穿着衣服，巴尔塔萨，怎么可以想这个呢，这可是可耻的念头，特别是现在主教堂的十字架正经过的时候，十字架后面的是各传教团，还有奥拉托利会，各教区的无数神职人员，啊，先生们，如此多的人设法拯救我们的灵魂，不过首先还要设法找到那些灵魂，巴尔塔萨，别做梦了，别以为你是士兵，尽管是残废士兵，就依然属于正在经过的这些个兄弟会，一百八十四人，来自圣地亚哥骑士团，还有一百五十人来自阿维斯骑士团，同样一百五十人来自基督骑士团，最后一支队伍的骑士们正在挑选足以加入他们的人，因为上帝不愿意让残疾者去他的圣坛前，尤其是平民血统的残疾者，所以，就让巴尔塔萨留在原地吧，观看宗教游行，此时经过的是随从，唱诗班成员，内侍，王室卫队的两名副官，一个，两个，都身穿华丽的制服，我们今天将之称作礼服，接着是宗主教十字架，旁边有鲜红的帐幅，神父们手持法杖，法杖两端冠以束束康乃馨，啊，这些花儿的命运太悲惨了，未来某天还会被插进来复枪的枪管里，接下来是主圣母教堂唱诗班的孩子们，主圣母教堂是伞形的主教教堂，红白条纹相间，所以二三百年以后，人们开始用教堂这个词指代雨伞；我的教堂断了一根伞骨；我把教堂忘在公共汽车上了；我把教堂送去修理，换了一个新把手；我在马夫拉的教堂什么时候建成呢，国王心里这样想着，他走过来了，用手扶着华盖的一根支撑杆，但首先迎来的还是主教座堂理事会，先是身穿着白色法衣的咏礼司铎们，接着是身着同样颜色的十字褡的司铎们，最后是头戴法冠，身穿法披的教会要人们，关于这些服饰的名字，平民百姓哪里懂呢，比如说主教冠吧，平民们知道这个词，了解它的形状，既可以放在母鸡屁股上，也可以戴在咏礼司铎的脑袋上，这里的每位咏礼司铎都有三个家人服侍，一个举点燃的火炬，一个捧着礼帽，这两个人都身穿礼服，另一个身着长袍，为他提着长衣裾，现在开始到来的是宗主教一行，走在前面的六位有贵族血统，每人手中均持点燃的火炬，接着是手持法杖的助祭，一起的还有一位托着船形香炉的神父，后面是提着晃个不停的银雕香炉的辅祭们，另外还有两位司仪，十二名手持火炬的护卫；啊，罪孽深重的人们，男人们和女人们，你们短暂的一生都在步向末路，你们纵欲无度，暴饮暴食，不参加圣事，逃避缴纳什一税，还能厚颜无耻并毫不恐惧地谈论地狱，你们，男人们，你们竟然能在教堂里摸女人们的屁股，你们，女人们，你们只因为还残存一点儿羞耻才没有触摸男人们的那些部位，你们睁眼看看什么过来了，是八根撑杆的华盖，华盖下面就是我，宗主教，手中捧着圣体匣，罪孽深重的人们，你们给我跪下，跪下，现在你们就应当割掉生殖器，免得纵欲，现在你们就应当把嘴封住，免得大吃大喝玷污了你们的灵魂，现在你们就应当清空你们的口袋，因为天堂不需要钱，地狱也不需要，在炼狱里承兑罪孽的是祈祷，不错，只有这里才需要钱，需要黄金做另一个圣体匣，需要白银养活这些重要人物，养活为我拿法器和法冠的两名咏礼司铎，养活在前面为我提着衣襟的两名副执事，养活在后边为我提衣裙的人，所以他们才叫提衣裙者，还有这一个，我亲密的朋友，是位伯爵，替我拿着雨披，还有撑着长柄扇的两名侍从，握着银制权杖的持杖者们，捧着黄金教冠的盖纱的一名副执事，因为教冠是不得用手直接触摸的，耶稣太傻了，头上从来不曾戴过教冠，他是上帝之子，这我不怀疑，但土里土气，因为谁都知道，如果没有主教冠，教皇冠，或者圆顶高礼帽，这个宗教是不会繁荣昌盛的，只要他戴上一顶教冠，就能成为最高神职人员，他完全可以代替本丢·彼拉多出任罗马帝国驻犹太总督，而我也得以避免许多累赘，世界将变得多么美好，想想吧，若是相反的情形，我也不是宗主教，让恺撒的归上帝，上帝的归恺撒，我们就在这里厘清账目，在这里分钱，这个银币归我，那个银币归你，而我将如实地宣告，我必将如此宣告；我，你们的国王，葡萄牙，阿尔加维和其余大区的国王，虔诚地手持这根镀金权杖，你们看吧，一位君主在尘世和心灵上如何尽心尽力保护其祖国和人民，我本可以打发一个侍从，指定一位公爵或者侯爵代替我，但是我亲自来了，我的各位兄弟亲王也是你们的大人们也亲自来了，跪下，给我跪下，因为圣体匣即将过来，我正经过这里，圣体匣中就是耶稣，而我的身体里则是尘世国王的荣光，二者间谁更优越呢，一切肉体能感到的都属于我，我是国王，我是种猪，正如你们知道的那样，修女们都是我主的妻子，这是神圣的真理，她们侍奉我主，同样也在床上侍奉我，因为我是她们的主人，她们一只手捻着念珠，一边快活地喘着粗气，玄妙的肉体，交叉，结合，祈祷室里的圣徒们竖起耳朵倾听床帐里炽热的私语，床帐在空中撑开，这就是天堂，没有比这更好的天堂了，而被钉在十字架上的耶稣基督头垂在肩上，可怜呀，也许是正在忍受痛苦的折磨，也许是为了能更清楚地看到正在脱衣服的保拉，也许因为这个妻子被夺走而满腹醋意，她是修道院里被香火熏得香气宜人的鲜花，多么美妙的肉体，但最后我会离开，而她会留下，如果她怀孕了，就是我的儿子，这无须多加张扬，后边来的是唱诗班，他们唱着赞美诗和圣歌，这使我产生了一个念头，不消说，国王都有这些念头，怎么可能还有别的国王治理王国，所以，当我和保拉躺在床上交欢之前，之时，以及之后，让奥利维拉修道院的修女们朝保拉的卧房唱诵万福经吧，阿门！

礼炮齐鸣，大黑船上响起排炮，不远处的王宫广场炮台上也响起炮声，轰鸣声此起彼伏，各要塞和城堡更是响声震天，在广场列队的佩尼谢和塞图巴尔王室军团行持枪礼。上帝的圣体在里斯本游行，他是殉教的羔羊，是全部军队的主人，好一个矛盾的合集，黄金的太阳，水晶的太阳，让人低头敬礼的圣休匣，被吞噬，被消化，直至化为齑粉的圣灵，有谁看到你活生生地与这些居民们在一起还会吃惊呢，他们是被砍下头的绵羊，是没有自己的武器的士兵，是沙漠里的白骨，是吞噬自身肉体的人，这就是为什么女人们和男人们匍匐在街道两旁，扇自己和旁边人的耳光，捶打自己的胸脯和大腿，伸长手臂去触摸在面前经过的流苏，锦缎，花边，触摸天鹅绒和缎带，触摸刺绣丝绸和珠宝首饰；我主不在天上。

天色渐晚。天空光线微弱，几乎没有光了，月亮露出一点儿迹象。布里蒙达明天就能看见了，今天还是她的盲日。

14

　　巴尔托洛梅乌·洛伦索神父从科英布拉回来了，现在他已经是教规学博士，德·古斯曼这个专用称呼已经得到官方确认，还有书面证明，而我们呢，我们算什么东西，胆敢把骄傲的罪名加到他的头上，鉴于他有理由如此，所以原谅他的不够谦虚更有利于我们的灵魂，这样一来，我们自身的骄傲或者其他罪孽便可以得到宽恕，况且最糟糕的并不是改变一个人的名字，而是改变面孔，或者改变谈吐。在面孔和谈吐方面他似乎没有变化，而对巴尔塔萨和布里蒙达来说，连他的名字都没有更改，既然国王把他当作王宫小教堂贵族神父和皇家学院院士，那么在面孔和谈吐，连同使用的名字方面，就应当有所增减，而出现在阿威罗公爵庄园大门口的他并没有这样，我们可以想象一下，如果以那三个身份看到那个机器，各自会如何反应呢，贵族会说那是区区的机械活计，小教堂神父会诅咒说那分明是魔鬼的勾当，而院士则会因为这是未来的事物而退出，直到它成为过去的事物的时候才肯回来。理所当然，这一天就是今天。

这位神父住在阳台临着王宫广场的一所房子里，从一位寡居多年的房主那里租下，其丈夫曾任权杖保管人，在一次殴斗时中剑身亡，这是很久以前的事了，当时唐·佩德罗二世还在位，这桩陈年旧案因为神父住在这里才旧事重提，对遗孀只字不提似乎欠妥，至少应当把这件事情交代一下，至于她的名字，如前所述，就无须提及，因为确实毫无意义。神父住在王宫附近，做得对，因为他是王宫的常客，这倒不是由于他具有贵族神父头衔而必须履行义务，这种头衔与其说有实际权力倒不如说是个荣誉称号，而是由于国王喜欢他，尽管已经过了十一年之久，国王依然对这项事业心怀希望，所以和蔼可亲地问他，我总有一天能看到机器飞起来吧；对此巴尔托洛梅乌·洛伦索神父诚实地做了回答，也只能这样回答，禀告陛下，那机器总有一天会飞起来；但是，我能亲眼看到它飞吗；陛下万岁，但愿陛下比旧约中人类的祖先们更加长寿，不仅会看到机器飞起来，而且还能乘它飞行呢。神父的回答当中似乎有不妥之处，但国王没有注意，或者是注意到了但对神父宽大为怀，或者是因为想起来要去参加其女儿，也就是唐娜·马利亚·芭芭拉公主的音乐课而心不在焉，确实如此，他向神父打个手势，让他和随从人员一起去，并不是所有人都能得到这种恩宠。

小姑娘坐在拨弦钢琴前，她还小，未满九岁，但巨大的责任已经压到那圆圆的小脑袋上，用短胖的手指准确地弹击琴键，还要意识到，如果她知道这件事的话，还要意识到马夫拉正在建造一座修道院，俗语中总是蕴藏着真理，大风起于青蘋之末，因为在里斯本出生了一个孩子，马夫拉就大兴土木，还从伦敦聘请来了多梅尼科·斯卡拉蒂。参观音乐课的两位陛下十分低调，在场人员共计三十人左右，人数不少，因为把国王和王后本周的当班内侍和侍女，以及巴尔托洛梅乌·洛伦索·德·古斯曼神父都计算在内，另外还有其他神职人员。音乐大师纠正着指发、发、啦、哆、发、哆、啦；公主殿下非常努力，咬着小小的嘴唇，在这一点上与其他任何孩子都没有区别，不论在王室还是在其他地方出生，母亲强压着焦虑，父亲则一本正经，神态严肃，只有女人们心肠软，容易被音乐和女儿感动，尽管她弹得很不好，我们也不用大惊小怪于唐娜·马利亚·安娜还在指望出现奇迹，女儿才刚刚开始学，再说斯卡拉蒂先生来到这里才短短几个月，而为什么这些外国人取如此难念的名字呢，因为不难发现，他的名字就是埃斯卡拉特，即红的意思，名副其实，此人身材魁梧，嘴宽而刚毅，两只眼睛间距略宽，我不了解意大利人，这位就是，他三十五年前在那不勒斯出生；这是生命之力，朋友。

音乐课结束了，陪同人等也散开了，国王去一个地方，王后去另一个地方，公主去哪儿我不知道，所有人都遵从先例成规，没完没了地屈膝行礼，最后，公主的看护和侍从的衣服的窸窣声远去了，大厅里只剩下多梅尼科·斯卡拉蒂和巴尔托洛梅乌·洛伦索·德·古斯曼神父。意大利人弹弹钢琴，一开始是即兴发挥，然后仿佛在寻找一个主题，或者在校正一个音，突然间，他像是完全沉醉在所弹的乐曲之中，两只手如同鲜花簇簇的船在水流中飞驰，偶尔在岸边垂下的树枝前停留片刻，接着继续飞快地前进，直到在一个深深的湖泊广阔的水面上徜徉，是那不勒斯明亮的海湾，是威尼斯隐秘而又喧闹的河流，而在特茹河河面闪烁的光辉之下，国王已经走了，王后回到寝室，公主伏在绣架前，她从小就开始学习，音乐是尘世之声的念珠，是在地上的圣母。斯卡拉蒂先生，等意大利人结束了即兴演奏并调好音之后神父才开口说，斯卡拉蒂先生，我不敢自诩懂得这门艺术，但我毫不怀疑，即便是我家乡的印第安人，对音乐的了解还不如我，听到这天堂的旋律也一定神驰天外；也许不会吧，音乐家回答说，众所周知，欣赏音乐的前提是有一对接受了教育和训练的耳朵，正如眼睛必须学习才能判断文字和所阅读的文章的价值一样，耳朵受了教育才能听懂语言；您的话经过了深思熟虑，纠正了我轻浮的论断，人们有个共同的缺点，就是容易说些自以为他人爱听的话，而不是坚持真理；但是，为了能坚持真理，人们必须首先了解谬误；还要将谬误付诸实践；我不能用简单的是或非来回答这个问题，但我相信谬误的必要性。

巴尔托洛梅乌·洛伦索·德·古斯曼神父把胳膊肘支在钢琴盖上，久久望着斯卡拉蒂，趁二人没有说话的时机，我们可以说，一位葡萄牙神父与一位意大利音乐家之间的这种流畅的交谈也许并非凭空杜撰，近年来两个人无疑曾在王宫内外相互问候并进行过这类谈话，现在只不过顺理成章地移植过来，正如我们接下来还会看到更多的交谈。如果有人感到诧异，这位斯卡拉蒂在短短的几个月里就能如此流利地说葡萄牙语，那么首先我们不应当忘记，他是个音乐家，并且应当说明，七年之前他便熟悉了这种语言，因为在罗马时他曾为我们的使节效力，更何况他在周游世界之时，比如遍访各国王室和主教府期间一直不曾忘记学过的东西。至于他话语中流露的学究气，以及适当且无懈可击的用词，则是因为从某人那里得到了帮助。

说得对，神父说，但是，这样一来，人就难免自认为拥护的是真理但实际上主张的是谬误了；同样，人也难免认定拥护的是谬误但实际上主张的是真理，音乐家回答说；神父马上说，请阁下想到这一点，即彼拉多问耶稣何谓真理的时候，他既没有指望得到答案，救世主也没有给他答案；或许二者都知道这个问题的答案不存在；如此说来，从这一点上看，彼拉多与耶稣不分伯仲了；从结果来看的确如此；既然音乐如此善于说理立论，比起布道者，我更想做一名音乐家了；感谢阁下的称赞，但于我而言，巴尔托洛梅乌·洛伦索·德·古斯曼神父先生，我倒希望我的音乐有一天能像传经布道一样可以阐述，比较和得出结论；然而，当一个人仔细考量说出的话以及说话的方式的时候，斯卡拉蒂先生，尽管细节得到了阐述和比较，却往往如云似雾，最终得不出任何结论。对此，音乐家没有回答；神父接着说，每个诚实的布道者走下布道台的时候都有这种感觉。意大利人耸耸肩膀说，演奏音乐和布道之后总会静默片刻，人们是否赞扬布道词，或者是否欢迎音乐又有什么关系呢，或许只有沉默真正存在。

斯卡拉蒂和巴尔托洛梅乌·洛伦索·德·古斯曼下到王宫广场，在那里分了手，音乐家在王宫小教堂没有练习课的时候，就到全城各地去创作乐曲，神父则返回住处的阳台上，那里可以望见特茹河，河对岸是巴雷罗低地，阿尔马达以及普拉加尔山，再往远处就是基本上看不见的布吉奥塞卡山顶了，阳光明媚，上帝创造世界的时候，并不是简单地说一声有光，如果真的只这样说 个词，那整个世界就会完全一样，一语定乾坤，他是一边走一边创造世界的，造了海洋然后在海上航行，后来造了陆地以便可以弃舟登岸，在一些地方停留了一下，另一些地方只是经过，不曾多看，他曾在这里休息，还在河里洗了澡，因为周围没有任何人窥视，正因如此，大群大群的海鸥才聚集在这河岸附近，至今仍然等待着上帝再来特茹河中洗澡，当然，已经不再是相同的水流了，但至少再见一次，作为出生为海鸥的回报。它们也想知道上帝是否苍老了许多。权杖保管人的遗孀过来对神父说饭已经准备好了，下面，一队巡逻士兵围住了一辆轿式马车。一只海鸥离开兄弟姐妹在屋檐上方盘旋，借着从陆地吹来的风以支撑，神父自言自语地说，祝福你，海鸟；在内心深处他感到自己是由同样的肉和同样的血构成的，他打了个寒战，仿佛感到脊背上长出了翅膀，海鸥飞走时，他发觉自己迷失在荒无人烟之境；这种情形下彼拉多和耶稣毫无分别，这个突然出现的念头使他回到世上，感到自己赤身露体，一丝不挂，皮肤蜕在了母亲的子宫内，这时他大声说，上帝是一[1]。

之后那一整天，神父都把自己关在卧室里，不停地呻吟，叹息，下午已经过去，夜幕降临了，权杖保管人的遗孀又来敲门，说晚餐已经做好，但神父没有吃，似乎准备开始他伟大的禁食，以便以新的和更加锐利的目光来理解事物，虽然他并不清楚，在向特茹河上的海鸥宣告上帝是一之后，前方还有更多的什么等待他去理解，这真是胆大妄为到了极点，就连异教创始者们也不否认上帝实质上是一这一点，而巴尔托洛梅乌·洛伦索神父接受的教育是，上帝在实质上是一，位格上是三，今天，这些海鸥使他对此产生了疑问。天完全黑下来，城市睡了，即使没有睡着也沉默不语，只能间或听到哨兵的口令声，但愿法国劫船者们不来这里上岸，多梅尼

1　此处指的是基督教教义中的三位一体。即上帝只有一个，但包括圣女、圣子耶稣基督和圣灵三个位格。

科·斯卡拉蒂关上门窗，坐到钢琴前，透过屋子的缝隙和烟囱飞向里斯本夜空的是怎样精妙的乐曲呀，葡萄牙卫队和德国卫队的士兵们听到了，前者和后者都听懂了，在甲板上露天睡觉正在梦中的水手们听到了，当他们醒来的时候会听出那是什么乐曲，在里贝拉过夜，躲在搁浅在陆地上的船下的流浪汉们也听到了，成千座修道院里的修士们和修女们听见了，他们说，那是上帝的天使们，因为这片土地上奇迹层出不穷；即将杀人越货的蒙面大盗们和被匕首刺中的人们都听到了，后者不用再忏悔便在死前得到宽恕，宗教裁判所一间深深的牢房里的囚犯听到了，他抓住旁边的一个狱卒，扼住他的喉咙，将他掐死了，没有比这种谋杀更悲惨的死亡了，在离这里很远的地方，巴尔塔萨和布里蒙达听到了，他们躺在床上问，这是什么音乐呀；巴尔托洛梅乌·洛伦索就住在附近，在所有人当中头一个听到，他下了床，点上油灯，为了听得更清楚，把窗户打开了。一只只大蚊子也钻了进来，停在天花板上，细细长长的腿站着，开始时有些摇摇晃晃，后来就纹丝不动了，仿佛似有若无的灯光对它们没有吸引力，也许是被沙沙的笔声催眠了，巴尔托洛梅乌·洛伦索神父早已坐起来开始书写，我在他之中；天亮了，神父还在写，写的是圣体布道词，这一夜，蚊子们没有叮神父之体。

几天以后，巴尔托洛梅乌·洛伦索·德·古斯曼在王宫小教堂时，意大利人来与他交谈。说了些刚见面的寒暄话以后，两个人便从国王和王后观礼台下面的一个门走了出去，这些门都通向进入王宫的走廊。他们漫步闲逛，不时望一望挂在墙上的挂毯，上面画着亚历山大大帝的事迹，信仰的胜利，圣餐礼颂，均从鲁本斯的作品临摹而来，有多俾亚的故事，临摹自拉斐尔的画作，还有征服突尼斯，假如有一天这些挂毯着了火，连一根丝线也剩不下。从他的口吻里不难听出来，这不是他将要谈的重要内容，多梅尼科·斯卡拉蒂对神父说，国王的观礼台上有一个罗马圣伯多禄大教堂的复制品，昨天我有幸见到了国王亲自展示；他从来没有赐予我这种荣耀，我这样说绝非出于嫉妒，我很高兴意大利通过她的儿子获此殊荣；据说国王是位伟大的建筑家，莫非正因如此，他才乐于以自己的双手建起像圣伯多禄大教堂这样的标志性建筑，尽管规模要小一些；正在马夫拉建造的修道院非常不同，这座巨大的建筑物将在今后几个世纪里令人惊叹；人能通过手创造出何等不同的作品啊，我的作品是声音；你是说手吗；我是说作品，产生的同时就在消失；你是说作品吗；我是说手，要是没有记忆和我可以将其写下的纸，手能留下什么呢；你说的是手；我说的是作品。

这似乎仅仅是一种有趣的文字游戏，以文字的不同意义开开玩笑，在那个时代很常见，对方是否明白无关紧要，有时候甚至故意模糊语义。就好像一位布道者在教堂里对着圣安多尼的画像大声叫喊道，黑鬼，窃贼，醉汉；这样一来听众们大惊失色，然后他再解释个中意图，挑明其花招，所有这些斥骂都是表面现象，现在他该说明原因了，说圣徒是黑鬼，因为他的皮肤被魔鬼涂黑了，但魔鬼却涂不黑他的灵魂，说圣徒是窃贼，因为他曾从玛利亚手中抢走了圣子，说圣徒是醉汉，因为他曾陶醉于上帝的恩惠；但我必须警示你们，小心行事吧，布道者，当你反转概念的时候，恰恰在无意识中说出了于你心中沉睡，于你梦中翻腾的隐秘的异教倾向；你又喊道，该死的圣父，该死的圣子，该死的圣灵，但马上又补充说，让魔鬼们在地狱里这样声嘶力竭地叫喊吧；你以为这样就能逃避惩罚，但那个把一切都看在眼里的人，当然不是瞎了眼的多俾亚，而是那个既不瞎，眼前又不是一片黑暗的人，他知道你说出了两个意味深长的真相，他会从两个当中选择一个，选择他自己的那一个，因为你和我都不知道哪一个是上帝的真相，更不知道他是不是真正的上帝。

这又好像是文字游戏，作品，手，声音，飞行；人们告诉我，巴尔托洛梅乌·洛伦索·德·古斯曼神父，你的这双手能使一架机器飞到空中；他们说出了当时看到的事实，但他们没有看到第一个事实掩盖的事实；我倒想了解得更清楚一点；那是十二年前的事了，从那时起事实发生了很大变化；还请你一定告诉我是怎么回事；这可是秘密呢；对这个问题我要这样回答，据我想象所及，只有音乐能在空中飞翔；那么明天我们去看一个秘密吧。这时他们正停在多俾亚故事系列的最后一幅挂毯前面，画描绘的是鱼的苦胆使盲人恢复了视力；多梅尼科·斯卡拉蒂先生，苦味正是有双重视觉者的目光；巴尔托洛梅乌·洛伦索·德·古斯曼神父先生，我迟早要把这一点写进音乐之中。

第二天，两个人骑上各有的骡子，前往圣塞巴斯蒂昂·达·彼得雷拉庄园。院子扫得干干净净，一边是主人住宅，一边是粮仓和仓库。耳边传来水车转动的声音，水在沟里汩汩地流动。附近的苗圃已经播种，果树也修剪得整整齐齐，一眼看去，这里与十多年前巴尔塔萨和布里蒙达头一次进来时那荒芜的景象完全不同了。前边的地仍然荒着，力有不逮，只能如此，只有三只手可以种地，而这三只手大部分时间不能干地里的活计。仓库的门敞开着，里边传出干活的声响。巴尔托洛梅乌·洛伦索神父请意大利人在外边等一下，自己进去了。只有巴尔塔萨一个人，他正在用手斧劈开一根长长的橡木。神父说，巴尔塔萨，下午好，今天我带了一位访客来看那机器；是谁呀；王宫里的人；不会是国王吧；总有一天他要来的，就在几天前他刚刚和我单独谈过，问什么时候他能看到机器飞起来，这次来的是另一个人；这样他就了解这个非常秘密的事了，我们不是说好要保守秘密吗，所以我们这么多年才一直只字不提；我是大鸟的发明者，我决定怎样做适合；但制造这架机器的是我们，要是你希望，我们可以走；巴尔塔萨，我不知道怎样向你解释才好，但我坚信我带来的人非常可靠，我敢为他担保，敢用我的灵魂打赌；是女人吗；男人，意大利人，几个月前才到王宫，他是个音乐家，公主的钢琴教师，王宫小教堂的演奏家，名字叫多梅尼科·斯卡拉蒂；是埃斯卡拉特吧；不完全一样，但区别不大，可以称呼他埃斯卡拉特，人们也会以为你叫对了。神父朝门口走去，但又停住脚步问，布里蒙达在哪儿呢；在菜地里，巴尔塔萨回答说。

意大利人站在一棵大法国梧桐树的阴凉里。他似乎对四周的一切并不感到好奇，只是静静地看着主人住宅关着的窗户，长了草的屋檐，水沟中汩汩的流水，以及贴着水面低飞捕捉飞虫的燕子。巴尔托洛梅乌·洛伦索神父走过来，手里拿着一块从口袋里抽出来的布条；要接触这个秘密必须把眼睛蒙上，神父笑着说；音乐家以同样的口吻回答，通常人们离开秘密时，依然蒙着眼睛；但愿这次不是，斯卡拉蒂先生，注意门槛，这里有一块更高一点儿的石头，好了，在除下蒙眼布以前我要告诉你，有两个人住在这里，男人叫"七个太阳"巴尔塔萨，女人叫布里蒙达，因为和"七个太阳"在一起生活，所以我称她"七个月亮"，他们正在这里建造我要让你看的作品，我说清楚应当怎样做，他们就依照我的指示去完成，现在可以解下蒙眼布了，斯卡拉蒂先生。意大利人不慌不忙地解下蒙眼布，神态像刚才望着燕子时那样安详。

展现在他面前的是一只巨大的鸟，双翅展开，尾巴张成扇形，长长的脖子，脑袋刚有个雏形，因此看不出它将是一只隼还是海鸥；这就是那个秘密吧，他问；对，至今有三个人知道，现在是四个人了，这位是"七个太阳"巴尔塔萨，布里蒙达还在菜园里，很快就会回来。意大利人向巴尔塔萨轻轻点了点头，巴尔塔萨回以深深的点头致意，动作不算灵巧，他毕竟一直在这里当机械师，身上很脏，被铁匠炉熏得黑黑的，全身只有铁钩子因为经常干活而闪闪发光。多梅尼科·斯卡拉蒂走近靠两边支撑着的机器，把手放在一只翅膀上，就好像要在琴键上弹奏一样，令他惊奇的是，整个大鸟颤动了一下，要知道大鸟很重，木头骨架，铁片，拧起来的藤条，要是有力量让这庞然大物飞起来，那么人就无所不能了；这翅膀是固定的吗；对，是固定的；但没有不拍动翅膀就能飞翔的鸟；对这个问题，巴尔塔萨会回答说只要有鸟的形状就能飞起来，但我的回答是，飞翔的奥秘不在于翅膀；这是我无法了解的秘密吗；除了这里所能看到的，我不能再多说了；这我已经十分感谢了，但是，既然这只大鸟将来一定能飞起来，可它怎么出去呢，门太小了，无法通过吧。

巴尔塔萨和巴尔托洛梅乌·洛伦索神父相互看了一眼，神情有些茫然，随后又朝门口看过去。布里蒙达站在那里，手里提着满满一篮子樱桃，她回答说，建造有时，拆毁有时，一些人用手建造了这个屋顶，另一些人会用手把它拆毁，如果有必要的话也可以拆毁所有的墙。这是布里蒙达，神父说；"七个月亮"，音乐家补充道。她耳朵上戴着樱桃当耳环，这是为了给巴尔塔萨看的，所以朝他走过去，微笑着把篮子递到他手里；这简直是维纳斯和伏尔甘，音乐家心里暗想；让我们原谅他贸然联想到古典神话人物吧，他怎么会知道布里蒙达粗布衣衫下的那具躯体是什么样子呢，又怎么会知道巴尔塔萨也不是表面看上去的那种黑黑的龌龊小人，他也不像伏尔甘那样是个瘸子，不错，巴尔塔萨少了一只手，但上帝也是这样。再说，要是维纳斯有布里蒙达那样的眼睛，世界上所有的公鸡都会为她歌唱，她也能够轻而易举地看透情人们的心，在某些事情上凡夫俗子胜过神明。同样也无须说，巴尔塔萨还有一点比伏尔甘强，因为那个神失去了女神，而巴尔塔萨却不会失去他的女人。

几个人围着篮子坐下，把手伸进篮子里取点心，不拘礼节，但要注意别碰上别人的手，现在巴尔塔萨余下的那只手像夹子一样伸进去了，他的手像橄榄树干一样粗糙，随后是巴尔托洛梅乌·洛伦索神父那神职人员的柔软的手，再是斯卡拉蒂那精准无误的手，最后伸过去的是布里蒙达的手，动作小心翼翼的手，但疏于保护，指甲中藏着泥土，因为她刚从菜园里回来，在采摘樱桃之前一直在锄草。他们都把果核随手扔在地上，即便国王在这里也会这样，通过这些小事你会看出确实众生平等。樱桃很大，果肉多汁，有些已经被鸟儿啄过，而天上会有怎样的樱桃园呢，时机到来时，这另一只鸟就可以以此为食，不过它现在还没有脑袋，但是，无论它会成为海鸥还是隼，天使和圣徒们都可以确信，他们能吃到未经啄过的完好的樱桃，因为人人都知道，这两种鸟对素食都不屑一顾。

巴尔托洛梅乌·洛伦索神父说，我不会披露飞行最关键的秘密，但正如我在申请书和备忘录中所写的，整个机器靠与重力方向相反的吸引力拉动，如果我放开这个樱桃核，它就掉到地上，因此，所面临的困难是找到使它上升的东西；找到了吗；秘密是我发现的，但寻找，收集，以及组织必要材料的工作由我们三个人完成；这是地上的圣父，圣子和圣灵三位一体；我和巴尔塔萨年龄一样，都是三十五岁，我们自然不能是父子，也就是说，从自然规律上说我们更可能是兄弟，但要是兄弟的话，就必然是孪生兄弟，可他在马夫拉出生，我在巴西出生，并且我们俩外表上没有任何相似之处；那么圣灵呢；圣灵应该是布里蒙达，或许她是最接近于非尘世的三位一体的那部分；我也三十五岁，但我在那不勒斯出生，我们不可能是三位一体的孪生兄弟了，布里蒙达，你多大年纪呢；我二十八岁，既没有兄弟也没有姐妹；布里蒙达回答的时候抬起了眼睛，在半明半暗的仓库里几乎呈白色，而多梅尼科·斯卡拉蒂听见竖琴最低音的琴弦在自己身体里拨动的回响。巴尔塔萨大模大样地用钩子提起几乎空了的篮子说，点心吃过了，我们干活吧。

巴尔托洛梅乌·洛伦索神父把梯子靠在大鸟上说，斯卡拉蒂先生，也许你想看看我的飞行器的内部。两个人上去了，神父手里拿着图纸，他们在里面可以类比为船甲板的地方走着，神父解释各个部件的位置和作用，铁丝和琥珀，圆球体，铁板，一再强调这一切通过相互间的吸引力而运作，但他既没有提到太阳，也没有说圆球体里面将装进什么，但音乐家问道，什么东西吸引琥珀呢；或许是上帝，一切力都在上帝之中，神父回答说；琥珀吸引什么东西呢；吸引圆球体内的东西；这就是那个秘密吗；对，这一点是秘密；是矿物，植物还是动物呢；既不是矿物，也不是植物或者动物；万事万物，要么是矿物，要么是植物，要么是动物；并非一切，有些东西就不是，例如音乐；巴尔托洛梅乌·洛伦索·德·古斯曼神父，你总不会说这些球体里将装进音乐吧；不会，但谁知道呢，也许装进音乐这机器也可以飞起来，这一点我要考虑考虑，总之，听到你弹钢琴，我几乎感到自己在空中飞了；你在开玩笑吗；斯卡拉蒂先生，这远不是你所想的玩笑。

意大利人离开的时候已经很晚了。巴尔托洛梅乌·洛伦索神父将在这里过夜，利用来这里的机会演习一下布道词，过不了几天就是圣体瞻礼了。告别的时候他说，斯卡拉蒂先生，在王宫感到烦恼的时候你随时可以过来这个地方；我会记得的，并且，如果不妨碍巴尔塔萨和布里蒙达工作的话，我就把钢琴带来，为他们和大鸟弹奏，说不定我的音乐能进入球体与里面的神秘成分结合起来呢；埃斯卡拉特先生，巴尔塔萨急切地插入了对话，如果巴尔托洛梅乌·洛伦索神父先生准许，想什么时候来就来吧，但是；但是什么；我没有左手，代替左手的是这钩子或者长钉，我心上还有个血十字；那是用我的血画的，布里蒙达说；我是你们所有人的兄弟，如果你们愿意的话，斯卡拉蒂说。巴尔塔萨把他送到门外，帮助他上了骡子，埃斯卡拉特先生，如果需要我帮你把钢琴搬来，只要说一声就行了。

天黑了，巴尔托洛梅乌·洛伦索神父与"七个太阳"和"七个月亮"一起吃了晚饭，腌沙丁鱼，煎鸡蛋，一罐水，以及又粗又硬的面包。两盏油灯难以照亮仓库。角落里的黑暗似乎蜷成一团，伴随微小惨白的灯光的摇曳，时而前进时而后退。大鸟的影子在白墙上晃动。夜晚很热。透过开着的门朝对面主人住宅的房檐上方望去，能看到穹隆星光闪闪。神父走到院子里，深吸了一口气，然后注视着横穿苍穹的银河，那是去往圣地亚哥的朝圣之路，要么就是朝圣者们的眼睛久久凝视天空，在那里留下了自己的光亮；上帝实质是一，位格也是一，巴尔托洛梅乌·洛伦索神父突然大声喊道。布里蒙达和巴尔塔萨都跑到门口看他在喊什么，其实他们对神父大声朗诵并不少见多怪，但这样在外边猛向苍天大声吼叫的事不曾有过。神父停顿了一会儿，寂静中蟋蟀还在尖叫，然后神父又大声吼叫起来，上帝实质是一，位格却是三位一体。第一句话讲完后，什么事都没有发生，现在也没有发生任何事情。巴尔托洛梅乌·洛伦索转过身对在他后面的两个人说，我做了两个相互矛盾的断言，你们告诉我，哪一个是真的；我不知道，巴尔塔萨说；我也不知道，布里蒙达说；神父又说，上帝实质是一，位格也是一，上帝实质是一，位格是三位一体，哪个正确，哪个错误；我们真的不知道，布里蒙达说，我们听不懂这些话；不过，你相信三圣一体吗，相信圣父吗，相信圣子吗，相信圣灵吗，我指的是教廷的教义，而不是那个意大利人说的；我相信；那么你认为上帝是三位一体的；是啊；如果我现在告诉你，上帝是仅仅一个人，创造世界和创造人的时候他只是单独一个，你相信吗；既然你这样说，那我也相信；我只是对你说，要相信，至于相信什么，连我自己都不知道，所以不要把我说的这些话告诉任何人，那你呢，巴尔塔萨，你持什么意见；打从开始建造这个飞行机器的那天起，我就不想这些事情了，也许上帝是一个，也许是三个，就算是四个也没有什么关系，看不出什么差别，说不定上帝是十万人的军队中唯一活下来的士兵，所以他既是士兵，又是上尉和将军，同时他也是只有一只手的人，这你曾经说过，并且我也相信了；彼拉多问耶稣何谓真理，耶稣没有回答；也许知道这事还为时过早，布里蒙达说；她和巴尔塔萨走到门旁边的一块大石头上坐下，他们常常坐在这块石头上互相给对方捉虱子，现在她在给巴尔塔萨解下系着钩子的带子，然后把光秃秃的半截胳膊抱在怀里，以减轻他那无法治愈的疼痛。

我在他之中，巴尔托洛梅乌·洛伦索神父说，他回仓库里了，就这样开始他的布道词，但今天他不设法制造声音效果，不使用令听众怦然心动的颤音，不使用强制性的命令口气，不做意味深长的停顿。他只是朗读自己写下的东西，插入一些临时想到的话，后者否定前者，或者质疑前者，或者使前者所表达的意思产生偏移；我在他之中，对，我在他之中，我指上帝，在他之中的他是人，就是我之中，因为我是人，在其中的是你，因为你是上帝，上帝在人之中，但上帝巨大，人是上帝之造物中的极小的部分，人之中怎能容得下上帝呢，这个问题的答案是上帝通过圣事在人之中，显然如此，非常显然，但是，如果上帝通过圣事留在人之中，那人就必须收纳他才行，这样，上帝不是想在人之中便能做到，而是人收纳他的时候才能在人之中，莫非正因如此，造物主才把自己造成人的形象，啊，这样说来对亚当的指责就太不公正了，上帝没有在他之中是因为还没有圣事，那么亚当也完全可以责怪上帝，因为上帝仅仅因为一个罪孽便永远禁止他吃生命之树上的果子，并且永远对他关闭天堂的大门，而这位亚当的子孙们犯下了许多令人发指的罪孽，他们身体之中却有上帝，并且能毫无阻碍地吃生命之树的果实，既然惩罚亚当是因为他想与上帝相似，那么，为何现在人们身体中都有上帝却不受惩罚呢，甚至，为何那些不想接纳上帝的人也不受惩罚呢，身体中有上帝或者不想有上帝是同样的荒谬，也同样是不可能的，我在他之中，上帝在我之中，或者上帝不在我之中，在这在与不在的密林中我怎么辨别方向呢，在即为不在，不在即为在，矛盾的近似，近似的矛盾，我怎能穿过这刀刃而不受伤害呢，啊，现在概括一下，在耶稣成为人之前，上帝在人之外，不可能在人之中，后来通过圣事到了人之中，这样说来人几乎就是上帝了，或者最终将成为上帝本身，对，是这样，我之中有上帝，我就是上帝，我不是三位一体或者四位一体的上帝，而是一，与上帝合一，上帝即我们，他就是我，我就是他；这个布道词太艰深了，怎能吸引住听众呢。

夜晚变得凉爽了。布里蒙达把头倚在巴尔塔萨的肩上睡着了。后来他把她抱到屋里，两个人都睡觉了。神父来到院子里，在那里待了整整一夜，望着天空，不时还低声自言自语。

15

几个月过后，宗教裁判所的一位咨议修士在审查该布道词时写道，对该文作者的回应应当是鼓励多于惊愕，赞扬多于怀疑。这位名叫曼努埃尔·吉列尔米的修士在说赞扬和鼓励的时候也一定预感到了某些不当之处，他的鼻黏膜一定闻到了一丝异端的轻烟，所以在阅读该布道词时这位富于同情心的审查员也无法只字不提他感到的惊愕和怀疑。另一位神父名叫唐·安多尼·卡埃塔诺·德·索萨，这位德高望重的专家在阅读和审查时确认，该文没有任何反对教会和有损优良道德规范的内容，他对初审隐隐提及的那种惊愕与怀疑未置一词，并在收尾的论证中，特别强调王室对巴尔托洛梅乌·洛伦索·德·古斯曼博士的推崇和关注，就这样洗清了可能需要深入审查的教义上的含混之处。但是，一锤定音的话出自博阿文图拉·德·圣吉昂神父，这位王宫审查官深感赞赏与惊叹，并总结说，只有沉默的声音方能恰如其分，欲言又止表示更加重视，保持缄默则是更为尊重。而现在，既然我们更接近真理，我们就要问了，还有什么其他振聋发聩的声音或者更加可怕的沉默能回应群星听到的在阿威罗公爵庄园响起的话呢，此时巴尔塔萨和布里蒙达已经倦极入睡，而身在仓库暗处的大鸟却绷紧了全身的铁片，设法听懂其创造者在外边说的话。

巴尔托洛梅乌·洛伦索神父即使没有四种，也有三种不同的生命，只有睡着了的时候才仅有一种，而即使做了不同的梦，醒来之后他也分辨不出梦中的自己究竟是走上祭台按照教规做弥撒的神父，是连国王也身穿微服在门洞布帘后面听其祈祷的那位备受器重的学者，还是飞行机器和漏水船只抽水设备的发明者，或者是另一种人，三位一体，饱受畏惧与怀疑的困扰，同时是教会的布道人，科学院的学者，王宫的侍臣，以及圣塞巴斯蒂昂·达·彼得雷拉庄园里的幻想家与平民劳工的兄弟，他急切地要返回梦中以重新建立起那脆弱不堪的统一体，一旦睁开双眼那统一体便立即破碎，而无须像布里蒙达那样禁食。他早已不再阅读教会博士们，教规专家们以及各种经院哲学论述本质和人的那些众所周知的作品，仿佛灵魂已经厌倦了那些辞藻，但是，因为人是唯一可以通过教育能说会读的动物，纵使要升上天堂尚需很长的时间，所以巴尔托洛梅乌·洛伦索神父仔细研究旧约全书，尤其是前五卷，即摩西五经，犹太人的托拉，穆罕默德信徒的古兰经。布里蒙达能看到我们所有人的身体中的各个器官，也能看到意志，但她看不到思想，也理解不了这些思想，看到一个人在思考，仿佛他有单单一个思想，如此奇异而矛盾的真理，而这并非失去理智，她即便能看到，也是因为他在思考。

音乐是另一回事。多梅尼科·斯卡拉蒂把一架钢琴带到了仓库，钢琴不是他本人扛来的，而是两个脚夫借助木棍，绳子以及垫肩，满脸汗水地从购买地商贾新街运到了演奏场地圣塞巴斯蒂昂·达·彼得雷拉，巴尔塔萨同他们一起，仅仅为了领路，脚夫不需要别人帮忙，因为这类运输没有科学和艺术是干不了的，要分配重量，协调力量，就像比卡舞里叠罗汉的动作一样，还要利用绳子和棍子的弹性使货物规律地移动，总之，各行有各行的诀窍，各行从业者都尽其所能掌握更多的诀窍。加利西亚的脚夫们把钢琴放在大门外面，因为不想让他们看见飞行机器，而巴尔塔萨和布里蒙达则费了九牛二虎之力才将钢琴运到仓库，倒不是因为钢琴太重，而是由于他们没有掌握这门科学和艺术，更何况琴弦的颤动如同痛苦的呻吟，令他们心头一阵阵发紧，钢琴如此易于损坏也让他们提心吊胆。当天下午多梅尼科·斯卡拉蒂来了，坐在那里为钢琴调音，这时巴尔塔萨正在拧藤条，布里蒙达缝帆布，这些事都没有什么响动，不至于影响音乐家的工作。斯卡拉蒂调完音，校正好在运输途中错了位的拨子，逐个检查了金属丝弦，然后便开始弹奏，首先任手指快速刮过全部琴键，仿佛是把各个音符从监狱中释放出来，接着把声音组织成小节，好似是在正确与错误，和弦与不和谐音，乐句与非乐句之间进行选择，最后才把原来显得支离破碎又相互矛盾的片段连接成新的乐曲。巴尔塔萨和布里蒙达对音乐所知甚少，只听过修士们唱的素歌，偶尔会听到宏大高亢的庆典弥撒，也听过乡村和城市的流行小调，各有特点，但意大利人在钢琴上奏出的音乐与它们全无相似之处，前者既像儿童们的游戏，又像声色俱厉的申斥，既像天使们在嬉戏，又像上帝在发怒。

一个小时以后，斯卡拉蒂站起身，用帆布把钢琴盖上，对已经停下手中活计的巴尔塔萨和布里蒙达说，等到巴尔托洛梅乌·洛伦索·德·古斯曼神父的大鸟能飞起来的那一天，我希望能乘着它到天上去弹钢琴；布里蒙达回答说，机器飞起来以后，整片天空都将有音乐响起了；巴尔塔萨想起了战争，他说，如果天空没有变成地狱的话。这两位既不识字更不会写字，却说出了在这个时间这个地点非常得体的话，如果一切都有其解释，那么让我们设法解释一下吧，如果现在解释不了，总有一天能解释清楚。斯卡拉蒂又来过阿威罗公爵庄园许多次，并不是每次都弹钢琴，但弹的时候偶尔会要求他们不要中断声音嘈杂的活计，铁匠炉呼呼作响，锤子敲在铁砧上叮叮当当，铁桶里的水咕嘟沸腾，在仓库这喧闹的环境中几乎听不到钢琴声，但音乐家依然不动声色地演奏乐曲，仿佛周围就是他希望有一天在那里演奏的寂静广袤的天空。

每个人循着自己的道路寻找欢乐，不论是什么欢乐，上面有一片天空的简单风景，白天或夜晚的一个小时，两棵树，如果是伦勃朗那就是三棵树，或者一阵喁喁低语，不过我们并不知道这样是会关闭还是打开道路，最终打开道路后又通往何方，是通向另一片风景，另一个小时，另一棵树，还是另一阵低语呢，请看这位神父吧，他从自己心中拿走一个上帝又放了另一个上帝，却并不清楚这样的置换有什么好处，就算真的有好处，谁又能得到这好处，请看这位音乐家吧，他只会作这样的曲子，不会活到一百年以后去听人类第一首交响乐，而那曲子当时被错误地称为第九交响曲，请看这位残疾士兵吧，阴差阳错，他成了制造翅膀的人，而他此前只是个小小的步兵，人很少能知道将发生什么，此人对未来更是一无所知，请看这位视力过人的女子吧，她是为了发现意志而生的，却只使些魔术般的小手段，比如发现别人的肿瘤，看到胎儿脐带绕颈，找到地下的钱币之类，现在好了，这一双眼睛要去干命中注定的大事业，因为巴尔托洛梅乌·洛伦索神父又来到圣塞巴斯蒂昂·达·彼得雷拉庄园，对她说，布里蒙达，里斯本正遭到一种可怕疾病的侵袭，家家户户都有人死去，我想到这是我们从垂死的人身上收集意志的最佳机会，当然是从那些尚保留着意志的人身上收集，但我必须提醒你，这非常危险，你要是不想去就不要去，尽管我有权强迫你去，但我不会那样做；究竟是什么病呢；听说是一艘大黑船从巴西带来的，最早在埃里塞拉暴发。我家乡离那里很近，巴尔塔萨说；神父回答说，没有听说马夫拉有人死去，但是，关于这种病，从症状上看是黑呕，即黄热病，名称倒无关紧要，问题是人们像鹚鸟似的一个个死去，布里蒙达，由你自己决定；布里蒙达从板凳上站起身，把大木箱的盖子掀开，从里面拿出玻璃瓶，里面有多少意志呢，大概一百来个，与需要的数目相比简直等于零，然而这还是长时间费尽周折才找到的，无数次禁食，有时如同身陷迷宫，意志在哪里我怎么看不到呢，只能看见内脏和骨头，痛苦的神经网络，大堆大堆的血，胃里黏糊糊的食物，还有即将排泄的粪便；你去吗，神父问道；去，她回答；但她不是独自去，巴尔塔萨说。

第二天一早，天下着雨，布里蒙达和巴尔塔萨离开了庄园，她当然没有吃东西，他的旅行背袋里装着两个人的干粮，等到体力耗尽或者收集的意志的数目令人满意时，布里蒙达可以或者不得不进食时再用。这一天的一连许多个小时里，巴尔塔萨都不会看到布里蒙达的脸，她总是走在前面，要回头时必定通知一声，这是他们二人之间的奇特游戏，一个不想看，另一个不想被对方看到，表面上这非常容易达成，但只有他们俩知道不互相对视是多么艰难。所以，直到一天结束，布里蒙达吃过东西，双眼恢复到常人状态之后，巴尔塔萨才能感到他那麻木的身体苏醒了，这疲惫与其说是因为路途辛劳，倒不如说是由于没有被对方看所致。

但是，在这之前布里蒙达首要的任务是看望那些奄奄一息的病人。每到一处，人们都赞扬她，感谢她，不曾问她是不是亲戚朋友，是住在这条街上还是住在别的街区，由于这方土地上的慈善事业开展得如火如荼，有时候人们根本没注意到她，患者屋里挤满了人，过道里熙熙攘攘，阶梯上人群川流不息，已经施行了或者即将施行涂油礼的神父，被请来诊治尚值得诊治且能够付钱的病人的医生，手拿小刀从这家奔到那家的放血人，谁也没有发现有一个女窃贼进出，她随身带着一个用布裹起来的玻璃瓶，瓶中的黄色琥珀吸住了偷来的意志，就像黏胶粘住鸟儿一样。从圣塞巴斯蒂昂·达·彼得雷拉到里贝拉，布里蒙达进过三十二户人家，收集到了二十四个密云，六位患者已经没有意志，也许很久以前就失去了，其余两个紧紧抓住躯体不放，可能只有死神才能把它们从那里拉出来。她去过的另外五家既没有意志也没有灵魂，只有已死的躯体，几滴眼泪，以及一片哭喊声。

为了驱除时疫，到处都在烧迷迭香，街道上，家门口，尤其是患者的卧室，空气中青烟缭绕，香味宜人，仿佛不再是无病无灾时的那个臭气熏天的城市。许多人设法寻找圣保罗舌，所谓圣保罗舌就是从圣保罗到桑托斯之间的海滩上的一种形状类似鸟舌头的石头，究竟是这些地方有圣灵之气还是它们的名字给了石头圣灵之气呢，反正人人都知道这些石头和另外一些鹰嘴豆大小的圆石头有治疗恶性发烧的奇效，因为这些石头研成细末之后可以缓解高烧，止住腹泻，有时还能发汗。用这些石头研成的细末还是祛毒的特效药，不论是哪种毒，不论是如何中的毒，特别是被毒虫咬伤的情况，只要在伤口敷上圣保罗舌或者鹰嘴豆石，转眼之间毒便被吸出。正因如此，人们把这些石头称为蝮蛇眼。

有了这一切，这么多药，这么多救治办法，难以相信依然有这么多人在死去，莫非在上帝眼中里斯本是座犯下了某桩滔天大罪的城市，所以三个月内有四千人死于时疫，这意味着每天要埋葬四十多具尸体。海滩上的石头都不见了，死者的舌头也消声了，无法再去说明这种药不能治愈他们的病。但是，就算他们说了，也只能表明他们缺乏悔悟，因为将石头研成细末掺入补药或放进汤里能治好恶性高烧，这并不稀奇，要知道圣母领报堂的德肋撒修女的事迹广为流传，她正在做蜜饯，发现蔗糖不够了，就打发人到另一家修道院找修女借，这位修女回答说她的糖品质太次，还是不给为好，德肋撒修女十分苦恼，这下我可拿生活怎么办，那就做成焦香糖吧，虽然焦香糖不是那么精致，我们都明白，她不是用她的生活做糖块，而是用蔗糖，但是，蔗糖终于熬至凝结时，却变得又黄又硬，与其说是美味的甜点倒不如说是树脂，唉，修女更加心烦意乱，再没别的求助对象，转而怪罪起上帝来，这方法总会有效果，我们可以回想一下圣安多尼和银灯的事；你知道得很清楚，糖我只有这点儿，在别处也找不到，这事不怪我，只能怪你，向你供奉什么是你的安排，是上帝你而不是我有这种神力；说完以后觉得这样恐吓还不够，她便从上帝腰间的布条上剪下一块扔进锅里，果不其然，那又黄又硬的蔗糖开始变化，变得又白又蓬松，终于做成了蜜饯，这蜜饯太好了，在各修道院有史以来见所未见，闻所未闻，好吧，你享用吧。如果说这种蜜饯奇迹今天不再发生，那是因为上帝的腰带早被修女和做甜点的女人们剪碎分光了，那个时代一去不复返了。

不停地奔波，上下台阶，布里蒙达和巴尔塔萨回到庄园的时候都疲惫不堪，七个无精打采的太阳，七个惨淡苍白的月亮，她感到恶心难忍，像是刚从战场回来，看到了一千具被炮火轰得支离破碎的尸体，他呢，要是愿意去想象一下布里蒙达看到了什么，只需要回想一下战争和肉店就够了。两个人躺下了，这天晚上他们都不想要对方的身体，倒不是因为太劳累，我们知道得很清楚，多少次她都能聪明地将感官调动起来，而是由于他们强烈地感受到了自己体内的各个器官，就好像它穿透皮肤离开了身体，到了皮肤外面，这或许难以解释，不过人的身体是通过皮肤去辨认，去了解，并接受彼此的，当然还有某些深入和私密的接触，发生在黏液和皮肤之间，很难说二者有什么区别，也可以说后者寻求和找到的是更偏远地方的皮肤。两个人连衣服都没有脱，盖上一条旧毛毯就睡觉了，令人惊叹，如此伟大的事业托付给两个流浪者，这会儿他们的状态更糟了，青春的活力已经磨灭，就像用作地基的石头一样蒙上了加固其的泥土，并且势必被随后来的重物压住。这一夜月亮出来得晚，他们睡着了，没有看到，但月光穿过缝隙缓缓洒遍整间仓库，扫过飞行器，扫过玻璃瓶，这时能清楚地看到里面的团团密云，或许是因为没有人在看它，也或许是因为月光能让不可见之物显形。

巴尔托洛梅乌·洛伦索神父对这个成果很满意，这只是他们两人去深陷疾病和丧事苦楚的城市中心地区碰运气的第一天，表上就已经增加了二十四个意志。一个月后，他们计算出这个瓶子里已经装了一千个意志，神父估计其拉升力足以拉起一个圆球体了，于是交给布里蒙达第二个瓶子。在里斯本，人们已经对那个女人和那个男人议论纷纷，他们不怕时疫，走遍全城，男的在后，女的在前，沉默地走过大街小巷，匆匆穿过不会让他们驻足的房屋，而当他不得不走上前时，她便会垂下双眼，如果说这日复一日的行程没有引起更大的怀疑和惊异，那是因为有个消息开始流传，说他们这是在补赎，刚有议论传开时，巴尔托洛梅乌·洛伦索神父就想出了这个对策。若是稍微多发挥一点儿想象力，这对神秘的夫妇便可以成为上天派下的使者，他们为临终者施以安慰，使因连续使用或许已效力大减的涂油礼得以加强。不费吹灰之力便能毁掉名声，而稍用心思也能博得大名或者重塑形象，只要找到路径去赢得将充当应声虫或同谋者的新人的兴趣便足矣。

时疫过去了，时疫导致的死亡突然大幅下降，少于其他原因造成的死亡，这时，玻璃瓶里的意志已有足足两千个，突然间，布里蒙达病倒了。她既无疼痛也不发烧，只是非常消瘦，脸色苍白得好像皮肤都变透明了。她躺在木床上，不论白天黑夜都闭着眼睛，但不像是在睡觉或者休息，她的眼睑颤动着，面部因痛苦而扭曲。巴尔塔萨在她身边寸步不离，除了要准备食物或者去大小便的时候，在床边排泄似乎不大好。巴尔托洛梅乌·洛伦索神父脸色阴沉，坐在凳子上，一连数小时一动不动。偶尔他看上去是在祈祷，但谁也听不明白他的低语，也不知道他致辞的对象。神父也不再听取忏悔，有两次巴尔塔萨含混地提起话头，他感到不得不忏悔了，罪孽在日积月累的同时太容易被抛到脑后了，神父回答说上帝能看到人们的心，不需要某个人以他的名义宣布赦罪，如果罪孽深重到不能不罚，那么这惩罚会沿最短的道路而来，由上帝亲自执行，或者，如果善行无法抵消恶行，那么就在世界末日到来时做出最后审判，各得其所，当然，也可能最后算总账，大家共同迎来一纸大赦或天降灾异，只是还不知道由谁来宽恕或者惩罚上帝。但是，看到布里蒙达虚弱无力，不省人事，神父咬着手指甲，后悔当初派她如此频繁地前往死神领地的边缘，致使她自己的生命陷入绝境，眼睁睁地看着她在无知无觉中滑向彼岸，像是不肯再抓住此界的边缘，情愿沉没屈服。

每天晚上神父都返回城里，当他沿着幽暗曲折的小道一路向下往圣玛尔塔和瓦尔韦德走的时候，就在半梦半醒中开始期待有恶汉挡住去路，甚或就是巴尔塔萨本人，一只手握着生锈的剑，另一只胳膊上连着那根致命的长钉，来为布里蒙达报仇雪恨，就这样了结一切。然而，此时"七个太阳"早已躺在床上，用那只完好的胳膊搂住"七个月亮"，低声说，布里蒙达；然后，这个名字穿过挤满了幽影的广袤而黑暗的荒原，花了好长时间终于抵达目的地，随后，又花了同样长的时间，幽影艰难地散开，另一个名字返回，那双嘴唇吃力地动了动，巴尔塔萨；外面传来树叶的沙沙声，偶尔传来一声夜鸟的鸣叫，神佑的夜晚，古老而恒久不变的夜晚，来吧，用那同一匹幕布同时遮盖和保护着美好和丑陋，一视同仁，不偏不倚。布里蒙达呼吸的节奏变了，这表明她已经睡着，而被焦虑折磨得精疲力竭的巴尔塔萨终于能够进入梦乡，梦里他将再次见到布里蒙达的微笑，要是我们不会做梦那将多么糟糕。

布里蒙达生病期间，如果说她确实是生病，而不仅仅是她自己幽禁于体内无法触及的边缘的意志的一场漫长回归，这期间多梅尼科·斯卡拉蒂曾多次来到这里，一开始是为了探望布里蒙达，询问她是否有好转，但迟迟不见好转，后来是长时间地与"七个太阳"交谈，有一天他掀开盖在钢琴上的帆布，坐下来开始弹奏，乐声柔和轻盈，仿佛不敢挣脱被轻轻磨损的琴弦，好像飞虫稍稍颤动翅膀停在空中，然后突然间又上下翻飞，而这一切都与手指在琴键上的动作毫不相干，是颤动追上了音符，而音乐并不来自手指，不然的话，既然键盘有第一个和最后一个琴键，那音乐又怎么会没有结束和开头呢，它从彼处流入我的左手，一路流向我的右手去到更远，至少音乐有两只手，与某些神不同。也许这就是布里蒙达正在等待的药，或者说她体内的某个东西正在等待着的什么，因为我们每个人都只能有意识地等待我们所了解的或者与之相似的东西，等待在某一情形中据说对我们有用的东西，如果身体不太虚弱就等待放血治疗，如果时疫尚未令海滩变成光秃秃的一片，就等待圣保罗舌，或者等待锦灯笼，毛地黄，刺菜蓟的根茎，法国万应灵药，或者就是某种良性混合物，其唯一的好处就是没有害处。这是布里蒙达所不曾指望的，听到音乐令她的胸腔充盈，随即她深深地叹了一口气，这叹息像是即将死亡或刚刚出生的人发出的，巴尔塔萨马上伏下身子，唯恐这个终于返回的人正在死去。这一夜多梅尼科·斯卡拉蒂留在了庄园，一小时又一小时地演奏，直到东方发白，这时布里蒙达已经睁开了眼睛，泪水从眼角慢慢流下来，如果有医生在场，会诊断说她正在排出受损的视神经中的黏液，也许他说得对，也许眼泪不是别的，正是创伤的疗愈液。

在整整一周的时间里，不论刮风下雨，不顾前往圣塞巴斯蒂昂·达·彼得雷拉泥泞的道路，音乐家每天都去弹奏两三个小时，直到布里蒙达有力气站起身，坐在钢琴旁边，依然面色苍白，在音乐环绕中她好似沉入了深深的海底，当然我们可以说她从未在海上航行过，她所遭遇的是另一种海难。如果说她之前确实是身体欠佳，那么现在就是很快恢复了健康。音乐家不再来了，也许是出于谨慎，也许是在王宫小教堂的任务繁重，无法脱身，前段时间他很可能是忽视了那些任务，也许是要给公主上课，不过可以肯定，公主不会因为他没有去授课而口出怨言，这时，巴尔塔萨和布里蒙达发现巴尔托洛梅乌·洛伦索神父好久没来了，他们为此心生忧虑。一天上午，天气已经好转，两个人下到城里去，现在他们肩并着肩，一边走一边说话，布里蒙达可以看着巴尔塔萨，只能看到他的外表，这样很好，两个人都感到安心。他们在路上遇到的人都是密封的大木箱，都是锁着的保险柜，就外表来看他们有的面带微笑，有的凶神恶煞，任他们去吧，看人者只需要知道眼睛可见的被看者的样子，不需要了解更多。因此，尽管街上充斥着小贩的叫卖声，邻家女人们的争吵声，各不相同的钟声，圣坛前装腔作势的祈祷声，从远处传来的号声，在近处响起的鼓声，特茹河上有船只起航或者进港的炮声，以及托钵修士们化缘的连祷和铃声，但里斯本仍然显得很宁静。有意志的人们，但愿你们好好保存和使用它，没有意志的人们，继续忍受缺少意志的痛苦吧，布里蒙达再也不想计算意志的数目了，她已经把收集到的意志留在庄园里，只有她知道为此付出了多么大的代价。

巴尔托洛梅乌·洛伦索神父不在家，也许到王宫去了，据权杖保管人的遗孀说也许是去了科学院；如果你们需要，可以留个口信；但巴尔塔萨说不用了，他们过一会儿再来，或者在王宫广场等。最后，神父在中午时分出现了，极度瘦削，或许是因为另一种病，或许是因为另一种视力，并且一反常态，极不注重衣着，就好像他最近这些日子就穿着这身衣服睡觉的。看到他们坐在门前的矮石凳上，他用双手把脸捂上，但马上又把手拿开，朝他们走过去，这副神情在他们看来就仿佛是神父刚刚得以从某种险情中死里逃生一样，然而他的开场白却与那险情无关，他说，我一直等着巴尔塔萨来杀我呢；我们会以为他是为自己的生命提心吊胆，但事实上不是这样。布里蒙达，假如你死了，他来杀我就是完全正义正当的；埃斯卡拉特先生知道我正在好转；我不愿意去找他，他找我的时候我也编造借口拒绝来访，我在等待自己的命运；命运会到来的，巴尔塔萨说，布里蒙达没有死，这就是我的好命，我们的好命，接下来我们该做什么呢，瘟疫已经过去了，意志也收集够了，机器已经完工，不再需要打铁，不再需要缝帆布和往帆布上涂沥青，不再需要编藤条，就我们现有的黄色琥珀能做足够多的球体，铁丝已经在顶棚上缠绕了许多层，大鸟的头已经做好，不是海鸥，但有点儿像，总之，我们的工作终于完成了，那么，巴尔托洛梅乌·洛伦索神父，大鸟和我们的命运会是怎样呢。神父的脸色更加苍白，他环顾四周，似乎怕有人偷听，然后才回答说，我必须禀报国王，说飞行器已经造成，但在此之前我们得先行试验，我不愿意像十五年前那样再次被人们耻笑，现在回庄园去吧，我很快就去找你们。

两个人走了几步，然后布里蒙达停了下来，巴尔托洛梅乌·洛伦索神父，你病了吗，脸色惨白，双眼凹陷，听到这个消息都不高兴；布里蒙达，高兴，我很高兴，但关于命运的消息从来都不完全，明天来到的事才算数，今天总是等于无；神父，为我们祝福吧；我不能为你们祝福，我不再知道该以哪个上帝的名义祝福，还是你们两个互相祝福为好，这就够了，所有的祝福都应该像这样。

16

人们都说，王国治理不善，缺少公正的司法，却没想过司法女神正应如此，眼蒙黑布，一手执天平，一手持长剑，我们还要期望什么呢，难道还要成为蒙眼布的编织者，砝码的计量员，长剑的铸造师，持续地修补蒙眼布上出现的洞，补足砝码的标准值，打磨剑刃，最后还要去问一问被告对判决是否满意，不论他胜诉还是败诉。我们这里谈的不是宗教裁判所的审判，因为宗教裁判所睁大了双眼，手中拿的是橄榄枝而不是天平，是利剑而不是钝涩且布满豁口的剑。有人以为小小的树枝象征和平，但显而易见，它实则是将来的木柴堆上的引火之物，要么刺死你，要么烧死你，这正是为什么，在违反法律的案例中，最多的是因怀疑女人不忠就用匕首将其刺死，冤屈的死者却难见正义的伸张，审议集中于让监护人原谅谋杀，把一千克鲁扎多放上天平，司法女神手执天平只为此事，别无他用。让那些黑人和流氓得到应有的惩罚吧，如此树立起典型，但礼待贵人和富人，无须要求他们偿还债务，无须要求他们放弃复仇，无须要求他们消除敌意，而一旦产生了诉讼，因为也不可能完全避免这种情形的出现，那么随之而来的便是狡辩，欺诈，移交申诉，各种手续，推诿规避，以便让依照公正的司法本应胜诉者的胜利来得不那么及时，本应败诉者的失利再迟些到来。与此同时，他们不断从牛的乳头挤出牛奶，这牛奶就是钱，以做成司法法官，诉状律师，审讯人，联署人，以及审判官的黏腻的凝乳，优质的奶酪，如果这名单中少了某类人，就是安多尼·维埃拉神父忘记了，现在也没想起来。

这些都是眼睛看得见的司法。至于看不见的那部分，你最多也只能说那是盲目，而这次沉船事件将其表现得一清二楚，国王的两位兄弟唐·弗朗西斯科亲王和唐·米格尔亲王去了特茹河对岸打猎然后乘船回来，突然间，毫无征兆地来了一阵狂风，船被掀翻了，唐·米格尔当场淹死，唐·弗朗西斯科获救生还，若是真有公道，情形本该相反，因为后者的恶行尽人皆知，他试图将王后引入歧途，觊觎国王的宝座，开枪射击水手，而另一位亲王却没有做这种事，就算做了，也没有这样严重。但是，我们不应当轻率地做出判断，谁知道呢，也许唐·弗朗西斯科已经悔悟，也许唐·米格尔给船长戴了绿帽子，或者欺骗了他的女儿，所以才丧了命，王室家族史上这种事情多得很。

人们终于得知的一件事是国王在一场官司中败诉，但不是他个人，而是王室对阿威罗公爵，这场官司从一六四〇年打起，八十多年里阿威罗家族与王室一直深陷讼争，这绝不是好笑的事，也不是无足轻重的问题，它关涉二十万克鲁札多的收益，请想一想，这相当于国王从派到巴西矿山去的黑人身上所得税收的三倍。这个世界上毕竟还有公道，正因如此，国王现在必须归还阿威罗公爵的一切财产，包括圣塞巴斯蒂昂·达·彼得雷拉庄园，有钥匙，井，果园，主人住宅，这和我们没什么关系，这和巴尔托洛梅乌·洛伦索神父也没有太大关系，但糟糕的是要归还仓库。不过，也不至于走投无路，判决来得还算是时候，因为飞行机器已经完工，可以向国王报告了，多年来国王一直等待着，展现出国王的耐心，并且总是那么亲切，总是那么和蔼，但是，神父正处于那种众所周知的造物者离不开所造之物，做梦者将失去梦境的状态之中，机器飞起来以后我还可以做什么呢；当然他头脑中不乏发明创造的想法，用泥土和树木制造煤炭，为制糖工艺做出新的压榨机，但大鸟是至高的发明创造，再也不会有与之匹敌的翅膀了，除了那最强大的翅膀尚未尝试过飞行。

在圣塞巴斯蒂昂·达·彼得雷拉，巴尔塔萨和布里蒙达想知道下一步该怎么走，阿威罗公爵的侍从和仆人不久就要来接管庄园；我们最好还是回马夫拉去。但神父说不行，这几天他要和国王谈一谈，那时候就可以试飞了，如果和希望的那样一切顺利，接下来大家将迎来荣光与收益，葡萄牙创造伟业的消息将传到世界各地，这就是名望，而有了名望就有财富；我将来所有的一切都属于我们三个人，布里蒙达，要是没有你的眼睛，就没有大鸟，巴尔塔萨，要是没有你的右手和你的耐心，也就没有大鸟。但是，神父神态不安，几乎可以看出来他并不相信自己说的话，也或许是他说的话没有多大价值，不足以减轻他心中的另一些不安，已经到了晚上，炉火熄灭，机器仍然在那里，但又似乎不在，布里蒙达低声问道，巴尔托洛梅乌·洛伦索神父，你在害怕什么呢；这个直接了当的问题令神父战栗，他心神不安地站起来，走到门口，朝外边望望，然后才返回来低声答道，害怕宗教裁判所。巴尔塔萨和布里蒙达交换了一下眼神，巴尔塔萨说，就我所知，想飞不是罪孽，也算不上违反教义，十五年前就有个气球从王宫飞过，也没有出什么事；气球算不上什么，神父回答说，现在要飞的是一架机器，宗教裁判所可能会认为这飞行靠的是魔鬼的技艺，而要是他们问到机器靠哪些部件在空中飞行，我不能回答说靠的是球体里的意志，因为在宗教裁判所看来，没有意志，只有灵魂，他们会指控我们囚禁了基督徒的灵魂，阻止了他们升上天堂，你们也知道的，只要宗教裁判所愿意，一切好理由都是坏的，一切坏理由都是好的，如果既没有好理由，也没有坏理由，那么就有火刑，水刑，以及拷掠，让理由随他们的意愿从虚无中生出；但是，国王站在我们一边，宗教裁判所总不会反对陛下的喜好和意志吧；国王在犹疑不定的时候，只会照宗教裁判所说的做。

布里蒙达又问，巴尔托洛梅乌·洛伦索神父，你最害怕的是什么呢，是将来可能发生的事，还是正在发生的事；你问的是什么；我是说，莫非宗教裁判所已经在追查我们，就像当年追查我母亲那样，我很了解这迹象，宗教裁判所的法官们眼中的嫌疑人周身有某种光晕，虽然他们并不知道将被指控犯下了什么罪行，但已经觉得自己有罪了；我知道他们将指控我什么，到时候他们会说我皈依了犹太教，这没错，他们会说我投身于巫术，这也没错，如果巫术就是这大鸟，就是我一直在思考的其他技艺的话，我刚才说的这些话就是将自己交由你们两人掌握，如果你们去告发我，那我就完了。巴尔塔萨说，要是我做出那等事，就让我失去另一只手。布里蒙达

186

说，要是我做出那等事，就让我再也闭不上眼睛，让眼睛总是像禁食时那样看见。

巴尔塔萨和布里蒙达关在庄园里熬日子。八月过去了，九月已到中旬，蜘蛛正在大鸟上结网，升起它们的帆，为之添上翅膀，埃斯卡拉特先生的钢琴好久都不曾响起，全世界最凄凉的地方莫过于圣塞巴斯蒂昂·达·彼得雷拉。天气转凉，太阳躲进云层久久不肯出来，这样的阴天怎么可能试验呢，是不是巴尔托洛梅乌·洛伦索神父忘记了，没有太阳光机器就不能飞离地面，等国王驾临此地，到时候的情形将是奇耻大辱，我也没有脸面见人了。国王没有来，神父也没有来，天又放晴了，阳光灿烂，布里蒙达和巴尔塔萨又开始焦急地等待。这时候神父来了。他们听见外面响起骡子有力的蹄声，情况异常，这种牲畜不会如此狂奔，一定是有什么新情况，也许是国王终于来见证大鸟起飞的壮举，但没有事先通知，没有王室的侍从提前到来检查这里的卫生情况，支起华贵的尖顶帐篷，以保证国王的舒适，一定是别的事。确实是别的事。巴尔托洛梅乌·洛伦索神父风风火火地冲进仓库，他脸色灰白，没有一丝血色，就像是一具已经腐烂的尸体突然复活，我们必须逃走，宗教裁判所正在搜捕我，他们要逮捕我，玻璃瓶在哪里。布里蒙达打开大木箱，扯出几件衣服，在这里；巴尔塔萨问，我们该怎么办。神父浑身战栗，几乎站不稳了，布里蒙达过去扶住他。怎么办呢，巴尔塔萨又问道；神父大声喊，我们乘机器逃走；话音刚落，他仿佛突然被某种恐惧扼住，指着大鸟，用低得几乎听不见的声音说，乘它逃走；逃到哪里呢；不知道，反正现在要逃离这里。巴尔塔萨和布里蒙达互相望着对方，那就说定了，他说；走吧，她说。

现在是下午两点，有许多工作要做，一分钟也不能耽搁，揭下房瓦，砍断屋顶盖板和无法直接拆卸的橡木，但在此之前要在铁丝连接处挂上琥珀球，打开上面的帆，这样太阳光不会过早地照到机器上，把两千个意志转移到球体内，一千个在这边，一千个在那边，这样两边的拉力就一样大，否则会有在空中翻跟斗的危险，如果还是翻了跟斗，那只能是出于我们尚预料不到的原因。工作很多，时间紧迫。巴尔塔萨已经上了房顶，正在揭房瓦，一边揭一边往下扔，仓库四周处处都有瓦片碎裂的声音响起，巴尔托洛梅乌·洛伦索神父终于克服了垂头丧气的情绪，用微薄的力气从里面拆较薄的屋顶盖板，橡木需要猛劲，他拉不动，只好等一会儿再说，而布里蒙达非常镇静，就好像她一生都在飞行，没做过别的一样，不慌不忙地检查帆布的状况，看沥青涂得是否均匀，不时紧一紧帆布上穿绳子的套边。

现在，守护天使，你会做什么呢，打从任命你出任此地的守护天使以来从未如此需要你，你面前的这三个人不久就要飞上天空了，从来没有人到过的天空，他们需要你的守护，他们自己该做的都尽量做了，收集了材料和意志，将易消散的装入了实体，把一切都集中起来，展开这次大胆的行动，一切准备就绪，只剩下拆除屋顶，收起帆布，让太阳照进来，那时就再见了，我们将远走高飞，而如果你，守护天使，如果你一点儿忙都帮不上，那你就不是所谓的天使或者其他什么，当然，还有许多可以乞求保佑的圣徒，但他们都不如你那样懂得算术，是的，你懂得那十三个数字，可以不出错地从一数到十三，这项工程需要动用自有该学科以来全部的数学知识，你可以从第一个字开始，一就是耶路撒冷的那座罗马总督府，耶稣在那里为我们所有人而死，人们都这样说，现在说二，二是摩西的两块法版，耶稣的脚就踏在这两块法版上，人们都这样说，现在说三，三是神圣的三位一体，人们都这样说，现在说四，四是福音书的四位作者，马太，马克，路加，约翰，人们都这样说，现在说五，五是耶稣的五个伤口，人们都这样说，现在说六，六是耶稣降生时点燃的六支蜡烛，人们都这样说，现在说七，七是七大圣事，人们都这样说，现在说八，八是八福，人们都这样说，现在说九，九是圣母用她纯洁的子宫怀圣子九个月，人们都这样说，现在说十，十是上帝律法的十诫，人们都这样说，现在说十一，十一是十一千贞女，人们都这样说，现在说十二，十二是十二宗徒，人们都这样说，现在说十三，十三是月亮的十三道光，这一条无须人们说，因为至少"七个月亮"在此，就是那个手里拿着玻璃瓶的女人，关照她吧，守护天使，如果玻璃瓶碎了，这次飞行就完了，那个举止如疯子一般的神父也不能逃走了，也关照在房顶上的那个男人吧，他缺了左手，这是你的过错，在战场上你没有精心保护，或许当时你还没有学好算术。

现在是下午四点，仓库只剩下了四堵墙，看起来很大，飞行机器在仓库中间，一道阴影把小小的铁匠炉分成两半，在另一端的角落，有那张木床，巴尔塔萨和布里蒙达在上面睡了整整六年，现在大木箱不在那里了，已经搬上了大鸟，我们还缺什么呢，旅行背袋，一些干粮，还有那架钢琴，钢琴怎么办呢，就留在这里吧，我们应当理解和原谅这种自私的做法，他们三个人当时心里很焦急，谁也没能想到，钢琴留在这里，教会方面和世俗当局势必都会感到奇怪，一件与仓库极不相称的乐器怎么会在这里，会有什么意图吗，如果是一阵飓风摧毁了屋顶和橡木，怎么可能没有刮坏这架钢琴呢，要知道，钢琴这东西相当娇贵，搬运工人用肩抬还有可能让部件错位呢；埃斯卡拉特先生不会在天上弹琴的，布里蒙达说。

好，现在可以出发了。巴尔托洛梅乌·洛伦索神父看了看万里无云的天空，看了看如同一个金色圣体匣的太阳，然后看了看巴尔塔萨，后者手握绳子，只消一拉就能合上帆，最后神父又看了看布里蒙达，她的眼睛能预见未来就好了；让我们向上帝致意吧，如果上帝真的存在，神父低声含混道，接着又用干涩的嗓音小声说，巴尔塔萨，拉吧；巴尔塔萨没有立刻照办，他的手颤抖了一下，不然，这句话就像是那句说有光的命令一样了，神父说拉吧，于是就拉了，我们就换了地方，谁知道是哪里呢。布里蒙达走到他身边，把两只手放在他的手上，然后一起使力，就好像这原本就是唯一的做法，两个人一起拉动了绳子。帆滑向一边，太阳直射到各个琥珀球上，现在，我们会遇到什么情况呢。机器颤动了一下，摇晃起来仿佛在寻找突然失去的平衡，薄铁片和藤条发出嘎吱嘎吱的响声，猛然间大鸟像被吸进了光的旋涡，自转两圈并随之升了起来，刚刚升过墙的高度就稳定下来，重新平衡了，扬起它的海鸥脑袋，像一支箭一样冲向天空。由于剧烈地旋转，巴尔塔萨和布里蒙达摔倒在机器的木甲板上，但巴尔托洛梅乌·洛伦索神父在之前就抓住了一根支撑帆的立柱，得以看见大地正以难以置信的速度变得越来越小，庄园很快就隐没在一个个山丘之中，已经无法分辨，远处那是什么呢；是里斯本；当然是里斯本，那是特茹河；啊，大海，就在这大海上，我，巴尔托洛梅乌·洛伦索·德·古斯曼，曾两次从巴西来到这里，就在这大海上，我曾前往荷兰，飞行机器啊，你将把我带到哪些新大陆和新天空呢，风在我耳边呼啸，从来没有哪只鸟飞得这么高，如果国王看到我，如果那个写诗嘲讽我的托马斯·品托·布兰道看到我，如果宗教裁判所看到我，他们就会知道我是上帝的宠儿，是的，我，正升向天空的我，这靠我的天才，也靠布里蒙达的眼睛，不知道天上有没有这样的眼睛，还靠巴尔塔萨的右手，我把你带到上帝这里来了，他也没有左手，布里蒙达，巴尔塔萨，过来看呀，站起来，别害怕。

他们没有害怕，只不过对自己的勇气感到吃惊。神父在大笑，在喊叫，他早已不再扶着帆柱，而是在飞行机器的甲板上从这边跑到那边，以便看到地上所有的重要地点，远离之后大地显得太大了，巴尔塔萨和布里蒙达终于站了起来，他们神情紧张地抓住帆柱，后来又紧紧抓住舷墙，似乎因为日照和风吹而头晕目眩，很快他们便不再恐惧了；啊，巴尔塔萨大声叫道，我们成功了；他紧紧抱住布里蒙达，大哭起来，就像一个走丢的儿童，这样一个上过战场的士兵，一个曾在佩贡埃斯用长钉杀过人的男子汉，现在竟然搂着布里蒙达高兴得抽噎，而她吻了吻他那脏脏的脸，就是这样。神父走过去，也同他们互相拥抱，但他又突然为意大利人的那个类比感到心神不安，那个意大利人说过，神父本人是上帝，巴尔塔萨是圣子，布里蒙达是圣灵，现在这三个人都在天上。上帝只有一个，他大声喊道，但风把这句话从他嘴边吹走了。这时候布里蒙达说，除非打开帆，不然我们就会继续上升，到什么地方才会停住呢，或许到太阳上。

我们从来不问疯狂当中是否有理智，但我们说我们所有人都有一点儿疯狂。这是我们坚定地站在这一边的方法，试想一下，如果说疯子们以他们依然拥有一点点理智为借口，要求获得与理智的人平等的待遇，而后者又总有那么一点儿疯狂，那么将会发生什么呢，这样的情形下又怎样，比如说，捍卫自己的生命呢，巴尔托洛梅乌·洛伦索神父现在就正在这么做；如果我们突然把帆打开，就会像一块石头一样掉到地上；现在由他操纵绳索，他让绳索轻轻放松，以便不费力地把帆展开，现在一切取决于技巧，帆缓缓打开了，使阴影落到琥珀球上，飞行器的速度开始下降，谁能想到成为空中驾驶员易如反掌呢，我们已经可以去寻找新大陆了。机器不再上升，张着翅膀停在天空，鸟喙向着北方，如果说它仍然在动，人也察觉不出。神父把帆再打开些，四分之三的琥珀球处于阴影之下了，机器徐徐下降，仿佛他们身处航行在平静湖面上的一只小船上，动一动舵，划一划桨，这些小小的调整是人们能够发明的东西。慢慢地，地面越来越近，已经能更清楚地看到里斯本，那不规则的四方形王宫，迷宫一样的街道和小巷，神父住处阳台上的花形栏杆，宗教裁判所的人正闯入里边要去捉拿他，他们去得太晚了，这些人极力卫护上天的事务，却没想起来抬头望望上边，当然，这时的飞行器仅仅是蓝天上的一个小点儿，而他们正因为看到一本从摩西五经处撕开的圣经，以及已经撕成难以辨认的碎片的古兰经而大惊失色，又怎么可能抬起头来望天空呢，他们出去了，朝罗西奥广场，朝宗教裁判所总部所在的埃斯塔乌斯宫的方向去了，去报告说他们要抓进监狱的神父逃走了，他们万万不会想到，神父得到了辽阔的穹顶的庇护，而他们永远都到不了天上，千真万确，上帝挑选其宠儿，包括疯子，残疾人，怪人，但不包括宗教裁判所的人。大鸟又下降了一些，稍稍仔细观察就能看到阿威罗公爵庄园，显然，这些飞行家都是新手，没有经验，不能立刻确认主要的地形标志，河流，湖泊，像撒在地上的星星一样的村庄，茂密的森林，但那里分明是仓库的四堵墙，那是他们起飞的机场，巴尔托洛梅乌·洛伦索神父突然记起大木箱里有一个单筒望远镜，他马上把它取出来对着地上观望，啊，活着和发明多么美妙，他现在清楚地看到了角落里的木床，铁匠炉，只是钢琴不见了，钢琴出了什么事呢，此事我们知道，这就来说一说，多梅尼科·斯卡拉蒂前往庄园，到庄园附近时正好看见飞行机器猛地一抖翅膀，腾空而起，要是那对翅膀可以扇动的话会怎样呢，他走进仓库，眼前一片狼藉，地上满是破砖烂瓦，砍断或抽出的橡木，没有比人去楼空更凄凉的景象了，飞行机器起飞了，越升越高，只剩下刺人肺腑的忧伤，这使多梅尼科·斯卡拉蒂坐到钢琴前弹了一会儿小曲，但并没有奏出什么音乐，只是手指在键盘上划过，好像话已说尽或者无话可说，只是轻轻抚摸着对方的脸庞，这之后，因为他很清楚把钢琴留在这里会造成危险，所以就把它拖到外面，地面高低不平，钢琴上下颠簸，琴弦发出怪声怪气的呻吟，这一回琴键的拨子再也无法复归原位，也永远无须再调，斯卡拉蒂把钢琴拖到井台边，幸好井台很低，他用尽全身力气把整架钢琴推上井台，推进井里，音箱两次碰到井的内壁，每根琴弦都发出哀鸣，最终钢琴掉进了井里，谁又能知道前方等待着的命运是怎样呢，就比如这架钢琴，曾经奏出那样动听的乐声，现在却像个溺水者一样下沉，水面上冒出不祥的泡泡，直到落在淤泥上才停下来。已经看不见音乐家的身影了，他回那边去了，钻进了那些小巷，或许是故意不走正路，偶尔他会抬头看看上边，再一次看到大鸟，用手挥动帽子想打个招呼，但仅此一次，最好还是隐藏起来，佯装一无所知，所以他们从飞船上没有看到他，谁知道还能不能与他再次相见呢。

现在吹的是南风，风力微弱，几乎撩不动布里蒙达的头发，靠这微风他们哪里也去不了，就相当于试图通过游泳穿越大洋，所以巴尔塔萨问，我用风箱鼓风吧；每个硬币都有两面，当初神父曾宣称只有一个上帝，而现在巴尔塔萨却问能不能用风箱鼓风，从至高无上到卑微寻常，当上帝拒绝刮风时，人就必须依靠自己的力量。但巴尔托洛梅乌·洛伦索神父似乎被麻痹的枝条拂过，一言不发，一动不动，只是望着那一片大地，一部分是河和海，一部分是山峦和平原，如果远处那不是浪花，就是一艘船上的白帆，如果那不是一片云雾，就是烟囱里冒出来的烟，这种时候，很难不感觉到世界已经完蛋，静寂是一种折磨，风更小了，布里蒙达的头发一根都没被撩动；巴尔塔萨，用风箱鼓风吧，神父说。

如同管风琴有踏板，风箱上有镫子，正好把脚放进去，风箱齐胸高，并固定在机器的木构件上，还有一根横条用来支撑人的胳膊，这倒不是巴尔托洛梅乌·洛伦索神父的什么辅助性发明，他只是去了主教座堂一次后仿照那里的管风琴做出来的，差别在于这一个发不出悦耳的音乐，只能向大鸟的翅膀和尾巴吹风，大鸟终于开始慢慢动起来了，慢得让人看着都心累不已，大鸟还没有飞出一箭之地，巴尔塔萨已经累了，用这种办法我们同样哪里都到不了。神父一脸沉郁，估量着"七个太阳"所做的努力，意识到他的伟大发明有一个缺陷，在天空不能像在水上一样，没有风的时候用桨，他说，停下吧，不要再鼓风了；巴尔塔萨已经筋疲力尽，一屁股坐在了机器甲板上。

惊愕和狂喜陆续过去了，现在来的是垂头丧气，他们可以上升也可以下降，就像一个人可以站起身也可以往下躺，但不会走路。太阳正朝防波堤那边落下去，大地上的阴影在延展。巴尔托洛梅乌·洛伦索神父感到一阵难以名状的不安，但突然注意到远方烧荒冒出的烟云往北方飘去，这令他稍稍放心了，这意味着在陆地附近还有风。他操纵着帆，使其展开得更大一些，阴影遮住了另一排琥珀球，机器猛然下降，但不足以遇上风。又一排琥珀球失去了阳光照射，机器急剧下降，由于降落得太猛，他们只觉得胃都要从嘴里跳出来了一样，现在好了，风之手接住了机器，强健的无形的手将它往前推，速度非常之快，转眼就把里斯本远远地抛在了后头，城市的轮廓淹没在如雾般弥散的地平线之中，就好像他们终于离开港口，解开了锚链，去发现尚不为人所知的道路，所以心头一紧，谁知道前方有什么危险在等着他们呢，将从海面上升起的会是风暴巨人阿达马斯托呢，还是水手守护神埃尔莫的火光呢，远方望见的是不是会把空气吸尽，把他们变成咸鱼的海龙卷呢。这时布里蒙达问道，我们去什么地方呢；神父说，去宗教裁判所的手伸不到的地方，如果这样的地方存在的话。

这里的人们如此企盼天堂，却不肯稍稍抬眼望望所谓天堂所在的高处。农民们整日里忙于在田地间劳作，村子里的人们在家门口进进出出，到后院去，到山泉那里去，蹲在一棵松树后面，只有一个躺在仅余庄稼茬的地里的女人，身上趴伏着一个男人，只有这个女人注意到天上有某个东西飞过，但她以为那是她所享受的欢愉带来的幻觉。只有一群群鸟儿感到惊奇，一边围着机器盘旋一边急切地问，这是什么呀，这是什么呀，也许这就是鸟儿的默西亚，与它相比，那雄鹰至多只能算洗者圣若翰；在我以后要来的那一位，比我更强，飞行的历史并未到此结束。在一段时间里，他们只有那只把所有鸟儿吓到飞走的雄鹰陪伴，也就是说，只有他们和雄鹰在这里飞行，雄鹰拍动翅膀，在空中翱翔，这是可以看出它在飞行的动作，然而大鸟的翅膀一动不动，要是不知道这大鸟飞行靠的是太阳，琥珀，密云，磁铁，以及铁片，我们就不会相信眼睛所看到的景象，不然，我们也不会为那个之前躺在地上现在已经离开的女人想出借口，她的欢愉已经结束，在这里也什么都望不见了。

风向变了，现在向东南方向吹，风力很大，下边的大地像河的水面快速后退，水流上载着田野，丛林，村庄，有绿色和黄色，有赭色和栗色，还有白墙，风车，以及水面上的水流，有什么力量能够分开这些水呢，大河奔流，带走一切，小小的溪流在其中寻找自己的道路，却并不知道自己是水中之水。

三个飞行家都在机器前部，机器朝着西方前进，巴尔托洛梅乌·洛伦索神父感到不安，并且这种不安越来越剧烈，已经变成惊恐，这感觉再也无法压抑，化作一声呻吟，太阳落山时机器将下降，无法挽救地下降，也许会掉下去，也许会摔个粉碎，那么大家全都会死去；远处是马夫拉，巴尔塔萨大声叫喊，就像是瞭望员在桅楼上吼叫，陆地；这个类比再恰当不过了，因为那里正是巴尔塔萨的陆地，即家乡，就算他从来没有从空中看过家乡也认得出来，也许，我们每个人心中都有一幅自己的山岳形态图，这幅图领着我们找到自己的出生之地，我的凸形在你的凹形之中，我的凹形之中有你的凸形，如同男人和女人，女人和男人，我们是地上之地，所以巴尔塔萨才这样叫喊，这是我的陆地；他认出这片陆地犹如认出一具身体。他们高速飞过修道院的工地，但这一次地上有人看到了他们，有的人在惊骇中四散奔逃，有的人当即跪下，高举双手讨饶，有的人往上扔石头，数以千计的人乱作一团，没能看到的表示怀疑，看到的赌咒发誓，请身旁的人做证，但没有谁能拿出证据，因为机器已经飞走了，朝太阳的方向飞走了，而迎着那闪耀的圆盘人们什么都看不到，说不定那只是一场幻觉，信誓旦旦的人陷入茫然，怀疑论者大获全胜。

机器在短短几分钟的时间里便到了海岸，似乎太阳在拉着它，要把它拉去世界的另一边。巴尔托洛梅乌·洛伦索神父发现他们将落入水中，于是猛力拉绳子，帆滑向一边，一下子合上了，机器飞速上升，地面再度变得遥远也更为广阔，太阳出现在比地平线高得多的地方。但是，为时已晚。东方已能看到阴影，夜幕正在降临，夜晚无可逃避。渐渐地，机器转为朝东北方向直线飞行，倾斜着朝向陆地，现在它受到两种光线的吸引，一种来自正迅速减弱的光线，但它仍有力量将机器继续留在空中，另一种来自夜晚的黑暗，它已遮蔽了远方的河谷。现在感觉不到自然风了，只有下降引起的猛烈气流和藤条顶颤动发出的尖厉的哨声。太阳暂歇在海平线处，犹如手掌上的柑橘，它是刚从铁匠炉中取出准备淬火的金属圆盘，那火焰不再刺眼，呈白色，鲜红色，正红色，深红色，依然发着光，但已有气无力，它正在告别，再见吧，明天见，如果三位航空家还有明天的话，因为他们正像一只受了致命伤的鸟一样在往下掉，发育不良的翅膀难以保持平衡，戴着琥珀冠冕作同心圆旋转，这下落似乎无休无止，实则很快就将终结。他们面前赫然耸现出一个朦胧的暗影，莫非此次航行也将遇上阿达马斯托，却发现原来是拔地而起的山峰，山巅还有几缕暗红色的落日余晖。巴尔托洛梅乌·洛伦索神父一脸漠然，仿佛已置身于世界之外，他选择听天由命，只等待很快就要到来的毁灭。但是，在机器猛地下降时一把抱住了巴尔塔萨的布里蒙达这时突然松开手，用两只胳膊拢住装着密云的其中一个球体，密云就是意志，一共两千个，但还不够，她用身体包住它们，仿佛要把它们塞进自己体内，与它们融为一体。机器陡然一跳，像被骑手拉紧辔头的马一样抬起头，但仅仅延迟了一秒钟便摇摆起来，重新开始下降，只是速度不那么快了，布里蒙达大声喊道，巴尔塔萨，巴尔塔萨；她不必再叫第三声，他已经搂住了另一个球体，与它融为一体，"七个月亮"和"七个太阳"用他们的密云支撑着下降的机器，下降的速度慢了，慢得在碰到地面时藤条也没有发出嘎吱嘎吱的声音，只是机器歪向了一边，因为下面并没有对接它的支撑架，也不可能万事都顺心如意。三个航空家四肢瘫软，浑身力气耗尽，滑到机器外面，他们曾试图抓住舷墙，但都没能成功，于是滚下来直挺挺地躺在地上，连皮肤都没有一丝划伤，千真万确，奇迹并未结束，圣克里斯多福未经召唤就已经来到，他正在指挥交通，看到那架飞行机器失去控制，便伸出巨手，避免了一场灾难的发生，考虑到这是他第一次在空中施行奇迹，着实干得不错。

白天的最后一丝气息也告辞了，夜幕很快就将完全合拢，天上亮起头几颗星星，但他们并不因为曾离星星很近便能摸到它们，到头来我们做的又算得了什么呢，只不过像跳蚤一样蹦了一下，我们曾升到里斯本的空中，飞过马夫拉和修道院工地的上空，几乎要掉进大海；现在呢，我们在什么地方，布里蒙达问；接着她发出一声呻吟，因为胃疼得厉害，两只胳膊没有一点儿力气，一动都不能动，巴尔塔萨奋力站起身，试图挺直腰的时候抱怨说他也一样难受，踉跄的步伐让他像是被矛头刺穿了头颅尚未彻底倒下的公牛，但与公牛不同的是，他非常幸运，从死亡边缘过渡到了生之此界，踉跄几步并没有什么损害，反而帮他确认两只脚能够稳稳站在地上是多么珍贵；我不知道我们在什么地方，从没到过这里，我看像一座山，也许巴尔托洛梅乌·洛伦索神父知道。神父正在站起来，他的四肢和胃都不疼，只是头疼得厉害，活像有一把锥子敲穿了两边的太阳穴；我们的处境依然非常危险，和我们还没有离开庄园时一模一样，如果说他们昨天没有找到我们，明天就会找到了；可是，我们在什么地方呢，这地方又叫什么名字呢；陆地上的任何地方都是地狱的前庭，有时候死后到那里去，有时候活着去，而死神随后就来；我们暂时还活着；明天必死无疑。

布里蒙达走到神父旁边说，在下降的时候我们经历了一个巨大的危险，既然我们能闯过这个危险，也就能渡过其他危险，说说话吧，告诉我们应当到哪里去；我不知道我们在哪里；等太阳升起来了，我们就能看得更清楚，我们爬到一个山头上去，根据太阳确定方向，然后就能找到道路，巴尔塔萨接着说，我们再让机器升起来，我们已经会操作了，只要有风，整整一个白天足够我们到很远的地方，到宗教裁判所够不到的地方。巴尔托洛梅乌·洛伦索神父没有回答。他用两只手紧紧抱着脑袋，然后又打着手势，像是在跟看不见的生灵谈话，而他的身影在黑暗中变得越来越模糊了。机器降落的地方荆棘丛生，但在其两侧三十步开外便是直冲天空的高高的树丛。看上去这附近没有人来过的痕迹。夜里天气冷了许多，这也难怪，九月已到尾声，就是白天也不算热。巴尔塔萨靠着机器的背风面生了一小堆火，与其说是为了取暖，不如说是为了不感到孤独，况且不宜点起大篝火，那样可能被人从远处看到。他和布里蒙达坐起来，开始吃装在旅行背袋里的食物，他们先叫了神父一声，但他没有回答，也没有走过来，他的身影还依稀可见，立在那里，现在很沉默，或许正在望天上的星星，或许正在望深深的河谷，低处的平地上没有一丝光亮，似乎这世界被其居民抛弃了，到末了，这里并不缺少在任何天气下都能飞行的机器，甚至在夜间也能起飞，但所有人都离开了，只留下这三人组，以及这只没有太阳就不知道怎么飞的大鸟。

吃过东西以后，他们躺在机器外壳的下面，盖着巴尔塔萨的外衣和从大木箱里取出的一块帆布，布里蒙达嘟嘟囔囔地说，巴尔托洛梅乌·洛伦索神父生病了吗，他和原先不一样了；他早就和原先不一样了，有什么办法呢；那我们呢，能做什么吗；我也不知道，说不定明天他就能有个决断。他们听见神父在动，在荆棘丛间拖着步子的声音，还听见他低声自言自语，于是他们放了心，最糟糕的就是寂静无声，尽管寒冷而且不舒服，他们还是睡着了，但没有睡得很沉。两个人都梦见在空中航行，布里蒙达乘一辆由带翼的飞马拉的篷车，巴尔塔萨骑一头身披火焰斗篷的公牛，突然间马失去翅膀，引信被点燃，焰火骤然炸响，两个人从噩梦中惊醒，并没有睡着多久，天空闪了一下，就好像整个世界都在燃烧，是神父，手持一根点着火的树枝在放火烧机器，藤条顶篷已经噼噼啪啪地烧起来，巴尔塔萨猛地跳起，冲向神父，抱住他的腰就往后拖，但神父不肯罢休，巴尔塔萨用力搂住他，把他摔倒在地上，用脚踩灭了树枝的火，与此同时，布里蒙达用那块帆布扑打火舌，火苗已经烧到荆棘丛上，火渐渐被扑灭了。神父无可奈何地站了起来。巴尔塔萨用泥土熄灭了火堆。在黑暗中他们难以看清各自的面容。布里蒙达以不带感情色彩的语气低声问道，仿佛事先就已经知道对方的回答，你为什么要放火烧机器呢；巴尔托洛梅乌·洛伦索神父以同样的语气回答，仿佛早已在等待这个问题，既然我势必要在火堆里烧死，还不如在这堆火里送命。他朝山坡那边的丛林走去，他们看到他的身影快速地往下，再看的时候他已经不在了，也许是去解决身体的某种紧急需要吧，如果一个试图放火烧毁梦的人还有这些需要的话。时间慢慢过去，却不见神父重新出现。巴尔塔萨前去找他。他不在。叫了他几声，没有回答。月亮初升，给一切蒙上幻觉和阴影，巴尔塔萨感到全身的毛发都竖起来了。他想到了狼人，想到了大小不同形状各异的幽灵，如果有鬼魂游荡，他深信神父已经被魔鬼带走了，趁魔鬼还没有把他也捉住带走，他念了一遍天主经给圣艾智德听，这位圣徒在惊慌、癫痫、疯狂以及噩梦般恐怖的情况下会提供帮助和排解。是这位可爱的圣徒听到祷告了吗，至少魔鬼没有来抓巴尔塔萨，但惊恐并未消散，突然间整个大地开始喁喁低语，或者说像是在喁喁低语，也许是月亮显灵，我最好的保护神是"七个月亮"，所以赶紧回到她身边，此时依然因惊恐而战栗不止，对她说，他不见了；布里蒙达大声说，他走了，我们再也见不到他了。

这一夜他们几乎没有睡觉。巴尔托洛梅乌·洛伦索神父没有回来。天亮了，不久太阳就会升起，布里蒙达说，如果你不把帆展开，如果不把琥珀球盖得严严实实，机器就会独自飞走，不需要人操作，也许最好让它走，说不定它会在地上或者天上的某个地方与巴尔托洛梅乌·洛伦索神父相遇呢；巴尔塔萨怒气冲冲地说，也可能是在地狱里遇到；机器就留在原地了，他过去把涂沥青的帆展开，遮住琥珀，但仍不满意，帆可能被撕破，也可能被风刮走。他到高一些的荆棘丛里用刀砍下一些树枝把机器盖上，一小时以后天亮了，如果有人从远处朝那里望过去，只能看见荆棘丛中有一堆植物，这并不稀奇，不过这些树枝干了以后就不太好了。巴尔塔萨吃了一点儿头一天晚上剩下的食物，布里蒙达在他之前已经吃了，正如我们记得的，她总是先吃，闭着眼睛吃，而今天她甚至是用巴尔塔萨的外衣蒙着头吃的。这里没什么事可做了；现在怎么办，两人之中的一个问道；另一个回答说，我们在这里无事可做；那么就走吧；我们从巴尔托洛梅乌·洛伦索神父消失的地方往下走，也许能找到他留下的痕迹。整个上午，他们一边往下走，一边在山的这一侧寻找，又大又圆的沉默的山，这些山叫什么名字呢，他们没有发现任何痕迹，甚至看不到一个脚印，或者一块被灌木的刺扯下的黑布条，仿佛神父凭空消失了，这种时候他会到哪里去呢；现在怎么办，这是布里蒙达在问；现在往前走，太阳在那边，右边是大海，到了有人的地方，我们会知道我们到了哪儿，以及这是什么山，这样我们还可以回来；这是巴雷古多山，他们继续走了一里格后，一个牧羊人告诉他们，远处那座非常大的山是容托山。

他们绕了一个大圈，装作是从里斯本来的，所以用了两天才到达马夫拉。街上正举行宗教游行，人人都感谢上帝显灵，派圣灵飞过修道院工地上空。

17

在我们生活的时代，随便哪个修女在修道院的回廊里见到圣子为其显现，或者在唱诗班遇到一个弹竖琴的天使，都是再自然不过的事情，而当她关在自己的单人小室里，由于该地点的私密性，这类显灵就更加具体，魔鬼们折磨她，晃动她的床，摇动她的四肢，摇动上肢使她的乳房震颤，摇动下肢使那处裂隙微微颤动，分泌液体，这裂隙是地狱的窗户或者天堂的大门，欢愉之际便是后者，而当欢愉已过则成为前者，这一切人们都相信，但巴尔塔萨·马特乌斯，也就是"七个太阳"，却不能说，我从里斯本飞到了容托山；人们只会把他当作疯子，这还是幸运的情况，稍有差池都可能惊动宗教裁判所，而在这片被疯狂扫荡的土地上，从不缺乏被驱逐的疯子。在此之前，巴尔塔萨和布里蒙达一直靠巴尔托洛梅乌·洛伦索神父的钱生活，还有菜园里的卷心菜和豆荚，有肉的时候吃一块肉，没有鲜沙丁鱼的时候吃咸沙丁鱼，他们吃和用的钱当中，用于维持自己身体机能运转的花销远小于供飞行机器日益成长的费用，因为他们当时确实相信机器必定能飞起来。

如果人们相信的话，机器已经飞过了，而今天它在抱怨，身体需要食物，这也正是为什么当他们的梦如此高企，而"七个太阳"却连车夫这个差事都做不成，牛卖掉了，车也坏了，如果上帝不是如此心不在焉，穷人家的财产本该是永恒的。如果有自己的一对牛和一辆车，巴尔塔萨就可以到总监工处求一份工作，虽然他缺一只手，他们也会同意的。可现在，他们会怀疑他能否仅用一只手管好国王的或者那些贵族以及任何私人为讨得王室恩宠而借出的牲口；兄弟，我能找到什么活儿干吗，巴尔塔萨问他的妹夫阿尔瓦罗·迪约戈；这正是他们到家的那天晚上，现在他们都住在父亲家里，刚刚吃过晚饭，而在此之前，他们，即他和布里蒙达从伊内斯·安东尼亚嘴里听说了圣灵在本镇上空飞过的神奇事迹；布里蒙达妹妹，我用这双迟早入土的肉眼看见了，阿尔瓦罗·迪约戈当时在工地上，也看见了，当家的，你也看见了，对吧；阿尔瓦罗·迪约戈正在吹火炉里一块没有烧透的木柴，回答说看见了，有个什么东西在工地上边飞过去了；那就是圣灵，伊内斯·安东尼亚坚持道，修士们对愿意听他们的话的人就是这么说的，是圣灵，还举行了感恩游行呢；大概是吧，丈夫附和说；巴尔塔萨望着微笑的布里蒙达，说，天上有些事我们说不清；接着布里蒙达赞同地补充了一句，要是说得清，天上的东西就该有别的名称了。若昂·弗朗西斯科老人正在火炉的那个角落里打盹儿，现在他既无牛无车又无土地，还失去了玛尔塔·马利亚，似乎对这类谈话漠不关心，但这时候他开口了，话音刚落便又再度睡着，世界上只有死和生；大家都等着他把话说完，为什么老人们在本应继续说下去的时候总是沉默下来呢，所以年轻人才必须从头学习一切。这里还有一个人在睡觉，因此不能说话，但是，即便他醒着，人们可能也不会让他说，因为他才十二岁，真理也许会从孩子嘴里说出来，但要说话他们首先得长大，而到了那个时候他们已经开始撒谎了，这就是那个活下来的儿子，夜里才回到家，此前干了一天的活儿，在脚手架上爬上爬下，筋疲力尽了，吃过晚饭就马上睡过去了；只要想干，人人都有活计，阿尔瓦罗·迪约戈说，你可以帮忙跑腿或者去推手推车，你这把钩子完全能钩住车把；生活就是有这样磕磕绊绊的事，好好一个人去打仗，回来的时候成了残疾人，后来靠奥妙又秘密的技艺飞上天空，到头来，也不过是想填饱肚子，而这就是他眼下的状况，他甚至可以夸耀自己的运气，说不定一千年以前还造不出代替手的钩子呢，而谁知道再过一千年又会如何呢。

第二天一早，巴尔塔萨就和阿尔瓦罗·迪约戈一起出门了，随行的还有那个小男孩，这是"七个太阳"的家，前面已经说过，离圣安德肋教堂和子爵府很近，这里是该镇的老区，依然可以看到摩尔人在其鼎盛时代所建造城堡的断壁残垣，他们一早便出发，路上不断遇到巴尔塔萨认识的本地人，大家都去工地干活，也许正因如此，农田才荒芜了，老人和妇女们耕种不过来，又因为马夫拉在山谷低地，他们必须沿小路往上爬，小路也不再是从前的样子，上面满是从维拉山上倒下来的瓦砾。从这低处看上去，已垒好的墙绝对不像是能成为通天塔那样的庞然大物，而走到山坡脚下时，已有的建造就完全被挡住了，已经建了七年之久，照这个速度非得建到世界末日才行，既然这样那又何苦呢；工程巨大，阿尔瓦罗·迪约戈说，等你到了它脚下就会知道；巴尔塔萨对采石工和石匠有些看不上，这会儿完全收声了，这倒不是由于看到已经垒起的石墙，而是因为工地上密密麻麻的人群，来自四面八方的人像一群群蚂蚁，既然这些人统统都是来干活的，我还不如当初不提这件事。小男孩离开他们去干活了，推着装石灰的斗车，他们两人则穿过工地往左拐，到总监工处去，届时阿尔瓦罗·迪约戈会说，这位是我妻兄，马夫拉人，也住在马夫拉，之前在里斯本住了许多年，但现在回到父亲家里长住，想找份工作；并不是说这番推荐的话能起多大作用，但阿尔瓦罗·迪约戈毕竟从一开始便在这里，是个熟练工人，并且一向干得不错，说句话总有点儿好处。巴尔塔萨惊愕得张大了嘴，他从一个村庄出来，走进了一座城市，当然，里斯本气度非凡，那是这个王国的中枢，而王国不仅统治着阿尔加维，阿尔加维地方不大，距离不远，还统治着许多更大更远的其他地方呢，巴西，非洲，印度，以及散布在世界上的其他许多地方，好吧，我的意思是，里斯本固然兴盛繁华，令人晕头转向，但是，这一大片密密麻麻大小不一的工棚和房屋，唯有来到近处亲眼看见才能相信，而三天以前，"七个太阳"在此地上空飞过的时候曾经激动不已，连望见的那片房屋和街道都似乎是他幻觉中的景象，这个初建中的修道院也不会比一个小教堂大多少。既然上帝从天上往下看一切，也就看得不清楚，他最好还是到这世界上走一走，用他自己那神圣的脚在世界上走一走，不再依靠那些从来都不可信的中间人和信使传话，用他自己的眼睛看一看，远处看着很小的东西在近处看却很大，除非上帝用望远镜看，巴尔托洛梅乌·洛伦索神父用的那种望远镜，但愿上帝现在正看着我，看他们会不会给我一份工作。

阿尔瓦罗·迪约戈已经去干活了，往石头上垒石头，要是再耽搁下去会损失四分之一的工钱，那损失就大了，现在巴尔塔萨必须说服负责登记的书记官，铁钩子跟血肉之躯的手同样有用，但书记官犹豫不决，不肯担这个责任，进到里边去请示了，可惜巴尔塔萨不能呈交飞行机器建造者证书，或者至少解释一下他曾经参加过战争，但即便这一点对他有帮助，也已经是十四年以前的事了，我们幸福地生活在和平时代，谁要听他到这里说什么战争呢，战争一旦结束，就好像根本不曾发生过一样。书记官面带喜色地回来了，你叫什么名字；然后他拿起鸭翎笔，蘸了蘸栗色墨水，阿尔瓦罗·迪约戈的推荐终归起了作用，或者因为求职者是本地人，或者求职者还是身强力壮的年纪，三十九岁，尽管头上出现了几根白发，或者仅仅因为，三天前圣灵刚刚在这里经过，马上拒绝一个求职者会得罪上帝；你叫什么名字；巴尔塔萨·马特乌斯，外号"七个太阳"；你可以周一来干活，一周的开始，去推手推车。巴尔塔萨有礼有节地对书记官表示感谢，走出了总监工处，既不高兴也不悲伤，一个男子汉应当能以任何方式在任何地方挣得每天的面包，但如果这面包无法喂养灵魂，也只好让肉体吃饱，而灵魂忍受折磨。

巴尔塔萨已经知道，他所在的这个地方被称作马德拉岛，即木岛，这名字很贴切，因为这里除了为数不多的几间石头和石灰房子，其他全是木板房，但建得经久耐用。这里还有铁匠工场，巴尔塔萨本可以提出他有用铁匠炉干活的经验，但他不是全部都记得，至于其他技艺，他就一窍不通了，比如白铁匠，玻璃匠，画匠，以及其他手艺人，这些工匠以后将在这里会聚起来。许多木板房带阁楼，地面那层养着牛和其他牲口，上面那层则住着各类有身份的人士，包括工头，书记官，总监工处的其他官员，以及管理士兵的军官。这时正值上午，牛和骡子正往外走，其他牲口早些时候被牵出去了，地上尽是粪便，就像里斯本的圣体游行一样，小男孩们在人和牲畜中间奔跑，你推我，我操你，其中一个人在躲闪时摔倒了，滚到一对牛下边，但没有被牛踩着，多亏他的保护天使在场，让他逃过一劫，只是弄得满身牛粪，气味难闻。巴尔塔萨同别人一样大笑起来，工地有工地的欢乐时光。工地也有工地的卫兵。这时有二十来名步兵经过，全副武装，像是在奔赴战场，是军事演习呢，还是开往埃里塞拉以迎击在那里登陆的法国海盗呢，法国海盗们将来会多次企图登陆，在这座通天塔建成后的许多许多年的某一天，他们成功了，朱诺将军的军队进了马夫拉，当时修道院里只留下了二十来位老态龙钟的修士，他们被吓得从跪凳上跌落在地，而指挥先头部队的是德拉加德上校，或者是上尉，什么军衔倒无关紧要，他想进入主殿，发现门锁着，于是差人叫来阿拉比达的圣马利亚修道院的费利克斯修士，他是那个修道院的院长，但这个可怜人没有钥匙，钥匙归王室保管，而王室已经逃走了，这时，卑鄙的德拉加德，后来有一个历史学家就如此称呼他，卑鄙的德拉加德打了可怜的修士一个耳光，啊，基督徒的驯顺，啊，上帝的训教，修士立即转过脸去让他打另一边，要是巴尔塔萨在赫雷斯·德·洛斯·卡巴莱罗斯失去左手的时候也伸出右手，那么现在他就握不住手推车的车把了。说到卡巴莱罗斯，这里还有卡瓦莱罗斯，即骑兵，骑兵经过这里，和步兵一样全副武装，现在才发现，他们负责放哨，在卫兵眼皮底下干活，别有风味。

人们在这些大木屋里睡觉，每间屋子里至少住二百人，巴尔塔萨站在这里，无法数清有多少木屋，数到五十七就乱了套，更不必说这几年里他的算术没有长进，最好是拿上一桶石灰和一把刷子，在这间屋子做个记号，在那间屋子做个记号，以免重复或者遗漏，就像是在各家门口钉圣拉匝禄十字像，免得感染上皮肤病一样。如果在马夫拉没有家，巴尔塔萨就得像这里的人一样，在一张席子或者一块木板上睡觉，而夜里他还有妻子做伴，比起来，这里大部分人都来自远方，实在是可怜，人们说男人不是木棍，而最糟糕也最难忍受的便是男人勃起后坚硬如木棍的时候，可以肯定，马夫拉的寡妇们不能满足这么多人，局面就是这样。巴尔塔萨离开这片木屋去看军队的营地，到了那里心里咯噔跳了一下，那么多行军帐篷，仿佛时间倒流了，也许看上去不太可信，但有时候一个退伍士兵甚至会怀念战争，这在巴尔塔萨身上已经不是头一次了。阿尔瓦罗·迪约戈早就对他说过，马夫拉有许多士兵，一些帮助安放炸药和起爆，另一些看守工人和惩戒干扰秩序的人，而从帐篷数目判断，士兵足有数千人。看到这样的新马夫拉，"七个太阳"几乎目瞪口呆，下边村子那里不过五十来户人家，而这上面却有五百座房屋，更不必提别的差别了，比如这一排公共食堂，木板房几乎和宿舍同样大，里边有加长的桌子和凳子固定在地上，以及长长的餐台，现在这里没有人，但半晌午的时候，那一口口大锅下面便点了火，为午饭做准备，而开饭号一响，人们立即潮水般涌来，看谁先跑到，带着一身在工地上干活的脏污，狂呼乱叫震耳欲聋，朋友喊朋友，你坐这里，替我占个地方，但木匠和木匠坐在一起，石匠和石匠坐在一起，挖土工和挖土工坐在一起，小工或者临时工坐在那边角落里，人以群分，幸好巴尔塔萨可以回家吃饭，不然他能和谁说话呢，这会儿他对手推车还一窍不通，对于飞行器却又是唯一的行家。

不管阿尔瓦罗·迪约戈怎么说，为他和其他工人的工作怎样信誓旦旦地担保，工程确实没有什么进展。巴尔塔萨转了整整一圈，以审视自己将要居住的房子的那种目光仔细观察，那边一些人推着手推车，一些人爬上脚手架，一些人提着石灰和沙子，还有一些两人一组借助木棍和绳子抬着石头爬上缓缓的斜坡，工头们手持棍棒监视，监工们盯着工人们，以确认他们卖了力，活儿干得无可挑剔。墙还没有垒到巴尔塔萨身高的三倍，也还没有完全围住修道院的外缘，但像备战的堡垒那样厚，比马夫拉城堡遗留下来的断墙还要厚，不过那是另一个时代的作品，那时候没有火炮，只有如此厚的石墙才能解释为何高度增加得如此之慢。那边倒着一辆手推车，巴尔塔萨去试了试手感，看学起来是不是容易，毫无困难，如果在左边的车把内侧用凿子凿一个半月形的洞，他便可以与任何有一双手的人比试一番。

最后，他沿着上来时走的小路下山，工地和木岛已经隐匿在山坡后面，若不是常有石头和土块从高处滚下来，人们完全不会想到那里将建起一座修道院，一座教堂，或者王室宫殿，永远都是那个马夫拉，数世纪以来一如既往的那个小小的马夫拉，甚至到今天都不会有多大变化，罗马人来这里撒下法令的种子，摩尔人随后到来，种出了菜园和果园，虽然菜园和果园的痕迹已荡然无存，直到如今我们根据统治者的愿望皈依了基督教，而如果耶稣本人的确曾行走于世上，那他也没有到过这里，否则维拉山上就该有耶稣受难处了，现在人们正在那里建造一座修道院，也许两者是一回事吧。若是想要更深入地思考宗教上的事情，如果这确实是巴尔塔萨的想法，那么向他询问又有什么用呢，他想起了巴尔托洛梅乌·洛伦索神父，这也不是第一次了，显而易见，他和布里蒙达单独在一起的时候，谈话的内容不外乎这件事，想到神父的时候心里感到疼痛，后悔在那个可怕的夜里在山上曾经那样粗暴地对待他，仿佛是殴打了一个患病的兄弟，我清楚地知道他是神父，而我甚至连士兵都不是了，但我们的年纪一样大，为同一桩事业同心协力过。巴尔塔萨又自言自语，哪天得回巴雷古多山和容托山，看看机器是否还在那里，很可能神父已经偷偷回去，并独自飞到更适合发明创造的地方去了，比如说荷兰，荷兰非常重视航空事业，某位汉斯·普法尔就是明证，他犯下了一些微不足道的罪行但没有受到宽免，至今仍然在月亮上生活。不过这都是之后的事了，巴尔塔萨对这些一无所知，另外还有更令人赞叹不已的成就呢，例如两个人登上了月球，我们都看见了，但他们没找到汉斯·普法尔，大概他们没有尽心尽力地寻找吧。因为那里的道路太难走。

这里的道路比较好走。从太阳东升到日落西山，巴尔塔萨和其他许多人，大概有七百，一千，乃至一千二百人，给各自的手推车装上土和石头，巴尔塔萨则是用钩子稳住铁锹的把手，右臂的灵巧度和力量是十五年前的三倍，接着就是浩浩荡荡无穷无尽的人体大游行，一个接一个轮流往山坡下倾倒灰泥瓦砾，不仅覆盖了树丛，而且掩埋了一些耕地，还有一片可追溯到摩尔人时代的菜园也即将寿终正寝，可怜的菜园，几个世纪以来一直出产鲜嫩的卷心菜，水灵的生菜，牛至，香芹，以及薄荷，都是精细的好菜，现在，永别了，这些水渠里不会再有流水，菜农不会再来翻土浇水为菜园解渴，至于旁边的土地，则为菜园的焦渴死亡幸灾乐祸。世界千曲百折，生活在世界上的人们经历着更多的百转千回，也许那个刚刚在上面倾倒手推车的人就是这菜园的主人，石头连滚带跳蹦下了山坡，土块一个劲地往下滑，最重的石头奔在最前，不过，这位大概不是菜园的主人，因为他一滴眼泪都没有流。

日子一天一天过去，一周一周过去，墙壁几乎不见增长。士兵们正在放炮，向坚硬无比的巨石进攻，如果这石头和其他石头一样可以垒墙壁，士兵们的劳动才可能得到更好的回报，但它深埋于山体之中，只有在猛烈轰击之下才肯脱离大山，一旦飞到空中便粉身碎骨，若非用手推车将它们转移倾倒，不久便会化作尘土。运输中也使用较大的车，用骡子拉的双轮车，人们往往让其负载过重，由于这些天一直雨水不断，牲畜陷入泥泞，必须用鞭子抽打它们的脊背才能让它们继续前行，在上帝没有注意的时候也抽打它们的脑袋，而这一切劳苦都是为了这同一位上帝的荣光，也因此人们并不能肯定上帝是不是在那个时候故意转移了视线。推手推车的人们因为载重不大，不像大车那样经常陷入泥坑之中，并且他们有用搭脚手架的废板材铺成的较平稳的通道，但通道不够用，于是埋伏与赛跑的争斗层出不穷，看谁能抢先，如果两个人同时到达，就看谁的力气更大，而接下来便是拳打脚踢，碎木条在空中乱飞，这时士兵巡逻队便开过来，一般来说这足以压下火气，否则便会像骡子一样反复被刀把和鞭子抽打脊背。

雨一直在下，但没有大到不得不停工的地步，泥瓦匠们除外，因为水能冲走灰浆，在厚厚的墙上形成水洼，所以工人们就回到屋子里等待天气好转，而凿石匠是手艺人，不论是粗切还是雕琢，都在室内干活，但他们可能也很想休息。对后者来说，墙壁建得快慢都无关紧要，沿石块的纹理和线条，雕出凹槽，叶板，垂花饰，基座，花环，完成一件之后搬运工便借助木棍和绳索将其抬到一个大屋子里和其他成品一起存放，而到时候他们会用同样的手法将其运走，如果石块太重，则需要用到绞盘和斜坡架。但凿石匠们有特权，工作有保障，不论下雨或晴天都算一个工作日，他们在室内干活，浑身落满大理石的白色粉尘，个个像扑了粉戴着假发的贵族，手持錾子及石工锤，叮当，叮当，这是需要两只手配合的工作。今天的雨不太大，监工们让所有人继续出工，推手推车的工人们也不例外，他们还不如蚂蚁幸运，行将下雨，蚂蚁抬起头闻闻星辰，便急行返回蚁穴，不像人类，还得冒雨干活。最后，一道黑色的水幕从海上走来，盖住了整片大地，人们不等下命令便丢下手推车，一窝蜂似的朝屋里拥去，或者到墙壁的背面躲避，就好像这能有用似的，他们已经浑身湿透，无法更湿了。倾盆大雨中，套在车上的骡子静立在那里，汗水濡湿的鬃毛又浇上了如注的雨水，上着轭的牛不为所动，继续反刍，在雨下得最猛的时候才摆摆脑袋，谁能说清这些牲畜是什么感觉呢，什么力量才能使它们颤抖呢，甚至在两头牛那发亮的角互相碰撞的时候，也许只是说一说，你在这里呀。当一阵雨过去，或者变得可以忍受时，人们又纷纷回去，一切重新开始，装，卸，拉，推，拖，抬，今天太潮湿，不宜放炮，这有利于士兵，他们回屋里休息了，连哨兵也都撤回去了，这才是平静的欢乐。天空又乌云密布，雨又下了起来，看样子不会很快停止，人们收到了收工的命令，只有凿石匠仍然在敲打石头，叮当，叮当，屋檐很宽，随风而来的盐粒落不到一块块大理石上。

巴尔塔萨沿路往下，回镇上去，小路很滑，走在他前边的那个人摔了一身泥，大家笑起来，笑声中又一个人摔倒了，这些都是备受喜爱的生活乐事，在马夫拉这个地方既没有露天剧院，也没有歌唱家或者演员，看歌剧要到里斯本去，至于电影，那是两百年以后的事，那时也有以发动机为动力的大鸟了，在终于找到快乐之前，时间流逝得很慢；未来，你好啊。妹夫和外甥大概已经到家了，他们倒不错，对一个冻得透心凉的人来说，最惬意的莫过于面前有一堆火，在高高的火苗上烤烤手，脱下鞋子在炭火旁边烘烘脚，寒气缓慢地从骨头间退却，犹如霜冻在阳光下逐渐消融。实际上，还有比这更好的，那就是床上的女人，并且她正好是你渴求的那一位，她甚至不需要等在路边，就像现在我们看到的布里蒙达那样，她到路上去迎接，和男人分担同样的寒冷，同样的雨水，把带来的一条裙子盖到他的头上，女人的气息足以令男人眼中滚出泪珠，她问道，累了吗；这句话足以令人承受世界上的一切苦难，一条裙子遮着两个脑袋，天堂也不过如此，但愿上帝就这样与我们的天使生活。

马夫拉零星传来一些消息说，里斯本感到了地震，没有造成多大破坏，只是有的屋檐掉了下来，有的烟囱倒了，有老建筑的墙裂了缝，但坏事总能顺便带来好事，卖蜡烛的商人生意兴隆，教堂里蜡烛成堆，烛光尤其通明的是圣克里斯多福的祭坛，这位圣徒在如下情境施加保护，瘟疫，时疫，电击，火灾，风暴，洪水，旅途不顺，以及地震，他的竞争对手有圣芭芭拉和圣犹士坦，后两者在相似情境下亦可提供保护。但是，圣徒和人一样，这里指建造修道院的人们，亦指所有在别的地方建设或者拆除的人们，圣徒也会累，非常珍视休息，因为只有他们知道控制自然的力量有多么费劲，而如果是上帝的力量，事情会容易得多，只消恳求上帝，请看看那里吧，现在不要刮风了，不要摇晃了，不要点火了，不要淹水了，不要放出疫病，不要让强盗拦在路上，除非上帝是个歹毒的神，才会无视这乞求，但是，由于这是自然的力量，加之圣徒们心不在焉，我们刚为地震没有造成多少破坏而松一口气，却马上迎来了印象中前所未有的风暴，但是，既无大雨又无冰雹，也许正因为没有这些阻碍削弱其力量，风暴才随心所欲地像扔核桃壳一样将锚泊的大船抛起来，把缆绳拉紧，拉长，拉断，或者把铁锚从水底拉出来，随之把船拖离锚泊地，然后各条船便互相碰撞，撞破船舷，船身沉没，水手们高声呼喊，只有他们自己知道在向谁呼救，或者船在陆上搁浅，最终却被水的力量碾碎。所有上游的码头都被冲垮，狂风和巨浪把石头从码头底部拽出来抛向陆地，像火炮的石弹一样砸碎门窗，这是怎样的敌人呀，既不用铁也不用火就造成了如此伤害。猜想到是魔鬼作祟，所有的女人，包括保姆，女佣，以及女奴，全都跪在礼拜室里祈祷，圣母玛利亚，万福玛利亚；与此同时，男人们面如土色，举起剑也没有摩尔人或者塔普亚人可刺，只好高声诵念天主经和圣母经，我们如此焦急地呼唤，只说明我们确实需要父亲和母亲。海浪以骇人之势拍打着博阿维斯塔的海滩，腾空而起的水点被风直接吹到熙笃修女院乃至更远的圣本笃修道院，像暴雨一样击打在它们的墙上。如果说世界是一条航行在汪洋大海上的船，那么这一次它必将沉入海底，天下水水相连，洪流滚滚，连诺厄和鸽子也不能幸免。从丰迪松到贝伦差不多一里格半的地段，海岸边唯余残骸和断木，船上装载的货物要么沉入海底，要么因为不够沉而被冲上海滩，船主们和国王损失惨重。为了避免被掀翻，有的船砍断了桅杆，即便如此依然有三艘战船被推上海滩，若不是及时得到了专门救援势必报废。在海滩上粉身碎骨的小划艇，渔船和舢板不计其数，至于大船，仅触礁和失踪的就有一百二十艘之多，更不用说丧生的人了，谁知道有多少尸体被潮水冲到防波堤以外或者沉入海底呢，只知道被大海抛到海滩上的就有一百六十具，正是一串念珠的数目，孤儿寡母哭声不断，哎呀，我的好父亲，淹死的女人不多，有些男人会说，哎呀，我的好妻子，死后我们都是好人。死的人太多，只得就地草草掩埋，有时人们甚至弄不清死者是谁，或者亲人住在远处，来不及赶到，但大病须用重药医，要是上次地震更加强烈，死的人很多，也会照此办理，掩埋死者，照管生者，如果将来还会发生此种灾难，现在已经提前给出了方案，但请饶过我们吧，上帝。

巴尔塔萨和布里蒙达来马夫拉生活已经两个多月了。这一天是瞻礼日，工地停工，巴尔塔萨走到容托山去看飞行机器。机器仍在原地，照原样停在那里，向一边倾斜，靠一个翅膀支撑着，上面盖的树枝已经干枯。涂了沥青的帆完全张开，遮着琥珀球。由于机身倾斜，帆上没有积雨水，所以没有腐烂的危险。四周的碎石地上新长出了高高的灌木，甚至还有几株黑莓，毫无疑问，出现这种情况不同寻常，因为时节和地点都不对，似乎大鸟在运用自身的技艺保护自己，像这样的机器做出什么事来都不令人意外。无论如何，巴尔塔萨还是为它加了一层伪装，像上次那样到灌木丛中砍了一些树枝，但这回要省力多了，因为他带来了一把钩镰，做完之后，他又围着另一座修道院转了一圈，对成果感到满意。然后他又爬到机器上，用闲置已久的长钉的尖在甲板的一块木板上画了一个太阳和一个月亮，这是留给巴尔托洛梅乌·洛伦索神父的信，如果有一天他返回这里，就能看到朋友做的记号，不会弄错。巴尔塔萨开始往回走，黎明时分离开马夫拉，回来时已是黑夜，一来一回走了十多里格的路，人们说乐意时走路不会累，但巴尔塔萨到家时已经筋疲力尽，虽然他走这一趟出于自愿，但或许发明这句俗语的人路遇仙女，并享受了一番温存，如果是那样也就不足为怪了。

十二月中旬的一天傍晚，巴尔塔萨正在往家走，像寻常一样看见布里蒙达在半路上等他，但她神色紧张，身体微微发颤，这很反常，因为只有不认识布里蒙达的人才不知道这一点，布里蒙达行走于世上，睿智得仿佛有前世的记忆，等走近了，他问，是我父亲身体不好吗；她回答说，不是，接着压低声音说，埃斯卡拉特先生在子爵府，他来这里干什么呢；你确定你看见他了吗；我亲眼看见的；也许那个人只是长得像他；就是他，我见过谁一次就能记住，何况见过他许多次呢。他们回到家里，吃过晚饭，大家便分别上床睡觉了，每对夫妇在他们自己的那张床上，若昂·弗朗西斯科老人和外孙一起，这孩子睡觉不肯安生，整夜翻来覆去，没办法，但外祖父并不介意，对睡不着的人来说总算有个伴。这也正是为什么，那么多人中只有他听见了，在对早睡的人来说已经很晚的时间听见了，从门和屋顶的缝隙钻进来的轻轻的音乐声，这一夜马夫拉一片寂静，因此，有人在子爵府弹钢琴，尽管由于寒冷门窗紧闭，即使天气不冷出于体面也必须如此，那音乐竟然能被一个年老耳聋的人听见，要是布里蒙达和巴尔塔萨也听见了，就会说，是埃斯卡拉特先生在弹琴；通过手指便能认出巨人，此话言之有理，确实有这句谚语，并且用在这里恰到好处。第二天清早，大家围坐在火炉旁，老人说，昨晚我听见了音乐声，伊内斯·安东尼亚没有在意，阿尔瓦罗·迪约戈也没有在意，更不要说外孙了，老人嘛，总能听见什么响动，但巴尔塔萨和布里蒙达却难过得近乎嫉妒，如果这里有人有权听到这音乐的话，那只能是他们，而不是其他任何人。他去上工了，整整一个上午她都在子爵府四周转悠。

多梅尼科·斯卡拉蒂求得国王允许前来参观修道院工程。子爵在府邸接待他，这倒不是子爵尤其喜爱音乐的缘故，而是这个意大利人既然是王宫小教堂的大师，芭芭拉公主的教师，那么四舍五入可以说是王室的化身了。人们永远不知道款待一个人能得到什么回报，即便子爵府不是旅店，也值得做一番接待，不管怎么说，做好事要先看对象。下午，多梅尼科·斯卡拉蒂弹子爵那走音的钢琴，听音乐的是子爵夫人，坐在她腿上的是女儿曼努埃拉·沙勿略，这孩子才三岁，所有听众中数她最聚精会神，一边看着斯卡拉蒂一边模仿着舞动她细细的手指，最后母亲被闹得不耐烦了，把她交给保姆抱着。这孩子一生中不会听多少次音乐，斯卡拉蒂晚上弹琴的时候她已经睡着了，十年以后此女死去，葬在圣安德肋教堂，至今还长眠在那里，既然世上有发生奇迹的地方和通往奇迹的道路，那么，如果圣塞巴斯蒂昂·达·彼得雷拉庄园的那口井还在，她在地下或许能听到水在扔进井里的那架钢琴上弹出的乐曲，可惜泉水总会干枯，泉眼总会堵塞。

音乐家出门去看修道院，看到了布里蒙达，一个人佯装不认识，另一个也佯装不认识，在马夫拉，要是看到"七个太阳"的妻子平起平坐地跟住在子爵府的音乐家谈话，没有哪个本地人不会感到奇怪，并随即做出充满怀疑的判断，他来这里干什么呢，是来看修道院的工程吗，可他既不是泥瓦匠，也不是建筑师，说是风琴演奏家吧，可我们这里还没有风琴呢，所以必定另有隐情；我是来告诉你，也告诉巴尔塔萨，巴尔托洛梅乌·洛伦索·德·古斯曼神父死了，死在托莱多，那地方在西班牙，他逃去那里，据传他疯了，而由于没有人说起你，也没有人说起巴尔塔萨，所以我决定来马夫拉打听一下你们是不是还活着。布里蒙达两只手合在一起，但不像是要祈祷，而像是要绞住自己的手指，他死了；在里斯本听到的消息是这样的；机器掉在山上的那天晚上，巴尔托洛梅乌·洛伦索神父逃离了我们，再也没有回来；那机器呢；还在那里，我们怎样处理它呢；保护它，照管好它，说不定有一天会再飞起来；巴尔托洛梅乌·洛伦索神父什么时候死的；据说是在十一月十九日，正是里斯本遭到大风暴袭击的那一天，如果巴尔托洛梅乌·洛伦索·德·古斯曼神父是圣徒，那就是天上显灵了；埃斯卡拉特先生，什么是圣徒呢；你说呢，布里蒙达，什么是圣徒。

第二天，多梅尼科·斯卡拉蒂启程返回里斯本。在镇子外边，路上的一个拐角，布里蒙达和巴尔塔萨正等着他呢，为了道别，后者损失了四分之一的工钱。他们走近双轮马车，像是要乞讨一样，斯卡拉蒂命令停车，向他们伸出手，再见了；再见了。远处传来炸药爆破的声音，仿佛是在庆祝什么节日，意大利人悲伤地离开了，这也难怪，他从节日庆典中离开了，留下的两个人也面带悲伤，这是为什么呢，既然他们还会回去庆祝节日。

18

  他坐在闪烁群星簇拥的王位上，身披夜与孤独的斗篷，脚下是崭新的海洋和逝去的时代，他是唯一的帝王，手中确实掌握着整个地球，他就是唐·恩里克王子，此时尚未出生的一位诗人后来就是如此赞颂他的，人人都有各自喜爱的人，但是，鉴于此处谈的是整个地球和帝国以及帝国的收益，那么唐·恩里克王子相较于这位唐·若昂就大为逊色了，我们已经知道，他是国王名录上的第五位若昂，坐在愈疮木做的扶手椅上，为的是更加舒适，也更加安宁地接见为他登记财产和财富的簿记官，来自澳门的丝绸，织锦，瓷器，漆器，茶叶，胡椒，青铜，龙涎香，黄金，来自果阿的粗钻石，红宝石，珍珠，肉桂，更多的胡椒，棉布，硝石，来自第乌的地毯，细工镶嵌家具，绣花床单，来自马林迪的象牙，来自莫桑比克的黑人，黄金，来自安哥拉的更多的黑人，但不如莫桑比克的好，还有象牙，非洲东海岸最好的象牙，来自圣多美的木材，木薯粉，香蕉，木薯，母鸡，绵羊，山羊，蓝靛，蔗糖，来自佛得角的一些黑人，蜡，皮革，象牙，应当说明的是并非所有象牙都产自大象身上，来自亚速尔和马德拉的布匹，小麦，烈酒，干葡萄酒，烧酒，陈皮，水果，以及来自后来都属于巴西的不同地方的蔗糖，烟草，柯巴脂，蓝靛，木材，皮革，棉花，可可豆，钻石，翡翠，白银，黄金，仅黄金一项，王国每年的进益就达一千二百万至一千五百万克鲁札多，这还是仅将金粉和金币纳入计算的结果，其他不算在内，沉入海底和被海盗掠去的也不计算在内，当然，这些并非全是王室的收益，王室富有，但也没有富到那种程度，不过把内外收益加在一起，流入国王钱柜的在一千六百万克鲁札多以上，其中，仅在流经米纳斯吉拉斯的河上征收的通行税就达三万克鲁札多，我主上帝费力气挖开沟渠让水流动，却来了个葡萄牙国王征收巨额的税款。

唐·若昂五世正在考虑把巨额款项用在何处，这是一笔无与伦比的财富，他今天在思考，昨天也在思考，得出的结论千篇一律，必须把灵魂放在首位，我们应当通过一切手段保护灵魂，尤其是当土地和身体的舒适也能给它带来安慰的时候。那么就给修士和修女们所需要的一切吧，连他们不需要的也给，因为修士们在祈祷中总是把我放在首位，因为修女们总是掀开我盖的被单，并提供其他小小的快乐，还要给罗马，如果我们为建宗教裁判所向罗马支付了一大笔钱，为了让它行不那么残忍的善事我们要支付更多，作为回报，它会派来使团，送来礼品，不能指望这块土地提供高超的艺术品和手艺，这里充满文盲，粗人，以及蹩脚的工匠，那就为我的马夫拉修道院向欧洲定做陈设和饰物吧，用我的金矿里的黄金和其他钱财支付，正如一位修士历史学家后来说的，让那里的工匠们大赚一笔吧，至于我们，我们只好望着那些陈设和饰物赞叹。对葡萄牙，只需要它提供石头，砖，烧火用的木柴，还有干粗活的人，不用多少科学。既然建筑师是德国人，既然担任木工，泥瓦工和石匠的工头的是意大利人，既然英国，法国，荷兰以及其他国家的商人天天都和我们做买卖，那么从罗马，威尼斯，米兰，热那亚，列日，还有法国和荷兰运来以下东西就非常正确了，大钟和组钟，灯，烛台，青铜大烛台，酒杯，镶金银制圣器匣，圣体龛，国王最虔信的圣徒的雕像，祭坛的饰物，祭坛前帷，祭披，饰绳，祭坛华盖，伞盖，香客教士白袍，花边，还有三千块胡桃木原木板，圣嘉禄·鲍禄茂认为这种木材是制作圣器匣和唱诗班排椅的最好材料，从北方各国运来的是整船整船的用于做脚手架，大棚和住房的木板，还有绞盘和滑轮用的粗绳和缆绳，从巴西运来的是无数红斑木原木，用来做修道院的门窗，单人小室，宿舍，餐厅和其他附属房间的地板，包括忏悔室的护栏，因为这种木材不易腐烂，不像葡萄牙松木那样容易干裂，仅能用来烧开锅里的水，只有体重轻的人才可以坐上去，还必须掏出衣服口袋里的东西。自从八年前在马夫拉为修道院奠基以来，感谢上帝，基石来自彼鲁宾海鲁，欧洲欣慰地看到，它所有的一切都给我们送来了，他们提前收到了钱，在每个期限结束和一项工程完成时收的钱更多，这些人是金匠和银匠，大钟铸造者，塑像和浮雕雕刻匠，纺织工，花边织造女工和绣花女工，钟表匠，画家，制缆绳工，锯木工，金银丝绦带工，雕金工，地毯工，组钟匠，船主，如果这些在挤奶时驯顺的母牛不是我们的，或者我们的母牛不能变得那么驯顺，至少葡萄牙人应当留下这母牛，用不了多久他们就会来赊购我们半升牛奶去做奶饼和奶黄饼糕了；如果陛下想再吃，只消说一声，修女院长保拉提醒说。

一群蚂蚁向溢出的蜂蜜，向撒出的糖，向天上掉下来的玛纳爬去，它们是什么，一共有多少，或许有两万，全都朝一边走，就像某些海鸟一样，成百只海鸟聚集在海滩上崇拜太阳，不顾风从尾部吹来，撩起它们的羽毛，重要的是望着天空的眼睛，它们排成短短的阵形，互相追逐，直到飞到海滩尽头或者太阳躲藏起来，明天我们还返回这里，如果我们不来，我们的子孙们也会来。两万当中几乎都是男人，为数很少的女人留在人群之外，这主要倒不是为了遵从在做弥撒时按性别分开的习惯，而是因为，如果她们在人群中走失，当然，仍然还能活着，也许像今天我们的说法那样，遭到了强暴，你千万不要挑逗你主上帝，如果挑逗他，往后就不要抱怨你已有孕在身。

前边已说过，这是在做弥撒。工地和木岛之间有一块宽阔的平地，被来来往往的工人的脚踩过，被来来往往的车轮碾过，幸好此时一切都干燥，这应当归功于开始投入夏季怀抱的春季，过不了多久人们就可以跪下，用不着担心把裤子的膝盖处弄脏，好在他们不是最关心干净的人，常常用自己的汗水洗脸。在广场后边的高处放上了一座木制小教堂，如果助祭们以为会出现奇迹，所有人都能被装进里面，那他们就大错特错了，最容易的是让鱼和面包成倍增长，或者在一个玻璃瓶里装进两千个意志，这都算不上什么奇迹，而是世界上再天经地义不过的事，只要人们愿意。这时响起绞盘的嘎吱声，随着这声音，或者类似的噪声，天堂和地狱的门打开了，门依其主人的身份不同而不同，上帝家的门由水晶做成，撒旦家的门是青铜制，通过开门时的回声能立马分辨出来，但这里，只有木头摩擦发出的尖叫，小教堂的正面墙渐渐往上，直到把墙变成房檐，同时两边渐渐分离，仿佛一双看不见的手打开了圣体龛，头一次做弥撒时工地上还没有那么多人，但五千人同时发出一声惊叹，啊；在任何时候都是这样，一桩新鲜事总要让人们大吃一惊，然后他们才会对此习以为常，小教堂敞开了，展现出里边的主礼神父和祭台，这能是一次普普通通的弥撒吗，看来不可能，但这些人都忘记了，有一天圣灵曾在马夫拉上空飞过，真正与众不同的是在战斗之前举行的弥撒，等到清点和埋葬死者的时候谁知道我是不是也在其中呢，让我们充分利用这次圣事吧，除非敌人在弥撒前发动进攻，要么因为他们的弥撒进行得更早，要么因为他们信奉一个不做弥撒的宗教。

主礼神父在他的木笼子里向人海布道，假如不是人海而是鱼海，他本可以重复那篇说理清楚，内容健康，词句华丽的布道词，但听众不是鱼，布道就只得符合这些人的情况，只有离他最近的信徒们能听得见，当然，虽说袈裟不是和尚，但那身教服足以令人虔诚，助祭听到他说天宕，就知道他指的是天堂，他说阴森就是永生，嫉妒就是基督，赏嫡就是上帝，如果什么都听不见了，既听不见说话声，也听不见回音，那就是布道已经结束，我们可以解散了。令人惊奇的是，弥撒做完以后地上并没有留下死人，照在圣器匣上闪闪发光的太阳也没有把他们杀死，时代的变化太大了，贝特舍默士人正在谷中收割麦子，举目一看，见是培肋舍特人的约柜来了，五万零七十人猝然死去，那个时代一去不复返了，现在两万人朝天上望，你在那边呀，我还没有看见你呢。这个宗教中充满闲趣，尤其是众多的信徒聚集在一起的时候，到哪里去找听所有人忏悔或者供所有人吃圣餐的空地和设施呢，于是人们就在那里听天由命，有人哈欠连天，争吵连连，在篱笆后面或者更隐秘的地方用下腹顶一个女人，明天见，明天又是工作日了。

巴尔塔萨穿过广场，有些人在那里玩输赢不大的掷铁圈，国王禁止其他赌博，例如谁要是玩正反面，地方法官来了以后他们非坐牢不可。布里蒙达和伊内斯·安东尼亚正在约定地点等着巴尔塔萨，阿尔瓦罗·迪约戈和儿子也会到那里去，也许已经在那里了。几个人一起往下朝河谷走去，若昂·弗朗西斯科正在家里等他们，老人的腿几乎不能挪动，只好在圣安德肋教堂听教区牧师措辞谨慎的弥撒，子爵一家全都在场，或许正因如此布道词才不那么吓人，当然，也有不利之处，人们必须从头到尾听完，但很快就能发现听的人心不在焉，年事已高或者太疲劳的时候自然这样。吃过正餐，阿尔瓦罗·迪约戈去小睡，儿子和其他几个同龄人去捉麻雀，女人们则小心翼翼地缝补衣裳，因为今天是主休日，上帝不愿意看到人们干活，但是，如果今天不把这个口子缝好，明天就会更大，既然上帝确实不用棍棒或者石头施行惩罚，缝补衣裳也确实只用针与线，而我的技艺并不高超，这不值得大惊小怪，亚当和厄娃被创造出来之后，两人具有同样的知识，在被逐出天堂的时候并没有从天使长手中接到一张男人干的活和女人干的活的清单，只是对她说，你将忍受分娩的痛苦，但这一点终有一天也会完结。巴尔塔萨把长钉和钩子统统放在家里，裸露着没有手的手腕，他想试一试能不能重新感受到手上那种令人舒适的疼痛，现在这种感觉越来越稀少了，能不能重新有拇指内侧轻轻的痒的感觉，能不能重新感到用食指的指甲轻轻抓那个地方产生的惬意，你们不必告诉他这一切都是他头脑中的幻想，否则他会回答说，头脑中没有手指；但是你，巴尔塔萨，已经没有手了；这种事谁也说不准；不要去和这样的人争论，他甚至能否认他本身。

人们知道，巴尔塔萨要喝酒了，但他不会喝醉。自从得知巴尔托洛梅乌·洛伦索神父的死讯以后他就喝起酒来，神父死得太悲惨，对他震动极大，如同一次深层地震，震碎了房屋的根基，尽管地面上的墙壁依然笔直。他喝酒是因为经常想起巴雷古多山脉中容托山山坡上的大鸟，谁知道它是否已经被走私者或者牧人发现了呢，只要想到这个他就像被严刑拷打一样难过。但是，喝着喝着总有那么一个时刻到来，感到布里蒙达把手放在他的肩头，这就足够了，布里蒙达安安静静地待在家里，巴尔塔萨拿起装满酒的小陶罐，以为会像其他人那样喝，但那只手搭在他的肩上，一个声音说，巴尔塔萨；小陶罐原封不动地回到桌子上，朋友们都知道，他今天不会再喝了。他一言不发，直到酒力造成的昏沉渐渐消散，别人说的话能重新组成什么意思的时候，他才静静地听，尽管讲的都是些老生常谈；我叫弗朗西斯科·马尔克斯，在谢莱鲁什出生，离马夫拉这里不远，大概两里格吧，我有妻子和三个年幼的孩子，一生只打短工，由于无法摆脱贫穷，就来为修道院干活，听说这修道院是来自我家乡的一位修士许下的愿，那时候我还是个孩子，像你小外甥那么大，不管这些了，反正我没有什么好抱怨的，谢莱鲁什离得不远，偶尔迈开双腿回去一趟，还用得上中间那一条，结果是妻子又怀了孕，我把节省下来的钱给她留下，但像我们这样的穷人什么都得花钱买，不会从与印度或者巴西的买卖中获利，也不在王宫任职或者有王室的封地，我用每天挣的二百列亚尔能干什么呢，我必须付在这里的小餐馆吃饭的饭钱，喝酒的酒钱，食品店的老板们日子过得蛮好，如果他们当中许多人是被迫从里斯本来这里的，那么我是出于需要才在这里生活，因为穷困才继续留在这里；我叫小个子若泽，我没有父亲，没有母亲，也没有自己的妻子，甚至不知道是不是确实叫这个名字，或者原来曾叫过什么名字，可以确定的是，人们在托雷斯·韦德拉什山脚下一个村庄发现了我，教区神父为我洗礼，若泽就是洗礼名，小个子是后来人们给我加上去的，因为一直长不高，而且又驼背，没有哪个女人愿意跟我一起生活，但是一旦让我趴到她们身上，她们总是要求更多，这是对我唯一的报偿，来我这里，现在你出去吧，等到老了连这一点也做不到了，我来到马夫拉是因为喜欢用牛干活，在这个世界上牛总是为别人卖力气，像我一样，我们不是这里的人；我叫若阿金·达·罗查，出生在庞巴尔，那里有我的家，家里只有妻子一个人，原来有四个儿子，但他们都没有活到十岁就死了，两个死于天花，另外两个死于虚弱贫血，我在那里租了一块地，但收入还不够吃饭呢，于是我对妻子说，我到马夫拉去吧，那里工作有保障，能干许多年，就这样一直在这里干，现在已经六个月没有回家了，说不定我再也不回去了，女人有的是，我那女人大概血统不好，生了四个儿子全都死了；我叫曼努埃尔·米里奥，从圣塔伦农村来的，有一天地方法官手下的官员们到那里去，说马夫拉的工地挣钱多，吃得好，于是我就来了，还有几个人也来了，和我一起来的两个人在去年的地震中死了，我不喜欢这里，倒不是因为我的两个同乡死在这里，一个人没法选择死的地方，除非他可以选择怎样死，而是因为我想念我家乡那条河，我完全清楚，大海的水多得很，从这里就能看到，可你们说说，一个人能用这不老实的大海干什么呀，波浪不停地拍打石头，拍打海滩，而河在两岸中间流，像赎罪游行一样，匍匐着往前走，我们站在岸边看着，就像白蜡树和杨树一样，当一个人想看看自己的脸，看是不是苍老了许多，那流动的水就成了静止的镜子，而我们站着不动，反而像是在运动的一方，头脑里这些念头从哪儿来的，我也说不清楚；我叫若昂·安内斯，从波尔图来，是个桶匠，建造修道院也需要桶匠，不然谁制造和修理大木桶，酒桶，还有水桶呢，泥瓦匠在脚手架上，要用装泥灰的桶，要用扫帚把石头弄湿，让上边的石头紧紧粘在下边的石头上，所以必须有水桶，牲口在哪里喝水呢，在桶里，桶是桶匠做的，不是我自吹自擂，哪个行业也比不上我这个行业，甚至上帝也当过桶匠，你们看看那个被叫作海的大桶，如果活儿干得不地道，如果各个桶板不严丝合缝，把大海挡在陆地之外，那么就会再次出现大洪水，关于我的生活，没有多少话可说，我把一家人留在了波尔图，他们自己过日子，我已经两年没有见妻子了，有时候梦见和她躺在床上，如果梦中我没有脸，第二天工作就干不好，我喜欢在梦里看见我自己是完整的，不喜欢缺嘴缺鼻子或者少了眼睛，妻子在梦里看见的是什么样的脸呢，我也不知道，最好让她看见我的脸；我叫"坏天气"儒利安，阿连特茹人，我来马夫拉干活是因为我那个省份闹大饥荒，我甚至不明白怎么还有人活下来，我相信，要不是我们习惯了吃野草和橡树果，人们全都会死光，看到那么广阔的土地，真让人心疼，只有到过那里的人才能知道，到处一片荒芜，耕种的土地很少，都是灌木丛，不见人烟，并且战乱不断，西班牙人像出入自己的家一样随便进进出出，现在和平了，安静了，谁知道能持续多久呢，那些国王和贵族们不是驱赶着我们去送命，就是驱赶猎物，所以，如果发现哪个穷人布袋里有只兔子，即便这是捡来的病死的或者老死的兔子，他们至少也朝他脊背上抽几鞭子，让他知道上帝造兔子是为了让老爷们消遣，供老爷们煮着吃的，如果最后把猎物留给我们，挨一顿鞭打倒也值得，我来马夫拉是因为我那个教区的牧师在教堂里宣扬说，来这里就成了国王的仆人，虽说不完全是他的仆人，也和仆人差不多，他还说，真的这样说，国王的仆人不会挨饿，不会穿得破破烂烂，生活比天堂里还好，这是因为，虽然天堂里没有人跟亚当争夺美食，他爱吃什么就吃什么，喜欢吃什么就吃什么，但他没啥可穿的，我发现这是胡说八道，我不是说天堂，亚当的时代还没有我呢，而是指马夫拉，我没有饿死是因为把挣来的钱都用光了，穿的还这样破破烂烂，至于说什么国王的仆人，我还指望在死之前能见上主人一面，也许会因为长时间远离家庭痛苦地死去，一个有儿女的男人光是看到儿女的脸就能获得滋养，如果孩子们只是看到我们的脸就能被养活该多好，生命嘛，就是互相注视着走完一生，你是谁呀，来这里干什么，不论我是谁，不论我干什么，我已经问过，但没有得到回答，不，我任何一个儿子的眼睛都不是蓝色的，但是我相信他们都是我的儿子，蓝眼睛这种事偶尔在家族里也会出现，我母亲的母亲的眼睛就是这种颜色；我叫巴尔塔萨·马特乌斯，所有的人都称我"七个太阳"，小个子若泽知道人们为什么这样叫他，但我不知道从什么时候开始又为什么要这样叫我，如果我们比照耀我们的唯一的太阳年长七倍，那么我们早该是世界的国王了，这都是曾经离太阳很近，现在又喝多了的人的疯话，如果你们听我说了胡话，那要么是因为被太阳晒得太厉害，要么是因为喝得太醉，说正经的，整整四十年前我在这里出生，如果我没有说错的话，我母亲已经死了，她叫玛尔塔·马利亚。我父亲几乎不能走路了，依我看他的脚上生了根，或者是他的心正在寻找永远休息的地方，像若阿金·达·罗查一样，我们有一块地，可是，这样大兴土木，我们那块地已经没有了，那上边的有些土还是我自己用手推车推走的呢，我祖父当年怎么能知道，他的一个孙子会亲手把耕种的土地扔出去呢，现在人家要在那块地方盖什么塔，生活充满坎坷，我生活中的坎坷也不少，年轻的时候我为人家耕种过土地，我们那块地太小，我父亲整年在地里干活，还有时间到外边去干，增加点收入，嗯，饥饿嘛，我们没有受过真正的饥饿，但也从来不知道什么叫富裕或者富足，之后我去为国王打仗，左手留在了战场上，直到后来我才明白，没有左手就变得和上帝一样了，离开战场以后回到马夫拉，但在里斯本待了几年，就是这些，说完了；你在里斯本干什么，若昂·安内斯问，他是这群人中目前唯一有手艺的人；在王宫广场的一家肉店里干活，但只是把肉拖过来拉过去；什么时候你曾经离太阳很近呢，这是曼努埃尔·米里奥提出的问题，也许因为他过去看惯了河水流动的缘故；那是，那是有一次我上到一座很高的山上，山太高了，只要伸出胳膊就能摸到太阳，我不知道那只手是在战争中失去的呢，还是被太阳烧了；是哪座山呢，马夫拉没有像太阳那么高的山，阿连特茹省也没有，对阿连特茹我熟得很，坏天气儒利安问；也许那座山当时很高，现在矮了；削平这样一座山还需要用火药爆炸几千次，要让那么高的山变矮，非把世界上的火药用尽不可，这是弗朗西斯科·马尔克斯的声音，就是头一个说话的那个人；曼努埃尔·米里奥锲而不舍，接近了太阳，除非你像鸟儿似的飞行过，沼泽地里能看到一些苍鹰，它们往高处飞呀，飞呀，盘旋着往上飞，然后就消失了，变成了一个小点，看不见了，它们飞到太阳那里去了，可我们既不知道到那里去的路，也不知道从哪个门进去，而你是人呀，没有翅膀；除非你是巫师，小个子若泽说，我被人捡到的那地方有个女人，她像行涂油礼那样往自己身上抹油，到了晚上把扫帚当马，骑着从一个地方到另一个地方，这是人家说的，可我从来没有见过；我不是巫师，这些事是你们强加到我头上的，宗教裁判所会来抓我，你们谁也没有听见我说过我曾经飞起来过呀；可是你分明说过你曾经离太阳很近，还有，你说自从失去左手以后就开始和上帝一样了，要是这些异教徒的话传到宗教裁判所耳朵里，那你也一样没救了；如果我们和上帝一样了，平等了，那我们就都有救了，若昂·安内斯说；如果我们和上帝一样了，平等了，那我们就可以因为没有从他那里得到这种平等而审判他，曼努埃尔·米里奥说；人们不再谈论飞行，巴尔塔萨放下心来，这时他才解释说，上帝没有左手是因为他选中的人都坐在右边，既然被判刑的人都下地狱，那么他左边就一个人也没有了，既然左边一个人也没有，上帝还要左手干什么呢，既然左手没有用处，那么左手就不存在了，而我是因为左手不存在了，才没有用处，只有这点差别；也许上帝左边有另一个上帝，也许上帝坐在另一个上帝右边，也许上帝只是另一个被上帝选中的，也许我们都是坐在那里的上帝，我脑袋里这些东西从哪儿来的呢，我也不知道，曼努埃尔·米里奥说；巴尔塔萨最后得出结论，我是这一排人的最后一个，我左边不会坐着任何人，世界到我这里结束；这些粗人还有文盲的头脑中的念头是从哪里来的呢，我们不得而知，当然，若昂·安内斯不在此列，他认识几个字。

河谷深处传来圣安德肋教堂的钟声。木岛上空，街道和广场，饭馆和住房里，到处一片低声絮语，像远处的大海在不停地嘀嘀咕咕。莫非是两万人在进行下午祈祷，莫非是他们在互相讲述自己的一生，去调查一下才能知道。

19

火药或丁字镐从坚硬的地底开出的松土，碎石以及鹅卵石，由人们用手推车运走，倾倒在山谷里，削平山头和挖新坑出来的砂石很快填平山谷。体积大且分量重的填充物靠钉有铁皮的车运送，除了装车和卸车的时候，拉车的牛和其他牲畜均不得停歇。人们用肩膀和脖子背着负载有巨石的轭，沿着以支架撑起的木板斜坡爬上脚手架，应当永远赞颂发明垫肩的人，他懂得心疼这些人。这些工作，正如我们已经说过的，可以更简单地归纳为体力劳动，之所以还要旧事重提，是因为我们不应当忘记这种极为普通乃至微不足道的技艺，就好像我们写字之时往往漫不经心地看着书写的手指，于是在某种意义上做成某事的人就被其做成的事所埋没。我们最好是亲眼看一看，如果是从高处往下看则更好，例如乘飞行机器在马夫拉的上空盘旋，人来人往的山头，众所周知的山谷，以及因四季的雨淋日晒而呈墨绿色的木岛，砍伐中的莱里亚松林里，一些板材正在朽烂，在托雷斯·韦德拉什和里斯本的交界处，烧砖烧石炭的窑炉日夜冒烟，仅从马夫拉到卡斯凯什之间，这类窑炉就数以百计，来自最南的阿尔加维和最北的恩特雷·杜洛·米尼奥的砖石以船只运送，开进特茹河，沿着一道人工开凿的运河，在托雅尔的圣安多尼码头卸下，这些砖石及其他材料以车辆装载，经阿契克山和宾海鲁·德·洛里什运送至陛下的修道院，还有一些车辆运送来自彼鲁宾海鲁的石头，我们所在的这个地方是再好不过的观景台了，要不是巴尔托洛梅乌·洛伦索神父发明了大鸟，我们就没法了解这项工程的规模是多么巨大，靠着布里蒙达收集到金属球里的意志我们得以在空中停留，看到下边的另一些意志奔波忙碌，因为万有引力定律和生活必需定律困守在地球上，如果我们能够数一数在路上来回往返的车辆，包括附近的和稍远的车辆，就能知道多达两千五百辆，从这里看下去，它们仿佛停滞不动，仿佛是因为装载太重。要想看清人，则必须就近观察。

一连许多个月，巴尔塔萨都跟手推车打交道，不是推便是拉，终于有一天他厌烦了像驮载负重的母驴一样被驱使着往前或者向后赶的工作，由于小工头看他做得好，这也是有目共睹的，他后来就被叫去赶牛轭车，这两头牛是国王买的不计其数的牛之中的一对。小个子若泽对这次提拔帮了大忙，工头觉得小个子背上的罗锅很有趣，说车夫的个子只有牛鼻子那样高，这话几乎完全准确，但如果有人以为这么说会冒犯他，那就大错特错了，因为小个子若泽头一次意识到用他的眼直视着牲口的大眼时，心里多么惬意，那眼不光大，而且驯顺，那眼里能映出他的脑袋，映出他的身躯，至于再往下，比如两条腿，就消失在牛的眼睑里边了，既然牛的眼睛里能容纳下一个人，那就可以承认这个世界造得完美无缺了。说小个子若泽帮了大忙，是因为他一再恳求工头让"七个太阳"巴尔塔萨去赶牛车，既然已经有一个残疾人赶牛车，也就可以有两个，两个人互相做个伴，要是他不会干这种活计，也没有任何损失，让他再去推车就是了，一天就足以看出他多么能干。对赶牛车这一工作，巴尔塔萨早已相当熟悉，虽然这么多年没有跟牛打交道，但走了两趟就发现左手的钩子算不上缺陷，右手没有忘记使用任何一种赶牛技术。晚上回到家时他非常高兴，就像小时候第一次在鸟窝里发现了一枚蛋，就像成年以后有了第一个女人，就像当了士兵以后头一次听到号角声，凌晨时分，他梦见了他那两头牛，还有那只左手，完好无缺，还梦见布里蒙达骑在其中一头牛上，这一点，任何对梦境略知一二的人都会理解。

巴尔塔萨刚刚过上这种新生活没多久，便有消息说要前往彼鲁宾海鲁去运送那里的一块非常大的石头，这块用作教堂正门上的阳台的石头太大了，据计算要用二百对牛拉轭车才能将其运来，相应还要有许多赶车人的辅助工作。为了装运这块巨石，专门在彼鲁宾海鲁造了一辆车，样子像带轮子的印度航线上的船，说这话的人见过即将完工的车，同样也看到过比喻所用的船。莫非言过其实吗，我们最好亲眼看看再做出判断，前往彼鲁宾海鲁的人们半夜就起了床，另外还有那四百头牛，以及二十多辆车拉着运石头所需的工具，不妨在这里罗列出来，绳子，缆索，楔子，杠杆，照已有滑轮的尺寸造出的备用滑轮，万一车轴断裂可用的备用车轴，大小不一的支柱，锤子，钳子，铁板，为牲口砍草的镰刀，还带着人吃的干粮，当然有些能在当地买到的不在其内，装在车上的东西太多了，那些本以为可以乘车去的人发现不得不步行，路不算远，去三里格，回三里格，当然，路不好走，但这些牛和人在运别的东西时都已从这里走过多次，只要蹄子和鞋底踏在地上就知道他们熟知这个地方，上坡吃力，下坡危险。几天前我们认识的人当中，去运巨石的有小个子若泽和巴尔塔萨，两人各自赶着一对牛拉的车，被唤去干力气活的小工有那个谢莱鲁什人，就是那个家里有妻子儿女的人，名字叫弗朗西斯科·马尔克斯，还有曼努埃尔·米里奥，就是头脑里有许多完全不知道从哪儿来的念头的那个人。上路的还有一些叫若泽的，叫弗朗西斯科的，叫曼努埃尔的，叫巴尔塔萨的较少，有些人叫若昂，阿尔瓦罗，安多尼，若阿金，甚至也许有人叫巴尔托洛梅乌，虽然不是消失的那个人，还有叫佩德罗，维森特，本笃，贝尔纳多，以及卡埃塔诺的人，所有男人的名字这里都有，过各种生活的人这里都有，尤其多的是艰难困苦的生活，特别是贫穷的生活，但我们无法一一去谈他们的生活经历，因为那样的话就太多了，那么至少应当写下他们的名字，这是我们的义务，为了这一点我们才写作，让他们永垂不朽，既然这取决于我们，我们就把它们留在这里，他们的名字有阿尔西诺，布拉斯，克里斯多福，丹尼埃尔，埃加斯，菲尔米诺，热拉尔多，霍拉西奥，伊斯多罗，儒维诺，路易斯，马尔科利诺，尼卡诺，奥诺弗雷，保禄，基特里奥，鲁菲诺，塞巴斯蒂昂，塔德乌，乌巴尔多，瓦莱里奥，沙勿略，札卡里亚斯，每个名字的头一个字母组成了全体字母，让所有人都得到了代表，也许这些名字并不完全适用于当时当地，而且名字相对于人来说太少了，但只要有干活的人，活儿就不会干完，这些活当中的某些会成为未来的另一些活，将来会有人叫这个名字，干这个活计。在按字母表列出的前往彼鲁宾海鲁的人当中，我们会因为没有讲讲那个叫布拉斯的人的身世而痛心，他红头发，右眼瞎了，马上就有人会说，这里是残疾人的家乡吧，一个驼背，一个缺手，一个独眼，还会说我们太夸张了，作品里的主人公应当挑选英俊漂亮的人，应当挑选苗条健美的人，应当挑选完整的人，我们也想这样，但是，事实就是事实，发出这些责难的人反而应当感谢我们，因为我们没有同意把其中另一些人写进故事，嘴唇肿大的结巴，瘸子，凸颌的人，外罗圈腿的人，癫痫患者，呆子和傻子，疥疮患者和全身溃烂的人，白化病患者，身上长癣的人，事实就是这样，一大清早，人们便看到这群披着破布，驮着罗锅的人排成长长的队伍，离开了马夫拉，正如在夜间所有的猫都是灰色的，此时，所有的人都是黑影，要是布里蒙达不吃面包便来看这群人离开，她会在每个人身上看到什么样的意志呢，那是另一回事了。

太阳刚刚出来，天气马上就热了，这也难怪，已经是七月了。三里格，对于这些善于走路的人来说算不上累死人的距离，特别是大部分人都按照牛的步子节拍走，而牛并没有什么要加快脚步的理由。那些没有拉车负重，只是成对的以轭套在一起的牛，对这种闲适感到怀疑，甚至有些羡慕那些拉着满载工具的车子的弟兄们，因为自己仿佛是在进屠宰场之前养膘一样。前面已经说过，人们慢慢腾腾地走着，有的一言不发，有的一边走一边谈天，每个人都在寻找自己的同类，但有一个人走得风风火火，刚一出马夫拉就快步小跑，似乎急着赶到谢莱鲁什把他父亲从绞刑架上救下来，他就是弗朗西斯科·马尔克斯，想借机到妻子两条大腿间赴他的绞刑，现在妻子已不再害羞，或者他没有这么想，也许只是想去看看孩子们，跟妻子说句话，问候一声，并没有想到做那种事，要做的话也太仓促了，因为工友们从后边跟上来了，他应当和工友们同时到达彼鲁宾海鲁，他们正从我们门口经过，反正我们总是要睡在一块儿的，最小的孩子睡着了，什么也不会发现，其他孩子嘛，打发他们到外头看看是不是在下雨，他们会明白父亲是想和母亲单独待一会儿，想想要是国王下令在阿尔加维建造修道院，我们会是个什么情形呀；妻子问，你现在就走吗；他回答说，有什么办法呢，等回程要是驻扎在附近，我会和你待一整夜。

弗朗西斯科赶到彼鲁宾海鲁时筋疲力尽，两腿发软，驻地已经安排好，其实既没有木板房，也没有帐篷，仅有的士兵都是那些负责日常监视的人，这里反而更像个牲口市场，四百多头牛，人们在其间穿行，把它们赶到一边，其中几头受了惊吓，用头乱顶一气，声势浩大，实则并无歹意，然后才安顿下来，开始吃从车上卸下来的草料，它们还有很长的时间要等，而那些现在使锨用锄的人们正匆忙地吃饭，因为他们必须先去干活。时已半晌，太阳毒辣辣地照着干燥坚硬的土地，地上满是碎石片，采石场低沉处的两边有许多巨大的石头等待着被运往马夫拉。当然要运去，但不是今天。

一些人聚集在路当中，站在后边的设法越过其他人的头顶看，或者努力往前挤，弗朗西斯科走过去，以加倍的热心弥补迟到的过失，你们在看什么呀；恰好那个红头发的人在旁边，他回答说，看石头；另一个人补充说，我活了半辈子，从来没有见过这样的东西，说罢惊愕地摇了摇头。这时候士兵们来了，他们一边下命令一边推搡着驱赶人群，到那边去；但男人们都像顽童一样充满好奇，监工处负责这次运输的官员来了，散开，把这块地方腾出来；人们跌跌撞撞地闪开，然后就看到了，正如红头发的独眼龙布拉斯所说，是块石头。

这是一块巨大的长方形大理石石板，尚未经加工，表面粗糙，放在一根根松树树干上，要是走近些，无疑能听见松树液汁的呻吟，正如此时我们能听到从人们嘴里因震惊而发出的呻吟声一样，人们这才看清了它究竟有多么大。监工处官员走过去，把手搭在巨石上，仿佛在代表国王陛下接收这块巨石，但是，如果这些人和这些牛不肯卖力气，国王的所有权力就如同风和尘埃一样毫无用处。不过，他们会出力的。他们是为此而来的，为此他们丢下了自己的土地和工作，他们在家乡的工作也是在土地上卖力气，殚精毕力以维持生活，监工官员尽管放心，这里没有人拒绝干活。

采石场的人走过来，他们要在巨石被拖到的这个地方造一个小土堆，或者说在巨石最窄的那一面造一堵垂直的墙。这会是那艘所谓印度航线上的大船将要停靠的地方，但从马夫拉来的人必须首先掘开一条宽宽的大车通道，一个直通真正道路的缓坡，然后才能开始运输。手持丁字镐和铁锹的马夫拉的工人们走上前，官员已经在地上画出了挖掘的标线，曼努埃尔·米里奥站在那个谢莱鲁什人旁边，现在他们离石板很近，用手量了量说，这是万石之母，他没有说是万石之父，对，是母亲，或许是因为它来自大地深处，还带着子宫的泥土，巨人般的母亲，它上边能躺多少人，或者它能把多少人压个粉身碎骨，谁愿意计算就去计算吧，这巨大的石板长三十五拃，宽十五拃，厚四拃，为了资料更加完整，还应当指出，在马夫拉经过雕琢和打磨之后会相应小一些，各部分依次是三十二拃，十四拃以及三拃，等到以后不再使用手拃或者脚去丈量，转而使用米去计量长度时，另一些人则会依次得出七米，三米以及六十四厘米，因为重量单位也使用旧制，所以我们说这块用在后来叫贝内迪托克蒂约内宫的阳台的巨石重三万一千零二十一公斤，舍去零头算是三十一吨，游客女士们和先生们，现在我们去参观下一个大厅，还有许多地方要走呢。

同时，人们挖了整整一天的土。赶牛的人也来帮忙，"七个太阳"巴尔塔萨重新操起手推车，他一点儿也不觉得不好意思，我们最好不要忘记重体力劳动，因为谁都难免再干这种活计，设想一下，如果明天人们失去杠杆作用的概念，那就别无他法，只得用肩膀和胳膊，直到阿基米德复活以后说，给我一个支点，就可以让你们撬动地球。太阳落山的时候通道已经挖好，有一百步长，与上午他们轻轻松松走过的碎石路相连。吃过晚饭人们去睡觉了，四散在附近各处，在大树下，在巨石旁，石头雪白，月亮升起以后被照得银光闪闪。晚上天气很热。生起了几堆篝火，但仅仅是为了给人们做伴。牛在反刍，口水像一条线似的滴下来，把大地的汁液还给大地，一切都要返回大地，甚至石头也会返回大地，而现在人们费了九牛二虎之力才把它们抬起来，用杠杆支撑住，用楔子架在下面，先生们，你们是想象不出修建这座修道院花费了多少劳力的。

天还没有亮，号声便响起来。人们起了床，卷起被单，牛车车夫们去给牛套上轭，监工处官员从睡觉的房子里走出来，他们的助手跟在后面，监工们也来了，他们正询问要下达什么命令，做什么。从车上卸下绳子和绞盘，把一对对套了轭的牛沿道路排列成两行。现在只差印度航线上的大船了。这是一个用厚木板放在六个带硬木轴的大轮子上做成的平台，比要运的巨石稍大一些。来的时候要靠人力拉，卖力气的和指挥卖力气的都高声喊叫着，一个人一不

240

留神被轮子碾到一只脚，只听见一声号叫，一声因无法承受的疼痛而释放的尖啸，这趟运输出师不利。巴尔塔萨就在很近的地方牵着他的那对牛，看见那人血流如注，他突然又回到了十五年前的赫雷斯·德·洛斯·卡巴莱罗斯战场，时间过得多么快呀。他的痛苦已经随着时间过去而沉寂，但像这样的痛苦，要消退还为时尚早，那人已经离得远了，但他的喊叫似乎依然萦绕于此，人们用木板把他抬去莫雷莱纳，那里有个诊所，也许他需要截肢才能保命，该死。巴尔塔萨在莫雷莱纳跟布里蒙达睡过一夜，世界就是这样，巨大的欢愉和巨大的痛苦，健康者宜人的气息和腐烂的伤口的臭气汇聚在同一个地方，要想发明天堂和地狱，只消了解人体就够了。地上再也看不到血迹，轮子碾，人脚踩，牛蹄踏，土地把残留的血吸干了，只有被踢到旁边的一块鹅卵石上还带点儿血的污色。

人们小心翼翼地渐次松开手中的绳索，让倾斜的平台非常缓慢地下落，最后与泥瓦匠们打起的平平的土墙对好。现在接受考验的是科学和技艺了。车的所有轮子下都用大石块楔住，这样，巨石被拉着在树干上挪动和落在平台并且滑动时，车就不至于滑挪。整个表面都撒上土以减少石头与木头之间的摩擦，然后拉长绳子使之沿纵向环绕巨石一周，两边包括树干的悬空处各有一道，同时，另一条绳子沿横向绕巨石一圈，就构成了六个结点，每个结点都系于车前，紧紧拴在经铁片加固的非常牢靠的横梁上，相当于有了两道非常结实的粗缆，在共同作业中供牵引用，再依次系上细一些的供牛拉的绳索。完成这项作业花费的时间比解释它花的工夫要多得多，打完最后的绳结时，太阳已经升起，我们能在那边的山顶上看到太阳，汗水洒落在泥里的同时就蒸发殆尽，但现在的首要任务是让牛轭车沿路排好，保证所有绳子都足够紧绷，如此才不会让拉力因没有协调好而消耗掉，我拉，你也拉，最终却发现没有足够的空间铺展开两百架牛轭车，整个牵引工作就这样朝右拉，朝前拉，朝上拉，小个子若泽排在拉左边粗缆的第一个，说这工作可够呛；即使巴尔塔萨说了什么，我们也无从知道，因为他站的位置太远了。在那边最高的地方，工头正打开嗓门儿，他特别拉长声调，音色粗哑刺耳，就像一发没有回响的火药爆破，唉，喔；这边牛的拉力比另一边的大，这是还没有准备好；唉，喔；开始拉了，二百头牛一齐动起来，先是猛地一拽，随后就连续用力，但马上又停下了，因为有的牛滑倒了，有的往外扭，有的往里歪，一切都取决于赶牛人的意识和技术，绳子狠狠地磨在牛背上，在一片呼喊，咒骂和鼓动声中，终于有几秒的时间校正了拉力，巨石在树干上前进了一拃。第一次拉得正确，第二次错了，第三次得纠正前两次造成的误差，现在这边的牛拉，那边的支撑住，巨石终于开始在平台上挪动起来，下边仍然垫着树干，直到一次失去平衡，巨石猛地下滑，掉在车上，砰的一声响，粗糙的棱角咬住了木梁，一动不动了，如果没有别的解决办法，那里是否撒了土都无关紧要了。人们带着又长又结实的杠杆爬上平台，趁巨石尚未完全固定住时用力撬起来，另一些人则用铁棍把能在土上滑动的金属楔子塞到巨石下面，现在就好办了，唉喔；唉喔；唉喔；大家都用尽全力拉，人和牛一齐用力，可惜唐·若昂五世此时没有站在最高处，这可是前所未有的举国之力。现在不用两边的粗缆，所有拉力都集中在那台沿横向捆住巨石的绳子所连接的绞车，这样就行了，巨石似乎变轻了，不费力地在平台上滑动，只是到最后重量完全落到平台上时又砰地响了一声，车的整个骨架都吱吱作响，要不是地面上有鹅卵石，下面的石头支撑着上面的石头，非得连轮轴也陷下去不可。把车轮下垫着以楔住车的大石块取出来，现在车已不再有溜动的危险了。这时候木工们走上前，手中拿着石工锤，钻子以及凿子，在厚厚的平台靠近巨石的地方每隔一段距离就钻出一个长方形的洞，在洞里打上楔子，然后用粗粗的钉子把楔子固定住，这是个费时间的工作，其他人在那边树荫下面休息，牛一边反刍一边摇动尾巴驱赶苍蝇，天气闷热难耐。木匠们完成任务后响起午饭的号声，监工处官员来下达命令，把巨石捆在车上，这由士兵们负责，或许因为他们富于纪律性和责任心，也或许因为他们习惯于捆绑大炮，不到半小时巨石便被牢牢捆住，一道又一道绳子，使之与车浑然一体，一动俱动。活儿干得干净利落，不需要返工。远远看去，这辆车像个甲壳虫，像个又矮又胖的短腿乌龟，又因为上面满是泥土，它好像刚刚从土地深处爬出来，好像它本身就是土地的延伸，好像它在扩展其支撑之物的高度。人和牛都在吃午饭，之后会休息一会儿，如果生活中没有吃饭和休息这两桩好事，也就无须建造什么修道院了。

人们都说坏事不持久，尽管它带来的一连串烦恼有时使人们觉得它持续了很长时间，但有一点毫无疑问，那就是好事不永存。一个人听着蝉鸣惬意得昏昏入睡，这不是酒足饭饱，而是有自知之明的胃能把很少的东西当成很多的东西，况且，我们还有太阳，太阳也能滋养，所以在号声骤然响起时，既然这里不是审判谷，我们不能唤醒死者，那么别无他法，活人只好自己起来了。把各种用具收到车上，一切都要按清单清点确认，检查绳结，把绞盘捆在车上，又一声劳工号子，唉喔；烦躁不安的牛开始稀稀拉拉地往前用力，蹄子陷进了不平整的石头地，鞭子在它们头上呼啸，车开始缓缓挪动，如同从大地之熔炉里拽出来一样，车轮碾碎了铺在路上的大理石石子，这里从来没有运过如此巨大的开采出的石板。监工处官员和他的某些高级助手已经骑到骡子上，另一些则必须步行，因为他们是下级助手，但是，所有这些人都可以说拥有某些专业知识和权威，是权威才有知识，有知识才是权威，众人和牛不是这种情况，人和牛一样都是听使唤的，其中最好的总是那些有力气的。此外，对这些人还要求有其他技能，不朝错误的方向拉，及时把垫石楔在车轮下边，能好好说几句鼓励牲口的话，能把力量汇集在一起，使最终的力量翻倍，但归根结底这算不上什么学问。车已经上到斜坡中间，五十步，也许还不到五十步的距离，依旧继续往上爬，遇到石头凸起处便沉重地摇晃，这既不是殿下的四轮马车，也不是主教的双轮马车，上帝要那些车平稳。这辆车的车轴不够灵活，车轮笨重，牛背上没有打磨得闪闪发光的鞍具，人们也不穿整齐的制服，他们是一群乌合之众，登不了大雅之堂，也不得参加圣体游行。这是为几年后宗主教向大家祝福时站立的阳台运送石头，但这是另一回事了，虽然更合心意的是，我们自己既受祝福，又是祝福者，如同既播种小麦，又吃面包一样。

这是个了不起的行程。从这里到马夫拉，尽管国王下令铺了碎石路，走起来仍然很艰难，总是上坡下坡，时而绕过河谷，时而上到高处，时而下到地底，数这四百头牛和六百个人时如果有错，那肯定是数少了，绝不会数多。彼鲁宾海鲁的居民们都跑到路上观看这宏伟场面，个个赞叹不已，打从工程开始以来，还没有见过这么多对牛，还没有听过这么多人在一起的喧哗声，有的人甚至对如此华丽的石头离开这里恋恋不舍，巨石毕竟是我们彼鲁宾海鲁这块土地上出产的呀，但愿不要在路上碎了，否则还不如让它留在地里呢。监工处官员到前边去了，他如同战场上的将军，率领着他的参谋部人员，副官和传令兵，前去侦察地形，测量弯道，估算坡度，确定宿营地。等他们返回来时车走了多远呢，如果说车是从彼鲁宾海鲁出发的，那么现在它还在彼鲁宾海鲁。在这头一天，其实是截至下午，前进了不过五百步。路很窄，一对对牛在路上绊倒，牛轭车两边各有一条缆绳，几乎没有回旋的余地，有一半的拉力因用力不匀或者听不清命令调度而损耗了。巨石又重得吓人。一旦车停了下来，要么是因为一个轮子陷进路上的坑里，要么是由于牛的拉力与坡面作用力相抵消而不得不停下，这时就好像再也不能挪动它了。当终于能前进的时候，车的整个木头支架都吱吱作响，好像要从铁箍和扣钉中挣脱出来。而这还是整个行程中最好走的路段。

这天夜里，牛都卸了套，但都留在路上，没有用绳子拴起来集中到一处。月亮出来得晚，许多人都睡觉了，有靴子的人枕着靴子。幽灵般的光亮吸引了一些人的目光，他们望着月亮，分明看见上面那个在礼拜日采黑莓的人影，那是救世主对他的惩罚，强迫他在宣判以前永远搬运堆积起来的一捆捆柴草，他就这样被发配到月亮上，成为人人可见的遭神惩处的象征，以警示那些大逆不道的人。巴尔塔萨去找小个子若泽，两个人又遇到了弗朗西斯科·马尔克斯，他们和另外几个人围着一堆篝火安顿下来，因为夜里天气凉了。过了一会儿曼努埃尔·米里奥来了，他讲了一个故事，从前有一个王后，她和国王住在王宫里，还有他们的子女，一个王子和一个公主，才有这么高，据说国王喜欢当国王，但王后不知道自己是不是喜欢当王后，因为人们从来没有教过她当别的什么，所以她不能断定，不能像国王那样，说我喜欢当王后，其实国王喜欢当国王也是因为人们没有教过他做别的什么事情，但王后有所不同，要是一样了，也就没有故事可讲了，这时候王国里有个隐士，他去过许多地方冒险，经过许多许多年的冒险以后钻进了一个洞里，他就住在那个山洞里，我不知道我说过没有，他不是那种祈祷和赎罪的隐士，人们称其为隐士是因为他一个人独自生活，吃的靠自己采摘，要是有人给，他也不拒绝，但他从来不乞讨，然后，有一次王后带领随从人等到山上游玩，对最年长的侍女说，她想跟隐士说话，向他提个问题，侍女回答说，禀告陛下，这个隐士不是教会的，而是和别人一样的普通人，区别只是他独自一个人在洞里生活，这是侍女说的，不过我们已经知道这一点，王后回答说，我想提的问题与教会无关，于是他们继续往前走，到了洞口，一个听差的朝里边喊了一声，那隐士出来了，此人看上去年事已高，但很健壮，像玛雅人称作十字路口的圣树那样高大，他出来以后问道，谁叫我呀，听差的说，是王后陛下，好了，这故事今天就讲到这里，睡觉吧。别人都嚷起来，想知道王后和隐士之后的故事，但曼努埃尔·米里奥不为所动，明天说也一样嘛，其他人只得听从，各自找地方睡觉，在睡意出现之前每个人按自己的喜好想象这个故事，小个子若泽以为，说不定国王就不碰王后了，但隐士是个老人，这怎么可能呢，巴尔塔萨想王后就是布里蒙达，他本人是那个隐士，虽说差异很大，但毕竟依然是男人和女人的故事，弗朗西斯科·马尔克斯想，我知道这故事会怎样结束，等到了谢莱鲁什再解释吧。月亮已经转到那边，看来一捆黑莓并不沉，但糟糕的是上面长着刺，似乎是耶稣要以此作为放在他头上的荆棘王冠的报复。

第二天人们备受折磨。路宽了一些，一对对牛有了一些活动空间，但车太笨重，车轴不灵活，负载又大，在拐弯处转动极为困难，所以必须往一面拖，先向前，接着向后，车轮不肯转动，被石块挡住了，只得用石工锤去敲掉，即使这样，人们并不抱怨，因为地方大了，可以把牛轭卸下来，或者再重新上套，只要牛的数量足够，最后就能把车拉到正路上。上坡的时候，只要没有弯路，靠力气就能解决，所有的牛都用力拉，个个往前伸着头，鼻子几乎碰到前边的牛的后蹄上，有时候还滑倒在蹄子踏车轮轧形成的小沟里，沟里还有牛粪和牛尿。每个人照看一对牛，从远处就能望见他们的脑袋和赶牛棍在轭具和黄褐色的牛背上晃动，只是看不到小个子若泽的身影，这也难怪，他和他那两头牛差不多高，此时他正在它们耳边亲切地说话呢，拉呀，我亲爱的牛，使劲拉呀。

如果遇到下坡路，那就不仅是折磨，而且是巨大的痛苦了。车随时可能打滑，必须立刻在车轮下放石头楔住，卸下几乎所有的牛，最后只剩下三四对就能让巨石移动，但人们又要到平台后边拉住缆绳，像一群蚂蚁似的，几百人把脚死死蹬在地上，身体向后倾斜，肌肉绷紧，用尽全身力气稳住车，不让它把他们拖下河谷，抛到弯路以外。一头头牛在上头或者下边静静地反刍，望着这热闹的场面，望着那些跑过来跑过去下达命令的人，只见人人脸涨得通红，汗水如注，而它们却站在那里不声不响地等待卖力气的时候，安静得连靠在牛轭上的赶牛棍也一动不动。有人曾想出个主意，把牛套在平台后面，但人们不得不放弃这种想法，因为牛不懂得进两步退三步的用力数学公式，要么在应当往下走的时候用力过大反而拉上坡了，要么在应当停下的地方却毫无抵挡地被绳子往下拖。

这一天从拂晓到黄昏，走了大约一千五百步，不到半里格，如果我们想做个比较，即走了相当于石板长度两百倍的距离。费了那么多小时的力气，才走了这么一点路，并且人人汗流浃背，心惊肉跳，那个石头魔鬼在应当停止的时候偏偏滑动起来，在应当走动的时候却又岿然不动，你这个该死的东西，还有那个该死的许愿人，让大家把你从地里挖出来，把你拖到这荒郊野地里来。人们都筋疲力尽，肚皮朝上躺在地上，喘着粗气，望着渐渐暗下来的天空，先是像正要破晓一般而不是走到了黄昏，后来随着光线的减弱变得透明，突然那水晶似的透明被一片厚厚的天鹅绒所遮盖，已经是夜里了。月亮到了下弦，出来得更晚了，那时候整个营地都睡着了。人们在篝火旁吃饭，大地正在与天空争雄，天上有一颗颗星星，地上有一堆堆火光，莫非在时间之初为建造苍穹拖石头的人们也曾坐在星星周围，谁知道他们的脸是否同样疲惫，胡须是否也这么长，又肮脏又粗糙的手上是否长着老茧，指甲是否那么黑，是否如同人们常说的那样一身臭汗。这时候巴尔塔萨请求说，曼努埃尔·米里奥，接着讲吧，当隐士在洞口出现时，王后问了什么来着；小个子若泽躺在地上琢磨着，说不定王后把侍女和听差们都打发走了；这个小个子若泽一肚子坏水，我们不要管他，任他胡思乱想吧，如果他肯好好忏悔，就让他照听告解神父说的去赎罪吧，不过最好不要相信他会那样做，现在让我们注意听曼努埃尔·米里奥说些什么吧，他开始讲了，当隐士来到洞口的时候，王后朝前走了三步，问道，如果一个女人是王后，一个男人是国王，为了感到自己不仅是王后和国王，而且是女人和男人，他们该怎么办呢，这是王后提出的问题，隐士用另一个问题作答，如果一个男人是隐士，为了感到自己不仅是隐士，而且是男人，他该怎么办呢，王后稍加思考就说，王后不再当王后，国王不再是国王，隐士走出隐居地，这就是他们该做的，但现在我要提另一个问题，他们既不是王后，又不是隐士，而只是女人和男人时是什么样的女人和男人，如果他们不是隐士和王后如何成为男人和女人，怎样才算不是现在所是的人，隐士回答说，任何人都不能是其不是者，不存在男人和女人，只存在他所是者和对其所是者的反叛，王后宣称，我就反叛了我所是者，现在请你告诉我，你是否反叛你所是者，他回答说，成为隐士即违反生存，在世界上生活的人都这么想，但他还是某种存在，她回应说，那么怎么办呢，他说，既然你想是女人，那么就不要当王后，其余的事你以后就知道了，她说，你既然想是男人，那么为什么还继续当隐士呢，他说，最可怕的是男人，她说，你知道何谓男人和女人吗，他说，谁也不知道，听到这个回答，王后就走了，随从们跟在后头窃窃私语，好，明天我会接着讲完。曼努埃尔·米里奥闭上嘴，他做得对，因为其中两个听众，小个子若泽和弗朗西斯科·马尔克斯已经裹在被单里打起鼾来。篝火渐渐熄灭了。巴尔塔萨死死盯着曼努埃尔·米里奥，你这个故事没头没脑，完全不像人们常听的那些，养鸭子的公主，额头上有个星星的小女孩，在树林里遇到个姑娘的樵夫，蓝色公牛，阿弗斯盖罗的魔鬼，长着七个脑袋的怪兽；曼努埃尔·米里奥说，如果世界上有个顶天立地的巨人，你就会说他的脚是一座座山，他的头是启明星，你说你曾经飞过，还说你和上帝一样，这非常让人怀疑。听到这句指责，巴尔塔萨无话可说，道了声晚安便转过身，背对着篝火，不一会儿便睡着了。曼努埃尔·米里奥还醒着，他正在考虑结束这个故事的最好方法，是不是隐士成了国王，是不是王后成了隐士，为什么故事总是必须这样结尾呢。

在这漫长的一天里受的罪太大了，人们都说明天不可能更糟，但心里明白，其实会比这一天糟一千倍。他们还记得从这里往下到谢莱鲁什山谷的道路，弯道很狭窄，倾斜度大得吓人，那些山坡简直是直上直下落到大路上；我们怎能过得去呢，他们自言自语地嘀咕着。在那个夏季，没有比这一天更热的日子，大地像一盆炭火，太阳光像马刺扎在背上。挑水工们排成长队靠肩膀从低处有井的地方运来一罐一罐的水，有时距离很远，沿着羊肠小道爬过山去灌满水桶，当年的苦役们也不过如此。晚饭时分到了一个高处，从那里可以望见谷底的谢莱鲁什。弗朗西斯科·马尔克斯一直企盼的就是这个机会，不论人们能不能下山坡，今天晚上谁也不能不让他去陪妻子。监工处的官员带着助手们下了山坡，走到从下边经过的一条小溪旁边，一路上指出最危险的地方，车应当停下来休息并保障巨石安全的地点，最后决定在第三个弯道以后把牛解开牵到一个宽敞的场地，那里与车的距离足以不妨碍操作，但又在附近，一旦需要牵回来也不耽搁很长时间。这样，车就靠坡面重力下坡。没有别的办法。在把一对对的牛牵走的时候，人们在山顶散布开来，在灼热的太阳烘烤下望着宁静的谷地，菜园，清凉的树荫，恍若仙境的房屋，这些房屋透出的恬静给人以无比强烈的印象。他们或许这样想了，或许没有想到，或许只是这句纯朴的话，要是我下到那里，也会以为那不是真的。

究竟如何，让那些知道得更清楚的人们告诉我们吧。六百个男子汉用力拉住固定在平台后边的十二根粗缆绳，随着时间的流逝和过度的劳累，六百个男子汉渐渐感到肌肉越来越松弛，六百个男子汉个个胆战心惊，现在确实害怕了，昨天那点儿事只不过是小伙子们开开玩笑而已，曼努埃尔·米里奥讲的是个虚幻的故事，人只有拥有力气的时候才是真实的人，只有惧怕自己无力阻止这魔鬼将把他无情地拉走时，才是真实的人，这一切只是为了一块石头，而这块石头本来无须这样大，用三块或者十块较小的石头同样也能建造那个阳台，只不过那样我们就不能骄傲地禀报陛下，这只是一块石头；在前往其他厅之前也不能骄傲地告诉参观者，这是用仅仅一块石头建造的；正是这些或其他愚蠢的虚荣使世人普遍遭到欺骗，民族的或个人的胡说八道广泛传播，写入教科书并载入史册，例如，马夫拉修道院归功于唐·若昂五世，他许了愿，如果生下一个儿子他便修建修道院，这里的六百个男人都没有使王后生儿子，却在受苦受难地还愿。请原谅，这声音不符合时代潮流。

如果道路往下直通谷地，那么一切就简单多了，相当于一个转换方法的游戏，也许还是个开心的游戏，只消放开或者拉住这个石头蠢物就是了，用绳索把它缠紧，就像线系着风筝，在向下的冲力变得无法驾驭之前让它往下滑动，及时阻止它冲下谷地，免得轧伤那些来不及逃开的人，他们身上也套着绳索好似风筝。但是，弯道就是噩梦。在平坦的路上，前面已经说过，靠的是牛，用几头牛在车前头朝一边拉，不论弯路长短都能把车拉正过来。这只是个需要耐心的工作，经多次重复已成了家常便饭，再劳累也不过是把牛卸下来，套上，卸下来，再套上，人们只是喊叫几声而已。而现在，遇上了弯道和斜坡魔鬼般地结合在一起，他们就要绝望地嘶吼了，并且这种情况多次出现，但是，这样的嘶吼意味着耗费气力，而他们的气力已经不多了。最好是先研究一下该怎么办，给人松一口气的时间，之后再叫喊。车下到了弯路，尽量靠在其内侧，把这一侧的前车轮楔住，但这用作楔子的垫物既不能结实到阻挡住整个车的地步，也不会脆弱到被车的重量压碎的程度，如果你认为这并不是什么了不起的困难，那是因为你没有把这块巨石从彼鲁宾海鲁运到马夫拉，而仅仅是远远地坐着观看，或者只是在阅读这一页纸的时候回溯到彼时彼地的想象。车这样险象环生地楔住之后，可能像魔鬼一样心血来潮地一动不动，仿佛所有的车轮都钉进地里。最常见的就是这种情况。只有在弯路向外侧倾斜，地上摩擦力极小，坡度又很合适等各种条件都刚好满足的时候，平台才毫不困难地听从其后面向一侧的作用力的使唤，或者出现更大的奇迹，平台靠自身在前面唯一的支点完成转弯。通常并不如此，而是需要在最适当的地方，在非常精准的时刻动用巨大的力量，使石头的动作不至于太大而一发不可收拾，或者上帝开恩，施以小惠，要求重新在相反的方向做艰苦的努力。用杠杆撬四个后轮，设法使车向弯路外侧移动，哪怕是半拃也好，拉绳子的人们帮着朝同一方向拽，一片混乱的喧闹，在外侧用杠杆撬的人置身于密密麻麻绷得像刀刃一样的缆绳之中，拉绳索的人有时往山坡下面排开，滑倒或者滚到地上的事并不鲜见，不过暂时还没有出现什么大事故。车终于受力挪动了，移出了一两拃，但在整个操作过程中前边外侧的轮子一直不停地放上和撤下垫物，以防止某个时刻，在其悬空或者没有支撑物的那一秒钟有失去控制的危险，而这时稳住车的人手不够，因为大多数人在这一系列乱糟糟的操作中根本没有可活动的空间。魔鬼正在这谷地上方观看，对自己的善良和慈悲感到惊愕，他从来不承想在他的地狱里实施这样的酷刑。

放轮垫的人中有一个就是弗朗西斯科·马尔克斯。他已经证明了自己灵巧干练，一个危险的弯道，两个非常险峻，三个比所有其他的都更加凶险，四个非让我们疯了不可的弯道，每个弯道都要重复差不多二十次，他意识到自己干得漂亮，莫非他没有想念妻子，每件事有每件事的时间，全部注意力都集中到车轮上，现在它开始动了，必须挡住，不能太早，太早了后面的伙伴们会白费力气，不能太晚，太晚了车就会加速，冲过垫物。现在发生的正是这种情况。也许弗朗西斯科·马尔克斯走了神，要么是用前臂擦了擦额上的汗水，要么是从高处望了望他的谢莱鲁什，突然想起了妻子，轮垫从手中滑出去了，而且偏偏是在平台往下滑动的这一刻，究竟是怎么回事谁也不知道，反正眨眼间他的身体陷在车子下面，被完全碾压，第一个轮子在上面轧过去了，我们还记得，仅巨石就有两千厄罗伯重。人们说祸不单行，事实也往往如此，我们也会这么说，但这一次差遣灾祸者认为死一个人就够了。车本来会莽莽撞撞地冲下山坡，不料却在前面不远的地方停住了，轮子陷进了路上的一个坑，获救并不一定发生在我们需要的地方。

人们把弗朗西斯科·马尔克斯从车底下拖了出来。车轮从他的肚子上轧过去，内脏和骨头成了一团浆，下肢差一点儿脱离躯干，这里指的是他的左腿和右腿，至于另外一条，就中间那一条，不肯安生的那一条，为了它，弗朗西斯科·马尔克斯走了那么多路，已经踪影全无，连一块肉皮都不见了。人们抬来一副棺材，把尸体用床单裹起来放在上边，床单马上被血浸湿了，两个人抓起抬杆，另外两个人和他们一起走，准备替换，这四个人将告诉未亡人，我们把你男人抬回来了；他们去告知死讯，而那女人此时正把头探出窗口望向丈夫所在的山，对孩子们说，你们父亲今天晚上在家里睡觉。

巨石运到了谷底，一对对牛又卸了套。也许降下灾祸者后悔头一次太小气，于是平台走歪了，撞着了一块突出的石头，把两头牲口挤在陡峭的山坡上，牲口的腿断了。必须用斧头终结它们的痛苦，消息传开后，谢莱鲁什的居民们都来领施舍，就地把牛剥了皮，把肉一块一块切下来，牛血在路上流成一道道小溪，直到把连在骨头上的肉剔完之前，士兵们用刀柄驱赶也无济于事，车照样不能动弹。这时候，夜晚降临了。人们就地扎营，有的就在路上，有的分散在小河边上。监工处官员和几个助手到有房子的地方去睡觉，其他人照旧用被单一裹，为了这历尽艰辛前往地球中心的旅程而精疲力竭，惊诧于自己还活着，所有人都难以入睡，也许是害怕就这样死去。与弗朗西斯科友情最深的几个人前去为他守灵，巴尔塔萨，小个子若泽，曼努埃尔·米里奥，还有布拉斯，菲尔米诺，伊斯多罗，奥诺弗雷，塞巴斯蒂昂，塔德乌，另外有一个前面没有说过，名叫达米昂。他们走进屋里，看看死者，一个男子汉怎能如此惨烈地死去而现在又如此安详呢，比睡着的样子还安详，再没有噩梦，再没有痛苦，然后他们轻声祈祷了一番，而那个女人就是他的遗孀，我们不知道她叫什么名字，去问她叫什么对这个故事也毫无用处，要说写到了达米昂，那也是写了另一个名字。明天，太阳出来以前，巨石又要重新上路了，它在谢莱鲁什留下了一个待埋葬的人，留下了两头牛的肉让人们吃。

人们没有注意到少了什么。车开始上坡，走得和来的时候一样缓慢，如果上帝对人们有怜悯之心，就该创造一个像手掌一样平的世界，人们运石头就用不了那么长时间。现在已经是第五天，走完山坡之后就是好路了，但人们依然心神不安，身体就不用说了，每块肌肉都疼，但谁能抱怨呢，生了肌肉，就该这么使用。牛群既不争辩也不怨叹，只是拒绝干活，装出拉的样子但又不使力，唯一的办法是让它们休息一会儿，送一把草到它嘴边，不一会儿它就精神得像是从昨天开始就一直在休息，撅起臀部上路，让人看着就开心。直到抵达下一个上坡或者下坡。这时候就把牛群分成组，一些在这里，另一些在那里，开始拉，唉喔；那声音又吼叫起来；嗒啦嗒嗒嗒嗒，吹起号来，这是名副其实的战场，甚至还有伤有亡，而其中有不属于同一物种的情况，就说数目，比如我们说四头，这是个不错的计数方法。

下午下了一场暴雨，下得好。天黑以后又下起雨来，但没有人咒骂什么。这是最明智的态度，对苍天所做的一切都不要太在意，不论是下雨还是晴天，除非过火了，即使这样也不至于发生大洪水淹死所有的人，干旱也不至于严重到寸草不生，找到一根草的希望都没有的地步。雨这样下了差不多一个小时，或许不到一个小时，后来乌云飞走了，连乌云也对人们不拿它当回事而气恼。到处燃起篝火，有人脱得一丝不挂，在火上烤衣服，这情景简直像是一群异教徒的狂欢，而我们知道，他们的行动最虔诚不过了，把石头运往圣地，把主的训诫送到马夫拉，个个努力向前，把信仰交给一切可能接受的人，要不是曼努埃尔·米里奥要开始讲他的故事，我们会就这些人的条件没完没了地争论下去，这里还少一个听众，那就是我，是你，是你，我们已经发现你不在了；其他人连弗朗西斯科·马尔克斯是谁都不知道，有几个人也许还看到了他的尸体，大部分人什么也没有看到，不要以为六百人都列队在尸体前走过，激动地向死者作最后的致意，那都是英雄史诗上才有的事，好，现在我们开始讲故事，有一天，王后从王宫消失了，而在此之前她一直和国王及王子公主在那里生活，早就有人嘀嘀咕咕，说洞中那次谈话与王后们和隐士们之间的寒暄不同，更像是一个迈开舞步，另一个孔雀开屏，于是国王醋意大发，怒火中烧，立即赶往山洞，以为他的名誉受到了玷污，国王们都是这样，他们的名誉比其他所有人的都来得重要，只消看一眼他们头上的王冠就能明白，他到了那里，既没有看见隐士，也没有看见王后，但这更使他怒气冲天，他从中看到了两个人私奔的迹象，于是命令军队在整个王国搜捕逃犯，趁他们正在搜寻，我们睡觉吧，到时间了。小个子若泽不满地说，我从来没有这样听过故事，一点儿一点儿地讲；曼努埃尔·米里奥说，每天讲一点儿，谁也不能一下子讲全；巴尔塔萨心里想，巴尔托洛梅乌·洛伦索神父一定会喜欢这个曼努埃尔·米里奥。

第二天是礼拜日，进行了弥撒和布道。为了让人们听得更清楚，更富教益，修士站到车上布道，并且像在讲道台上一样神气活现，但这位粗心的修士没有意识到，他正在犯最大的亵渎圣灵罪，他脚上的凉鞋侮辱了这块祭石，这块石头曾接受无辜鲜血的祭奠，用谢莱鲁什那个人的鲜血祭奠，他有妻子儿女，在队伍走出彼鲁宾海鲁以前就失去了双腿，另外还有那两头牛，我们不应当忘记那两头牛，至少那些曾经去抢牛肉，这个礼拜日饭食有所改善的居民不会忘记。修士开始布道，像所有布道者都有的开场白一样，他说，亲爱的孩子们，圣母和圣子在高高的天上看着我们，我们的保护神圣安多尼也在高高的天上望着我们，为了他，我们把这块巨石运往马夫拉镇，不错，巨石很重，但是，你们的罪孽深重得多，愿你们心中想着自己的罪孽而又不感到沉重，所以你们要把运输这块巨石视为赎罪，热诚的奉献，独一无二的赎罪，奇特的奉献，因为不仅按照合同向你们支付薪水，而且以上天的宽恕酬答你们，因为正如我所说的，把这块巨石运到马夫拉是一项神圣使命，不亚于当年十字军士兵出发去解放圣地，你们应当知道，所有在那里战死的人今天都享受着永生，前天死去的你们那个伙伴也和他们在一起望着我主的面容，他死在周五，这是个难得的日子，毫无疑问他没有忏悔便死了，听告解神父没有来得及赶到他床前，但是，他因为是十字军士兵而灵魂得救了，正如在马夫拉的医疗室死去或者从墙上掉下来摔死的人都获救了一样，但犯了不可补赎的罪孽，患可耻的病症死去的除外，苍天非常仁慈，甚至向在械斗中被砍死的人敞开天堂的大门，你们经常参与此类械斗，从来没有见过如此虔诚而又如此不守秩序的人，去吧，工程仍在进行，上帝给我们以耐心，给你们以力气，给国王以钱财，这座修道院对于强化修会和让更多的人信仰我主十分必要，阿门。布道完毕，修士回到地上，由于是礼拜日，瞻礼日，没有事情可做，一些人去忏悔，另一些人去吃圣餐，不能所有人都去，除非出现奇迹，圣饼成倍增加，否则保存的圣饼是绝对不够用的，而奇迹没有发生。傍晚时分出现了一起骚乱，五个十字军士兵参与，小事一桩，没有发展到值得叙述一番的程度，只不过是拳打脚踢，鼻子流点儿血。如果他们死去，会马上直接进天堂。

这天夜里曼努埃尔·米里奥把故事讲完了。"七个太阳"问他，国王的士兵们最后是不是抓到了王后和隐士；他回答说，没有抓到，找遍了整个王国，挨家挨户搜查，还是没有找到；说完这些，他不再吱声。小个子若泽问，讲了几乎一周，到头来就是这么个故事呀；曼努埃尔·米里奥回答说，隐士不再是隐士，王后不再是王后，但没有弄清隐士是否得以成了男人，王后是否得以成为女人，我本人认为他们办不到，否则一定会被人发现，如果有一天发生这种事，不会发生得无声无息，因此不会了，事情过了那么多年，他们不可能还活着，两个人中谁也不可能还活着，既然人死了，故事也就完了。巴尔塔萨用铁钩敲了敲身边的一块小石头。小个子若泽挠了挠胡子拉碴的下巴，问道，一个赶牛人怎样才能变成男人呢；曼努埃尔·米里奥回答说，我不知道。"七个太阳"把鹅卵石扔进火堆，然后说，也许飞起来就能变成男人。

他们又在路上睡了一夜。从彼鲁宾海鲁到马夫拉用了整整八天。终于走进工地时，他们像打了败仗的士兵一样，个个蓬头垢面，衣衫褴褛，身无分文。所有的人都惊叹于巨石的体积，这么大呀。但巴尔塔萨望着修道院嘟囔了一声，太小了。

20

打从飞行机器落到容托山上以后，算来"七个太阳"巴尔塔萨去过六次或者七次，到那里看一看，虽然用草木遮盖着，但毕竟放在露天的地方，时间久了总会出现什么损坏，他便尽量修一修。当发现旧铁片锈蚀以后，他带去一锅油，仔细涂了一遍，之后每次再去都会完成这么一道工序。还有，他养成了一个习惯，每次路过一片沼泽地时总是砍一捆藤条，背去修补缺了或者断了的藤绳，这些并非都是大自然造成的，比如有一次他发现大鸟壳内有一窝六只小狐狸。他像对付兔子一样用铁钩扎它们的头顶，把它们都杀死了，然后顺手扔出去，几个扔在这里，另几个扔到那边。狐狸父母发现孩子们死了，嗅嗅地上的血，几乎可以肯定它们再也不会回到那个地方了。那天夜里传来了嚎叫声。它们发现了那些足迹。当它们找到那些尸体，就开始哀鸣，可怜的狐狸，它们不懂得数数，也许懂得，但不敢肯定是不是所有崽子全都死了，它们又走近那架带来了灭顶之灾的机器，一架可以飞的机器，当然这飞行机器现在是停在地上的，它们小心翼翼地走过去，因为嗅到了人的气味而提心吊胆，然后又嗅到了它们的亲骨肉流的血，竖起鬃毛，嗷嗷地叫着退走了。从此它们再也不曾回来。然而，如果这件事中出现的不是狐狸而是狼，那结局就会不同了。正因为想到了这一点，"七个太阳"从这一天起就带上他的剑，剑刃已锈蚀得很厉害，但足以砍下公狼和母狼的脑袋。

他总是独自去，独自考虑下一次什么时候去，但是今天，布里蒙达在三年里第一次对他说，我也去；他感到奇怪，路太远，你会累的；我想认认路，说不定什么时候你不在，我得自己去呢。尽管巴尔塔萨没有忘记那里可能有狼，但她说得在理；无论发生什么情况，你绝对不能独自去，路很难走，加上那里荒无人烟，这你应该还有印象，说不定会遭到猛兽袭击；布里蒙达回答说，别再说这种话，什么无论发生什么情况，因为在我们说无论发生什么情况的时候，发生的头一桩我们就不会料到；好吧，你说的这话很像曼努埃尔·米里奥；你说的米里奥是谁呀；他和我在工地上一起干活，但他决定回家乡去，说他宁肯在特茹河闹洪水的时候淹死，也不要在马夫拉被石头压扁，人们常说各人死法不同，他却说死了以后人人都一样，所以他就回了，那里的石头小而少，水是甜的。

巴尔塔萨不想让布里蒙达步行那么远的路，所以租了一头驴，和家人告别以后就出发了，没有回答伊内斯·安东尼亚和她的丈夫提出的问题，你们到哪里去呀，这一走要损失两天的工钱，如果发生什么不幸，我们也不知道去哪里通知你们；或许伊内斯·安东尼亚说的不幸是指若昂·弗朗西斯科死亡，这些日子死神一直在门口游荡，往前走一步准备进门，接着又后悔了，也许是被老汉的沉默吓坏了，仿佛死神对一个人说，跟我来吧；而那人既不询问，也不回答，只是凝望着，那目光也会让死神胆寒。伊内斯·安东尼亚不知道，阿尔瓦罗·迪约戈不知道，而他们的儿子也正在只顾自己的年纪，巴尔塔萨把要去的地方告诉了若昂·弗朗西斯科，爸爸，我和布里蒙达要到巴雷古多山区的容托山上去一趟，去看看我们从里斯本飞来时乘的那架机器，你大概还记得那个日子，人们说圣灵从这里的空中飞过，在工地上空飞过，其实那不是什么圣灵，是我们和巴尔托洛梅乌·洛伦索神父，你还记得妈妈还在时到家里来过的那个神父吧，当时妈妈要宰公鸡，但他不让宰，说听公鸡歌唱比吃公鸡肉好得多，连母鸡也不让宰。听完这些旧事之后，一直不爱说话的若昂·弗朗西斯科开了口，我记得，全都记得，你放心地去吧，我还不到死的时候呢，等时候到了，不论你在哪里我都会跟你在一起；可是，爸爸，你相信我曾经飞过吗；我们老了的时候那些将来会发生的事就开始发生了，这就是我们能相信原本怀疑的事情的原因，即便不能相信它已经发生，也相信将来会发生；爸爸，我真的飞过；儿子，我相信。

驾，驾，驾，漂亮的小驴子，说它漂亮不是指小毛驴本身，它并不如歌谣里唱的小毛驴漂亮，驮架下还有不少磨伤，但它仍然快活地走着，因为驮的人轻巧，因为她是苗条飘逸的布里蒙达，从我们第一次看到她起，到现在十六年过去了，但成熟反而使她充满年轻的活力，没有任何东西能比保守一个秘密更能保持青春了。到了沼泽地，巴尔塔萨砍了一捆藤条，布里蒙达则采了一些睡莲，编成一个花冠，套在驴子的耳朵上，这让它显得很美丽，从来没有人这样给它打扮过，这好似阿卡狄亚的田园牧歌，其中有牧人，尽管他是个伤残人，有牧人的妻子，她是意志的保管人，一般来说驴子不会出现在这类故事中，但现在它来了，是租来的，牧人心疼他的妻子，怕累到她，谁要是以为这只是什么平凡无奇的租赁，那是因为他对驴子没有概念，不清楚它们有多少次满心不情愿，不喜欢所驮的东西，因为加诸它们身上的重量让背上的磨伤越来越多，让它们备受煎熬。把砍下的藤条捆好绑在驴子上以后，载重增加了，但只要乐意再重也不觉得累，况且布里蒙达决定下来步行，三者像是要闲逛，一个戴着花儿，另外两个陪伴着它。

时值春天，原野上铺满了白色的金盏花，为了抄近路，三个旅行者在花地上走过，花儿碰在巴尔塔萨和布里蒙达光着的脚上沙沙作响，他们有鞋子和靴子，但装在旅行背袋里，准备走石子路的时候才穿，地上散发着淡淡的酸味，那是金盏花的汁液，在世界之初上帝还没有创造玫瑰的时候，这就是香料。天气很好，去看飞行机器再合适不过了，一团团白云在天空飞过，要是让大鸟飞起来该有多美，哪怕只有一次，飞到空中，围着那些空中城堡转一转，大胆地做鸟儿也不敢做的事，大摇大摆地穿过云层，纵使因为又怕又冷而浑身颤抖，再出来朝蓝天和太阳飞去，欣赏那美丽的大地，然后说，大地，瞧布里蒙达多么美啊。但眼下这路还是要靠步行，布里蒙达也没有那么美，睡莲渴得枯萎了，从驴子的耳朵上掉下来，我们在这里坐一会儿，吃这个世界的硬面包吧，吃过以后马上赶路，还有好长的路要走呢。布里蒙达一面走一面在心中暗暗记着道路，那里有一座山，那边有一片丛林，四块排成一条线的石头，六个圆圆的山丘，那些村镇叫什么名字呢，是科德萨尔和格拉迪尔，卡德里塞拉和福拉多罗，麦塞安纳和佩纳费姆，我们走了这么多路，终于到了，容托山，大鸟。

在古代的故事中，只要说出一个秘密的字，神奇的洞穴前就出现一片红木林，只有知道另一个神奇的字的人才能进入，说出了那个字，树林中便出现一条河，河上有一条船，船上有桨。在这里也有人说过一些话，如果我势必要死在火堆中，那就在这堆火里吧；那是巴尔托洛梅乌·洛伦索神父疯了的时候说的，莫非这些黑莓枝就是红木林，这满枝花朵的灌木就是桨和河，那么这受了伤的大鸟便是那条船了，要说出哪个字才能产生这种效果呢？他们把驴背上的驮子卸下来，用绳子拴住它的腿，免得它走得太远，现在你随便吃草吧，只要能吃得到，在可能的范围内还可以有所选择，同时，巴尔塔萨就去黑莓丛打开一条通往被遮蔽着的机器的通道，每次来这里他都是这样做的，但是，一旦他转过身，嫩枝和枯枝就一齐涌过来，在这块地方清理出一个通道，在荆棘丛里面和四周挖出一条小径谈何容易，但没有它又怎能修复藤条编的缆绳，怎能支撑因天长日久而松散了的翅膀，怎能让大鸟重新扬起耷拉下来的脑袋，怎能让尾巴翘起来，怎能把舵校正，当然，我们，即我们和机器，都落在了地上，但必须时刻准备好。巴尔塔萨干了很长时间，手被刺扎破了，通道好走之后他才呼唤布里蒙达，即使如此她也必须靠膝盖匍匐前进，她终于到了，两个人淹没在半透明的绿色阴影当中，或许是因为黑色帆布上面的树枝是新长出来的，叶子太嫩还能透过光线，这层天之上是寂静之天，寂静之天之上是蓝色光线的拱顶，我们只能看到蓝色光线的碎片，斑点，掠影浮光。他们沿着支撑在地上的翅膀爬到机器的甲板上。那里的一块木板上画着太阳和月亮，没有增加任何其他符号，仿佛这个世界上再没有任何人存在。

甲板上有几处木板朽了，下次巴尔塔萨带几块修道院工地脚手架上报废的木板条来，既然脚下的木板损坏，这一回就不能修理铁片和外壳了。在帆布阴影的笼罩下，琥珀球闪着昏惨惨的光亮，像一只只不肯闭上的眼睛，似乎强打精神抵御着困倦，以免耽误了出发的时刻。然而，这整个场景气氛荒凉凄切，在尚未被刚刚到来的炎热蒸发的水洼中，枯叶渐渐变成黑色，要不是巴尔塔萨经常前来照看，我们在这里看到的必定是一片破败的废墟，一只死鸟散了架的骨骼。

只有用奇妙的合金制造的球体依然像第一天那样光亮，虽说不透明，但闪闪发光，脉络清晰，嵌合精确，谁能相信它们在这里放了整整四年。布里蒙达走近其中一个球体，把手放在上面，发现它不热也不凉，仿佛是两只手相握，既不觉得凉，也不觉得烫，只觉得两者都是活的；意志们还在这里边活着呢，它们肯定没有走，我能看见金属没有腐蚀，球体还完好，可怜的意志们，关在里面这么长时间，它们在等待什么呢。巴尔塔萨已经去到甲板下边干活，只听到问话的一部分，但猜到了她问的是什么；要是意志都从球体里跑出去，这机器就一点用处也没有了，我们也就无须回到这里来了；布里蒙达说，明天我就能知道。

两个人一直干到太阳落山。布里蒙达用灌木枝做了一把扫帚扫干净上边的树叶和木屑，然后又帮助巴尔塔萨更换断了的藤条，在薄铁板上涂油。她缝好了帆布两处撕破的地方，这是女人的工作，正如前几次巴尔塔萨以士兵的责任心兢兢业业，现在进行的是收尾工作，把刚刚修复的地方涂上沥青。夜晚降临。巴尔塔萨去解开拴着驴腿的绳子，免得可怜的牲口在那边绑着不舒服，然后把它拴在机器旁边，一旦有野兽来它能报个信。在此之前他已经检查过大鸟里面，从甲板的一个开口处下来了，若它是飞机或者飞船，那这就是舱口，到后来有此需要时也就有了这个名词。没有任何有活物的迹象，没有蛇，甚至连凡是隐蔽的地方都有的跑来跑去的蜥蜴也没有，蜘蛛网嘛，连一根丝都看不见，大概也没有苍蝇。这一切好似一枚鸡蛋的内部，蛋壳就是眼前的寂静。他们以树叶当床，用脱下的衣服作铺盖躺下了。在这深邃的黑暗之中，两个人都一丝不挂，彼此寻求，他急不可耐地过去，她热切地迎接，她在渴求，他有欲望，终于两具身躯找到了彼此，然后律动，她从生命深处发出声音，他的声音却被淹没，这其中孕育着呼喊，长长的，时断时续的呼喊，还有无声的抽噎，意想不到的眼泪，而机器在颤抖，在晃动，也许已经不在地上了，撕破了一丛丛灌木和黑莓，在夜空游荡，在云间穿行，布里蒙达，巴尔塔萨，他的身子压在她的身子上，两个人都压在地上，末了他们还是在这里，离开过，现在又回来了。

　　白天的第一缕光线透过藤条的间隙，布里蒙达转过脸去，不看巴尔塔萨，慢慢站起身，仍然像睡觉时一样赤裸着身体，穿过了舱口。清晨空气冰冷，她打了个寒战，这寒战或许更因为她那几乎被遗忘的奇异视力，现在，她眼中的世界由一系列的透明体组成，透过机器的舷墙，看到了黑莓和藤蔓织成的网，看到了小驴虚幻的影子，小驴后面的灌木和树似乎在浮动，最后边是近处那个厚厚的山包，要是没有这个山包，我们会看到远方海中的鱼。布里蒙达走近一个球体看了看。里边有个阴影在旋转，就像从远方看到的旋风一样。另一个球体里也有个同样的阴影。布里蒙达又从舱口下去，钻进如鸡蛋一般的内舱暗处，在衣服当中寻找她那块面包。巴尔塔萨还没有醒，左胳膊半埋在树叶里，这样看去像个没有残疾的男人。布里蒙达又迷迷糊糊睡着了。等她觉得巴尔塔萨一直在碰她，把她惊醒的时候，天已经亮了。她没有睁开眼睛就说，来吧，我吃过面包了；巴尔塔萨再无犹豫，进入了她的内部，而她则不会去探知他的内部，信守着她的誓言。他们走到机器外面穿衣服，巴尔塔萨问，你去看过意志了吗；看过，她回答说；还在那里吗；在；有时候我想应当打开球体，让它们出去；要是让它们走了，那可就真像什么事都没有发生过一样了，就像我们没有出生一样，你也没有出生，我也没有出生，巴尔托洛梅乌·洛伦索神父也没有出生；它们还像一团团密云吗；它们就是密云。

半晌时分就把活儿干完了。因为是两个人来照看，更因为是一个男人和一个女人来照看，所以机器似乎焕然一新，看样子灵巧得像它刚刚造成，即将展开处女航行的那一天一样。巴尔塔萨把黑莓枝拉一拉，弄乱，堵住入口。这确实是个神话故事。不错，洞穴前没有河流，也没有船和桨，但真的有一片红木林。只有从高处才能看见洞穴那黑色脊柱一样的顶，也就是说，只有大鸟从上面飞过才行，世界上唯一的这只大鸟就落在这里，而上帝创造或者下令创造的普通鸟儿在这里飞过一次又一次，看了一遍又一遍，却毫无所觉。小驴子也不明白为什么被领来这里。这牲口是租来的，让它到哪里它就到哪里，在它背上放什么它就驮什么，对它来说每趟出行都一样，但是，如果它一生中所有的出行都是这样，路途中大部分时间驮载很轻，耳朵上挂着睡莲花冠，那么那一天，驴类的春天也就到来了。

他们下了山，谨慎起见走了另一条道路，途经拉帕杜索斯和本费依托河谷，一直往下走，因为在人多的地方不易引起注意，绕过托雷斯·韦德拉什，然后沿佩德鲁里奥斯河一路往南，假若没有悲伤和不幸，假若各处都是溪水在石头上流淌，鸟儿在枝头歌唱，那么生活就只是坐在草地上，握着一枝金盏花而不用揪下它的花瓣，要么因为人们已经知道结果，要么因为结果无关紧要，不值得以一枝花的生命为代价去寻求结果。还有其他一些简单而淳朴的乐趣，比如巴尔塔萨和布里蒙达在河水中洗脚，她把裙子撩到膝盖以上，还是放下来为好，因为不论哪个仙女洗澡的时候总有一个雄性在窥视，并且就在附近，随时会冲过来。布里蒙达笑着要逃离水边，他过去搂住她的腰，两个人都倒下了，哪个在上哪个在下呢，他们简直不像这个世纪的人。小驴抬起头，竖起长长的耳朵，但它没有看见我们看见的东西，只发现搅动的影子，灰色的树木，因为每个造物的世界都是自己眼睛所能看到的一切。巴尔塔萨抱起布里蒙达，把她放在驮鞍上，走吧，小驴，驾，驾。已经是后半晌，没有一点儿风，连徐徐的微风也没有，皮肤接触到空气仿佛那是另一层皮肤，巴尔塔萨与世界之间没有可见的差别，而世界与布里蒙达之间又能有什么差别呢。他们到马夫拉的时候已是夜里。维拉山上燃着一堆堆篝火。如果火苗再高一些，篝火再往四周延伸得远一些，就能看到修道院尚不规则的墙壁，空空的壁龛，脚手架，留作窗户的一个个黑洞，与其说这是新建筑倒不如说是废墟，工地上没有人的时候总是如此。

劳累的白天，无眠的夜晚。工人们就在这些工棚里歇息，一共有两万多人，住在简陋的隔间里，对他们大多数人来说，这里的架子床比在家里的情况还好些，家里的床不过是地上铺的席子，他们和衣而睡，拿外衣当被子，而在这里天气寒冷的时候至少还能互相以身体取暖，最糟糕的是天热了，无数跳蚤和臭虫吮吸血液，头上和身上到处都是虮子，人人奇痒难忍。体液躁动，性欲勃发，梦中遗精，同屋的伙伴喘着粗气叫嚷着，没有女人我们可怎么办呀。当然有女人，但不是所有人都有。最幸运的是最开始就来到此地的人，找好了寡妇或者被抛弃的女人，但马夫拉是个小地方，没过多久一个无主的女人都没剩下了，现在男人们主要操心的是保护其乐园不受别人觊觎和抢夺，尽管所谓乐园只有一点儿甚至毫无迷人之处。这样的缘故导致了数次持刀械斗。一旦有人被杀，刑事法官来了，巡逻队来了，如果需要的话军队也被请来帮忙，杀人者被关进监牢，之后的发展以下二者必居其一，如果罪犯是女人的汉子，过不了多久他就会有继任者，如果被害人是女人的汉子，他的继任者会来得更快。

那么，其他人呢，其他人怎么办。他们在因连日下雨而泥泞难走的街上游荡，钻进同样的木板棚屋形成的胡同，这些房子或许是监工处盖起来的，监工处不会不知道男人们的需要，因而未雨绸缪，也或许是妓院老板为了牟取暴利，建房的人把房卖出去，买房的人把房租出去，租房的人出租自己，还是巴尔塔萨和布里蒙达赶过的那头驴更幸运，他们给它的头上戴上了睡莲，但没有人给半掩着的门后边的这些女人送花，带去的是一个急不可耐的阴茎，在黑暗中捅进去拔出来，并且往往已经开始腐烂，那是梅毒，于是那些不幸的男人呻吟，被传染的那些不幸的女人也呻吟，脓水不停地顺着腿往下流，医院的医生们是不接收这种病人的，至于治这种病的药，如果这也算治病的药的话，也就是在患处抹合生花汁，这种奇妙的植物我们已经提过，它能治百病却又任何病都治不好。三四年前来到这里的壮小伙子现今已经从头腐烂到脚。来的时候干干净净的女人早早过世，一死就必须深深埋葬，因为尸体会很快腐坏并毒化空气。第二天，她住的屋子就有了新的女房客。木床还是原来的木床，破烂的铺盖连洗都不洗，一个男人敲门走进去，既不用问也不用答，价钱都知道，他脱下裤子，她撩起裙子，他兴奋地呻吟，她无须佯装，我们都是实在人。

苦行修士们从远处走过，看样子个个品德高尚，我们用不着可怜这些人，没有比这伙人更懂得用痛苦换欣慰并得到报偿的了。他们低头望着地面，手中拨着念珠，念珠就挂在腰部，跟他们的那玩意儿一样，偷偷拨弄，为前来忏悔的女人祈祷，如果马尾鬃的苦行带被扎在腰际，甚至在某些夸张的情形里，尖叉已经立起，那我们可以肯定，他们还不曾因这惩戒而精疲力竭呢，这几句话应当仔细阅读，否则就难以领会。修士们在没有其他慈善任务或者其他义务的时候，就去医院帮助遭受痛苦的人们，为病人端汤送水，指引那些奄奄一息的人，有的日子会有两三个人丧命，向司医的圣徒们求助也无济于事，例如，医生们的保护神圣库斯玛与圣达米安，能像修补坛子一样接骨的圣安多尼，深谙外伤的圣弗朗西斯科，制作修补拐杖的圣若瑟，非常善于抵御死神的圣塞巴斯蒂昂，精通东方医学的圣方济各·沙勿略，还有神圣的家庭，耶稣，玛利亚，若瑟，然而，平民百姓与要人和军官是两回事，后者有他们单独的医院，由于这种不平等，清楚他们的修道院从何而来又靠谁维持的修士们，就可以在治疗不同的人和为不同的人施涂油礼方面做出区分了。谁要是从来没有犯过类似罪孽，就把石头捡起来，扔到他们头上吧，就连耶稣还偏袒伯多禄，纵容若望呢，尽管他的宗徒有十二位。总有一天要调查一下，犹大背叛耶稣是否出于嫉妒和由于受到冷落。

　　就在这样一个时刻，"七个太阳"家的若昂·弗朗西斯科死了。他等到了儿子从工地下来，头一个进家的是阿尔瓦罗·迪约戈，他急着赶快吃饭，吃完回到石匠棚去，在他往汤里泡面包的时候巴尔塔萨进来了，爸爸，晚安，为我祝福吧；这个夜晚和以往的夜晚没有什么两样，只差家里年纪最小的还没有回来，他总是最后一个进家，也许已经偷偷跑到暗娼街去了，可去那里要付钱的，他怎么付呢，每天挣的钱都分文不差地交给父亲了，而父亲阿尔瓦罗·迪约戈恰恰正在问这件事，加布里埃尔还没有回来吗；想想吧，我们认识这年轻人许多年了，现在，他已经长大成人了，我们才第一次听说他的名字；伊内斯·安东尼亚显然在为儿子打掩护，她回答说，过一会儿他就回来了；这是个与往日相同的夜晚，说的是同样的话，谁也没有发觉若昂·弗朗西斯科脸上出现的惊愕的表情，尽管天气热了，老人仍然坐在壁炉旁边；布里蒙达也没有发觉，她因为巴尔塔萨进来而分了心，巴尔塔萨向父亲道了晚安，请求祝福，没有注意到父亲是不是为他祝福了，父子多年，儿辈往往有心不在焉的情况，确实如此，他只是说，爸爸，为我祝福吧；老人慢慢举起手，慢得就像只剩下举手的力气一样，这是他最后一个动作，还没来得及做完，半举起的手就落到另一只手旁边，搭在外衣襟上，当巴尔塔萨后来转过脸看父亲，要接受祝福的时候，却看到他靠在墙上，双手张开，头垂到胸前；你病了吗；这是一个无用的问题，如果现在若昂·弗朗西斯科回答说，我死了，那势必会让人毛骨悚然，但这是千真万确的话。家里人自然会落泪，阿尔瓦罗·迪约戈那天没有回去干活，加布里埃尔回到家里也不得不表现出悲伤的样子，其实他心里非常高兴，刚刚从天堂回来，但愿地狱不会炙烤他两腿间的那处。

若昂·弗朗西斯科·马特乌斯身后留下了一块菜园和一所旧房子。原本在维拉山上还有一块地。他用了许多年清走石头，直到后来可以用锄头松土。然而力气白费了，现在那里又满地石头，让一个人不由得去问自己，来到这个世界究竟是为什么呢。

21

近几年来，国王把木制的罗马圣伯多禄大教堂从大木箱拿出来的次数不多了。这是因为，与芸芸众生的认识和猜想相反，国王们和一般人一样，也成长，变得成熟，随着年龄的增长喜好也不断变化，只不过有时为了赢取公众欢心他们不会故意掩饰自己的爱好，有时则又出于政治需要而装腔作势。另外，各民族传承的智慧和每个人的自身经验都表明，重复使人厌烦。对于唐·若昂五世来说，圣伯多禄大教堂已经没有什么秘密可言。他能够闭着眼睛将其装好又拆开，不论是独自完成还是有人协助，不论是从北边还是从南边开始，不论是从前柱还是从后殿开始，无论是一件一件地还是一部分一部分地组装，最终成果总是一样，一件木制品，一套积木玩具，一处假装的地方，虽然上帝无处不在，这里却不能做真正的弥撒。

无论如何，真正重要的是确保自己在儿女们身上的延续，当然，出于对老年状态或老之将至的反感，他并非总是乐于看到他那些曾引发丑闻或者带来祸端的类似行为在子女身上重复，同样也会出现这样的情况，他乐于劝服子女们重复他的某些做法，他的某些个性，甚至他说过的某些话，并因之欣喜，这样一来他自己以及他成就的一切就获得了新的根据。子女们佯装言听计从，这是不言而喻的。换句话说，说得明白一点，唐·若昂五世对组装圣伯多禄大教堂已经失去兴趣，但找到了间接地让兴趣重焕活力的方法，即把他的子女唐·若泽和唐娜·马利亚·芭芭拉叫来当他的帮手，表现出作为父亲和国王对他们的钟爱。这两个人我们都已提过，以后还要提到，现在只是要多说几句她的事，可怜的公主，得过天花之后样貌变化极大，不过所有的公主都洪福齐天，不会因为满脸麻子或者长得丑陋就嫁不出去，只要这婚姻对父王来说有利。无须说，王子和公主不用费多大力气就组装好了罗马圣伯多禄大教堂。如果说唐·若昂五世尚有宫廷近侍帮他拿起并递送米开朗琪罗设计的穹顶，让他安装，这一点恰到好处地让我们回想起国王到王后卧房去的那个夜晚，那座了不起的建筑怎样地响起了预言般的回声，那么这两个娇弱的孩子无疑需要更多的帮助，她才十七岁，而他十四岁。但是，这里要强调的是这精彩场面本身，半个王室都聚集在这里观看王子公主玩玩具，两位陛下坐在华盖下面，修士们低声进行日常的客套，贵族们脸上的表情同时传达着如下感情，对王子和公主应有的尊敬，对如此年轻的人儿由衷的温情，对眼前复制品所代表的圣地的虔诚，这一切都表现在同一张脸上，用同一副表情融会贯通，难怪他们看上去像是在压抑着某个秘密，甚至是忍受着什么不应有的无形痛苦。当唐娜·马利亚·芭芭拉亲手拿起装饰顶部的一个小雕像时，宫殿爆发出一阵掌声。当唐·若泽亲手把穹顶的木制十字架放上去时，所有在场的人差一点儿跪到地上，这位王子可是王位继承人啊。两位陛下笑了，然后唐·若昂五世把孩子们叫过去，赞扬他们聪明伶俐，向他们祝福，他们跪下来接受了祝福。世界如此和谐融洽，至少这间大厅像完美无瑕的镜子一样映照出了天堂。这里的每个动作都那么高贵，其庄重的礼仪和每一处停顿都近乎神圣，说出的每一个字都是一个经过了深思熟虑的句子的一部分，毫无轻率武断之嫌。天堂的居民们走上珠光宝气的街道时，在金碧辉煌的宫殿得到宇宙之父接见时，在王宫重聚，观看圣子组装，拆卸，再组装木制十字架时，无疑也是这般举止和言谈。唐·若昂五世下令不要拆卸大教堂，让它这样完整地留着。王室随从人员退下了，王后走了，王子和公主走了，修士们祈祷着走了，现在国王正表情严肃地审视着这个建筑物，本周陪同国王的贵族们尽量模仿他那副庄严的神态，这样做总是最为安全。国王和陪同贵族们维持这样的观赏状态不下半个小时。近侍们想些什么我们不用研究，谁知道那些脑袋里装着什么念头呢，许是觉得一条腿痉挛，许是想起自己喜爱的母狗明天分娩，从果阿来的货物是否得到了海关放行，突然想吃糖果，修道院隔栅里面那个修女柔软的小手，假发下面的奇痒刺痛，愿意想什么就想什么，但和国王想的绝对不一样，他在想，我要为我的宫殿修建一座同样的大教堂；这是我们始料未及的。

第二天，唐·若昂五世召见了马夫拉修道院的设计师，他叫若昂·弗雷德里科·鲁德维塞，这是德国人名的葡萄牙文写法，国王直截了当地对他说，我要在本宫廷建造一座像罗马圣伯多禄大教堂那样的教堂；说完之后就严厉地盯住艺术家。啊，永远不能对一位国王说不字，而这位鲁德维塞，在意大利生活时叫鲁德维斯，也就是说他两度放弃他真正的姓氏鲁德维格，因为他知道，在生活中若想成功，必须懂得适应，善于调节，尤其是他的生活处于祭台的台阶和王位的台阶之间。但是有诸多限制，这个国王对他要求的事一点儿概念都没有，如果他真的以为只要有个什么愿望，更不要说是国王的愿望，就能像跟布拉曼特，拉斐尔，桑迦诺，佩鲁齐，波纳洛蒂，丰塔纳，德拉·波尔塔，马德尔诺这样的建筑大师对话一样，以为只要对我说一声，鲁德维格或者鲁德维斯，或者是说给葡萄牙人的耳朵听的鲁德维塞，我想要罗马圣伯多禄大教堂，然后圣伯多禄大教堂就会拔地而起，那么他就是个彻头彻尾的呆子，而我能够设计的只是在马夫拉这里的这座建筑，我是个建筑师，这千真万确，并且像所有人一样自命不凡，但我了解自己的能耐，也了解本地的特点，我在此地生活了二十八年，深知这里易于心血来潮而缺少坚持不懈，因此这里的关窍就是对国王做出巧妙的回答，使得说不字比说是字更令他欢心，当然这要费一番心机，但愿上帝不要让我在这里栽跟头；只有像陛下这样下令建筑马夫拉修道院的伟大国王才会有如此宏愿，但是，生命是短暂的，陛下，从为第一块基石祝福到完全建成，圣伯多禄大教堂耗费了一百二十年的劳动和财富，陛下，据我所知，您从未到过那里，但陛下可以从装卸的模型判断出来，也许我们用接下来的二百四十年也无法完成这项工程，而那时候陛下已经不在了，您的儿子，孙子，重孙，玄孙，玄孙的儿子也都不在了，因此，我怀着十分的敬意请您考虑，建造一座预计二〇〇〇年才能完工的教堂，这值得吗，假如到那时世界仍然存在的话，当然，这要由陛下做出决定；决定世界是否还存在吗；

不，陛下，决定是否在里斯本再建一座罗马圣伯多禄大教堂，尽管我本人认为，世界末日来临比全比例复制一座罗马圣伯多禄大教堂更容易一些；这么说来我的愿望不能得到满足了；陛下将永远活在您的臣民的怀念之中，永远活在天堂的荣耀之中，但怀念并非打地基的好地段，墙壁会渐渐倒塌，而天堂本身就是一个大教堂，在这里罗马圣伯多禄大教堂只不过是沙滩上的一粒小沙子；既然如此，那我们为什么要在地上建造教堂和修道院呢；因为我们不明白大地就是一座教堂，一座修道院，是信仰和责任的所在，是隐居和自由的所在；我没明白你在说什么；我本人也不太明白自己在说什么，但是，让我们回到正题上来吧，如果陛下想在生命到达尽头的时候至少看到墙壁砌起一拃高，那就必须立刻下达必要的命令，否则就只能看到为地基挖开的壕沟；我只活那么一点儿时间吗；工程漫长，而人生短暂。

他们本可以一直谈下去，谈到这一天天黑，但唐·若昂五世一般不允许别人违逆他的决断，所以，在想象中看到了他的后代们，儿子，孙子，重孙，玄孙以及玄孙的儿子，一个个举行葬礼，而在死前谁也没有看到工程完成，于是陷入深深的忧伤，何苦还要开始建造呢。若昂·弗雷德里科·鲁德维塞掩饰住自己的高兴，他已经察觉到不会建什么里斯本的圣伯多禄大教堂，他手头现有的埃武拉大教堂和圣维森特修道院的工程足够他忙碌的了，这些都是适合葡萄牙的规模的活计，他只要愿意就能干好。这时候谈话停顿了一会儿，国王不说话，建筑师也没有吱声，伟大的梦想就在这沉默中云消雾散了，我们很有可能永远都不会知道唐·若昂五世曾有一天想在爱德华七世公园那里建起一座罗马圣伯多禄大教堂，只是鲁德维塞没有严守秘密，把这件事告诉了儿子，儿子造访修道院时又悄悄告诉了修女朋友，修女又告诉了听告解神父，神父告诉了修会会长，修会会长又告诉了宗主教，宗主教向国王询问此事，国王回答说，谁要是胆敢再谈及此事，他将大发雷霆，之后，每个人都噤若寒蝉，而这项计划现在之所以大白于天下，是因为真相以自己的双脚在历史上行走，只要给它时间，它就会以出其不意的方式显露出来并宣告，我在这里；我们只有相信，没有其他选择，真相如同仍在里斯本的多梅尼科·斯卡拉蒂的音乐一样，总会从深井里原原本本地冒出来。

最后，国王敲敲前额，整张脸随之一亮，那是灵感之光环，要是把马夫拉修道院的修士人数增加到二百名呢，能说二百名就能说五百名，说一千名，我相信这一行动的伟大程度不亚于那座不能建造的大教堂。建筑师考虑了一下，一千名修士，甚至五百名修士，是很大一群人，陛下，到头来我们还是需要一座和罗马圣伯多禄大教堂一样大的教堂，否则就容不下这么多人；那么你说多少呢；比如说三百名，即使这样，我设计并且正在建造的教堂也显得小了，还有许多变数，请允许我指出这一点；那就三百名吧，不用再讨论了，我意已决；只要陛下下达必要的命令，您的决定就会执行。

命令下达了。不过前一天国王先会见了方济各会阿拉比达总主教以及王室财产管理人，建筑师也再次列席。鲁德维塞带去了设计图，在桌子上铺开，解释说，这就是教堂，从北至南的这处是长廊，以及属于王宫的列塔，再后是修道院的外屋，现在，为了执行陛下旨意，我们必须往更后边扩展修建另一些外屋群，而这里有一座山，石头坚硬，炸山劈石的工作会是最后的艰巨任务，而为了啃掉山麓，平整地面，我们已经费了很大力气。听到国王想扩充修道院的规模，大大增加修士人数，从八十名增至三百名，天哪，可以想象，到来的时候尚未得知这一消息的总主教扑通一声趴到地上，没完没了地吻陛下的双手，之后才用哽咽的声音说，陛下请相信，此时此刻上帝正在下令在天堂准备更豪华的新住所，以奖赏在地上颂扬他崇高的名字的人，用石雕赞美他的人，陛下请相信，马夫拉修道院每垒一块新砖，就为陛下祈祷一次，这已不是为了拯救灵魂，陛下的灵魂因为这些工程已万无一失，而是为了陛下到上帝面前时，头上的王冠有更多的鲜花，但愿上帝在很多很多年后才召见陛下，让陛下臣民的幸福经久不衰，让我所效劳和代表的教会和修会永远感激。唐·若昂五世从椅子上站起身，吻了吻总主教的手，表示地上的权力对天上的权力的谦恭，重新坐下后，他头上的光环又亮起来，如果不加小心，这位国王说不定将成为圣徒。王室财产管理人擦了擦兴奋的泪水，鲁德维塞右手食指的指尖仍然指着设计图上需要耗时费力夷平的那座山的位置，总主教举目望着天花板，那是象征着天堂的地方，而国王依次看向三个人，庄严，仁慈，以及得到了验证的虔诚，人们从那张慷慨大度的脸上看到的正是这样的内容，因为并不是每天都下令扩建修道院，让八十名修士增至三百名，常言道雷霆雨露，而今天见证的就是最好的一面。

若昂·弗雷德里科·鲁德维塞行过大礼离开了，他要去修改设计图纸，总主教返回本省去安排相应的庆祝活动和宣布这个好消息，国王留在原地，这是他的家，现在正等着去取账簿的王室财产管理人回来，他回来了，把厚厚的对开账簿放在桌子上，国王问道，好，现在告诉我，我们欠债和盈余的情况如何。这位管账先生用一只手托住下巴，像是陷入了深深的思考，他打开其中一个账本，似乎要举出一个关键的数字，但这两个动作都没有做完，只是说，禀告陛下，要说盈余，我们的盈余越来越少，要说债务，我们欠债越来越多；上个月你已经对我说过同样的话；再上一个月也一样，前一年情况也是如此，有鉴于此，陛下，我们很快就要看见钱袋的底了；离我们钱袋的底远着呢，一个钱袋在巴西，另一个在印度，到这些钱袋都空了的时候，我们也要过很长时间才会知道这个消息，到那个时候我们就可以说，原来我们已经穷了，但当时我们不知道；如果陛下恕我冒昧，我斗胆禀告，我们已经穷了，并且已经知道；但是，感谢上帝，我们并不缺钱；是啊，但我的财会经验每天都提醒我，最穷的穷人是不缺钱花的人，现在的葡萄牙正是这种情况，葡萄牙是个无底的口袋，钱从它的嘴里进去，从它的屁股里拉出来，请陛下原谅我的形容；哈哈哈，国王开怀大笑，说得有意思，不错，先生，你是在告诉我屎是钱，对吧；不，陛下，钱是屎，我的位置使我最清楚地了解这一点，我是蹲着的，为别人管钱的人总是蹲着的。这段对话是假的，杜撰的，有诽谤之嫌，并且也极不道德，不尊敬王位和圣坛，让一位国王和他的王室财产管理人说起话来像小酒馆里的赶骡人一样，只是没有那种火冒三丈的怒气而已，不然会更加放肆粗鄙，但是，读者读到的这些话只不过是自古以来的葡萄牙语的当代译文，所以国王说的是，从今天起你的薪俸增加一倍，免得你压力那么大；让我吻吻陛下您的手吧，王室财产管理人回答说。

若昂·弗雷德里科·鲁德维塞还没有画完扩大了的修道院的图纸，王室的一名邮差便快马飞奔马夫拉，送去国王的严令，必须立即开始夷平那座山，以争取时间。邮差和护卫人员在总监工处门前翻身下马，掸掸身上的灰尘，走上台阶，进了大厅，叫出监工处长官的名字，莱昂德罗·德·麦洛博士；我是，一个人回应道；我急速赶来递交陛下的信件，请收下，请给我开具收据和清讫证明书，我要立即赶回王宫，万勿耽搁。交接完成之后邮差和护卫人员回去了，而监工处长官恭敬地吻了吻信的封缄，把信打开，但读完以后脸色变得煞白，甚至让监工处副长官以为长官被免职了呢，那样的话他或许能够趁机升官，但他马上就失望了，因为莱昂德罗·德·麦洛已经站起身说，到工地去，我们到工地去；几分钟之后，马夫拉有点儿权力的人都到了，财务官，木匠工头，泥瓦匠工头，石匠工头，牲畜总管，爆破工程师，军队统领，人到齐了，监工处长官说，先生们，陛下以其仁慈和无边的智慧，决定把本修道院居住的修士人数增加到三百名，夷平东边那座山的工程即刻开始，因为要在那里修造建筑的新部分，信件中有粗略的尺寸，我们照此办理，陛下的命令必须执行，我们大家到工地去看看该如何动手。财务官说，他支付由此产生的花销但无须他去丈量那座山，木匠工头说，他的行当只是和木头，刨花以及锯末打交道，泥瓦匠工头说，到了需要垒墙铺路的时候尽管叫他，石匠工头说，他只管已经采出来的石头，不管采石头，牲畜总管说，到需要的时候，他手下的牛和其他牲畜都会去的，这些回答似乎出自目无纪律之人，但实际上他们十分明智，既然他们都熟悉那座山，何必全体出动去看它，去估量削平它有多么困难呢。监工处长官认为大家说得非常在理，于是便带领两个人去了，一个是爆破工程师，这是他所司之责，另一个是军队统领，因为削平山头的任务主要由士兵承担。

在东边已经建起的墙壁后面那块地，苦行修炼的修士已经栽上了果树，还有几块苗圃，一些种了蔬菜，另一些沿边缘种了花，暂时还只是预示这里将成为果园和菜地，也许成为花园。这一切要统统毁掉。工人们看到监工处长官和西班牙爆破工程师走过去，然后又望向东边那座庞然大物，因为修道院要向那边扩建的消息不胫而走，本是机密的命令传播得如此之快让人不可思议，至少在收信人公之于众之前理当保密。人们几乎相信，唐·若昂五世在写信给莱昂德罗·德·麦洛博士之前已经差人通知了"七个太阳"或者小个子若泽，对他们说，不要着急，我心血来潮，把原先规定的八十名修士改成了三百名，这对所有在工地干活的人来说倒是有利，他们的工作在更长的时间里有了保障，至于钱，几天前我的亲信，也是我的财产管理人告诉我，并不缺少钱，你们应当知道，我们是欧洲最富有的国家，不欠任何人的债，向所有人支付应付的款项，对此，我不必再有顾虑，问候在那里谋生的我亲爱的三万葡萄牙人，他们正为满足本王的崇高乐趣而不懈努力，让有史以来最伟大最漂亮的宗教建筑高高耸立，流芳百世，它甚至宣告，与它相比，罗马的圣伯多禄大教堂只不过是个小小的祈祷之地，再见了，直到我们再次相见，转告祝福给布里蒙达，关于巴尔托洛梅乌·洛伦索神父的飞行机器，我再也没有听到过任何消息，我给他提供了那么多帮助，花了那么多钱，世界上尽是忘恩负义的人，现在总算好了，再见。

站在山脚下，莱昂德罗·德·麦洛博士心烦意乱，这座山巍然挺立，比将来完工以后建筑的墙还高，他原本只是托雷斯·韦德拉什的地方法官，所以必须依靠爆破工程师，工程师是安达卢西亚人，极善吹牛，他用西班牙语明白无误地说，即使是莫雷纳山脉，我也能赤手空拳把它拔起来扔到海里去；翻译过来就是说，交给我，用不了多久我就能在这里开辟出一个罗西奥广场，让里斯本的罗西奥广场相形见绌。这些年来，已经差不多十一年了，马夫拉一直为持续的爆破声而颤动，如果说最近炮声没那么频繁了，那是由于已被降服的地面上只剩些顽固的巨石。人永远不知道战争何时结束。他说，啊，结束了；但突然发现并没有结束，又重新开始了，但战争的形式变了，昨天是刀光剑影，而今天是炮弹轰击，昨天摧毁城墙，今天则夷平城市，昨天是消灭国家，今天是毁灭世界，昨天死一个人就称为悲剧，今天一百万人化为灰烬已司空见惯，马夫拉不会出现这种情况，这里人不少，但我们看到，没有多到那种地步，然而，对于那些习惯于每天听到五十乃至一百声炮响的人来说，现在像是世界末日，从太阳初升到夜幕降临有一千响惊天动地的炮声，往往是二十响的连珠炮，其威力之大令人胆寒，泥土和石头被抛向空中，工地上的工人们不得不到墙后边躲避或者钻到脚手架下，尽管如此还是有一些人受了伤，另外还有五炮炸药意外爆炸，三个好好的人因此粉身碎骨。

"七个太阳"还没有给国王回信，总是一拖再拖，因为他实在不好意思求人替他写，但是，要是有一天他克服了羞怯，这将是那份记载，我亲爱的国王，你的信我收到了，信里对我说的一切我都明白了，这里不缺活儿干，我们从没有停下来的时候，除非雨下得太大，连鸭子也说够了，或者运送的石头在路上误了期，或者烧出的砖不合格，不得不等待新砖运来，由于扩建修道院的主意，现在这里一切都混乱得不得了，我亲爱的国王，你想象不到那座山有多大，需要多少人去夷平，他们不得不放下教堂和王宫的工程，工期肯定要拖延，甚至石匠和木匠也都去运载石头了，我运石头，有时候赶牛，有时候用手推车，我最可怜那些被连根拔起的柠檬树和桃树，还有那些三色堇，那么香，若知道这些花后来会遭到这么残酷的对待，还不如当初就不要种下它们，不过，话又说回来，既然我亲爱的国王说我们不欠任何人的债，这总是件让人高兴的事，我母亲常说，及时还债，不论欠的是什么人，可怜的母亲，她已经死了，看不到历史上最宏大最漂亮的宗教建筑了，你在信里就是这么说的，但我要坦率地说，我知道的故事里面从来没有提到过什么宗教建筑，只有有魔法的摩尔女人和藏起来的财宝，既然说到财宝和摩尔女人，我要告诉你，布里蒙达很好，谢谢你的慰问，她现在不像原来那么美丽了，但还是比许多年轻女人漂亮，小个子若泽让我问，唐·若泽王太子什么时候结婚，他想送一件礼品，也许因为他们有相同的名字，另外还有三万葡萄牙人送上他们的祝福和感谢，他们的身体马马虎虎，前几天普遍患了腹泻，弄得马夫拉四周三里格远都臭气熏天，可能是我们吃了什么东西，不好消化，蛆子比面粉还多，丽蝇比肉还多，不过也很好玩，看着一群人像尾巴着了火一样急不可耐，抬起屁股捕捉从海上吹来的清风，回来就轻松了，一些人刚拉完，另一些人马上去拉，有时候实在太紧迫了，来不及过去，于是就地拉起来，啊，对了，还有一件事忘了说，我也没有再听说过飞行机器，也许巴尔托洛梅乌·洛伦索神父把它带到西班牙去了，谁知道呢，也许那里的国王现在占有了它，我听说你和他要成为亲戚了，要小心啊，到此我不再打扰你了，向王后敬送我的祝福，再见，我亲爱的国王，再见。

这是一封不曾被写出来的信，但灵魂之间沟通的途径很多，并且玄妙莫测，在"七个太阳"没有能说出来的许多话当中，有一些会刺痛国王的心，比如刻在墙上以火显现的死刑判决，这是对巴尔塔萨的警戒，经过了权衡，量刑，以及表决，这位巴尔塔萨不是我们认识的马特乌斯，是另一位巴尔塔萨，或者我们可以称他为贝耳沙匝，巴比伦国王，在一次欢宴上亵渎了耶路撒冷圣殿的圣器，所以受到惩罚，被居鲁士处死，居鲁士注定要执行这来自神的判决。唐·若昂五世的过错不同，如果说他亵渎了什么圣器，那就是上帝的妻子们，但她们自己乐意而上帝又不在乎，那就接着亵渎吧。在唐·若昂五世听来像丧钟的是巴尔塔萨谈到母亲的那一段，他说最感到遗憾的是母亲不能看见马夫拉这座最宏大最漂亮的宗教建筑了。突然间，国王明白了他的生命短暂，所有的生命都是短暂的，许多人已经死了或者将在马夫拉修道院建造完成之前死去，他本人也可能明天就会永远地闭上眼睛。他还记得，他之所以放弃建造罗马圣伯多禄大教堂，正是因为鲁德维塞让他相信了生命如此短暂，这是当时的原话，罗马的圣伯多禄大教堂从为第一块基石祝福到建成耗费了不少于一百二十年的劳动和财富。啊，马夫拉已经吞噬了十一年的劳动，至于钱财，那就更加说不清了；况且，由于我从早些年就开始遭受着忧郁的折磨，已经没有人指望我能从中解脱，它时刻让我遭受英年早逝的威胁，谁能保证教堂建成之日我还活在世上呢；"七个太阳"的母亲，可怜的女人，看到了开头但看不到结尾，一个国王也逃脱不了同样的厄运。

唐·若昂五世现在在塔楼上，面朝河流。他把内侍，文书，修士们以及喜剧院的一位女歌手打发走了，因为不想看见任何人。

他的脸上明显刻着对死亡的恐惧，对一个强大的君王来说这是莫大的耻辱。但这种对死亡的恐惧不是怕躯体永远倒下，灵魂走开，而是怕在马夫拉修道院终于建成，其塔楼和穹顶直冲云际的时候他的眼睛不再睁开，不再闪着光芒，怕那里雄壮的组钟和歌声响起的时候他的耳朵已经没有听觉，不产生共鸣，怕他的双手不能亲自抚摩庆祝活动中奢华的帐幔，怕他的鼻子不能闻到银制香炉里飘出的幽香，怕成为只是下令建造但不能看到竣工的国王。远处有一艘船在河上航行，谁知道它能不能到达港口呢；天上飘过一朵云，也许我们看不到它下雨；河水中有鱼群游动，朝渔网游去。虚而又虚，这是所罗门说的，唐·若昂五世重复道，虚而又虚，万事皆虚，希求是虚空，占有也是虚空。

但是，克服虚空的办法不是谦逊，更不是低三下四，而是填之以更多的虚空。沉思和痛苦未能让国王起身去穿上苦行衣或者退位，而是重新召来内侍，文书以及修士们，喜剧院女歌手后来也来了，国王问他们，是否如他所理解的那样，教堂的落成祝圣仪式应在礼拜日进行，他们回答说是的，根据礼仪书应当这样，于是国王命令计算一下，他的生日是十月二十二日，哪一年的生日正好是礼拜日，文书们仔细查阅历书之后回答说，两年之后两者重叠，即一七三〇年；好，马夫拉修道院就在那一天落成祝圣，我想这样做，下令这样做，决定这样做；听到这番话以后，内侍们走过去吻他们主子的手，现在你们告诉我，哪一种感觉更好，是当世界之王呢，还是当这些人的国王。

若昂·弗雷德里科·鲁德维塞和莱昂德罗·德·麦洛博士接到紧急召唤，离开马夫拉，前者是被派去那里的，而后者负责协助，两人为这心急火燎浇了冷水，马夫拉的一切还历历在目，他们说，工程进展无法满足如此乐观的预期，修道院如此，扩建的房屋群正在垒墙壁，进度缓慢，教堂也是如此，因为建筑要求精细，用石料丁丁卯卯地砌成，不能草率行事，陛下知道得比任何人都清楚，因为陛下能把国家的各个组成部分糅合起来，使之非常和谐并保持平衡。唐·若昂五世皱起眉头，脸色阴沉，这老生常谈的阿谀奉承丝毫不能让他宽心，他刚要张口给出冰冷的回答，随即又改变了主意，重新把文书们召来，问他们在一七三〇年后他哪一年的生日会与礼拜日重叠，看来到一七三〇年的时间还不够。文书们绞尽脑汁地计算了一番，才略带疑虑地回答说，那个日子再次出现在十年以后，一七四〇年。

在场的共八个或十个人，有国王，鲁德维塞，莱昂德罗，文书和本周当班的贵族们，大家都表情严肃地点点头，仿佛此刻是哈雷本人刚刚解释完彗星的周期，人竟然能够解答这类事情。但是，唐·若昂五世的想法悲观，我们可以通过他的表情看出这一点，他借助手指很快地进行心算，一七四〇年，那时我五十一岁，接着又沮丧地补充了一句，如果我那时还活着的话。在可怕的几分钟里，这位国王飞上了奥利维拉山，在山上遭受着对死神的惧怕和对将被剥夺一切的惊恐的折磨，现在又增加了一种嫉妒的感觉，想象着他的儿子已经成了国王，年轻的王后来自西班牙，他们俩一起享受着马夫拉修道院落成祝圣的喜悦，而他本人却在圣维森特大教堂的墓地里腐烂，旁边是因为断奶而夭折的小王子唐·佩德罗。在场的人望着国王，鲁德维塞怀着某种科学的好奇心，莱昂德罗·德·麦洛为时间流逝法则的铁面无私而愤愤不平，竟然对尊贵者如国王也不网开一面，文书们怀疑自己是否算对了闰年，内侍们则估量着自己能活到那个时候的可能性。大家都在等待着。这时候唐·若昂五世说，马夫拉修道院将在一七三〇年十月二十二日落成祝圣，不管剩下的时间够不够，不论晴天还是下雨，不论下雪还是刮风，即使世界洪水泛滥或者中了妖术也不得更改。

　　删除那些带感情的语句之后，这道命令实则已经下达了，它似乎与那种说给历史听的庄重声明没什么不同，与那众所周知的话一样，父啊，我把我的灵魂交托在你手中；收下吧，不对，先生，原来上帝不缺胳膊，巴尔托洛梅乌·洛伦索神父犯了亵渎罪，让"七个太阳"巴尔塔萨脱离正路，走上歧途，其实只消去问一下圣子，他有义务知道圣父有几只手，对此，唐·若昂五世补充说，现在我们要知道子民们有多少只手，这些手都在干什么，我命令本王国全体地方法官差人把其辖区内能找到的所有工人集中起来送到马夫拉，不论是木匠，石匠还是力工，不惜以武力迫使他们脱离其工作，不得以任何借口留下，家庭原因，赡养义务或者其他理由均不纳入考虑，因为除神的意志之外没有什么高于国王的意志，而没有任何人可以诉诸神的意志，即使乞求也无济于事，因为前面已经说过，这一命令的下达正是为了满足神的意志。鲁德维塞庄重地点了点头，仿佛刚刚证实了化学反应的规律性，内侍们相视微笑，国王不愧是国王，莱昂德罗·德·麦洛博士无须承担这新的义务，因为他的地区没有一个人不在为修道院建设的事业添砖加瓦，直接地或间接地。

　　命令下达了，人们来了。自愿而来的一些人，有的为好报酬的许诺所动，有的因为喜欢冒险，也有的是为了摆脱感情纠葛，但几乎所有的人都是被迫而来。在广场上贴出了告示，由于志愿者人数太少，地方法官带领巡警沿街扫荡，闯入各家各户，推开后院的栅门，到田野上去，看那些不肯走的顽固的家伙们藏在哪里，到傍晚时分凑集了十个，二十个，三十个男人，当搜到的人比押送他们的人还多时，就像对付苦役犯或奴隶一样用绳子把他们绑起来，捆绑的方式各异，有时把他们的腰部绑住用绳子串起，有时用临时制作的脖套，有时还捆住脚踝将他们连起来。各地都能见到同样的场面，根据陛下的命令，你们到马夫拉工地去干活吧；而如果地方法官热心尽职，不论是年轻力壮的还是弱不禁风的，甚至还是孩子的年轻人都不能幸免。人们先是拒绝，设法逃避，摆出理由，妻子快分娩了，母亲年迈，有一堆儿女，墙才垒了一半，柜子还没有修好，休闲地该耕种了，但如果陈述这些理由，不等你说完巡警便下手了，胆敢反抗就遭受殴打，许多人被押着上路时身上还鲜血淋漓。

女人们跑着，哭着，孩子们更是号叫声震天，这场面简直像是地方法官们到处为军队抓丁，或者捉人去印度。搜捕到的人们被集中在贝拉塞洛里科广场，托马尔的广场，在莱里亚，在波乌卡镇，穆依塔镇，在陆地边界或海滨的无名小村，在行刑台四周，教堂前广场，在圣塔伦和贝雅，在法鲁和波尔蒂芒，在波塔莱格雷和塞图巴尔，在埃武拉和蒙特莫尔，在山区和平原，在维塞乌和瓜尔达，在布拉干萨和雷阿尔镇，在米兰达，沙维什，阿马兰特，在维亚纳斯和波沃亚斯，在国王陛下权力所到之处，男人们被捆绑在一起仿若羔羊，只有在绑得太紧致使他们相互绊倒的情况下才肯松一松绳索，随处可见女人和孩子们向地方法官苦苦哀求，设法用几枚鸡蛋或者一只母鸡贿赂巡警，这些可怜的东西丝毫不起作用，因为葡萄牙国王征税收的钱是黄金，是绿宝石，是钻石，是胡椒和肉桂，是象牙和烟草，是蔗糖，是珍稀的木料，而海关不收眼泪。如果有空闲的时间，有的巡警还在被抓者的妻子身上享受一番，可怜的女人们为了不失去丈夫忍气吞声，之后却绝望地眼睁睁地看到男人还是被抓走了，而占了便宜的家伙们还发出嘲弄的大笑，她们气急了，诅咒你家五代，祝你得麻风病全身都烂掉，祝你母亲，你妻子，你女儿当妓女，祝你被钉上尖桩，从屁眼戳穿到嘴巴，混账东西，去死吧，下地狱吧。阿尔加尼的一群人已经出发，不幸的女人们一路送到镇外，边走边哭，那声音让人心碎，哎呀，我亲爱的好丈夫啊，而另一个女人则哀号着，哎呀，儿子，我老了，不中用了，你是我唯一的依靠和安慰呀，怨叹声此起彼伏，连绵不断，近处的群山也起了怜悯之心，纷纷回应，最终，被抓的人们越来越远了，即将在转弯处消失，他们眼泪汪汪，感情脆弱的更是泪流满面，这时响起一个高昂的声音，原来是个因为年纪太大未被抓走的农夫，只见他爬上一个土堆，那是这些下等人天然的布道台，大声喊道，发号施令的人多么神气呀，贪得无厌呀，无耻的国王呀，没有公理的祖国呀；话音刚落，就有巡警走过来朝他脑袋上敲了一棍，老人死在了土堆上。

国王无所不能。他坐在王位上，根据需要，要么在夜壶里排泄，要么在修女身上发泄，不论在这里，那里，或者更远的地方，只要国家利益需要，他就是国家，他就下达命令，让佩纳马科尔所有健康的甚至不那么健康的人都赶来为我的马夫拉修道院干活，之所以建造这座修道院是因为方济各会修士们从一六二四年起就提出了请求，也因为他们让王后怀上了女儿，这女儿将来不是要成为葡萄牙的国王，而是出于本王朝和本人的利益要成为西班牙的王后。而那些男人呢，他们从来没有见过国王，国王也从来没有看见过他们，那些男人，他们即使不愿意也得在士兵和巡警押送下前来，性情温和或者已逆来顺受者可以松绑，其他的上面提过，不服管教者要绑上，而那些心怀歹意先表示愿意前往后来又企图逃走的人则一直捆绑，尤其是有人得以逃走以后他们的境况更糟。他们穿过田野，从一个地方走到另一个地方，真正的道路不多，有的还是当年罗马人修建的，大部分时间都是在人们用脚踏出来的小路上行走，天气变化无常，让人望而生畏的烈日，滂沱的大雨，刺骨的寒风，而在里斯本的国王陛下要求每个人都履行其义务。

也有几队人相遇的时候。一些人从北方来，另一些从东边来，前者是佩内拉人，后者是新普罗恩萨人，他们在波尔图德莫斯碰到一起了，这当中所有人都不知道这些地方在地图上的位置，也不知道葡萄牙的形状，是方的是圆的还是尖的，是可以通过的桥还是悬起的绞索，不知道在挨打的时候是会喊叫还是躲到某个角落。两队混编成了一队，看守们已精通此道，以神秘的方式进行编排，前边是一个佩内拉人，后边就是一个普罗恩萨人，这样一来造反就不容易了，并且显然有利于葡萄牙人了解葡萄牙；你家乡是个什么地方呀；当他们谈这些的时候就没空想别的事了。有人在路上死去除外。此人可能是突然患病，口吐白沫而死，或者更简单，只是栽了一跤，倒下时拖住了前边和后边的伙伴，这两个人突然发现与一个死人拴在一起，顿时吓得屁滚尿流，也可能在旷野里得了病，躺上了担架，胳膊和腿悬在外边，就这样往前直到死后草草埋在路边，在靠近脑袋的地方插着一个木头十字架，如果有运气死在居民点，还能举行一下最后的宗教仪式，这时候所有的流放犯都坐在地上，等待圣事完毕，这是我的身体；这具身体走了那么多里格的路已经筋疲力尽，这具身体已经被绳子磨得皮开肉绽，这具身体因为吃得比原来的可怜饭食还少而皮包骨头。晚上睡在草棚里，睡在修道院门口，睡在废弃的谷仓里，如果上帝愿意，天气晴朗，就睡在露天，这样，自由的空气和身负枷锁的人们在此处相连，如果有时间，我们可以就该哲学问题展开长篇大论的探讨。清早，离太阳升起还要很久，陛下的劳工们便起来了，这样也好，因为这正是一天中最冷的时候，他们饥肠辘辘，冻得瑟瑟发抖，好在押送的巡警给他们松了绑，因为今天我们将进入马夫拉，不然的话，像对待巴西奴隶或者牲畜一样拴着这群衣衫褴褛的人会造成极坏的影响。远远望见修道院的白色墙壁时，他们没有呼喊，耶路撒冷，耶路撒冷，由此可见把那块巨石从彼鲁宾海鲁运往马夫拉时那位修士的话纯属谎言，他说这些人是新远征十字军的士兵，而这些对其圣战没有丝毫概念的人算什么十字军士兵呢。押送巡警下令停下，以便让这些被带来的人在高处欣赏一番他们即将生活其中的地方的全貌，右边是大海，航行其上的我们的大黑船是当之无愧的水上之主，正前方，也就是南边，是美丽无比的辛特拉山，它是国民的骄傲，令外国人嫉羡，假若上帝再创造一次世界，这里将会是美好的天堂，而那边，洼地深处，就是马夫拉了，学者们说该地名十分贴切，但迟早有一天人们会对其词义加以纠正，认出这名字里拼写着死亡，焚烧，熔化，抢掠，以及剥夺，这不是我说的，我只不过是个听命于人的区区巡警，不敢如此造次，而是后来有一位本笃会修道院院长所说，他以此为由没有来参加这个庞然大物的落成祝圣仪式，不过，我们还是不要提前说后来的事吧，到工程完成还有许多工作要做，正因如此你们才从遥远的家乡来到这里，如果说法不一还请你们不要介意，从来没有人教过我们怎样说话，我们从父辈那里学来了这些错误，况且我们正处于过渡时期，现在你们已经看到了等待你们的是什么，继续往前走吧，等把你们交出去之后我们再去押来更多的人。

从这个方向来的人要去到工地，必须横穿马夫拉镇，经过子爵府的阴影，经过"七个太阳"的家门口，虽然有族谱和纪事，但他们并不了解二者中的任何一个，一个是托马斯·达·席尔瓦·特莱斯，塞尔韦拉新镇子爵，另一个是巴尔塔萨·马特乌斯，飞机制造家，而随着时代车轮的转动，我们会看到谁将赢得这场战争。子爵府没有人打开窗户观看这群穷光蛋，子爵夫人想到他们散发出的气味就有得受了。"七个太阳"家的小窗户倒是打开了，布里蒙达走过来观看，没有什么新奇的，有多少队人已经在这里走过了呀，但是，只要在家她总是来看看，也是一种迎接来到这里的人的方式吧，晚上，当巴尔塔萨回到家，她就说，今天有一百多人从这里经过；请原谅没有学过怎样数数的人说得不够准确，不论是说得多了还是少了，正如说起年龄时，人们会说我三十多岁了，而巴尔塔萨说，我听说来了五百人；有那么多，布里蒙达感到吃惊；其实他们两人当中谁也不知道五百究竟是多少，况且数目是世间最不准确的记法，人们说五百块砖，也说五百个人，砖和人之间的差别就被等同于五百和五百之间的差别，要是有人第一次没听懂这个，也就不必再解释第二次了。

今天进工地的人被集合在一起，随便找个地方睡觉，明天进行挑选。跟砖一样。如果砖不能用，就留在那里，最后用在不大重要的工程上，总会被人用上的，但如果换作人，就打发他们走，不论什么时候都打发他们滚蛋，你没什么用，回家去吧；于是他们就离开了，走在不认识的路上，迷失方向，成了流浪汉，死在路上，也有人有时偷窃，有时杀人，有时也能回到家。

22

　　但是，还有幸福的家庭。西班牙王室是一个。葡萄牙王室也是一个。前者的儿女和后者的儿女成亲，他们那边来的是马利安娜·维托里娅，我们这边去的是马利亚·芭芭拉，至于新郎，就像人们所说，分别是这里的若泽和那里的费尔南多。这都不是仓促商定的，婚事早在一七二五年就已经定下来了。多次商谈，许多使节来往，反复讨价还价，全权大使来回奔波，婚约条款谈判，一次次拖延，姑娘们的嫁妆，这类联姻不能草草行事，一挥而就，像粗话说的那样两个人点点头便同意姘居，直到现在，即五年之后，才要交换公主，把这个给你，把那个给我。

　　马利亚·芭芭拉已满十七岁，圆月形的脸，前面已经说过，满脸麻子，但她是个好姑娘，就一位公主而言在音乐上颇有造诣，至少多梅尼科·斯卡拉蒂大师给她上的课没有白费，大师将跟随她前往马德里，不再回来。等着她的新郎比她小两岁，就是那个费尔南多，西班牙国王名录上的第六位，作为国王名胜于实，这些情况只是顺手写来，免得有干涉邻国内部事务之嫌。而从这个邻国，顺便说一句，它与我国历史有着紧密的联系，从这个邻国要来的是年仅十一岁的小姑娘马利安娜·维托里娅，虽然年龄尚小，却已经历过一段痛苦的生活，只要说这一点就够了，她曾准备与法国的路易十五结婚，但被其拒婚，这个词似乎过分，毫无外交风度，但还能用什么其他的词呢，一个年仅四岁的孩子被送往法国王室生活，接受教育以便结婚，两年后却被打发回家，只因为未婚夫突然变卦，抑或促成此事者利益有变，称王室必须很快有继承人，而这可怜的小女孩生理上尚未成熟，除非再年长八岁，否则无法满足这个需要。可怜的孩子被送回来了，清瘦纤细，吃得极少，送还的借口找得也不高明，说是让她探望父母，即菲利普国王和伊莎贝尔王后，就这样她留在了马德里，等待找一个不那么着急的未婚夫，找到的就是我们的若泽，现在不满十五岁。关于马利安娜·维托里娅的娱乐没有多少好说，她喜欢布娃娃，最爱吃糖果，这也难怪，正是那个年龄，但她已经是个灵巧的猎手，长大之后会喜欢音乐和书籍。要知道，有的人管事更多，知道的更少。

在古往今来的婚姻中，有许多站在门外的人，所以，为了避免尴尬，现告诫各位，凡遇婚礼，洗礼亦然，非请勿去。当然，若昂·埃尔瓦斯没有受到邀请，他是"七个太阳"在里斯本生活时，在与布里蒙达相遇并结合之前结识的朋友，还曾在艾斯贝兰萨修道院附近将他与几个半流浪汉睡觉的茅屋让出一块地方给"七个太阳"，这事我们还都记得。当时他已经不年轻，现在则是六十岁的老人了，突然感到思乡之情啃噬着心灵，急于返回出生和受洗礼的地方，这正是年事已高，再没有其他期盼的人的希望。要迈开双腿上路，他却又犹疑不定了，这倒不是怕腿脚不得力，对这样年岁的人来说他还硬朗得很，而是担心阿连特茹省那无边的旷野，谁都难免遇到坏人，比如"七个太阳"巴尔塔萨在佩贡埃斯松林就出过事，不过那一次倒霉的是那个打劫者，就那样留在了那里，要是同伙后来没有将其埋葬，他必将面对乌鸦和狗的啃咬。但是，实际上任何人都不知道未来如何，前方等待他的是好是坏。在若昂·埃尔瓦斯当年当兵的时候和现在过着还算平静的流浪生活的时候，谁会告诉他，他是时候去陪伴葡萄牙国王前往卡亚送出一个公主再迎接另一个公主了，是啊，谁会知道呢。谁也没有对他说，谁也不曾预见到，只有偶然之神知道，它从遥远的地方而来，挑选并拴上命运之线，两个王室是外交和王国利益的命运之线，老兵则是思乡之情和无依无靠的命运之线。如果有一天我们能解开这些线团，那么就能理顺生活之线，得到至高的智慧，如果我们非相信这种东西存在不可的话。

显然，若昂·埃尔瓦斯既不乘轿式马车也不骑马。前面已经说过，他有两条善于走路的腿，那就让他迈开双腿步行吧。但是，不论他在前面还是在后面，唐·若昂五世总是陪伴着他，同样，王后和儿女们，即王子和公主，以及参与到这次旅行的世界上的所有权势都在陪伴他。这些至高无上的先生们永远想不到他们会护送一个流浪汉，保护他即将完结的生命和财产。但是，为了不完结得太早，尤其是生命，这是非常宝贵的，那么若昂·埃尔瓦斯就不宜闯入王室队伍之中，人们都知道，士兵们的手动作灵活，愿上帝保佑他们，一旦认为国王陛下非常宝贵的安全受到威胁，他们的手也是很重的。

若昂·埃尔瓦斯小心翼翼地离开了里斯本，于一七二九年的这个一月初经过阿尔德加莱加，在那里逗留了一些时间，观看从船上卸下路上要用的车辆和马匹。为了弄个明白，他不断询问，这是什么呀，从哪里来的，谁做的，谁要用它们呀；这样问似乎显得不明事理且有欠考虑，但对这位尽管肮脏而外表可敬的老人，管理马匹的任何侍从都会认为应当回答，这也增强了老人的信心，从财物管理人那里也能打听到情况，只要若昂·埃尔瓦斯表现出一副虔诚且恭敬的样子，他不大会祈祷，但装装样子却绰绰有余。如果得到的不是实在的回答，而是推搡，辱骂乃至拳头，那么就可以猜想一番未曾出口的是什么样的话，而书写历史时错误的叙事最终将得到阐明。这样，唐·若昂五世在一月八日渡过那条河开始其伟大旅程的时候，在阿尔德加莱加等候他的车辆有二百辆以上，包括暖阁马车，旅行马车，双轮单座越野马车，四轮马车，拉货车，轻便马车，有些来自巴黎，其他的是特地为这一次旅行在里斯本制造的，还不算王室的轿式马车，它们都刚刚涂过金，重新换过天鹅绒，车缨和垂饰也都梳理得整整齐齐。王室马厩的马近两千匹，贴身护卫和负责护送的骑兵部队所乘马匹还未计算在内。阿尔德加莱加是前往阿连特茹的必经之路，见多识广，但从未见过这么多人的队伍，只要看一看服务人员的小小清单就能领略一二，厨师二百二十二人，王宫卫士二百人，专司开启帷帘的仆人七十个，保管银器的仆人一百零三个，马厩仆人一千多个，其他仆人和肤色深浅不同的黑奴不计其数。阿尔德加莱加成了人的海洋，要不是有些贵族和其他先生已经先行上路前去埃尔瓦斯和卡亚，这里的人会更多，没有别的办法，如果所有的人同时出发，那么到王子们结婚的时候，最后一位客人才刚刚走进新文达什呢。

国王乘双桅帆船来了，在圣母像前祷告之后下了船，同时上岸的有唐·若泽王太子，唐·安多尼王子，还有为他们效劳的仆人们，他们是卡达瓦尔公爵先生，马里亚尔瓦侯爵先生，阿莱格雷特侯爵先生，王子先生的一位陪同绅士以及其他先生，称他们为仆人无须奇怪，因为做王室仆人是一份荣耀。平民百姓们让开一条通道，若昂·埃尔瓦斯也在其中，他们高声欢呼，国王，国王，因为唐·若昂五世是葡萄牙国王，如果他们不是这样喊的，那么只能从粗嗓门儿的语调中分出既有欢呼声也有嘘声，但愿没有人辱骂，也难以想象有人对国王不恭，尤其是葡萄牙国王。唐·若昂五世到市政厅议长家中下榻，此时若昂·埃尔瓦斯已经第一次失望了，他发现还有不少乞丐和其他流浪汉也跟着王室队伍，想得点残羹剩饭或者施舍。不要着急。有他们吃的就有他吃的，就凭这一点他也不虚此行。

凌晨，天还没有亮，约莫五点半钟，国王启程前往新文达什，若昂·埃尔瓦斯比国王先走了一步，因为他想亲眼从头到尾看看这声势浩大的队伍，而不仅限于出发的混乱场面，车辆各就各位，礼仪官下达命令，骑马的车夫和步行的车夫大呼小叫，众所周知，这些人的嘴永远不肯闲着。若昂·埃尔瓦斯不知道国王还到阿塔拉亚圣母教堂去做弥撒，所以队伍耽搁了一些时间，天已经大亮，他放慢了脚步，最后停下来，他们怎么还不来呢，他坐在一条壕沟旁边，有一排龙舌兰挡住了早晨的凉风。天阴着，云层很低，他裹紧外衣，把帽檐往下拉一拉遮住耳朵，开始等待。一个小时过去了，也许一个多小时，路上行人稀少，完全不像有喜庆活动的样子。

但是，喜庆气氛从那边过来了。远方传来号声和鼓声，若昂·埃尔瓦斯身上那老军人的血液沸腾起来，已经遗忘的激情突然重新出现了，就像看到一个女人走过一样，对她的激情仅仅记得一点儿，但由于她莞尔一笑，或者晃动一下裙子，或者理一理头发，一个男人就会感到连骨头都酥了，带我走吧，让我怎么做我就怎么做，听到战争召唤时也是这样。浩浩荡荡的队伍过来了。若昂·埃尔瓦斯只看到了马匹，人，还有车辆，不知道车里面是什么人，车外面是什么人，但我们可以毫不费力地想象出有个心地善良而喜欢做好事的贵族在他身边坐下来，这种人还是有的，这位贵族属于那种对王室和官职了解得一清二楚的人，让我们注意听他说些什么吧，看吧，若昂·埃尔瓦斯，已经过去的是中尉，号手，还有鼓手，这些你都了解，你是当过兵的人嘛，现在过来的是王室起居官和他手下的人，他负责安排一路上的住处，那六个骑马的是邮递侍从，负责传递情报和命令，现在走过的四轮双座马车上乘坐的是听告解神父们，专听国王，王太子还有王子的忏悔，你想象不出车上载运的罪孽有多重，但忏悔者对自己的惩罚要轻得多，然后过来的是服装仆人的四轮双座马车，你何必大惊小怪呢，陛下不是你这样的穷光蛋，你只有身上穿的这点儿衣服，真是奇怪，一个人竟然只有身上穿的这点儿衣服，现在你也不要吃惊，这两辆四轮双座马车上坐满了耶稣会的教士和神父，十年河东十年河西，有时候是耶稣会，有时候是若昂会，两个都是王，但这些侍从永远春风满面，既然说起来了，就继续说下去，正在走来的是马厩次官的四轮双座马车，后面那三辆乘坐的是宫廷法官和王室贵族们，接着是王子公主们的内侍乘坐的轿式马车，现在要注意了，现在开始应当仔细看了，正在走过的这些空着的轿式马车和暖阁车是为表示对皇家的恭敬而安排的，后边骑马走来的是马厩长官，关键时刻来到了，若昂·埃尔瓦斯，跪在地上，正在走过的是国王，唐·若泽王太子和唐·安多尼王子，在你眼前经过的正是国王，国王要去打猎了，你看，多么了不起的陛下呀，多么无与伦比的仪态，表情多么可亲而又庄重呀，上帝在天做证，你不要怀疑，啊，若昂·埃尔瓦斯，啊，若昂·埃尔瓦斯，不论你还要活上多少年，你永远不会忘记这个无比幸福的时刻，永远不会忘记你曾跪在这紫罗兰下看见唐·若昂五世乘轿式马车经过，你要牢牢记住这个场面，啊，你真是三生有幸啊，现在你可以站起来了，他们已经过去了，走远了，后边骑马的是马厩的六个仆人，这四辆暖阁车是陛下的寝车，再后边是外科医生的双轮单座越野马车，既然有那么多人照顾灵魂，也必须有人来关心肉体，再后面就没有多少可看的了，七辆备用的双轮单座越野马车，七匹备用马，一位上尉率领的骑兵卫队，还有二十五辆双轮单座越野马车，里边坐的是国王的理发师，餐具保管人，宫闱仆从，建筑师，王宫小教堂神父，医生，药剂师，文书处官员，专司开启帷帘的仆人，裁缝，洗衣妇，厨师长，厨师，如此等等，还有两辆运载国王和王太子服装的四轮马车，殿后的是二十六匹备用马，若昂·埃尔瓦斯，你见过如此浩浩荡荡的队伍吗，现在你到乞丐群里去吧，那是你应当去的地方，不用感谢我好心好意地为你一一介绍，我们都是同一个上帝的孩子。

　　若昂·埃尔瓦斯加入流浪汉的队伍，成了他们当中对王室了解最多的人，人们对他并不非常欢迎，由一百个人分施舍与由一百零一个人分不一样，但他肩上扛着一根像长矛似的曲柄拐杖，并且走路和举止颇有些军人气概，这伙人最后害怕了。走了半里格之后，大家都成了兄弟。他们到了佩贡埃斯，国王已经在吃晚餐，吃的是顿便饭，站着吃，有绿头鸭炖楁梓果，小馅饼，摩尔式什锦菜，只不过塞塞牙缝而已。但马匹却换了。这群乞丐聚集在厨房门口齐声念起天主经和圣母颂，最后还喝到了一大锅汤。有些人因为今天已经吃上了饭，就留下来消化胃里的东西，他们皆属鼠目寸光之辈。另一些人虽然已经吃饱，但知道现在的面包解不了昨天的饥饿，更解不了明天的饥饿，于是就继续跟着已经上路的美味佳肴。出于纯洁或邪恶的种种动机，若昂·埃尔瓦斯跟他们一起上路了。

下午四点钟，国王到了新文达什，五点钟，若昂·埃尔瓦斯到了。不一会儿天黑了，天气阴沉，仿佛一伸手便能摸到乌云，好像我们曾这样说过一次，吃夜宵的时候分发了食品，老兵希望提供的是干粮，那样他可以到哪个屋檐下或者躲到一辆农家用车下面独自一个人安安静静地吃，如果可能，尽量远远离开这群饿汉，他从心里讨厌他们之间的谈话。若昂·埃尔瓦斯愿意独处一隅似乎与风雨欲来无关，不要以为某些人行为怪异，他们一生离群索居，喜欢寂寞，在下雨和吃硬邦邦的食品时更是如此。

过了几个小时，若昂·埃尔瓦斯不知道自己是醒着还是睡着了，只感到干草哗哗作响，有个人端着一盏油灯走过来。从袜子和裤子的颜色和质地，从斗篷的布料，从鞋上的花结饰，若昂·埃尔瓦斯发现来者是个贵族，并且马上认出，正是在土堆上向他提供了那么可靠的情报的那个人。贵族气喘吁吁地坐下来，看样子满脸怨气，我跑遍了整个新文达什，到处找你，若昂·埃尔瓦斯在哪里，若昂·埃尔瓦斯在哪里，谁也回答不出来，为什么穷人之间不互相通名报姓呢，现在总算找到你了，我来这里是想告诉你，国王为这次路过此地下令建造的宫殿是什么样子的，你看，十个月的时间里日夜施工，为了夜间施工仅火把就用了一万多个，在这里干活的人有两千以上，包括油漆匠，铁匠，雕刻匠，榫接工，力工，还有步兵和骑兵，你知道吗，砖石是从三里格远的地方运来的，运输车达五百辆之多，还有一些小型车辆，所需的一切都要运来，石灰，梁，木板，石料，砖，瓦，销钉，五金部件，拉车的马有二百多匹，比这里规模更大的只有马夫拉修道院了，我不知道你是不是见过，但应当修建，一切辛苦都值得，还有花的钱，我私下告诉你，不要外传，为建这座宫殿和你在佩贡埃斯看到的那一座共花了一百万克鲁札多，当然，若昂·埃尔瓦斯，你想象不出一百万有多少，但是，你太吝啬了，有这么多钱你也不知道怎么用，而国王非常会用，他从小就学会了，穷人不会花钱，有权有势的人才行，你看那绘画和装潢多么豪华，有枢机主教和宗主教的住处，为唐·若泽王太子准备的是拥有客厅和卧房并带华盖的下榻之处，唐娜·马利亚·芭芭拉公主的房间也完全一样，仅仅是为了在这里路过的时候住一住，两边的厢房一个是王后的，另一个是国王的，这样他们住得更自在，免得挤在一起，不过，就大小而言，像你这样的床并不多见，好像你睡在整个大地上，像头猪似的打鼾，在干草上伸开胳膊，叉开两条腿，身上盖着外衣，若昂·埃尔瓦斯，你身上的气味很难闻，等着吧，要是我们再次见面，我送给你一瓶匈牙利香水，我就告诉你这些事，不要忘了国王凌晨三点启程前往蒙特莫尔，要想跟着他你就不要睡着。

若昂·埃尔瓦斯确实睡着了，一觉醒来已经五点多了，天正下着雨。借着凌晨的微光，他明白了，如果国王准时出发，现在已经走出去很远了。他用外衣裹住身子，像还在母亲腹中时那样蜷起双腿，在干草的热气中，在干草受到人体烘烤发出的香味中，他又迷迷糊糊睡着了。有些贵族，甚至算不上什么贵族的人，尽量掩饰本身天然的气味，用假玫瑰香水涂抹假玫瑰的时代尚未到来，否则这些人会说，多香的气味呀。若昂·埃尔瓦斯究竟为什么产生了这些念头，他本人也不知道，似乎是在做梦，或者是清醒时的胡思乱想。最后他睁开眼睛，睡意完全消失了。大雨滂沱，雨点直落下来，哗哗作响，可怜的两位陛下，不得不在这种天气里赶路，子女们永远不会感谢父母为他们所做的牺牲。唐·若昂五世走在前往蒙特莫尔的路上，只有上帝知道他正在以什么样的勇气与艰难困苦搏斗，雨水在地上形成股股急流，道路泥泞，条条小河里都涨满了水，只消想象一下那些先生，内侍，听告解神父以及其他教士们和贵族们是多么担惊受怕，人人都会为他们提心吊胆，估计号手们早把号塞进了袋子里，以免发出哽咽的声音，鼓手们也不需要舞动鼓槌，让人们听见沉闷的响声，雨下得太大了。那么，王后呢，王后怎么样了呢，这时候她已经离开了阿尔德加莱加，带着马利亚·芭芭拉公主，还有唐·佩德罗王子，这是另外一位，和头一个王子同名，弱不禁风的女人们，弱不禁风的孩子，他们都备受坏天气的折磨，而人们还说苍天总是向着位高权重的人，看看吧，下雨的时候它对谁都一视同仁。

这整整一天，若昂·埃尔瓦斯都是在暖暖和和的酒馆里度过的，用一碗又一碗的葡萄酒浇着陛下食品库往他旅行袋里装的肉食。一般来说尾随着的乞丐们都留在了镇里，等天不下雨时再去追王室队伍。但雨偏偏不肯停。夜幕降临的时候，唐娜·马利亚·安娜随从人等的头几辆车才开始进入新文达什，与其说是王室车队，倒不如说像溃散的败军。马匹都筋疲力尽，难以拖动四轮车和轿式车，有的还在驱赶之下勉强地走着，有的还戴着嚼环就死在路上。马夫和仆人们晃动着火把，粗声叫嚷，场面极为混乱，王后的全体陪同人员都前往预定的住处似乎已不可能，于是许多人只得返回佩贡埃斯，最后在那里安顿下来，上帝会知道他们多么狼狈不堪。这是个灾难深重的夜晚。第二天一数，发现马死亡达几十匹，那些累死或者断了腿留在路上的还不算在内。贵妇们有的头晕，有的昏厥，男人们则在大厅里轻轻晃动着斗篷以掩饰身体的疲乏，而雨仍然淹没着一切，仿佛上帝心中充满了不肯告知人类的特殊的怒火，背信弃义地决心让洪荒时代重演，并且这一次要彻底毁灭世界。

王后本想当天清晨继续赶路，前往埃武拉，但人们告诉她这样做很危险，况且许多车辆不能按时到达，会有损王室的尊严；禀告陛下，道路无法通行，国王经过的时候情况已经很糟糕，现在雨从白天下到晚上，从晚上下到白天，一直不停，怎么办呢，不过已经向蒙特莫尔地方法官下达命令，让他召集人整修道路，填上泥坑，铲平斜坡；今天是十一日，王后陛下在新文达什休息一下，住在国王下令建造的宏伟宫殿里，一切都很舒适，和公主一起开开心，作为母亲最后再嘱咐她几句，记住，我的孩子，在头一个晚上男人们总是很粗鲁，当然其他晚上也是那样，不过头一天晚上最糟糕，他们对我们说得好听，一定非常小心，一点儿也不会疼，可说完以后呢，我的天，不知道他们怎么想的，马上就开始像看门狗似的哼哼直叫，叫个不停，但愿不是这样，我们这些可怜的女人没有别的办法，只得忍受，直到他们达到目的为止，有时候他们也会体力不支，出现这种情况时千万不要嘲笑他们，那是对他们最大的侮辱，我们最好装作什么也没有发现的样子，因为就算头一天晚上不行，也会在第二天或者第三天晚上再来，谁也免不了受这份罪，现在我打发人去叫斯卡拉蒂先生，让我们消遣消遣，忘掉生活中这些可怕的事情，孩子，音乐是很好的安慰，祈祷也一样，我觉得，如果祈祷不是一切的话，音乐确实是一切。

就在王后嘱咐女儿和弹起钢琴的时候，若昂·埃尔瓦斯被征去整修道路了，这些倒霉的差事并不是总能逃过的，为了避雨，一个人从这个房檐下跑到另一个房檐下，突然听到一声喊叫，站住。原来是个巡逻兵，从语气上马上就能分辨出来，盘查来得突然，若昂·埃尔瓦斯来不及装出老态龙钟的模样，巡逻兵发现他头上的白发比预料的还多时还稍稍犹豫了一下，但看到他奔跑灵活，最后下了决心，能这样跑动的人必定能用铁锹和尖嘴锄干活。若昂·埃尔瓦斯和其他被抓到的人到了荒野，已经看不见道路，到处是泥坑和沼泽，那里早有许多人正在从比较干燥的小山丘运送土和石块，工作很简单，从这里挖，往那边倒，有时还要开渠排水，每个人都浑身泥浆，像泥土幽灵，像木偶，像稻草人，不一会儿若昂·埃尔瓦斯就和他们完全一个模样了，还不如当初留在里斯本，可不论人怎样想方设法，无论如何也不能返回童年时代。整整一天他都在干这艰苦的活计，雨小了，这是最大的帮助，填平的道路毕竟更坚固一些，除非夜里再来一阵大雨毁坏这一切。唐娜·马利亚·安娜躺在无论到什么地方总是随身携带的厚羽绒被下面，伴着雨声送来的困倦睡着了，睡得很香，但情况因人而异，根据上床时的环境和心思不同而不同，同样的原因并不总是产生相同的效果，所以唐娜·马利亚·芭芭拉公主彻夜难眠，一直听着沙沙的雨声，也许是从母亲嘴里听到的那番话让她惴惴不安。走过这一段路的人当中，有些睡得好，有些睡得不好，视其劳累程度而定，至于住处和饭食，没有什么可抱怨的，出于对这些干活的人的重视，陛下不在这方面有所计较。

第二天一早，王后的队伍终于离开了新文达什，落在后面的车辆已经赶上来，但并不是全都如此，有一些永远丢在路上，有些需要很长时间才能修好，不过一切都显得七零八落，布帘湿透了，金饰和彩带褪了色，如果太阳还不肯露面，这将是人们见过的最凄惨的婚礼。现在雨是不下了，但寒冷折磨着人们，个个冻得皮肉生疼，虽说戴着皮手筒，披着斗篷，但不乏手上生冻疮者，当然我们指的是贵妇们，她们冻得瑟瑟发抖甚至伤风的样子让人看着心疼。队伍前头是一伙修路工，他们坐在牛车上，只要遇上泥坑，涨满的小溪，或者坍塌的地方，他们便跳下去修补，但车队也要停下来在荒凉的大自然中等待。从新文达什和其他地方征召了套了轭的牛，不是一对两对，而是数十对，为的是把常常陷入泥淖的双轮单座马车，四轮双座马车，四轮马车，轿式马车拖出来，在此过程中，要卸下骡子和马，套上牛，拉出来，卸下牛，再套上马和骡子，人们大声喊叫，鞭子声阵阵，时间就这样过去了，王后的轿式马车陷入泥潭，泥水淹没了车毂，用了六对牛才拖出来，当时在场的一个被地方法官从其家乡征召来的人说，这真像我们在马夫拉运那块巨石一样；他仿佛在自言自语，却被他旁边的若昂·埃尔瓦斯听见了。这时那群牛正在卖力，人们可以放松一下，于是若昂·埃尔瓦斯问道，伙计，你说的是什么石头呀；对方回答说，是一块像房子那么大的石头，从彼鲁宾海鲁运到了马夫拉修道院工地，我是在它运到马夫拉的时候才看到的，不过还帮了点儿忙，当时我正在那里；那么大的石头呀；简直是万石之母，这是一个朋友说的，他把石头从采石场运去的，后来就回家乡去了，我很快也回来了，不想干那种活计了。一头头牛都陷到肚子那么深，表面看来没有用力，似乎想顺顺当当地让烂泥放手。轿式马车的轮子终于挨着了硬地，被拖出了泥坑，在一阵欢呼声中王后露出笑容，公主招招手，唐·佩德罗王子还是个孩子，尽量掩饰由于不能像鸭子似的在泥淖里浮游而感到的不快。

一直到蒙特莫尔，道路都是这个样子，距离不到五里格，却用了八个小时，并且人和牲口各尽其能，不停地干活，筋疲力尽。唐娜·马利亚·芭芭拉公主很想打个盹儿，从一夜痛苦的失眠中恢复过来，但轿式马车的颠簸，卖力气的人们的呼喊，来来回回传递命令的马蹄声，这一切搅得她那可怜的小脑袋昏昏沉沉，痛苦不堪，上帝呀，为了一个女人出嫁就要费这么大的事，造成这么大的混乱吗，当然，这个女人是公主。王后一直嘟嘟囔囔地祈祷着，与其说是驱除有限的危险不如说是为了消磨时间，她在这个世界上已经活了不少年，早就习惯了，所以有时能打个盹儿，不过马上就清醒过来，接着若无其事地从头开始祈祷。至于唐·佩德罗王子，暂时还没有什么话可说。

但是，若昂·埃尔瓦斯和提到巨石的那个人后来又接着谈起来，老人说，多年前我有一个朋友就是马夫拉人，再没有听到过他的消息，当时他住在里斯本，有一天突然不见了，这种事也常发生，也许他返回家乡了；要是他回到家乡，也许我见过，他叫什么名字；他叫"七个太阳"巴尔塔萨，失去了左手，留在战场上了；

"七个太阳"，"七个太阳"巴尔塔萨，我再熟悉不过了，我们在一起干过活儿；我太高兴了，说到底这世界很小，我们俩来到这里，在路上碰到，竟然有共同的朋友；"七个太阳"是个好人；他也许死了；不知道，我想不会，他有那样的女人，叫什么布里蒙达，人们从来弄不清她的眼睛是什么颜色，有那样女人的人会使劲活着，即使只有一只手也不会轻易死去；他那女人我不认识；有时"七个太阳"倒是有些怪念头，有一回他竟然说到过离太阳很近的地方；那是喝多了吧；他说那话的时候我们都在喝酒，可谁也没有醉，也许我们都醉了，我已经忘记了，他说他曾经飞过；飞过，"七个太阳"曾经飞过，这我可从来没有听说。

一条叫卡尼亚的小河打断了他们的谈话，流水湍急，浪花飞溅，河对面，蒙特莫尔的人们走出家门来等待王后，大家一齐努力，再加上用一些木桶帮助车辆浮起来，一个小时以后人们就在镇子里吃上晚饭了，主人们在符合他们尊贵身份的地方进餐，干活的就随便在什么地方凑合了，有的一声不响，有的互相交谈，若昂·埃尔瓦斯就是后一种情况，他说话的口吻像是在继续进行两种谈话，一种有交谈的对象，另一种是自言自语；我想起来了，"七个太阳"住在里斯本的时候和一个飞行家交往挺多，还是我指给他的，那天在王宫广场指给他的，现在想起来还像昨天的事一样；那个飞行家是谁呀；飞行家是位神父，巴尔托洛梅乌·洛伦索神父，他后来去了西班牙，死在了那里，到现在已经四年了，当时对这件事议论纷纷，宗教裁判所也插手了，谁知道"七个太阳"是不是也卷进去了呢；可是，飞行家到底飞起来了没有；有人说飞起来了，有人说没有，现在谁还弄得清楚呢；对，"七个太阳"肯定说过他到过离太阳很近的地方，我听他说过；这里边大概有什么秘密吧；必须的；回答了这个问题之后，运过巨石的人没有再说话，两个人都吃完了饭。

乌云已经远离地面，在高空飘浮，看来不会再下雨。从新文达什和蒙特莫尔之间的地区来的人们不再继续往前走。他们都收到了工钱，由于王后善心的干预，工钱加倍支付，扛着有权有势的人走路之后总能得到报偿。若昂·埃尔瓦斯接着往前走，现在他或许稍稍舒服了一些，因为跟马车夫们熟悉了，不然怎么会让他坐在一辆四轮车上，两条腿耷拉下来，在泥泞和牛粪上边摇晃呢。运过巨石的人站在路边，用那双蓝蓝的眼睛望着坐在车上两个大木箱之间的老人。他们不会再见面了，人们都这么想，因为连上帝也不知道将来会如何，而当四轮车上路的时候，若昂·埃尔瓦斯说，要是有一天你能见着"七个太阳"，就告诉他你跟若昂·埃尔瓦斯说过话，他大概还记得我，替我问候他吧；一定，我一定告诉他，不过也许见不到他了；你呢，你叫什么名字；我叫"坏天气"儒利安；好，再见了，"坏天气"儒利安；再见，若昂·埃尔瓦斯。

从蒙特莫尔到埃武拉麻烦事也不少。又下起雨来，地上出现片片泥潭，车轴折断了，车轮的辐条成了破筐。很快到了下午，天气转凉，唐娜·马利亚·芭芭拉公主吃了几块水果糖，胃里舒服了一些，感到昏昏沉沉，再加上道路五百步没有坑洼，她迷迷糊糊地睡着了，但突然打个冷战醒来，仿佛有根冰冷的手指摸了摸她的前额，她转过脸，睡眼惺忪地望了望傍晚的原野，看见路旁黑乎乎的一群人排成一排，一根绳子将他们拴在一起，看样子有十五个左右。

公主挺直了身子，既不是做梦，也没有神经错乱，在她的婚礼前夕，一切本该是欢乐的，这些苦役犯令人伤心的场面不能不让她扫兴，这糟糕的天气还不够吗，下雨，寒冷，要是让我在春天结婚会好得多。一名军官骑着马在车踏板旁经过，她命令他询问一下那些人是谁，干了什么事，犯了什么罪，要去利莫埃依罗监狱还是流放非洲。军官亲自去了，也许因为他非常爱这位公主，虽然她长得丑陋，还满脸麻子，那又如何呢，她不是正在被送往西班牙吗，要远远离开他这纯洁而又绝望的爱情了，一个平民百姓喜欢一位公主，简直是疯狂，他去了，又回来了，回来的是军官，而不是疯狂，他说，禀告殿下，那些人正前往马夫拉，到王室修道院工地干活，他们都是工匠，是埃武拉一带的人；为什么把他们捆在一起呢；因为他们不愿意去，要是松了绑他们就会逃走；啊。公主靠在软垫上，若有所思，而军官则一再默默地重复这几句对话，将它们牢牢记在心里，总有一天他会苍老，会不中用，会退役，那时候他还会回忆起这段精彩的对话，可是公主呢，过些年之后，她会怎么样呢。

公主已经不再想路边看到的那些人了。现在她想的是，到头来她一直没有去过马夫拉，这太离奇了，因为马利亚·芭芭拉降生才建这座修道院，因为马利亚·芭芭拉降生才还这个愿，而她马利亚·芭芭拉却没有看见，不知道，也没有用她那胖乎乎的手指摸一摸它的第一块或者第二块石头，没有亲手为石匠们送汤送水，在"七个太阳"从断手处卸下钩子的时候，她没有用止痛剂去为他减轻痛苦，没有为被轧死的那个人的妻子拭去脸上的泪水，而现在，她正在前往西班牙，对她来说，修道院仿佛是一场梦，一片触摸不到的云雾，既然刚才的回忆无助于她的记忆，她甚至想象不出修道院是个什么样子。啊，这是她马利亚·芭芭拉的过错，是她干的坏事，而这一切只是因为她出生了，无须走得太远，只消看一看朝远处走去的那十五个人就够了，从这些人身边走过的是修士们乘坐的双轮单座马车，是贵族们乘坐的四轮双座马车，是运衣服的四轮马车，是贵妇们乘坐的暖房车，贵妇们带着珠宝箱，还有绣花鞋，香水瓶，金念珠，金银丝绣腰带，短外套，手镯，腕套，流苏，白色皮手套，啊，女人们，尤其是美丽的女人们，都这样舒心地犯下罪孽，甚至像我们正陪伴的公主这样满脸麻子的丑陋女人也是如此，那诱人的凄楚和沉思的表情足以使她不能不犯下罪孽，母亲，我的王后，我正前往西班牙，再也不会回来，我知道，出于为我许愿的原因在马夫拉正建造一座修道院，这里谁也没有想到带我去看一看，其中的很多事我还弄不明白；我的孩子，未来的王后，你不要胡思乱想，浪费本应用于祈祷的时间，应当这样想，是你的父亲，我们的主人，国王的意志要修建那座修道院，同样是国王的意志让你去西班牙，你就不要看那修道院吧，只有国王的意志重要，其他都算不了什么；这么说我这个公主也算不了什么，那些往马夫拉去的人也算不了什么，这辆轿式马车也算不了什么，那个走在雨中朝我看的军官也算不了什么，一切都是虚无；对，我的孩子，你活得越长久就看得越清楚，这世界就像个大阴影，渐渐进入我们的心中，所以世界变得空虚，我们的心承受不了；啊，我的母亲，出生是什么呢；马利亚·芭芭拉，出生就是死亡。

长途旅行中最惬意的就是这类哲学讨论。唐·佩德罗王子累了，把头倚在母亲胳膊上进入梦乡，好一幅家庭画面，请看，这个孩子终于和别的孩子们一样了，睡着了以后下颏自由自在地晃动，一丝口水滴到绣花短斗篷的花边上。公主擦干了脸上的眼泪。整个队伍开始点起火把，像星星组成的念珠从圣母手中掉下来，如果不是特别有意的话，就是偶然落在了葡萄牙的大地上。我们进入埃武拉的时候该是黑夜了。

国王带领唐·弗朗西斯科和唐·安多尼两位亲王正在等候，埃武拉人民正在欢呼，火把的光亮变成了灿烂的太阳，士兵们照例施放礼炮，王后和公主转到其丈夫和父亲的轿式马车的时候，热情达到了狂热的程度，这么多人如此幸福真是见所未见闻所未闻。若昂·埃尔瓦斯从乘坐着来到这里的四轮车上跳下来，感到两条腿疼得厉害，暗自发誓将来一定让它们自己出力，那是它们的本分，再也不坐在巨大的车上忍受颠簸，在路上没有比使用自己的双脚更好的方式了。夜里，那位贵族没有来找他，要是来的话他会说些什么新鲜事呢，宴会和华盖，访问修道院和授予封号，发放施舍和行吻手礼。对于这一切，他只对施舍感兴趣，不过机会一定有。第二天跟着国王还是王后，若昂·埃尔瓦斯曾犹豫不决，但最后选择了唐·若昂五世，他选对了，因为可怜的唐娜·马利亚·安娜一天以后才出发，遇上了像她的故乡奥地利一样的一场雪，而当时她是在前往维索萨镇的路上，那里和我们走过的所有地方一样，在其他季节是很暖和的。终于，在十六日清早，即国王从里斯本出发八天以后，整个队伍才往埃尔瓦斯进发，国王，上尉，士兵，小偷，这是从来没有见过这么雄伟壮丽的场面的男孩儿们大不敬的嬉笑，想想看，仅王室车辆就有一百七十辆，再加上许多贵族的车辆，埃武拉当地的车辆，还有那些不肯失去这次为家谱增光机会的人的车辆，在交换公主的时候，你高祖父曾陪同王室去埃尔瓦斯，你永远不要忘记，听见了吗。

　　那一带的穷苦人都来到路边，双膝跪下乞求国王怜悯，似乎这些可怜的人已经猜想到了，因为唐·若昂五世脚下有一个盛铜币的木箱，他不住地大把大把地往这边扔，往那边扔，动作之大就像是在撒种，这造成了一片欢呼声和感激声，队伍猛地乱了，都去抢抛出的铜币，可以看到老人和年轻人如何胡乱寻找掉入泥中的一枚列亚尔，盲人们如何在浑浊的水里摸索着沉下去的一枚列亚尔，而王室的人们却不停地往前走，往前走，个个表情严肃庄重而且威风凛凛，没有一丝微笑，因为上帝也没有笑，谁知道他为什么不笑呢，也许为他创造的这个世界感到难为情了吧。若昂·埃尔瓦斯也在人群之中，他把举着帽子的手伸向国王，这是在向国王致敬，作为臣民理应如此，几个钱币掉进他的帽子里，这老人运气不错，甚至不用趴在地上，幸福主动来敲他的门，钱自动落到他的手里。

　　王室队伍到达城里的时候已是下午五点多钟。礼炮响起来，似乎是事先约定的一样，边界对面也响起了礼炮声，那是西班牙国王进入巴达霍斯，不知情的人来到这里一定会以为要进行一场大战，与往常不同的是除每次必有的士兵和军官之外，还有国王和流浪汉参加。但是，这是和平的炮声，是另一种火光，就像夜里的彩灯和焰火一样，现在，国王和王后下了轿式马车，国王想步行，从城门走到主教堂，但天气太冷，冻得双手僵硬，冻得脸上起皱，于是唐·若昂五世只得在这第一场小小的争论中认输，重新上车，到了晚上或许对王后说两句硬话，因为王后抱怨天气太冷，拒绝了国王，纵使国王愿意跟在举着耶稣受难十字架的教士们后面，步行走过埃尔瓦斯的脚丈量过的街道。于是国王只吻了吻十字架，没能跟着步行，唐·若昂五世就没有走这条耶稣赴难路。

已经证明，上帝非常爱他的生灵们。在那么多里格的路途，那么多天的日子里，他用难以忍受的寒冷和暴雨考验了生灵们的耐心和坚韧，这一点已经详细说过，现在他要奖赏他们的顺从和信念了。上帝无所不能，只要让气压上升就万事大吉了，于是云层渐渐升高，太阳出来了，而这正是使臣们约定国王们见面的形式的时候，棘手的谈判，用了三天的时间才达成协议，终于约定了所有的步骤，手势，以及应说的话，每一分钟都筹划好，为的是在最细枝末节的态度和话语上，任何一个王室都不在邻国面前有失体面。十九日，国王带领王后，亲王，以及所有王子，离开埃尔瓦斯前往前边不远的卡亚河的时候，天气再好不过了，万里无云，阳光和煦。不在场的人可以想象一下长长的王室队伍多么富丽豪华，鬃毛梳理得整整齐齐的骏马拉着轿式马车，金银饰物闪闪发光，鼓手和号手们一个比一个精神，到处是天鹅绒，王宫卫士和卫队，教会旗标，耀眼的宝石，这些我们曾在下雨的时候看到过，但现在我们敢发誓，让人们生活欢乐，使庆典礼仪生辉的莫过于太阳。

埃尔瓦斯和附近数里格远的人们穿过原野，拥上道路，沿河岸排开准备观看，河两边人山人海，这边是葡萄牙人，那边是西班牙人，他们都高声欢呼祝贺，谁也不会想到许多世纪以来我们一直互相杀戮，所以最好的解决办法或许就是这边的人与那边的人联姻，如果还有战争发生的话，那也只能是内战，因为内战是不能避免的。若昂·埃尔瓦斯三天之前就来到这里，找了一个好地方，如果有看台的话这地方就算看台了。出于一种奇怪的念头，他不想进入自己出生的城市，固然这样做会产生怀乡之情。他是一定要去的，不过要等所有人都走了以后，等到他能独自在安静的街道上走走的时候，欢乐的气氛消失了，如果他能感到欢乐的话可以自己欢乐，也许年老以后重新迈年轻时迈过的步子时感到的是钻心的痛苦。这个决定使他得以因为帮助运送物品而进入国王们和亲王们所在的住处。建造在这条河的石桥上的宅院有三个厅，位于两边的分别供两国国王使用，中间的用于交接，交出芭芭拉，接收马利安娜。关于最后交接的情况他一无所知，他只负责搬运笨重的东西，但有一个人刚刚才离开这里，他就是若昂·埃尔瓦斯一路上的靠山，那个慈善的贵族，他告诉埃尔瓦斯，即使你看到了也不会相信，我们这边满是地毯和带金织锦垂饰的深红色锦缎帷幔，中间那个厅属于我们的一半也一样，西班牙人那边的饰物是白色和绿色织锦帷幔，中间有一个很大的黄金叶枝饰，下边带着垂饰，会见大厅中间摆着一张长桌，葡萄牙这边有七把椅子，西班牙那边有六把，我们的椅罩是金线织的，他们的是银线织的，我只能告诉你这些，因为其余的我也没有看见，现在我要走了，不过你也用不着羡慕我，因为我也不能进去，至于你，那就更不用说了，如果我们有一天还能见面，我会告诉你一切，当然事先得有人讲给我听，要了解事情的原委只能这样，我们彼此通报。

场面十分动人，母亲们和女儿们哭了，父亲们紧皱眉头以掩饰心中的感情，未婚夫妇们用眼睛的余光互相看一看，至于是不是喜欢对方，只有他们自己知道，但不会将这种事宣之于口。聚集在河两岸的百姓们什么都看不见，但他们以自己婚礼的经历和回忆想象得出，亲家们互相拥抱，亲家母们兴高采烈，新郎们偷偷挤眉弄眼，新娘们脸上泛起淡淡的红晕，哼，不论是国王还是烧炭工，没有比成亲再好的事了，说实话，他们都是些粗俗的人。

　　仪式持续的时间很长。突然间人群奇迹般地安静下来，旗杆上的王宫旗帜和其他旗帜几乎不动了，所有士兵都朝桥和房子那边张望。一阵轻如游丝的音乐，像玻璃和白银的铃叮当作响，一阵有时显得嘶哑的琴音，似乎感情的冲动使和谐的旋律喉头哽咽了；这是什么呀，一个女人问她身边的若昂·埃尔瓦斯；老人回答说，不知道，大概是谁在演奏供陛下们和殿下们消遣吧，要是我那位贵族朋友在这里，倒可以问问他，他什么都知道，是那里边的人。音乐声会结束，所有的人都会去必须去的地方，但卡亚河仍然静静流淌，这里不会再有一面旗帜，不会听见一声鼓响，若昂·埃尔瓦斯永远不会知道，他听到的是多梅尼科·斯卡拉蒂用拨弦钢琴弹奏的乐曲。

23

最前面的圣维森特和圣塞巴斯蒂昂，身材最高大，自然应当是首领，他们都是殉道者，尽管前者身上除了象征性的圣枝没有明显的标记，只不过由执事把他打扮成受过难的样子，而后者像往常一样赤身露体，捆在树上，身上还有那些小心翼翼地拔出箭之后留下的可怕伤口，也许是怕箭会在路上被折断。随后而来的是女士，三位招人喜爱的女子，最美丽的是匈牙利女王圣伊莎贝尔，她死的时候刚刚二十四岁，另外两位圣女是嘉勒和德肋撒，她们充满激情，都是被内心的火烧死的，人们根据她们的言语和行动做出这种推测，如果我们知道圣徒们的灵魂如何，至少也会这样推测。最靠近圣嘉勒的是圣方济各，这位圣徒喜欢她一点儿也不令人意外，他们在阿西西的时候就认识，现在又在前往平特乌斯的路上相遇了，不过他们之间的友谊或者别的什么并没有那么亲近，除非他们在这里续上了曾经中断了的谈话。在这众圣队伍中，如果说圣方济各因为最有女人气，心肠柔软，且生性欢乐而占据了确实合适的位置，那么圣多明我和圣伊格纳斯所占的位置也非常合适，他们都是脸色阴沉的伊比利亚神，几乎像魔鬼般凶恶，如果这不有辱于魔鬼的话，总之，也许可以不太公正地说，只有一个圣徒能创建宗教裁判所，而另一个则塑造人们的灵魂。了解这些微妙区别的人都知道，圣方济各已经受到怀疑。

众圣之中，符合哪种喜好的都有。想要一位种菜园和写文章的圣徒吗，我们有圣本笃。想要一位俭朴，博学并且禁欲的圣徒吗，我们有圣布鲁诺。想要一位宣扬旧十字军远征，招募新十字军的圣徒吗，没有比圣伯纳德更好的了。他们三个一起来了，也许由于长相近似，也许由于三位圣徒的品德加在一起就是个正直的人，也许他们的名字拼写第一个字母相同，因为名字中的第一个字母相同而在一起的事并不少见，也许正是由于这个原因我们认识的一些人才结合在一起，比如布里蒙达和巴尔塔萨，关于巴尔塔萨我们有话要说，他赶的那对牛拉的车上是天赐圣若望，这是从意大利运到托雅尔的圣安多尼码头的唯一的葡萄牙人圣徒，他和上文中的其他圣徒一样，正被运往马夫拉。

跟在天赐圣若望后面的，应当说一下，这位圣徒的家在蒙特莫尔，唐·若昂五世一年前把公主送到边界的时候曾去看过，当时没有提到这次访问，这表明我们对国宝不够重视，但愿圣徒原谅我们的不敬之罪，好，我们接着说，跟在天赐圣若望后面的是不那样光芒四射的半打其他幸运者，我们并不轻视他们的许多功绩和美德，但日复一日的经验告诉我们，没有世上名声的帮助，在天上就不能出人头地，所有这些圣徒都是这种明目张胆的不平等的牺牲品，因为不够显赫才只留下一个名字，若昂·达·玛塔，弗朗西斯·德·保拉，迦耶坦，费利克斯·德·瓦卢瓦，佩德罗·诺拉斯科，菲利普·内利，这样排列下来像是普通人的名字，就这样吧，反正他们也不能抱怨，每位圣徒乘坐各自的车，但不是随随便便地乘坐，而是像其他的五星级圣徒一样规规矩矩地躺在由麻絮，羊毛以及木屑袋做成的柔软的床上，这样才不会弄皱他们的衣服，不会弄歪他们的耳朵，大理石看上去坚硬，其实就这样脆弱，只消两锤维纳斯便失去了两只胳膊。我们的记性越来越不济了，刚才我们还从布鲁诺，本笃和伯纳德联想到巴尔塔萨和布里蒙达，却把巴尔托洛梅乌忘记了，巴尔托洛梅乌·德·古斯曼或者巴尔托洛梅乌·德·洛伦索，随便怎么叫吧，但这绝不是对他轻视。千真万确的是，对死去的人，人们总是说一声唉，对于没有真的或者假的神拯救的死者，人们要说两声唉。

我们已经过了平特乌斯，正在前往法尼翁埃斯的路上，十八尊雕像在十八辆车上，由十八对牛拉着，赶车的人我们早就知道了，但是，这次行程不能与运送那块万福巨石相比，这种事一生只能遇到一次，如果人的才智创造不出变难为易的方法，那么最好还是让世界继续处于最初的粗糙状态。民众们来到路边观看，他们只是感到诧异，这些圣徒都躺在车上，诧异得有理，如果这些圣像如宗教游行时站在肩舆上那样站在车上行走，该是何等壮观和有教益的场面，即使那些矮小的圣徒，按我们现在的量法不足三米，人们也能从远处望见，至于前面的那两位，即圣维森特和圣塞巴斯蒂昂，几乎有五米高，那就更不用说了，他们简直是身强力壮的巨人，基督教里的大力神，信徒中的冠军，居高临下，从土堆和油橄榄树冠上面望着这广袤的世界，那才像丝毫不逊于希腊和罗马的宗教。车队在法尼翁埃斯停下来，因为当地居民们想逐个知道这些路过的圣徒是谁，这也难怪，迎接身体如此高大，精神如此崇高的客人，即使是路过的客人，也不是天天都有的事，运送建筑材料的倒是天天见到，不同的一次是几周之前那个运送大钟的队伍，有一百多口钟，将来它们必定在马夫拉修道院的钟楼上唤起人们对这些事件的难以忘怀的回忆，另一次就是这支众圣队伍了。当地教区神父被请来解说，但他也说不清楚，因为并非所有雕像底座上的名字都能看得见，在许多情况下要靠神父的辨认能力，有一个马上就能看出来，这位是圣塞巴斯蒂昂，另外嘛，可爱的孩子们，这几个字他倒背如流，你们现在看到的这位圣徒是费利克斯·德·瓦卢瓦，他是走在前边的圣伯纳德教育出来的，圣伯纳德与后边来的圣若昂·达·玛塔一起创建了三位一体教派，该教派建立的目的是赎救非教徒手中的奴隶，请看，我们神圣的教会有多么令人钦佩的历史；哈，哈，哈，法尼翁埃斯的人们笑起来，教区神父先生，什么时候才下达命令赎救教徒们手中的奴隶呢。

看到此事难办，神父去找车队主管，请求看一看意大利方面开具的出口文书，这一机灵的做法重新树立起人们对神父的信赖，于是法尼翁埃斯的居民们看到他们无知的神父站到教堂前院的墙上，按照牛车走过的次序高喊圣徒们的名字，一直喊到最后一辆，即小个子若泽赶的那辆运载圣迦耶坦的牛车。小个子若泽既向欢呼声报以微笑，同时也嘲笑那些欢呼的人。不过小个子若泽是个心术不正的家伙，所以上帝惩罚他，或者是魔鬼惩罚他，让他的背驼了，一定是上帝惩罚的，因为没有听说过魔鬼有惩罚活人身体的法力。车队过完了，朝阿希克山山顶走去了，祝它一路顺利。

不过，位于阿尔热斯和卡纳希德那边的里巴马尔圣若瑟修道院那些新入教者却不顺利，此时此刻，他们正在前往马夫拉的路上跋涉，心中怀着自豪或者感到总主教强加给他们的痛苦。事情是这样的，修道院竣工祝圣仪式的日期快到了，进行圣事所用物品和将住在修道院的人所需的东西装箱陆续运到，现已开始安放和保存，这是根据总主教的命令进行的。到了合适的时候，总主教又下达命令，应当把命令的内容说一下，即新入教者赶往新住处，此事禀告了国王，这位仁慈的主人动了心，想让新入教者乘他的快帆船到托雅尔的圣安多尼码头，以减少他们旅途的劳顿。但是海上风大浪高，乘船航行无异于疯狂地送命，所以国王又建议年轻的新入教者们乘他的轿式马车前往，对此，总主教以神职人员特有的谨慎回答说，主上，这怎么行呢，让本应苦行的人享受舒适，让本该站岗的人想不到危险，向本该准备坐在蒺藜上的人提供松软的垫子，这种事我不肯干，主上，否则我就不担任总主教之职，让他们步行去吧，为人民做了榜样，对人民有所教益，我主耶稣只乘过一次驴，他们这样不为过吧。

　　面对如此强有力的理由，唐·若昂五世像撤销提供船的建议一样打消了提供轿式马车的主意，这些新入教者，三十个没有见过世面，胆小怕事的年轻人，连同他们的师父曼努埃尔·达·克鲁斯修士和另一位看管修士若泽·德·圣德肋撒于上午离开了里巴马尔圣若瑟修道院，年轻人只随身带着一本日课经。可怜的年轻人，可怜的羽毛未丰的小鸟们，新入教者的师父们无一例外都是最可怕的暴君，规定每日都用鞭笞赎罪，六下，七下，八下，直到可怜的年轻人背上皮开肉绽，仿佛这还不够，他们必须在伤口腐烂的脊背上背着重物，让伤口永远不能愈合，现在他们必须赤着脚走六里格，爬山越谷，脚下满是石块和泥泞，这路太糟糕了，与它相比，圣母逃亡埃及乘驴走的路简直是平坦的大道，圣若瑟就不用说了，他是具有忍耐力的楷模。

　　总算走完了半里格，好艰难的路，大拇指尖上开了口子，不是被芒刺就是被这高低不平的土地上的植物划的，最娇嫩的人的脚上已经开始流血，留下了修行的红色花朵的足迹，要不是天气太冷，要不是年轻人脸上满是裂口，眼里含着泪水，那就是一幅漂亮的天主教苦行图了，上天堂实在不易。他们一边走一边背诵日课经上的句子，以麻醉灵魂和种种痛苦，但这是肉体的痛苦，只消一双便鞋便能代替最有效的祈祷，我的上帝呀，既然你非这样驱除我的欲望不可，就该先拿走我道路上的石头，因为你既是石头的父亲也是修士的父亲，而并非石头的父亲我的继父。除了也许在许多年后才出现的学徒生活，最糟糕的生活莫过于当新入教者，我们甚至可以说新入教者就是上帝的学徒，请圣母院一个叫若昂的修士说说吧，他也曾是这个方济各会的新入教者，现在他肯定作为竣工祝圣仪式第三天的布道者正前往马夫拉，不过因为他只是替补者不会上台布道，请胖子修士若昂说说吧，之所以叫胖子是因为他当了修士之后越长越肥，他在当新入教者的时候骨瘦如柴，到阿尔加维去为修道院乞求施舍羔羊，一下子干了三个月，衣衫褴褛，打着赤脚，饥一顿饱一顿，所受的折磨可想而知，收集起那些动物，赶着它们从一个地方走到另一个地方，求人家看在上帝分儿上再给一只羔羊，把所有的羊赶到草场，在进行各式各样的宗教活动时胃里阵阵剧痛，确实太饿了，只吃面包，喝水，眼前出现了带汤的肉食的诱惑。苦行生活都一样，不论是新入教者，学徒，还是新兵。

道路多得很，但也有重复的时候。新入教者们离开里巴马尔圣若瑟修道院，经过贝拉斯和萨布戈之后朝盖卢斯方向走去，在莫雷莱纳停留了一点儿时间，在医疗所稍稍歇息了一下备受折磨的脚，再开始上路，还没有习惯过来的时候疼得更加厉害，现在继续朝彼鲁宾海鲁走，这一段路最糟糕，路面上满是大理石碎渣。再往前走，下坡通往谢莱鲁什，他们看见路边竖着一个木头十字架，表明那里死过人，一般来说是被杀的，是被杀的也好，不是也罢，总要为其灵魂念一通天主经，修士和新入教者们都跪倒在地齐声诵经，可怜的人们，这才是最大的慈善，为一个不认识的人祈祷，他们跪着的时候能看见他们的脚底，受尽了折磨，鲜血淋漓，肮脏不堪，十分痛苦，是人体最易受伤的部位，而跪着的时候脚底朝天，永远走不到天堂。诵完天主经之后接着往下走，到了河谷，穿过一座桥，又开始念日课经，他们没有看见一个女人从家里的小门探出头来，也没有听见她说了一声，该死的修士们。

偶然事件是好结果和坏结果的载体，它要圣像们和新入教者们在从谢莱鲁什来的道路和从阿尔凯萨·佩克纳来的道路交会处相遇，那是这群人欢天喜地的时候，因为它是幸运的征兆。修士们赶到车队前边，为车队开道驱邪，高声诵读简单而热烈的祷词，要是教会礼仪书允许的话他们会举起十字架，可惜没有带来。他们就这样进入马夫拉，受到了凯旋式的欢迎，双脚血肉模糊，慌乱的目光中充满虔诚，也许是饥饿所致，因为从里巴马尔圣若瑟修道院走来，一路上只啃些泉水中蘸湿的面包，现在好了，今天住进修道院客房，一定会受到较好的对待，他们已经走不动了，就像走火堆的人一样，在熊熊的火舌上走过，后来火灭了，成了灰烬，激情也消失了，只剩下一片忧伤。他们甚至没有看人们把圣像从车上卸下来的场面。工程师和力工们来了，带来了绞盘，滑轮，绞盘棒，垫木，缆绳，软垫，有些工具突然出了毛病，所以谢莱鲁什那个女人才说，该死的修士们；人们汗流浃背，咬牙切齿，总算把圣像都卸下来，但现在它们直立在地上，显出本来的高度，并且围成一圈，面向里边，像是在开会或者联欢，圣维森特和圣塞巴斯蒂昂中间站着三位女圣徒，圣伊莎贝尔，圣嘉勒和圣德肋撒，在他们脚下她们三个像是侏儒，不过女人是不能用尺来衡量的，女圣徒也是如此。

巴尔塔萨朝谷地走去，要回家了，当然，工地上的工作尚未结束，但他从那么远的地方回来，费尽力气，我们不要忘记，从托雅尔的圣安多尼码头到这里只用了一天的时间，在把牛卸下来安顿好以后，有权利早一点儿歇息。有时候时间似乎停滞不动，就像在屋檐上筑巢的燕子一样，它来了又走，走了又来，出出进进，我们总是看见它，我们和它都以为永生永世都会这样，或者半个永生永世，那也算不错。但是，原来在这里的突然不在了，刚才我还看到它呀，它藏到哪儿去了呢，如果我们手边有面镜子，我的天，时间过得多么快啊，昨天我还是街区的一朵花，而今天街区面目全非，我也算不得什么花了，巴尔塔萨没有镜子，只有我们的眼睛看着他正沿着泥泞的下坡路回镇上去，我们的眼睛对他说，巴尔塔萨，你的胡子几乎全白了，巴尔塔萨，你的额头上有许多皱纹了，巴尔塔萨，你脖子上的肉皮松弛了，巴尔塔萨，你的肩膀已经塌陷下去了，巴尔塔萨，你不像原来那个男子汉了；不过这肯定是我们的眼睛出了毛病，因为一个女人正向这边走来，我们看到的那个老人在她眼里却是个年轻人，是当年那一天她曾这样问过的士兵，你叫什么名字；也许她眼中看到的不是那个士兵，就是这个正往下走的男人，身上肮脏，一只手残废，外号叫"七个太阳"，尽管疲惫不堪，但对这个女人来说永远是太阳，这个太阳不总是光芒四射，但即使被乌云遮住或者日食之时仍然存在，活生生地存在，我的上帝呀，她张开双臂，不过，是她向他张开双臂，他也向她张开双臂，这在马夫拉镇上成了笑谈，那么大岁数了，还在大庭广众之下紧紧搂抱，也许是从来没有生孩子的缘故，也许是因为两个人都觉得对方比实际上年轻，可怜的瞎子们，或许唯有他们俩才能相互看得清楚，这是最难的看人方法，现在他们到了一起，就连我们的眼睛也能看出来，他们变得漂亮了。

吃晚饭的时候阿尔瓦罗·迪约戈说，圣像就留在卸车的地方了，来不及放进各自的神位上，竣工祝圣仪式在礼拜日就要举行，不论怎样仔细，怎样干活，也难以让教堂呈现彻底完成的模样，圣器室建成了，但拱顶还没有粉刷，仍然是原样，上头会下令用涂上石膏的帆布盖住，显得像经过粉刷一样整齐完美，教堂的穹顶还没有建好，也用这种办法弥补。阿尔瓦罗·迪约戈对这些细枝末节都了如指掌，他从普通采石工升成了石匠，从石匠升成了雕刻匠，因为一直守时，一直勤勉，一直说到做到，并且心灵手巧，说话谦恭，受到官员和工长的喜爱，与那帮赶牛车的人大不相同，他们动辄惹是生非，浑身是牛屎，散发着牛屎味，而他手上的汗毛和胡子上总是落着大理石粉末，显得雪白，衣服一辈子都是白白的。阿尔瓦罗·迪约戈一辈子都会这样，不过他这辈子活得不长，不久以后他便从一堵墙上掉下来再也不用上去了，其实工程并没有要求他这样做，他是去摆正一块他亲手雕刻的石头，因为出自他的手，不能放不好。他从将近三十米的高度掉下来，一下子就摔死了，于是这位为丈夫受器重而自豪的伊内斯·安东尼亚成了个凄凉的寡妇，唯恐儿子也掉下来，断了可怜的丈夫的根苗。阿尔瓦罗·迪约戈还说，新入教者们要搬到厨房上边已经盖好的两所房子里去住；听到这个情况巴尔塔萨说，粉刷的墙壁还太潮湿，这个季节又非常寒冷，那些修士少不了要生病；阿尔瓦罗·迪约戈回答说，修士们住的房间里已经生了炭火，日夜烧着，不过即使这样墙壁还是潮得往下滴水，噢，巴尔塔萨，运那些圣像很费事吧；运来倒也不费事，最费事的是装车，装好以后只要办法对，有力气，再加上牛有耐心，就运回来了。两个人越谈越没有精神，壁炉的火也越来越弱，阿尔瓦罗·迪约戈和伊内斯去睡觉了，关于加布里埃尔，我们就不用说了，晚饭吃到最后一口的时候已经睡着了，这时巴尔塔萨问道，布里蒙达，你想去看看那些圣像吗，天大概晴着，不一会儿月亮就出来；她回答说，好，走吧。

夜里很寒冷，很明亮。他们沿山坡往维拉山顶爬的时候月亮出来了，很大，很红，先映出了一个个钟楼，还有最高的墙上不规则的图形，后面就是维拉山顶，这座山带来了多少麻烦，耗费了多少炸药啊。巴尔塔萨说，明天我到容托山去一趟，去看看那机器，从上一次去到现在已经六个月了，谁知道它怎么样；我跟你一起去；不用，我很早就走，如果需要修理的地方不多，晚上以前就回来了，最好还是现在去，过几天就是竣工祝圣仪式了，万一下起雨来道路就不好走了；你要多加小心；你放心吧，贼不会抢劫我，狼也不会咬我；我说的不是贼也不是狼；那指的什么呢；我说的是机器；你总是嘱咐我要小心，我去去就回来，还能怎样小心呢；各方面都要小心，不要忘了；放心吧，女人，我的那一天还没有到；我放心不下，男人，那一天总会到的。

他们来到教堂前的大广场上，教堂拔地而起，直刺云天，俯视着工程的其他部分。而将来是宫殿的地方刚刚建成了第一层，它的两边竖起了几座木制建筑，不久后的庆典就在那里举行。这么多年的工作，十三年，才修起这么点儿东西，一个尚未完工的教堂，修道院的两翼才建到第三层，其余部分的高度不及修道院的大门，一共需要三百间单人小室，而现在刚刚建了四十间，并且还没有竣工，看起来这似乎不可思议。看起来很少但实际上很多，如果不是太多的话。一只蚂蚁到打谷场抓住一个稻谷皮，从那里到蚂蚁窝是十米的距离，男人走起来二十步，但这个稻谷皮走这段路靠的是这只蚂蚁而不是那个男人。马夫拉工程的弊病在于是由人来建而不是由巨人来建，如果想用这项工程以及过去和未来的工程证明巨人干的事人也能干，那么就应当承认要和蚂蚁用同样多的时间，对每样东西都必须从其合理的比例来考虑，蚂蚁窝和修道院，稻谷皮和石板。

布里蒙达和巴尔塔萨走进圣像圈里。月光照在圣塞巴斯蒂昂和圣维森特这两座大雕像的正面，他们两个中间是三位女圣徒，接着是那些身体或脸面开始处于阴影中的圣像，圣多明我和圣伊格纳斯完全被遮在黑暗之中，最严重的不公正是阿西西的圣方济各所受的待遇，他本该在最光亮之处，站在他的圣嘉勒旁边，应当这样做并非暗指他们之间有什么肉体交易，况且，即使有的话又有什么关系呢，人们并不因为这种事就不能成为圣徒，有了这种事人们才能成为圣徒。布里蒙达一个一个地看，尽力猜测，有的一眼就能认出来，另一些需要看很久才能猜中，还有一些怎么猜也没有把握，另外的一些则像锁着的箱子一样，无从猜起。她知道，圣维森特底座上的那些字母和符号清楚地说明他的名字，但那是识字的人用的。她用手指摸了摸那些直线和曲线，像个还没有学会识别凸型字母表的盲人一样，布里蒙达不能问那雕像，你是谁呀；盲人也不能问一张纸，你说的是什么呀；只有在当年布里蒙达问你叫什么名字的时候，巴尔塔萨能回答说，我叫巴尔塔萨·马特乌斯，"七个太阳"。世界上的一切都在做出回答，迟迟不来的是提问的时机。一大块孤孤单单的云从海上飞来，在明亮的天空中显得那样无依无靠，在整整一分钟里遮住了月亮。雕像都成了形状模糊的白色影子，失去了轮廓，没有了表情，仿佛雕刻家的刻刀尚未找到时的大理石石块一样。他们不再是什么圣徒或者圣女，而仅仅是原始的存在，不会说话，失去了雕刻家赋予他们的能力，完全回到原始状态，混沌状态，就像站在他们中间的这个男人和女人一样，融进了黑暗之中，而这两个人不是大理石做的，是有血有肉的人，我们知道，没有比人的血肉之躯更易于和地上的影子相混淆的了。在缓缓飞过的大块云彩下面，站岗的士兵们生起的篝火看得更清楚了。远方，木岛模糊一片，像一条巨龙卧在海上，正用四万个风箱呼吸，那是正在睡觉的四万人，还有在医疗站的那些可怜的人，医疗站没有一张帆布床空着，除非护士们抬走几具尸体，这个累死了，这个长了个瘤子，这个正在吐血，这个昏厥了，不能动弹，很快就完蛋。云朝陆地里飞去了，这只是一种说法，朝陆地那边飞去了，即朝农村飞去了，当然，人们永远不能知道，当我们不再看云彩的时候，当云彩隐没在那座山后面的时候，它究竟去干些什么，很可能钻进地里，或者落到地面上，谁也猜不出它在地上孕育什么奇特的生命或者罕见的法力，布里蒙达，我们回家吧，巴尔塔萨说。

他们离开了又被月亮照亮的众圣雕像，开始下坡朝谷地走去，这时布里蒙达回头看了看，那地方像盐一样闪着磷光。她侧耳细听，发现他们在嘟嘟囔囔地谈话，大概是在开修士会议，进行辩论或者审讯，或许是他们被塞进潮湿的船舱与老鼠为伍或者被捆在甲板上从意大利出发以来头一次开会，也许是他们最后一次全体在月光下谈话了，因为过不了多久他们就会被分别放进各自的祭坛，有一些再也不能互相对视，有一些只能斜着眼相看，另外一些则还能望着天空，这似乎是对他们的惩罚。布里蒙达说，这样对待他们，让他们这样站在那里，大概当圣徒也是件不幸的事，如果说这就叫圣徒，那么被判罪又该怎样呢；可他们是雕像呀；我倒想让他们从石头上下来，成为像我们一样的人，因为总不能和雕像说话呀；谁知道没有外人的时候他们会不会说话呢；这我们可就不知道了，可是，如果只是他们之间这几个和那几个说话，没有人在场，那么我就要问，我们需要他们干什么呢；我经常听说，我们想得到拯救就需要神；他们拯救不了我们；你听谁说的；是我内心感到的；你内心感到了什么呢；我感到谁也不能得到拯救，谁也不会毁灭；这样想是罪孽；罪孽并不存在，只存在死与生；生在死之前；巴尔塔萨，你错了，是死在生之前，死去的是原来的我们，生出的是现在的我们，所以说我们不会一下子永远死去；当我们被埋到地底下，当弗朗西斯科·马尔克斯被运石头的车轧死的时候，不就不可挽回地死了吗；既然说到他，那么可以说弗朗西斯科·马尔克斯出生了；但他本人不知道；这正如我们不完全知道我们是什么人一样，尽管如此，我们还活着；布里蒙达，你在哪里学到了这些事呀；我在母亲肚子里的时候是睁着眼睛的，从那里我什么都看得见。

他们走进后院。月光现在呈乳白色。阴影既黑又重，比太阳照出的影子还清晰。后院有个旧棚子，木板已经腐朽，当年一头母驴来来往往干完活计后就在棚子里休息，家里人都叫它母驴棚，其实母驴已死去多年，连巴尔塔萨也不记得，我骑过它没有呢，他弄不清楚，也许说出了口，我把耙放到母驴棚里去，这句话仿佛证明布里蒙达说得对，似乎那牲口戴着笼头和驮鞍出现在眼前，那时母亲在厨房里喊，去帮助你父亲把母驴的驮子卸下来；其实他帮不了什么忙，那时年岁太小，不过已经习惯干些重活；既然出了力就得有赏，父亲就让他叉开腿，骑在潮湿的驴背上，牵着驴在后院溜达，所以，我从小就是骑手。布里蒙达把他拉到棚子里，这不是第一次他们俩晚上到那里边去，有时是这个的主意，有时是那个的想法，反正只要肉体的需要迫切，而且估计难以抑制让只是小心翼翼地拥抱的阿尔瓦罗·迪约戈和伊内斯·安东尼亚难为情的呻吟，哼唧甚至喊叫的时候，就到棚子里去，这样也免得小外甥加布里埃尔大嚷大叫，必须让他安静下来，那可是罪过。那宽宽的旧牲口槽在有用的时候固定在适当的高度，现在已经快散架，平放在地上，上面铺着干草，还有两件旧外衣，像国王的床一样舒适。这些东西干什么用，阿尔瓦罗·迪约戈和伊内斯·安东尼亚心里清楚，但都佯装不知道。但他们都是安分守己的人，在肉欲上不作非分之想，所以从来没有异想天开去试试新鲜，只是生活变化了以后加布里埃尔会去幽会，离得那么近，说来就来，谁也猜想不到。也许有人猜得到，也许布里蒙达猜得到，这倒不是因为她曾经把巴尔塔萨拉到棚子里去过，因为总是由女人迈出第一步，总是由女人说第一句话，总是由女人做第一个手势，因为强烈的欲望扼紧了她的喉咙，因为要紧紧拥抱巴尔塔萨，因为要享受亲吻的惬意，两张可怜的嘴，已经失去了当年的润泽，牙齿也掉了几颗，断了几颗，不过，爱情存在于一切东西之上。

他们破例在那里睡了一宿。凌晨，巴尔塔萨说，我要去容托山了；布里蒙达起了床，回到家里，在半明半暗的厨房里摸索着找到了点吃的，妹妹，妹夫以及外甥还在屋里睡觉，她走出来，关上门，把巴尔塔萨的旅行袋也拿来了，把食品和工具放进去，没有忘记那副铁钩，谁也免不了遇上坏人。两个人出了门，布里蒙达把巴尔塔萨送到镇子外边，远处，矗立在阴暗的天空中的教堂白塔隐约可见，夜里那么晴朗，谁也想不到会是个阴天。两个人躲在一棵树下拥抱，树枝低垂，身旁是秋天金色的树叶，脚下踩的也是金色的树叶，它们已经与土地融合在一起，待来年重新泛绿。这不是身穿宫廷盛装的奥丽安娜在向亚马迪斯告别，也不是罗密欧抱起朱丽叶亲吻，只不过是巴尔塔萨要到容托山去修理被时间损坏了的东西，只不过是布里蒙达在徒劳无益地试图让时间停滞。他们都穿着深色衣服，像两个不肯安静下来的阴影，刚刚分开又凑到一起，我不知道他们在想什么，在为什么别的情况做准备，这也许是胡思乱想，是此时此地的胡思乱想，是知道好事不长久之后的胡思乱想，好事来的时候我们没有察觉，好事在的时候我们没有看见，等好事走了我们才发觉它不在了。巴尔塔萨，不要在那里待得太晚；你在棚子里睡觉吧，我可能夜里回来，不过，要是有许多地方需要修，那就只好明天回来了；我知道；布里蒙达，再见；巴尔塔萨，再见。

既然前几次去的情况已经说过，后来的情况就无须详述了。变化有多大，谁走过这条路，早就说了许多，关于地点和景色的变化只消说，人们来来往往，季节更迭，每次变化一点儿，人，房子，屋檐，田地，墙，宫殿，桥梁，修道院，碎石路，风车，有的变化巨大，历来如此，春天，夏天，现在正是秋天，冬天不久要到来。巴尔塔萨像熟悉他的右手掌一样熟悉这些道路。他在佩德鲁里奥斯河岸边休息了一会儿，有一天他曾经和布里蒙达在这里歇息过，不过那时鲜花正开，野地里的金盏花，庄稼地里的丽春花，还有丛林里色彩较为暗淡的花。路上遇到了一些往马夫拉去的人，一群群男女敲着鼓，吹着风笛，有时候前边还走着一位神父或者修士，用肩舆抬着瘫痪者的景象也不鲜见，莫非今天是有什么奇迹的祝圣节吗，人们永远不会知道上帝什么时候想施药治病，所以瞎子，瘸子，还有瘫痪者应当不停地进香；今天我主会来吧，谁知道我是不是空空希望一场呢，好吧，去马夫拉，今天是我主休息的日子，或者打发卡博圣母去治病，人怎能知道何时何地显灵呢，不过只要虔诚就能得到拯救；布里蒙达问道，从什么当中得到拯救呢。

刚刚下午，巴尔塔萨就到了巴雷古多山的头几个山包。后面就是容托山，太阳刚冲出云层，把容托山照得非常明亮。山上有些阴影在徘徊，像巨大的黑色巨兽在小山丘上走动，所到之处山丘毛发竖起，随后阳光照暖了树木，照得一洼洼的水闪闪烁烁。风轻轻吹动风车的臂膀，发出轻轻的口哨声，只有路过这里，不考虑生活中其他事情的人才注意到这些东西，天上的云彩，开始落下的太阳，在这里生成在那边消失的风，正在摇动或者死亡后掉到地上的树叶，而观看这一切的是一个当年的士兵的眼睛，他曾经残酷地杀过人，这个罪过或许已由其生活中的其他事件补赎，他的心被十字架插得流了血，他目睹过大地多么广漠，地上的万物多么渺小，他也曾平心静气地和他的牛说过话，声音那么温柔，这些事看来不算多，但总有人知道这样做是不是就足够了。

巴尔塔萨已经进入容托山的支脉，正在丛林中寻找通往飞行器所在地点的几乎难以看见的道路。每次走近它的时候，他心里都阵阵紧张，唯恐它已被别人发现，也许已经毁坏，也许被人偷走，但每次都惊喜地发现它像刚刚落下来一样，由于降落得很快，仍在微微颤抖；降落的地方是灌木和神奇的藤蔓，说藤蔓神奇是因为一般来说在这一带土地上很少见。没有被偷走，也没有被毁坏，它还在那里，在原来的地方，翅膀耷拉下来，它那鸟脖子钻进较高的树枝里，脑袋像个吊起来的鸟窝。巴尔塔萨走过去，把旅行袋放到地上，在开始干活之前坐下休息了一会儿，把两条油煎沙丁鱼放在一片面包上吃下去，使用砍刀刀尖和刀刃时就像雕刻象牙艺术品那样得心应手，吃完以后把刀在草上擦干净，在裤子上抹了抹手，就朝机器走去。阳光强烈，天气很热。巴尔塔萨登上大鸟的翅膀，动作十分小心，以免弄坏了上面那层藤条，最后钻进了大鸟里面。甲板上的几块木板朽了，应当带必要的材料来，替换下这几块木板，那需要用几天的时间，还有一个办法，就是他刚刚想到的，把机器一个部件一个部件地拆下来，送到马夫拉，藏在一个干草堆里，或者，如果把这秘密的一半告诉几位要好的朋友，和他们一起把大鸟藏在修道院的某个地下室里。他自己也感到奇怪，为什么早先没有想出这个办法，回去以后和布里蒙达说说。由于心不在焉，没有发现脚踩在什么地方，脚下的两块木板承受不住，突然断裂，掉下去了。他猛地挥动手臂设法去撑住，以免摔下去，没想到胳膊上的钩子伸进了启动布帆的环里，整个身体吊在了空中，巴尔塔萨看见帆布轰的一声朝两边张开了，阳光倾泻到机器上，琥珀球和金属球闪闪发光。机器自转了两周，撕开了围着它的灌木，飞起来了。天空不见一丝云彩。

24

　　整整一夜，布里蒙达没有睡。和前几次一样，她从傍晚就开始等着巴尔塔萨回来，想着他随时都会出现，她怀着这样的信心离开镇子，沿着他回来的路走出了村子，走了几乎半里格，在很长的时间里，直到晚霞消失，她就坐在路边，望着经过的前往马夫拉的人们，他们前去朝圣，参加祝圣仪式，这种庆典不可错过，所有到场的人都能得到施舍和食物，或者说那些最机敏和会哀号的人肯定能得到，灵魂寻找满足，肉体也是如此。看到一个女人坐在那里，从远方来的几个无赖觉得这是马夫拉镇迎接雄性客人的风俗，这倒也方便，于是对她唱起淫秽的小调，但看到盯着他们的女人那张石像般的脸，马上又咽了回去。其中有一个试着再靠近她，但很快就惊恐地退了回去，因为布里蒙达那冷冰冰的声音说，你心里有只癞蛤蟆，我要朝它吐唾沫，朝你身上吐唾沫，朝你全家人身上吐唾沫。天完全黑下来，路上不再有朝圣者，巴尔塔萨不太可能在这个点回来了，或者更晚一点儿才回来，那时我已经躺下了，也或者要修理的地方太多，明天才能到家，他曾经这样说过。布里蒙达回到家里，跟妹妹，妹夫以及小外甥一起吃了晚饭，他们其中一个人问，这么说巴尔塔萨不回来了；另一个说，我一辈子也不会明白他这次出门是做什么去了；加布里埃尔没有开口，他还太小，有大人在场的时候不该说话，但心里暗想，父母绝不该管舅舅和舅妈他们的生活，这个世界有一半的人对另一半的人过分好奇，巧的是后者对前者有一样的求知欲，而这个男孩，还这么年轻，就已经懂得这个道理。吃完饭，布里蒙达等其他人都睡下以后才到后院去。夜晚万籁俱寂，天空明净如洗，甚至感觉不到空气的凉意。也许就在这相同的时刻，巴尔塔萨正沿着佩德鲁里奥斯河往这里走，胳膊上装的是长钉，而不是钩子，因为谁都免不了碰上坏人或者冒冒失失搭话的人，人们都这么说，事实也证明是这样。月亮出来了，他能把路看得清楚些，过不了多久我们一定会听见他的脚步声，夜晚的静默让我们听得见远处的声音，他会推开栅门，布里蒙达会在那里迎接他，剩下的事我们就不看了，因为我们做事必须谨慎周到，知道这个女人心中多么焦躁不安就行了。

整整一夜她都没有睡着。身上裹着有人体和绵羊气味的毯子，躺在牲口槽里，睁眼看着从棚子缝隙里漾进来的月光，后来月亮落下去了，已经是拂晓时分，留给夜晚消退的时间也不多了。第一缕光线照下来时布里蒙达就起来了，到厨房里拿了点儿吃的，这个女人，她就是如此不安，还没过和巴尔塔萨约定的时间嘛，也许他中午就到，因为机器需要修理的地方太多了，它太旧了，又经过风吹雨打，他早就说过了。布里蒙达不肯听我们的话，离开家，沿着她认识的道路往前走，这是巴尔塔萨回来的必经之路，不可能碰不

336

上他。碰不上的人也有，碰不上的是国王，就是今天，国王要来到马夫拉，下午就来，还带来唐·若泽王太子和唐·安多尼王子殿下以及王室所有侍从，配以国家最显贵最堂皇的排场，华丽的轿式马车，高头大马，一切都井井有条，车轮滚滚，马蹄踏踏，浩浩荡荡地出现在路口，如此威风的场面人们从未见过。不过，我们倒是见识过王室的奢华浮夸，还能谈谈他们的区别，他的锦缎多一些，他的锦缎少一些，他的金饰多一些，他的金饰少一些，但我们现在的任务是跟着那个女人，她逢人便打听是不是看见了一个这样那样的人，特征是什么，那是世界上最美的男子，从这种错误的描述可以看出，人们不能总是说自己的感觉，从她描绘的肖像谁能认出那个面孔黝黑，白发苍苍，还缺了一只手的巴尔塔萨呢；女人，我们没有见过他；布里蒙达继续往前走，现在已经离开了大道，上了他们两人走过的小路，经过那一座山丘，那一片丛林，四块排成一条线的石头，六个圆圆的山丘，这一天就要过去了，连巴尔塔萨的影子都没有。布里蒙达没有坐下来吃东西，而是一边走一边吃，但一夜未睡，已经疲劳，内心的焦躁啃噬着她的力气，嘴里嚼动的食物无法下咽，已经能望见的容托山似乎在不断地后退，这是出了什么奇迹呀。其实这里边没有什么奥秘，只是脚步迟滞沉重，这样走我永远都到不了那里。有些地方布里蒙达不记得曾经走过，有些则认出来了，一座桥，两个相连的山坡，谷底的一片牧场。她知道曾经路过这里，因为看到了那同样的旧大门，还是那个老太太坐在门前，缝补着同一条裙子，一切都和原来一模一样，除了布里蒙达，她现在独自一个人。

她记得在这一带他们曾遇到一个牧羊人，那个人告诉他们，这一片是巴雷古多山，再过去就是容托山，看上去和任何一座别的山都差不多，但她记得不是这个样子，也许是因为它那凸起的形状，让它像这颗星球这一面的模型，所以才会让一个人相信地球确实是圆的。现在既没有那个牧羊人也没有羊群，只有一片深深的寂静，布里蒙达停下脚步，环顾四周，感到一阵深深的孤单。离容托山这么近了，仿佛只消一伸手就能摸到它的山麓，就像一个跪着的女人一伸胳膊就能摸到她男人的臀部一样。布里蒙达不可能想得这么细致，可谁知道呢，我们毕竟没法钻进人们的脑袋，也就无从得知他们在想什么，我们是把我们自己的思想放进别人的脑袋，然后我们便说，布里蒙达在想什么，巴尔塔萨想过什么，也许我们在以自己的感觉来填充他们的想象，比如这里让布里蒙达摸了摸她男人的臀部，然后她感觉他也摸了摸她的臀部。她停下来歇息一下，因为两条腿在颤抖，一路走来太累了，也因为那想象中的抚摩而骨酥筋软，但是，她突然感到心中充满自信，在上边能找到巴尔塔萨，他正在干活，挥汗如雨，也许正在打最后几个结，也许正要把旅行袋搭上肩头，也许正在往河谷走，所以她大声喊，巴尔塔萨。

没有回答，也不可能得到回答，一声喊叫算不了什么，声音到那个陡坡就返回来，回声微弱，已经不像我们的声音。布里蒙达开始快步往上爬，力气像源源不断的流水回到她身上，在坡度较缓的地段她甚至一溜小跑，直到变陡的地方才放慢脚步，继续往前，在两棵矮矮的圣栎树之间有一条几乎难以察觉的小径，那是巴尔塔萨隔些时间来一次这里走出来的，沿这条小径就能找到大鸟。她又喊了一声，巴尔塔萨；这次他一定能听见了，因为她喊得有力，并且中间没有山丘阻隔，只隔几个山洼，如果她停住脚步，也一定能听见他的喊声，布里蒙达；她完全相信听到他的喊声了，微微一笑，用手背擦了擦汗水或者泪水，或者理了理散乱的头发，或者擦了擦肮脏的脸，这个动作的含义太丰富了。

就是那个地方，像一只飞走的大鸟留下的巢。又响起布里蒙达的喊声，这是第三次了，还是同一个名字，声音并不尖，像是一种闷室中的爆发，仿佛一巨大的手揪出了她的五脏六腑，巴尔塔萨；在喊的时候她已经明白，其实从一开始就知道，这地方会是一片荒芜。她的眼泪突然干了，就好像从地底下冒出炽热的风一下子将泪水拂走了。她跌跌撞撞地走过去，看见了被连根拔起的灌木，沉重的机器在地上压出的坑，另一边，五六步远的地方，是巴尔塔萨的旅行背袋。再没有别的痕迹表明那里发生了什么事。布里蒙达抬头望望天空，天空不像刚才那样晴朗了，时近傍晚，几朵云慢慢悠悠地浮游在空中，她头一次感到天上空空荡荡，似乎在想，那里什么都没有；而这正是她不愿意相信的，巴尔塔萨一定正在天空的某处飞行，正在与帆搏斗，让机器降落。她又看了看旅行背袋，走过去把它拿起来，很重，长钉在里边，这时候她想到，如果机器是前一天飞起来的，那么到了晚上它该落下来了，所以巴尔塔萨没有在天上，可能在地上，在地上的某个地方，也许死了，也许还活着，活着的话也负了伤，她还记得上一次落地时多么猛烈，不过那一次负载要重得多。

她把旅行背袋搭在肩上，就没有什么可做的事情了，于是开始在附近搜寻，在灌木丛密布的山坡走上走下，挑选较高的地点，现在她希望眼睛锐利无比，不是进食以前的那种能力，而是像兀鹫或猞猁那样，眼睛能看到地面上的一切，不错过任何东西。一双脚在流血，裙子被带刺的灌木剐得七零八落，她在山的北面转了一圈，然后回到设法找到高处时出发的地点，这时她才意识到，他们，也就是她和巴尔塔萨，从来没有到过容托山的山顶，现在应当抢在夜幕降临之前爬上去，那里视野更宽，当然从远处看机器会不太明显，但有时候会有点儿运气，谁知道呢，到了那里以后也许能看见巴尔塔萨正在一个山泉旁向她挥着那条胳膊呢，他们俩还能一起喝点泉水解解渴。

　　布里蒙达开始往上爬，一边爬一边暗自责怪自己，一开始就应当想到这一点，而不是现在才想到，现在已近傍晚了。突然她发现有一条小径弯弯曲曲通到上面，上面又有一条宽到足以走车的大路，为此大吃一惊，为什么在山顶上开出这么一条路呢，而且看来早就有这条路，上面还有人走过的痕迹，谁知道巴尔塔萨是不是也发现了呢。在一个转弯处，布里蒙达停住了脚步。前面走着个修士，从他身上的教服看是多明我会修士，此人膀大腰圆，脖子很粗。布里蒙达一时心慌意乱，不知道该赶紧跑掉还是该喊叫。修士似乎感到有人。他停了下来，看看这边，看看那边，然后转过身来。他打了个祝福的手势，等在那里。布里蒙达走上前去，多明我会修士说，天主保佑；接着又问，你到这里来干什么。她只能回答，我正在找我的男人；接着就不知道该怎么说了，要是她说起飞行机器，大鸟，密云，多明我会修士会以为她是疯子。她退了几步，我们是马夫拉人，我男人来容托山是因为我们听说这里有一只很大的鸟，我担心大鸟把他带走了；我从来没有听说过这样的鸟，我们教会里也没有人听说过；这座山上有修道院吗；有；我之前不知道。修士往下走了一段路，似乎有些心不在焉。太阳又低

340

了许多，海那边的云彩堆积了起来，傍晚的天空灰暗了。这么说你没有在这里见过一个没有左手，装了个钩子当手的男人，布里蒙达问道；那就是你的男人吗；是的；没有，我一个人也没有看见；那昨天或者今天也没有看见一只大鸟从那边向远方飞去吗；没有，我没有看见什么大鸟；既然这样，那我就走了，神父，请为我祝福吧；天很快就要黑了，你要是就这么走会迷路的，这里有狼，说不定就会碰上；只要现在走，我就能趁着天还亮到达河谷；实际上可比看起来要远得多，听我的，修道院的旁边有另外一所修道院的废墟，那里还没有完全毁掉，你可以在那里过夜，明天再继续找你的男人；我走了；随你的便吧，以后你可别怪我没有提醒你那里有危险；修士说完，又沿着大路往上面走去。

布里蒙达站在那里，又犹豫不决了。还没有到晚上，但下面的整片田野已经罩上了阴影。乌云在整个天空扩散开来，这时吹起了闷热潮湿的风，也许要下雨。她感到非常疲乏，觉得自己会这样活活累死。现在她几乎不想巴尔塔萨了。她思绪混乱，却模模糊糊地相信第二天就能找到他，既然这样，何必一定要在今天非找到不可呢。她在路边一块石头上坐了下来，把手伸进旅行背袋，发现巴尔塔萨还有一点儿干粮剩下，一条干沙丁鱼和一块硬硬的面包皮。如果有人此时从这里经过，准会被这情形吓个半死，一个女人没有一丝恐惧地这样坐着，几乎可以肯定她是个女巫，正在等行人路过，要吸干那人的血，或者是在等待她的同伴，一起参加女巫秘密聚会。但实际上，她只不过是个失去了男人的可怜女人，丈夫被空气和风带走了，如果能够，她要尝试所有巫术让男人回来，可惜这类巫术她一样也不懂，她所能够做到的是看见别人看不到的东西，她所能够做的是收集意志，而正是收集来的意志把她的男人带走了。

入夜了。布里蒙达站起来。风更凉更大了。在这群山之中她觉得无依无靠，这让她哭了出来，这时候她也该发泄一下了。黑暗中充满了令人毛骨悚然的声音，猫头鹰的叫声，栎树枝叶沙沙的响声，如果她没有听错的话，还有从远处传来的狼嗥声。布里蒙达的胆量让她朝河谷方向继续走了一百来步，但这过程就像慢慢往一口井的井底走一样，不知道粼粼的井水中有怎样的血盆大口在伺机等待。后来月亮出来了，如果说天空放晴会为她照亮道路，但也会让她暴露在群山的所有生灵眼中，如果说她能让其中一些心惊胆战，但另一些也能把她吓得死去活来。她停住脚步，毛发尽竖。不远的地方突然有个什么东西爬过。她再也忍不住了，撒腿就沿路往上跑，仿佛地狱里所有的魔鬼和世上一切的妖怪，不管是真的还是想象出来的，全都在她后面追赶。转过最后一个弯，她看见了修道院，那是一座矮墩墩的建筑。教堂的缝隙透出一缕微弱的光。万籁俱寂，天上繁星闪烁，唯有云彩发出低语，云彩离地面太近了，仿佛容托山就是世界的最高峰。布里蒙达一步步朝那边走去，似乎听到了低低的唱祷声，大概是晚祷，待她离得更近一点儿，伴奏乐曲也响亮了一些，唱祷声也更加圆润，他们在向上天祈祷，这样谦卑恭顺，布里蒙达又哭起来，也许这些修士在无意间将巴尔塔萨从高空或者危险的丛林里唤回来，也许拉丁文那奇妙的祷词在治愈巴尔塔萨的伤口，他肯定受了伤，所以布里蒙达也加入了祈祷，在心里默念她知道的几个在任何情况下都能用的词，迷途，疾病，焦虑的灵魂，天上一定有某个人负责解开这团乱麻。

修道院的另一边有个向着山坡的低洼处，废墟就在那里。有高高的墙，拱顶，以及大约是修士居住的单人小室，这是个过夜的好地方，既能遮挡风寒又能防止猛兽袭击。布里蒙达仍然心神不定，她走进拱顶之下的一片漆黑，手脚并用在地上摸索着路面，以免跌进坑里。眼睛渐渐适应了黑暗，在似有若无的微光下看出了墙的缺口，墙的轮廓。地上有匍匐生长的野草，但还算干净。上面还有一层，但看不到从哪里可以上去。布里蒙达在一个角落里铺开外衣，用旅行背袋当枕头，躺在那里。眼泪又流出来了。还在哭着就睡着了，从清醒到睡眠就隔了两行泪水，梦中也依然在流泪。但时间不长。月亮升起来，驱走了云彩，月光照在废墟上，像什么生灵出现在那里，布里蒙达醒了。她以为是月亮轻轻摇动她，摸了摸她的脸颊，或者摸了摸她放在外衣上的手，但是，现在她听到的摩擦声和刚刚睡着时听到的似乎一模一样。这声音时近时远，像是有人在寻找什么却没找到，但又不肯罢休，转来转去一再寻找，也许是一只野兽要躲在这里但迷失了方向。布里蒙达用胳膊肘支撑着，半抬起身子侧耳细听。现在这声音像有人在小心翼翼地走动，几乎听不见，但确实就在很近的地方。一个影子在墙的缺口前边经过，月光在粗糙的石头墙上映出了个不成比例的人形。布里蒙达立刻明白了，是路上遇到的那个修士。修士曾告诉她能在什么地方找到歇脚处，现在是来看看她是否听从了他的建议，不过不是出于基督徒的仁爱心。布里蒙达静悄悄地躺下，一动不动，也许修士看不到她，也许看见了之后对她说，好好休息吧，可怜的人儿，你太累了；若果真如此，那倒是个名副其实的奇迹，很富教益的奇迹，但实际上不是这样，实际上修士是为满足肉欲而来，对他我们也不能过于苛责，在这荒山僻野，在这群山之巅，人们的生活太痛苦了。人影把透过墙缺口射过来的光线全都遮住了，是个又高又壮的男人，已经能听到他的喘息。布里蒙达已经把旅行背袋拉到一边，当男人跪下来时，她迅速把手伸进背袋里，抓住长钉的榫眼，仿佛是抓着一把匕首。接下来要发生的事情我们已经知道了，从埃武拉那位铁匠打制长钉和钩子时就已经注定了，现在其中一个在布里蒙达手中，至于另一个在哪里，谁看见了的话就告诉我们吧。修士摸到了布里蒙达的两只脚，慢慢地把她的两条腿分开，一条往这边，另一条往那边，女人毫无反应的身体更使他欲火中烧，也许她醒着，想要这个男人，裙子已经撩到上面，教服也缠起来了，修士的手往前摸，探索道路，女人颤抖了一下，但没有其他动静，修士喜出望外，把他的那个器官推向那个看不见的地方，当感到女人的两只胳膊搂在他的背上时更是乐不可支，多明我会修士的人生中也有这等欢喜。布里蒙达两只手猛地一用力，长钉刺入他的肋骨，顷刻间就让他的心脏开了花，长钉仍在往下刺着，二十年来长钉一直在寻找杀死第二个人的机会。修士喉咙里开始形成的吼叫没有来得及出口就变成了临死之际嘶哑而短促的喉鸣。布里蒙达惊恐地蜷起身子，倒不是因为杀死了一个人，而是由于感到那压在她身上比她重两倍的躯体。她借胳膊肘的支撑倾尽全力推开那具身体，总算从那男人下面出来了。月光照在白色教服上，一片黑乎乎的血污正在漫延。布里蒙达站起身仔细听了片刻。废墟里没有一丝声响，只能听见她自己的心在跳。她在地上摸索着找到旅行背袋和外衣，用了很大力气才拉出来，因为外衣卷在了修士的腿上，然后把这两件东西放在有光的地方。接着她返回那男人身边，紧紧拉住长钉的榫眼往外拽，一次，两次。由于修士的身体扭曲了，那铁家伙大概卡在了两根肋骨之间。布里蒙达别无办法，一只脚踩住那男人的背，猛地一使劲，才把那铁器拔了出来。一阵血液的咕嘟声，黑色的血污像河水泛滥一样四处奔流。布里蒙达在教服上擦干长钉，收进旅行背袋，把背袋和外衣一甩搭在肩上。正要离开这里时，她回头一看，发现修士穿着一双便鞋，就又走过去把鞋扒下来，死人光着脚就可以到他必须去的任何地方，不论是地狱还是天堂。

布里蒙达在断墙遮出的阴影里停下来选择要走的路。不应当冒险从修道院前面的广场通过，那样可能被什么人看到，也许有另一个修士知道这个秘密，正等着前一个修士回去，耽搁了这么长时间，他想必很是尽兴吧；这些混账修士，布里蒙达低声咕哝道。现在她不得不勇敢地面对一切可怕的东西，狼，而且不是寓言里的狼，还有黑暗中什么东西在地上爬过的蠕动声，这是她切实听到过的，还有在前面的丛林里找到不会被发现的路之前自己就迷了路的可能。她脱下自己已经破烂不堪的木屐，穿上死人的便鞋，这鞋子太大，并且扁平，但很结实，把皮鞋带绑在脚踝上，现在她要上路了，要一直让废墟把她与修道院隔开，除非有树丛或者地上什么东西挡住她。群山在她四周喁喁低语，雪白的月光沐浴着她的全身，后来云彩飞过来，又把她裹在一片黑暗之中，但她突然发现自己无所畏惧了，可以毫不犹疑地径直朝河谷走去，也许会碰到鬼魂，狼人，幽灵或者鬼火，但有长钉在握就能把它们统统赶走，这件武器比任何恶意和攻击都强大得多，这是照亮我道路的明灯。

布里蒙达走了整整一夜。在晨曦初露，修士们集合进行晨祷以前，她必须离容托山远远的。等他们发现少了那个修士后，会先到他的单间去找，然后搜寻整个修道院，在餐厅，会议厅，图书馆，以及菜园搜寻，修道院院长会认定他逃走了，各个角落的低声议论不断，但是，如果某个教友知道这个秘密，他一定会像热锅上的蚂蚁，也许会嫉妒那个修士的好运气，石榴裙让他把教服扔到了荨麻地里，随后搜寻范围扩大到修道院围墙以外，找到死者时或许天已经大亮了，我算捡了一条命，修士这么想道，他已经不再羡慕了，这还要感谢上帝。

半晌时分，布里蒙达到了佩德鲁里奥斯河边，她决定休息一下，不停地盲目地东走西走，太累了。她把修士的便鞋扔掉，以防魔鬼利用那双鞋图谋陷害她，而她自己那双木屐早已坏得不能穿了，现在她把两条腿浸到凉凉的河水里，这时才想到查看一下衣服，看上边有没有血迹，已经破烂不堪的裙子上这一块污痕也许就是血迹，干脆把它撕下来扔掉。望着奔流的河水，她问自己，现在该怎么办呢。她已经把铁器洗干净了，仿佛她洗的是不在眼前的巴尔塔萨所失去的那只手，她也失去了他，现在他在哪里呢。她把腿从水里抽出来，又问道，现在该怎么办呢。这时她突然产生了一个念头，出于那颗善良的心，她相信一定是那样，巴尔塔萨早就在马夫拉等着她，两个人在路上错过了，说不定飞行机器自己上了天，然后巴尔塔萨只好回来，把旅行背袋和外衣忘在了那里，也许是看到机器飞起来时就慌张地逃走了，男人同样有权利害怕，而现在巴尔塔萨正不知如何是好，是等着她呢，还是去路上接她，那女人有时会做傻事，啊，布里蒙达。

在快到马夫拉的路上，布里蒙达疯了似的奔跑，两夜没有睡觉，身体筋疲力尽，两夜紧张战斗，内心精神焕发，她追上一群前去观看祝圣仪式的人，很快又把他们甩到后头，如果这些人汇聚到一起，马夫拉会被挤得水泄不通。远远可以望见那里有旗帜和布幡，还有隐约能辨认出的人群，礼拜日之前所有日常工作都已停摆，一切忙碌都为准备祝圣仪式和装饰城镇。布里蒙达沿回家的路继续往下走，那边是子爵府，门口站着王宫卫队的士兵，双轮单座马车和轿式马车沿路成列，国王就在这里下榻。她推开后院的栅门，喊了一声，巴尔塔萨；但没有人出来。她坐到石头台阶上，耷拉下双臂，行将绝望之际又想起一件事，她无法解释为什么带回了巴尔塔萨的外衣和旅行背袋，因为她只能说自己去找他但没有找到。她艰难地站起来，两条腿几乎站不稳了，走到棚子里，把那两样东西藏到一捆甘蔗下面。已经没有力气返回了。她就躺在牲口槽里，肉体有时候也怜悯灵魂，不一会儿她就睡着了。也因此她不知道里斯本宗主教到来，乘着一辆极为奢华的轿式马车，另外有四辆其侍从乘坐的轿式马车陪同，前面是举着十字架的执事骑马开道，后面跟着教士仪仗官，市议会的官员们也走出很远来迎接宗主教，如此排场简直超越想象，围观的人群高高兴兴，伊内斯·安东尼亚的眼睛几乎瞪出了眼眶，阿尔瓦罗·迪约戈神情严肃，实则呆若木鸡，而加布里埃尔在四处游荡。布里蒙达也没有看见从各地赶来的三百多名方济各会修士的到来，肯定不是自己走来的，他们参加祝圣仪式，也为游行仪式增光添彩，如果要召集的是多明我会修士的话，这里就会少一个人了。她也没有看到雄赳赳气昂昂的民兵队伍，他们排成四人行列行进，前来确认信仰的堡垒是否已经完工，包括射击灵魂的靶场，储藏圣器的军火库，以及储存圣餐的粮仓，书写着花体字的军旗，有这些象征你就能取胜，如果这些象征还不足以取胜，那就用暴力镇压。这时候布里蒙达正在睡觉，就像一块从天而降的石头，要是没有人用脚踢踢她，她会一直安睡，然后她的四周会长出草来，漫长的等待就伴随着这样的场景。

将近傍晚，这一天的活动结束了，阿尔瓦罗·迪约戈和妻子回到家里，他们没有从后院进家，所以没有马上看到布里蒙达，不过伊内斯·安东尼亚把四处乱跑的鸡赶回鸡窝时，发现布里蒙达在睡觉，在睡梦中还用力地挥动手臂，有何奇怪呢，在梦里她在杀一个多明我会修士，只是伊内斯·安东尼亚不会猜想到这种事。她走进棚子里，摇了摇布里蒙达的胳膊，没有用脚踢，布里蒙达并非可以踢的石头，后者睁开眼睛，一副惊恐的样子，不知道自己身在何处，梦里只有一片漆黑，这里却暮色朦胧，眼前的也不是修士，而是个女人，她是谁呀，啊，是巴尔塔萨的妹妹；巴尔塔萨在哪里呢，伊内斯·安东尼亚问道；看看多么巧呀，布里蒙达也在问自己同样的问题，这让她怎么回答呢，她艰难地爬起来，浑身疼痛，她杀死了那个修士一百次，但修士又复活了一百次，巴尔塔萨还不能回来，这样说等于什么都没说，问题不在于能不能回来，而是为什么没有回来；他想留在图西法尔当监工；一切解释都合适，只要能被对方接受，有时候漠不关心的态度也有好处，伊内斯·安东尼亚就是这种情况，她对哥哥不大关心，打听一句只不过是出于好奇，而非其他。

吃晚饭时，阿尔瓦罗·迪约戈对巴尔塔萨离家三天还没有回来表达了诧异，但随即就巨细无遗地谈起他所知道的情况来，谁已经到了，谁马上就到，王后和唐娜·马利安娜·维托里娅公主留在了贝拉斯，因为马夫拉没有合适的住处，出于同样的原因，唐·弗朗西斯科亲王到埃里塞拉去了，尽管如此，令阿尔瓦罗·迪约戈尤为自豪的是，可以说，笼罩着他的空气同样也笼罩着国王，笼罩着唐·若泽王太子和唐·安多尼王子，他们就下榻在对面的子爵府，我们吃晚饭的时候他们也在吃晚饭，只不过分属街道的两边罢了，喂，邻居，给我一棵香芹。库尼亚枢机主教和莫塔枢机主教也来了，还有莱里亚和波塔莱格雷的主教，帕拉以及南京的主教，他们不在那里，而是到了这里，还有王室成员陆续来到，贵族不计其数；但愿上帝让巴尔塔萨在礼拜日到这里观看庆典，伊内斯·安东尼亚说，显然是随口应付；他一定会在的，布里蒙达低声道。

这个晚上她是在家里睡的。她忘记在起床以前吃面包，走进厨房时看到了两个透明的幽灵，它们又很快变成了堆聚在一起的脏腑和根根白骨，这是生命本质的恐怖，她感到一阵恶心，赶紧转过脸去开始吃面包，但伊内斯·安东尼亚发出了一串笑声，虽说并不怀恶意，这么多年了，大家都想看到你怀孕呢；这句无心之言加重了布里蒙达心中的痛苦；现在就算我想也不能怀孕了，这是她心里的念头，发自内心的绝望的呼喊。这一天是为十字架，小教堂画像，圣衣以及其他圣器进行祝圣礼的日子，然后才为修道院及其附属建筑举行祝圣仪式。人们站在外边观看，布里蒙达连家门都没有出，只是看了一眼国王在王太子和王子的陪同下上了轿式马车，他要去和王后及各位殿下会合，晚上阿尔瓦罗·迪约戈绘声绘色地讲述了这一盛况。

最辉煌的一天终于来到，这是永垂青史的日子，一七三〇年十月二十二日，这一天唐·若昂五世国王满四十一岁，他亲自见证了为葡萄牙所有伟大建筑中最宏伟的一座举行的祝圣仪式，诚然，建筑尚未完工，但窥一斑可知全豹。种种壮观景象这里不详细描述，阿尔瓦罗·迪约戈没有全都看到，而伊内斯·安东尼亚完全是晕晕乎乎的，布里蒙达跟他们去了，不去似乎不大妥当，她几乎不知道自己是在做梦还是醒着。凌晨四点他们便出了家门，为的是在广场占个好位置，五点钟时，卫兵已经集结列阵，火把齐明，然后天亮了，多好的天气，这是自然，因为上帝非常关心其庄园，现在能看到宗主教华丽的宝座了，在正门的左侧，两边还放着一些椅子，上头是带金饰穗的深红色天鹅绒华盖，地上铺着地毯，精美至极，祭器台上放着圣水钵和洒圣水器以及仪式需要的其他用具，庄严隆重的游行队伍已经排列完毕，要绕着教堂转一圈，国王也在其中，后面跟着各位王子和按门第高低排列的贵族，但庆典的主要角色是宗主教，他用盐和圣水祝福，把圣水洒在墙上，只是他洒的圣水大概不够，不然阿尔瓦罗·迪约戈也就不会仅仅几个月后就从三十米高的地方摔下来了，然后宗主教用法杖在中间的大门上连敲三下，门原本关着，敲到第三下，这是上帝要求的次数，门开了，游行队伍走进去，可惜阿尔瓦罗·迪约戈和伊内斯·安东尼亚没能进去，布里蒙达也没进去，不过她本来就毫无兴趣，如果进去的话就能看到里面的仪式，一些高贵无比，一些感人至深，一些要肉体匍匐在地，一些让灵魂升华，例如，宗主教用法杖尖在教堂石砌地面上那几堆灰烬中写希腊文和拉丁文，倒不像教会的仪式，更像在施展巫术，我刻上你的名字，将你碎尸万段，还有那边的共济会成员们，金粉，香，依然有灰，盐，装在银瓶里的白酒，盛有石灰和石粉的托盘，一把银匙，一个金色贝壳，谁知道还有些别的什么，少不了一些费解的象形文字，潦草的涂花，忙前忙后，走来走去，圣油，祝福，十二位宗徒的遗骨，共十二件，就这样整个上午和大半个下午过去了，宗主教弥撒开始时已是下午五点，不用说，这弥撒也需要时间，而且时间不短，最后总算结束了，宗主教来到祝福阳台，为在外面等着的人们祝福，有七千到八千人在一片晃动的姿势和衣料的窸窣声中跪倒在地，不论我再活多少年，也永难忘记这个时刻，唐·托马斯·德·阿尔梅达在上头高声诵读祝福词，眼神好的能看到他的嘴唇在动，仅凭耳朵可就没人能听见他在说什么了，要是在今天，扩音器会让这号角响遍世界，降福于罗马城和全世界，耶和华真正的声音要等数千年才让全球听到，不过人类最大的智慧仍然是在发明出更好的东西之前满足于现有的东西，所以马夫拉镇和所有在场的人才那么幸福，只消看到宗主教那严谨沉着的手势就心满意足了，他的手往下，往上，往左，往右，戒指闪烁着光芒，金色和深红色耀眼，雪白的麻纱衣服，法杖敲击从彼鲁宾海鲁运来的巨石，还记得吗，你们看，巨石下面有血在流，奇迹，奇迹，奇迹，正如最后一个动作是撒下楔子，大司祭带随从们撤离了，绵羊们站了起来，而庆典还要继续，祝圣仪式一共八天，这才是第一天。

布里蒙达对妹妹和妹夫说，我现在要回去了。她沿着山坡往下，朝空无一人的镇上走去。因为匆忙，有些房子的门和窗户还开着。但没有一点儿灯光。布里蒙达到棚子里取出外衣和旅行背袋，回到家里，找出一些干粮，一只木碗，一把勺子，几件自己的衣服，几件巴尔塔萨的衣服。她把这些都装进旅行背袋里，就离开了。天开始黑下来，但是，她已经不再害怕黑夜了，因为再暗的黑夜都比不过她心中的黑暗。

25

　　九年的时间里，布里蒙达一直在寻找巴尔塔萨。她见识了尘土飞扬和泥泞不堪的每一条道路，路过了松软的沙滩和尖利的石头，领受了许多次刺骨的霜冻和两场大雪，她挺了过来，只是因为还不想死。她被太阳晒得黝黑，好似烧成灰烬之前从火里抽出来的树枝，皮肤像干裂的水果一样布满了深深的皱纹，她是玉米地里的稻草人，是游荡在村镇里的幽灵，在小地方或者偏远村庄引起一片恐慌。每到一地，她就问那里的人们是不是见过有这样那样特征的男人，他缺了左手，像王宫卫队的士兵那样高，满脸胡子花白，即使把胡子刮了，下面也是一张不会被忘记的脸，至少我没有忘记，他可能从人们常走的大道上或者田间小径上来，也可能从空中掉下来，就是从一只用铁板和藤条做的大鸟上掉上来，那大鸟有一张黑色的帆，一些黄琥珀球，还有两个隐藏着宇宙中最伟大奥秘的金属球，即便只是一点残骸，不论是人的还是大鸟的残骸，请把我带到那里去，我不用看，只要把手放在上面就能认出来。人们以为她是个疯子，但如果她在那儿停留一段时间，大家又发现在其他方面她的言语和行动都非常理智，于是又怀疑最初的疑心是否缺乏智慧了。最后，她在各个地方都出了名，不少地方的人还给她冠以女飞行家的称号，因为她总是讲那个奇怪的故事。她坐在各家门口，和当地的女人谈天，听她们埋怨，听她们哀叹，说起高兴事的时候比较少，因为这种事确实不多，加上感到高兴时也要埋在心里，因为并不是总有把握体会到了埋在心里的欢乐，小心不要说出去，以免一切落空。无论她在哪里经过，都引起一阵躁动不安，男人们简直认不出他们的妻子了，因为她们忽然都用异样的目光望着丈夫，为他们没有失踪而惋惜，否则她们也可以去四处寻找了。但同样是这些男人，他们也询问，她走了吗；口吻里流露出心中难以名状的悲伤，如果女人回答说，她还在那里呢；男人便又走出去，指望能在那片灌木丛中或者已经成熟的玉米地里看到她，或者发现她在河里洗脚，在甘蔗丛后边脱衣服，不论她在做什么吧，只能饱一饱眼福，因为她手边有一个铁制长钉，万幸这一次没有人会死。如果教堂里有人，她就绝对不进去，如果没人，她也只是坐在地上或者靠在廊柱上休息一下，我已经进去过了，现在我要走了，这里不是我的家。听说了她的事的神父捎口信让她去忏悔，他们想知道彷徨游荡的女人隐藏了什么奥秘，想知道那张深不可测的脸和那双木然的眼睛里潜伏着怎样的秘密，她很少眨眼，某些时刻在某种光线的作用下，那双眼睛像是藏有一汪湖水，云影在其中浮游徘徊，而不是一般空中的云彩。她让人告诉神父，她早已许愿，只有在感到自己有罪孽的时候才忏悔，没有比这样的回答更让人恼火的了，因为我们都有罪，但是，她和其他女人谈起这件事时，往往启发她们沉思默想，归根结底，我们有什么罪过呢，你有什么罪过，我有什么罪过呢，实际上我们女人是洗涤世界上所有罪孽的羔羊，到了人们理解这一点的那一天，一切都必定重新开始。但是，她一路上遇到的事情并不都是这样，有时被人扔石头，有时被人讥笑，在一个村子里受到这种粗暴对待以后，她创造了一个奇迹，村里人几乎把她当作圣人，事情是这样的，那一带遇上大旱，泉水干涸，井水枯竭，而布里蒙达被驱逐出村子后在附近转了一圈，使用了她禁食时的透视能力，那天晚上，等村民们都睡觉了，她又进了村，站在广场中间大声喊道，在某某地方多深的位置有一个纯水层，我看见了，于是她有了"水之眼"的外号，这是第一次她的眼睛里沐浴着水光。这双眼睛后来在别的地方也找到了许多能生发水光的眼睛，鉴于她说她从马夫拉来，人们纷纷向她打听是否在那里认识一个叫某某名字，长相如何如何的男人，那是我的丈夫，那是我的父亲，那是我的兄弟，那是我的儿子，那是我的未婚夫，因为国王的命令，他被强行送到修道院干活，而我之后就再也没能见到他，他再也没有回来，莫非死在那里了，也许是迷了路，谁知道呢，没有听到过他的任何消息，从此这个家无依无靠，土地荒芜了，或者他是被魔鬼带走了，不过现在我有了另一个男人，男人就是这样，只要女人肯把茅屋门打开，总会有男人进来，不知道你听懂了我的话没有。布里蒙达也曾再路过马夫拉，从伊内斯·安东尼亚那里得知阿尔瓦罗·迪约戈已经死了，但关于巴尔塔萨，仍然杳无音信，不知道是死是活。

布里蒙达寻找了九年。开始的时候她数着季节，后来季节就丧失意义了。最初她计算每天走了多少里格，四，五，有时有六里格，但很快她就弄混了数字，不久以后，空间和时间都丧失了意义，衡量一切的尺度变成了上午，下午，雨天，晴天，冰雹，浓雾，薄霭，好走的路，难走的路，上坡，下坡，平原，山地，海滩，河岸，数以千计的脸，难以计数的脸，比当年汇聚在马夫拉的人多出许多倍，见了女人她就询问，见了男人就看能不能在他们身上找到答案，她既不看很年轻的，也不看很老的，只看四十五岁左右的人，自从容托山一别，他升上天空时正是这个岁数，要想知道他现在的年龄，只要每年加上一岁，每月加上一道皱纹，每天加上一根白发就行了。多少次，布里蒙达想象着，她坐在一个村子的广场上行乞，一个男人走过来，既不给钱，也不给面包，而是伸出他胳膊上的铁钩，而她把手伸进旅行背袋，掏出一个出自同一铸造炉的长钉，这是她坚韧不拔的见证，是她的防身武器，布里蒙达，我总算找到你了；巴尔塔萨，我总算找到你了；这么些年你都在哪儿过的，都遇到了些什么困难和不幸呀；你先告诉我你的情况吧，失踪的人是你呀；好，我说；两个人就这样说起来，一直说到时间的尽头。

布里蒙达走了几千里格的路，几乎一直赤着脚。她的脚板变硬变厚，像是生了一层软木。她的双脚丈量了整个葡萄牙，有几次还越过了与西班牙的边界，因为在地上并没有一条可见的线将这边和那边分开，只是听到人们说的是另一种语言时，她便转身往后走。在两年的时间里，她沿大洋边缘的海滩和陡壁走到了国境线，然后又开始搜寻其他地方，寻找其他的道路，一边走一边打听，结果发现她出生的这个国家太小了，我曾来过这里，我曾路过这里，还遇到了之前见过的脸庞；你不记得我了吗，人们都叫我女飞行家；啊，当然记得，怎么样，找到你要找的男人了吗；你是说我的男人；是的；没有找到；唉，可怜的女人；我路过这里以后他没有来过这里吗；没有，没有来过，我在这一带也没有听谁说见过他；好吧，我走了，再见；一路平安；只要能找到他。

找到了。她曾六次经过里斯本，这是第七次。这次是从南方来，从佩贡埃斯一带来的。过河时已经几乎是夜里，搭上了最后一班趁着涨潮摆渡的小船。她已经将近二十四个小时没有进食了。旅行背袋里有点吃的，但是，每当她把食物送到嘴边，似乎就有另一只手按住了她的手，一个声音对她说，不要吃，时候就要到了。她看到在黑通通的河水下很深的地方有鱼儿游过，水晶般的银色的鱼群，长长的脊背有的平滑，有的长着鳞。房舍里的灯光穿过墙透出来，像雾中的灯塔一样漫射开来。她走上铁匠新街，在奥利维拉圣母教堂往右拐，然后朝罗西奥走去，这正是二十八年前她走过的那条路线。周围是人的幽灵，是人的雾霭。在城市的千种臭气中，夜晚的微风又吹来烧焦了的肉的气味。圣多明我教堂前的广场上聚集着一大群人，火光闪闪，黑烟滚滚，篝火熊熊。她穿过人群，到了最前边一排，那些都是什么人呀，她问一个怀里抱着小孩子的女人；我只知道其中三个，那边那个男人和那个女人是父女俩，罪过是因为信犹太教，另外一个，就是最边上那个，是写木偶喜剧的人，叫安多尼·若泽·达·席尔瓦，其他的我就没有听说过了。

被处死的一共十一个人。火已经烧了很久，他们的面孔难以分辨。在最远处正在烧着的那个男人，他没有左手。也许因为胡子是黑的，这是烟垢带来的神奇的化妆效果，所以人显得年轻很多。他身体中有一团密云。这时布里蒙达说了声，过来。"七个太阳"巴尔塔萨的意志脱离了肉体，但没有升上星空，因为它属于大地，属于布里蒙达。

萨拉马戈诺贝尔文学奖获奖演说[1]

人物如何当上师父，而作者成了他们的学徒

我这一生中认识的最有智慧的人目不识丁。凌晨四点，当新一天的希望仍在这片法属的土地上磨蹭时，他从草垫子上翻身起床，走向田野，把六七头猪带到草场。猪的繁殖力养活了他和他的妻子。我的外公外婆生活拮据，靠着小规模的猪崽繁育谋生，猪崽断奶后卖给地处里巴特茹省[2]的阿济尼亚加村的邻居们。他们的名字分别叫杰罗尼莫·梅林霍和乔瑟法·柴辛哈，两人都是文盲。当冬夜的寒气足以让屋内罐子中的水结冰时，他们走进猪圈，把体弱的猪崽抱回屋里放在自己的床上。在粗毛毯子之下，人的体温帮助小动物们度过严寒，挽救了它们必死的命运。尽管他们俩都是和蔼可亲的人，但他们的作为并非出于一颗怜悯之心：他们没有多愁善感，也没有华丽辞藻，心之所系是保护他们每日的食粮。这对于他们而

1　© The Nobel Foundation 1998

2　葡萄牙历史上的一个省份，今属圣塔伦区。

言是自然而然的，为维持生计他们学会了不去思考无用的东西。多少次我帮助外公杰罗尼莫放牧猪群；多少次我在房屋附近的菜地里挖土，劈柴生火；多少次我一圈一圈地转动抽水泵的大铁轮，从公用水井中取水，肩挑回家。多少个凌晨，我同外婆带着耙子、麻袋和绳子，悄悄躲开守护玉米地的男人，去收集残茬碎叶给家畜当褥草。有时候，在炎热的夏天夜晚，晚饭后外公会对我说："若泽，我们俩，都去无花果树下睡觉。"村里还有其他两棵无花果树，但是那一棵，当然是历经了无数岁月，最高大，也最古老的那棵，才是家中的每个人心中所指的那棵无花果树——或多或少是修辞学中所谓的借代，一个我多年后才遇到并了解其定义的学术词语……在夜的沉静笼罩之下，在高高展开的树枝中间，一颗星出现在我的视野中，然后又慢慢躲进树叶背后，与此同时我把目光转向另一侧，看到蛋白色的银河渐渐呈现，像一条无声息流过空旷天际的河，我们村里仍然称其为"通往圣地亚哥之路"。睡意迟来，黑夜里走进了我外公讲了又讲的故事和事件中的人物：传奇、幽灵、恐怖、奇特片段、古老的死亡、棍石冲突、祖先的遗言。说不尽的记忆中的传言，让我不想入睡，同时又轻轻地牵我进入梦乡。我从来不知道我睡着时他是否陷入沉默，或者还在继续讲他的故事，以便不留下尚未给出的解答，因为在他讲述时故意留出的大多数停顿中，我必定会提出"接下来发生了什么"的问题。也许他为自己重复这些故事，为了不忘记它们，或者添入新的细节使之更加丰满。不用说，在那个年纪——我们每个人在某个时候都那样，我想象中的杰罗尼莫外公是掌握世界上所有知识的大师。当鸟鸣声伴随着第一道晨光将我唤醒时，他已不在我的身旁，赶着牲畜去了野地，留下我继续睡觉。接着我就起身，卷起粗毛毯子，光着脚——我在村里总是光脚行走，直到十四岁——头发上仍然沾着草叶，从院子耕种过的一边走到房子旁盖着猪圈的另一边。我的外婆在我外公之前早已起身，给我端上一大碗咖啡和几片面包，问我是否睡好。如果我告诉她听了外公的故事做的噩梦，她总会消除我的担忧："别当回事，梦里的东西都是假的。"当时我觉得，虽然外婆也是个非常聪明的女人，但还没能达到外公的高度，身旁陪伴着外孙若泽，躺在无花果树下的外公，是个用几句话就能让整个宇宙旋转起来的人。许多年之后，我外公已经离开人世，我也已长大成人，那时我才意识到，其实我外婆也是相信梦的，不然的话就很难解释她说的话。一天晚上她坐在现已独居的小屋门口，盯着头上最大和最小的星星，说道："世界真美好，可惜我要死了。"她没有说她害怕死去，而是说死去很可惜，就好像她那劳碌无度、备尝艰辛的一生，几乎在最后的时刻获得了至高无上的临终告别的恩宠，获得了向她揭示的美的慰藉。她坐在小屋门前，与我能想象的整个世界中的所有其他人都不同，因为他们是可以与猪崽共享床铺，视其为自家孩子的人，也因为他们为离开人世感到悲伤，觉得世界很美。这个杰罗尼莫，我的外公，养猪人和讲故事的人，感觉到死神即将前来将他带走时，向院子里的树木一一告别，流着眼泪与它们拥抱，因为他知道自己再也无法见到它们了。

很多年以后，我第一次提笔将我的外公杰罗尼莫和外婆乔瑟法写入作品中（至此我尚未提及，据许多认识她的人说，外婆年轻时是个相貌出众的女子），当时我才终于意识到，我正在将普通人转化为文学人物：这也许是我不让他们从记忆中淡去的方法。我用铅笔一遍一遍地描绘他们的面容，不断改变记忆，不断为单调乏味且无休无止的日常劳作添加色彩和光亮，就好像在不稳定的记忆的地图上创造栖居生存于此的那些人，表现这个国家超自然的非现实。同样的心理态度，在记忆中唤起某个北非柏柏尔人祖父迷人而神秘的形象之后，引导着我用差不多如下的文字描述一张我父母的老照片（已有近八十年的历史）："两人都站着，漂亮而年轻，面对着摄影师，脸上显露出隆重而严肃的神情，也许是镜头即将捕捉他们不再会拥有的形象的那一片刻在照相机面前的恐慌，因为随后而来的一天不可改变的将是另外一天……我母亲将她的右手肘倚靠在高高的柱子上，右手拿着一朵花，缩向身体。我父亲用手臂搭着我母亲的背，长茧的手出现在她的肩膀上方，像只翅膀。他们在一条树枝花纹的地毯上腼腆地站立着。撑开的帆布假背景上是模糊不清的新古典主义建筑，显得格格不入。"我这样结束："会有一天我将讲述这些事情。这些事情无足轻重，但对我则不然。一个北非柏柏尔人的老祖父，一个养猪的老外公，一个异常漂亮的外婆；严肃但不失英俊的父母，照片中的一朵花——我还在乎什么家族谱系？还有什么更好的大树我可以倚靠？"

　　这些文字是我大约三十年之前写下的，没有其他目的，仅仅为了重建和记录那些造就了我、与我最亲近的人的生活的瞬间，相信不用对那些人做任何其他解释，便可让人知道我来自何处，是何种材料制成，又一点一点地变成了什么。但我的想法终究是错误的。生物学并不决定一切，至于遗传基因，它进行如此长途旅行的路径一定非常神秘……我的家族谱系（原谅我妄自尊大使用这样一个字眼，而实质上却是如此微不足道）不仅缺少时间和人生连续遭遇促成的从主干衍生的那些枝条，还缺少帮助其根系深深扎入地下土层的人，缺少能够辨清其连贯性和果实风味的人，也缺少展开和加固树冠使之成为候鸟栖居与筑巢之地的人。当我试图用文学的颜料对我的父辈和祖父辈进行描绘，用新的、不同的方式表现我人生的建筑者，把他们从有血有肉的普通人转化为人物时，我并没有意识到走进了一条小道。在这条小道上，我后来塑造的人物，还有其他真正的文学人物，将会建构，将会带给我材料和工具。这些东西最终，不管是好是坏，够与不够，是获益还是受损，总体而言太匮乏，但某些方面又太丰盈，造就了我现在认为是自己的那个人：那些人物的创造者，同时又是他们自己所创造的。在某种意义上甚至可以这么说，一个字母接一个字母，一个词接一个词，一页接一页，一本书接一本书，我成功地在我自己身上植入了我塑造的人物。我相信没有他们，我不可能成为今天的我；没有他们，我的人生也许不会成功超越一张蹩脚的草图。或者像一个众人憧憬却无法兑现的许诺；或者是一场前程可观但到头来一事无成的人生。

现在我清晰地认识到那些人是我人生的师父，他们是最真诚地教会我以艰辛劳作来面对生活的人。我看到我的小说和剧本中的几十个人物跃出纸面，此时正从我眼前大步走过。我相信自己作为故事叙述者，那些笔墨创造的男人和女人，是按我的心念导出的，服从我作为作者的意愿，像会说话的木偶，而他们的行为，就如我操控他们时施加的力量和牵动绳索那样对我全无影响。这些师父中的第一位无疑是个平庸的肖像画师，我姑且简单地称其为H，是一则标题为《油画与书法手册》的故事中的主要人物。我觉得这一则故事可以合理地称作双重成长小说（小说人物的成长，但从某个层面说也是作者的成长故事）。这个人物教会我简单的诚实，即看到、认识到自己的不足而不带愤怒或挫折感：由于我不能，也无意，跨出自己耕作的小片田地，留下的可能性只有朝下挖去，直到根部，直到我自己同时也是世界的根源。请原谅我如此大言不惭。当然，努力产生的结果价值如何，不是由我来评定的。但是今天我认为，自那以后我所有的作品都遵循了那个目标与原则，这一点显而易见。

接着走过来的是阿兰特乔的男人和女人，与我外公杰罗尼莫和外婆乔瑟法同属被诅咒的土地上的兄弟。这些原始的农民家贫如洗，在只配得上被称作恶劣的工作条件下劳作，不得不出卖自己手臂的力量，以换取一份工资，其生活与我们自豪而满足地称为——依情况而定——有教养或文明的人们精致、神圣、高贵的生活相比不啻天渊。他们是我熟知的普通人，那些受到教会——既是政权和地主的同谋也是受惠者——蒙骗的人，那些永远是警察关注对象的人，那些无数次武断的虚假正义的无辜受害者。在书名为《从地上站起来》（*Levantado do Chão*）的小说中，农民贝德韦瑟一家三代人经历了从二十世纪初到一九七四年推翻了独裁统治的四月革命。这些从地上站起来的男人和女人，开始是真实的人，后来成了小说形象。我学会了耐心，相信时间，信任时间，让时间同时建构并摧毁我们，以便为再一次摧毁而重新建构。我唯一无法确信是否能欣然接受的，是艰辛的人生经历转化成了那些男人和女人的美德：

一种对待生活的自然节制态度。二十余年之后，那些从生活中学得的教益在记忆中依然栩栩如生，在头脑中完好保存，每天都能感到它在我精神上的存在，像持续不断的召唤：我没有失败，至少还没有，阿兰特乔广袤无际的平原催我多多进取，给我接近崇高荣耀的榜样的希望。时间将会做证。

　　我能从一个生活在十六世纪的葡萄牙人身上得到什么教益呢？此人出版了《诗韵集》（*Rimas*），在《卢济塔尼亚人之歌》（*Os Lusíadas*）中描述了荣耀之争，船难和民族的幻灭，绝对是我们文学中最伟大的诗歌天才，不管这样的评价会给自称为"超级卡蒙斯"的费尔南多·佩索阿带来多少悲痛。所有我能从中学习并得到适合于我的教益的，简简单单就是路易斯·瓦·德·卡蒙斯纯粹的人性。比如说一个作者以不乏自尊的谦卑，一家一家去敲门，寻找愿意出版他书写之作的人，在此过程中遭受抱有身份和种族偏见的不学无术之人的轻视，受到一个国王和他有权势的随从轻蔑的冷落，受到这个世界款待来访诗人、空想家和傻瓜同样的一如既往的嘲讽。每个作者的人生中至少曾经有过一次，或将会遭遇，尽管他没有写过诗作《流逝河水的岸边》（*Sôbolos rios*），路易斯·瓦·德·卡蒙斯的经历……踌躇于贵族、国王随从和宗教裁判所的审查中间，或昔日的爱恋和未老先衰的幻灭中间，或写作的痛苦和完成创作的喜悦之间。是这个病恹恹的男人，从众人前往寻求发迹的印度两手空空归来；是这个瞎了一只眼睛、灵魂受创的人，是这个与任何财富无缘、在王宫里博不到任何女士倾心的人，却把一部名为《这本书我该怎么办？》（*Que farei com este livro?*）的剧作搬上了舞台。该剧的结尾重复了另一个唯一真正重要的问题，一个我们无法知道是否最终会有充分答案的问题："这本书你们该怎么办？"他同样以这种不失自尊的谦卑，胳膊下夹着一部杰出的书稿，不公正地被全世界拒绝。不失自尊的谦卑也相当固执地等待着了解，到了明天，我们写的那些书的目的将是什么，同时马上怀疑它们是否会留存一段时间（多久）。等待着给予我们肯定的理由，或者自己给自己的理由。受骗最深的人是允许别人欺骗自己的人。

又有两个人朝我走来，那个男人在战争中失去了左手，那个女人来到这个世界时就携带着能够看透他人皮肤的神奇魔力。他的名字叫巴尔塔萨，绰号"七个太阳"；她被人称为布里蒙达，后来也被叫作"七个月亮"。因为书中这么写道，天上有个太阳，那么必须有个月亮，只有两者和谐地出现并通过爱两相结合，地球才能成为宜居之地。还来了一个名叫巴尔托洛梅乌·洛伦索的耶稣会传教士，此人发明了一台能够飞上天空的机器，助推飞行的不是任何燃料，而是人的意志。人们说意志可以成就任何事情，但意志不能，或者不知如何，或者至今尚不愿意成为带来普惠或普遍尊重的太阳和月亮。这三个葡萄牙傻瓜来自十八世纪，彼时迷信泛滥，宗教审判之火熊熊燃烧，一个爱慕虚荣、妄自尊大的国王大兴土木，下令建造一座修道院、一座宫殿和一座大教堂，让世人惊叹不已。这一想法也基于一个非常小的可能性，那就是世界具有足够的眼力可以看到葡萄牙，有了布里蒙达的眼睛，可以看到隐藏的东西……朝这里又走来了成千上万的男人，脏手上长满老茧，身体疲惫不堪，年复一年……又出现一块又一块的石材，工程浩大的修道院外墙，巨大的王官厅堂，石柱与壁柱，高耸入云的钟塔，悬空的大教堂穹顶。此时音乐声悠悠传来，是意大利音乐家多美尼科·斯卡拉蒂拨弦的大键琴，他茫然不知此时应该表现欢乐还是悲泣……这就是《修道院纪事》的故事，得益于多年前同他外公杰罗尼莫和外婆乔瑟法一起生活时学到的东西，这位学徒作者在其中写下了一些类似的不乏诗意的话语："除女人们的交谈之外，梦也保证世界在其轨道上运行。而梦也是散发着光晕的月亮，所以人们头脑中的天堂才光芒四射，前提是人们头脑中的不是仅属于他自己的唯一的天堂。"诚心所愿吧。

关于诗歌，那个少年已经略有所知，他是从里斯本技术学校的课本中学得的。他在该校受训，为他的劳工生活做准备：当技工。他在公共图书馆度过长长的夜晚，与诗歌大师相遇。他随意阅读，从目录中翻寻，没有人提供指导，也没有人提出建议，全凭着水手的想象创造他发现的每个地方。《里卡尔多·雷耶斯离世那年》的创作始于技术学校的图书馆中……在那里，有一天年轻的技工（他将近十七岁）发现一本名为《雅典娜》的杂志，里面有里卡尔多·雷耶斯署名的诗歌。由于他对自己国家的文学地图知之甚少，他以为真有个名叫里卡尔多·雷耶斯的葡萄牙诗人。但是他很快发现这个诗人其实是费尔南多·诺各伊拉·佩索阿，他编造出子虚乌有的诗人姓名发表作品。他将其称为"异名者"，这个词在当时的词典中尚不存在，正因如此，那位文学学徒难以知晓它所指何物。他把不少里卡尔多·雷耶斯的诗歌熟记在心（"追求伟大，你需要／着眼于面前的细微"[1]）；但是尽管年少无知，不明事理，他仍然无法接受一个崇高的头脑真的能够不带悔恨写出如此残忍的诗行："智者安于世界现状。"后来，那位学徒已白发苍苍，自己也更加明智，斗胆写了一部小说向这位写颂歌的诗人展示一九三六年的世界状况，让他度过生命中的最后几天：纳粹军队占领了莱茵区，佛朗哥向西班牙共和政府发起战争，萨拉查政府建立葡萄牙法西斯组织。他以这种方法告知："我沉静悲悯、优雅多疑的诗人，这就是世界的现状。观赏吧，睁眼看吧，既然安坐是您的智慧……"

《里卡尔多·雷耶斯离世那年》以如下悲伤的描写作为结尾："在这里，海洋终止，陆地等待着。"就这样，葡萄牙不再有新的发现，命定永久地等待着甚至不可想象的未来；只有往常忧伤的思乡曲，同样古老的思愁，还有一点儿……那时，那个学徒有了新的想象，可能仍然有办法重新将航船送出海洋，比如说，移动一片陆地，将陆地送入海洋。作为历史上葡萄牙人对欧洲鄙视的集体愤怒的直接后果（更准确地说是我自己愤怒的结果），我当时创作了长篇小说——《石筏》——关于整个伊比利亚半岛摆脱了欧洲大陆，变成一块巨大的漂浮的岛屿，不用桨，不用帆，不用螺旋推进器，完全自行朝南向漂行，"石头和土地的巨块，满载着城市、村庄、河流、树林、工厂、灌木丛和田地，带着人和动物"驶向一个新的乌托邦：半岛的人们与大西洋另一边的人们举行文化会议，因此反

1　该处译文为此文作者新译。

抗——我的策略非常过分——美国在那个地区实施的令人窒息的统治……从一个双重乌托邦的视野，可以在这部政治小说中看到一个更加宽泛的人类的比喻：欧洲，整个欧洲应该移向南方以帮助平衡世界，作为对先前和当下的殖民主义伤害的补偿。也就是说，欧洲最终是个道德喻指。《石筏》中的人物——两个女人、三个男人和一条狗——在半岛漂行于大洋的过程中持续穿越旅行。世界正不断变化，他们知道必须找到自己将要充当的新角色（更不用提那条狗了，它与其他狗类不同……），对他们而言，这就够了。

那时，学徒想起在他创作生涯以前，他曾干过校对员的职业，也就是说，如果在《石筏》中他修订了未来，那么现在动手修正过去可能也不是个坏主意。这引向了一部名为《里斯本围城史》的长篇小说的创作，其中一名校对员正核对一本同名的书，但不是小说，而是一本真正的历史著作时，因看到"历史"如何越来越不足以让人惊奇，感到无聊，决定将书中的"非"改为"是"，以肯定取代否定的内容，从而颠覆"历史真理"的权威。雷蒙多·席尔瓦，那个校对员，一个简单的普通人，与大众的不同之处在于他相信所有事情都有看得见的一面和隐藏的一面，除非我们看得见事情的两面，不然就对事物一无所知。他同历史学家讨论了这一方面："我必须提醒您，校对员都是很严肃的人，在文学和生活上都有丰富的经验。请别忘了，我的书关系着历史。然而，由于我无意指出其他方面的矛盾，以鄙人之见，先生，所有不是文学的东西都是生活。历史也一样？历史尤其如此，这么说并没有冒犯之意。还有绘画和音乐，音乐自诞生以来就不断抗拒，反反复复，试图摆脱文字的羁绊。我认为这是出于嫉妒，但最终还是甘愿称臣。还有绘画。好吧，现在绘画只不过是用画笔描述的文学。我相信您没有忘记人类在学会书写很久之前，就已经开始绘画了。您熟悉'如果你没有狗，带着猫去打猎'这个谚语吗？换言之，一个人如果不会书写，那么就像个孩子那样去描，去涂。您试图说明什么，换句话说，文学在诞生之前就已经存在。是的，先生，就像人一样，可以这么说，到来之前已经存在了。您给我的印象好像找错了职业，您应该成为一个哲学家，或者历史学家，您具有这两个专业所需的天赋和气质。我缺少必要的训练，先生，一个没有经过专业训练的普通人能成就什么，我带着正常基因来到这个世界就已经算是幸运的了，但是现在处于夹缝生存的状况，而且没有受过小学之后的教育。您可以以自学者的身份标志自己，通过自己的刻苦努力取得成果，没有什么不光彩的地方，昔日的社会以自学成才者为荣。已经不一样了，社会进步让这种现象不再可能，现在人们对自学者不屑一顾，只有那些写娱乐诗和消遣故事的人才有资格被称为自学成才，祝他们好运。至于我自己，我无须隐瞒自己对文学创作并无特殊专长的事实。当个哲学家，伙计。您真有幽默感，先生，具有出色的反讽天赋，我心中不解，您为何投身于历史研究，那可是一门严肃且深奥的科学。我只在真实生活中挖苦讽刺。我总认为历史不是真正的生活，文学是，其他都不是。但历史在还不能称其为历史的时候曾经是真实生活。所以您相信，先生，历史就是生活。当然，我相信。我的意思其实是历史曾经是真实生活。那是不容置疑的。如果没有删除键，我们会变成怎样，校对员叹了口气说。"说明这一点全无必要，那位学徒与雷蒙多·席尔瓦一起学会了质疑。时机将临。

也许学会质疑的课程帮助他度过了创作《耶稣基督眼中的福音书》的历程。的确如他所说，书名来自一个视觉上的幻象，但或许有人会提出这样的问题：新作是不是那位校对员清醒思考的范例，因为此人长期以来一直在打理着新小说得以冒芽的土壤。这一回情况有所不同，不是从《圣经·新约》的书页背后寻找对照，而是把强光投射到书页的表面，就像细察一幅油画那样，用低光凸显其油彩的起伏和交错的痕迹，观察低凹的阴影。这一次，在福音派人物的围观之下，那位学徒就是这样阅读的，就好像这是对无辜者进行大屠杀的第一次描述，而读过之后，他无法理解。他无法理解为什么在人们听到创始者最初宣告教派成立的前三十年，就已经有了该教的殉道者；他无法理解为什么唯一有能力作为的人不敢去拯救伯利恒的孩子们的性命；他无法理解约瑟与家人从埃及归来之后没有了最起码的责任感、自责和负罪感，甚至连好奇心也丧失殆尽，甚至无人能找到辩解的理由：伯利恒的孩子们有必要去死，以便拯救基督的性命。这里统领所有凡俗和神圣事务的简单常识都提醒我们，上帝不会派他儿子，尤其不会派他带着救赎人类罪孽的使命降临人间，在两岁那年面临被希律王的士兵砍下头颅而死的命运……由于情节跌宕，那位学徒带着崇高的敬意写下的那篇《福音》中，约瑟将意识到自己的罪责，接受自己犯下罪孽的惩罚，充满悔恨，几乎没有抵抗就被带去处死，就好像这是留下的最后可做的事情，与世界结清账目。结果是，那位学徒的《福音》并不是又一篇具有教化意义的圣人与天神的传奇，而是几个因于权力争斗却无法获胜的凡人的故事。耶稣将会继承他父亲曾穿着走过许许多多乡村道路的那双蒙着尘土的凉鞋，也会继承他父亲不幸的责任感和负罪感。这种负罪感永远不会离他而去，甚至隐含在他的十字架上方大声说出的话中——"诸位，原谅他，因为他知道自己做了什么"，意指派他去往该处的上帝，但如果在最后的痛苦中他依然记得赐予他血肉之躯的生父，也许也是说给他听的。如你所见，当他在那部异端邪说的《福音》中写下耶稣与记录者之间于圣殿交谈的最后话语时，这位学徒已经完成了长距离的旅行："负罪感是一头吞食了父亲又吃幼崽的狼，接着很快会轮到你。你怎么样，以前被吞食过吗？不仅吞吃，还呕吐出来。"

如果查理曼大帝没有在德国北部建造修道院，如果那座修道院不是明斯特城的源头，如果明斯特城没有为其第十二个百年庆典安排一场关于恐怖的十六世纪中新教安曼教徒与天主教徒之间战争的戏剧演出，那么，那位学徒就不会去写他那部《以上帝的名义》的戏剧作品。又一次，在除了一丝理性之光没有任何其他帮助的情况下，那位学徒必须穿过能轻易挑起人类互相杀戮的、令人费解的宗教信仰迷宫。他又一次看到偏狭的丑陋面罩，那种偏狭在明斯特城疯狂发作，玷污了双方都声称誓死捍卫的事业。因为这不是以两个敌对上帝的名义进行战争的问题，而是在同一个上帝的名义下的战争。明斯特的安曼教徒与天主教徒都被自己的信仰蒙住了眼睛，无法理解所有证据中最显而易见的证据：待审判日到来之时，双方上前接受他们在人世间的所作所为应得的褒奖或惩罚，上帝——如果他裁决的尺度多少接近人类的逻辑——就不得不接受他们进入天堂，理由十分简单，因为他们都抱有对他的信仰。明斯特的恐怖屠杀让那位学徒得到教益：尽管给出了无数许诺，宗教从来不是用来把人们团结在一起的，所有战争中最荒诞的是宗教圣战，因为即便上帝希望如此，也不能向自己宣战……

失明症而已。那位学徒心想："我们患了失明症。"他坐下来开始写《失明症漫记》，希望提醒可能阅读该书的人，如果我们亵渎生活的尊严，我们也就扭曲了理智；而人的尊严每天都会受到我们世界中权势者的侮辱；普遍的谎言已经替代了多元的真理；人一旦失去来自其他成员的尊重，他也就不再尊重自己。接着，那位学徒就好像试图驱除理智蒙昧产出的怪兽，开始写所有故事中最简单的故事：一个人寻找另一个人，因为他意识到生活没有向人类提出任何其他重大要求。这本书就是《所有的名字》。虽然并未写出来，但是我们所有的名字都在那里。那些活着的人的名字和死去的人的名字。

我在此归总。希望阅读这些稿纸的声音成为我的人物共同呼声的回响。事实上我没有他们所发出的呼声之外的其他声音。如果对您来说仅为管窥蠡测，请原谅我，但对我而言则是所有。

一九九八年十二月十日

（虞建华　译）

一九九八年诺贝尔文学奖颁奖典礼致辞[1]

国王陛下、殿下、女士们、先生们:

有一类作家犹如猛禽,在同一块领地上方不断盘旋,一本书接着一本书出版,为建构一幅合理清晰的世界图景持续推进。若泽·萨拉马戈属于相反类型的作家,他似乎不断想要创造出新的世界和新的风格。在长篇小说《石筏》中,他让伊比利亚半岛脱离大陆,漂浮着进入大西洋,打开的视野提供了对社会进行讽刺性描述的丰富的可能性。但在他的下一部作品《里斯本围城史》中,读者却看不到这一地理大灾难的任何痕迹。在小说《失明症漫记》中,夺走人们视力的流行病从头至尾弥漫在作品之中。而在后一部小说《所有的名字》中的人口登记办公室,人们从来没有听说过任何关于疯狂传播的失明症,而这个令人恐惧且无所不包的机构也不存

1　© The Nobel Foundation 1998

在于先前的任何作品之中。萨拉马戈志之所在，并非呈现合理清晰的宇宙图景。相反，他似乎每次都尝试用一种新方式去捕捉躲躲闪闪的现实，清醒地意识到，每一种表现模式都只是粗略的近似值，可以包容其他近似的价值，也彼此需要。他毫不掩饰地谴责任何自诩为"唯一版本"的东西，仅仅视其为"许多版本中的另一个版本"。没有超乎一切的真理。萨拉马戈描绘的显然自相矛盾的世界意象，必须并置才能提供它们自己替代性的对生存的描述，这种生存本质上是变幻无常、深不可测的。

这些版本中无一例外的是，常识的规则被置之一边。这在当代小说中并不鲜见。但我们在此涉及的是叙事中的不同东西，一切皆有可能发生——而且也在不断发生。萨拉马戈采纳了一种具有挑战性的艺术原则，允许自然法则和常识的某一决定性领域遭到颠覆，但仅限于这单一领域，然后以逻辑的理性和精细的观察来跟踪、反映这种非理性的种种后果。在长篇小说《里卡尔多·雷耶斯离世那年》中，他将诗人佩索阿用作伪装仅存于想象世界的一个虚构名字，塑造成了有血有肉的人物形象，但这一奇思妙想却引出了对十九世纪三十年代里斯本的高超的现实主义描述。另一个例子，他把伊比利亚半岛切断，让它漂离大陆进入大西洋。这是对自然法则的一次违背，紧接而来的是对这种反常规现象后果的精确描述，令人捧腹。在《里斯本围城史》中，事物的状况也遭到颠覆，但处理更加谨慎。在　本关于反抗摩尔人的解放战争的书稿中，一名校对员在肯定的叙述前都添加一个否定词，从而更改了历史的走向。出于忏悔，他迫使自己勾勒一部虚拟历史，以反映他的修正带来的后果。在此，作家又一次推出自己的版本，用以否决任何唯一权威版本的声言。以同样的精神，萨拉马戈编写关于福音叙述的神奇新版本，在其中，读者看到上帝狭隘的权欲，耶稣被重新定义为一个反抗角色，期待中的秩序受到抵触。《修道院纪事》为非现实提供了也许最大限度的施展空间，在其中那位通灵的女主角收集了濒死者的意志——其生成的能量使得故事中的空中旅行成为可能。但是她和她所爱之人被置于客观描述的历史进程之中，具体语境是建造给人类带来巨大苦难的马夫拉修道院的工程。

这部叙述视角不断转移、世界形象不断变更的丰富多彩的作品，由一名叙述者串联所有故事。此人的叙述声音一直与我们同在，他显然是一个老式的全知视角的讲述人，一个够格的司仪，与笔下塑造的人物一起站在舞台上，对他们进行评述，引领他们的脚步，有时在舞台脚灯中朝着我们暗使眼色。但是萨拉马戈又游戏式地与传统叙事技巧拉开距离。这位叙述者也擅长当代荒诞派的手法，在面对全知叙事反映事物实际状况的要求时，发展了一种现代怀疑主义，其结果是产生了一种特征鲜明的文学，同时展现睿智的反思和对睿智缺位的洞见；同时采用狂野的想象和精准的现实主义；同时表达审慎的同情和敏锐的批评；同时传递温情和讽刺。这就是萨拉马戈独一无二的文学合成体。

亲爱的若泽·萨拉马戈：

任何人若试图用几分钟时间介绍您的创作，最终呈现的难免只是一些悖论。您无意让您创造的文学天地成为清晰连贯的世界。您交给我们的独有的历史版本不容成为权力的俘虏。您将我们长期熟识的叙述者领上舞台——但赋予他您谙熟于心的反传统观念和对既定知识抱有怀疑主义的当代态度。伴以敏锐同情心的反讽和没有距离的距离感，是您独具特色的标签。我希望这一奖项能够将更多人吸引到您多彩复杂的世界中来。我谨代表瑞典学院向您表达热烈的祝贺，并请您从国王陛下手中接受今年的诺贝尔文学奖。

瑞典学院　柯杰尔·伊普斯马克教授

一九九八年十二月十日

（虞建华　译）